Anna Shinoda

DIE MITTE VON ALLEM

Anna Shinoda

DIE MITTE VON ALLEM

magellan

Wenn man das Familienskelett nicht loswerden kann,
muss man es tanzen lassen.

George Bernard Shaw

Damals, mit elf

Die Glasscheibe der Haustür war zerborsten.

Ich konnte sehen, dass noch scharfe Splitter im Rahmen steckten.

Langsam stieg ich von meinem Rad und schob es zu dem Baum gleich neben dem Haus. Meine Hände waren fast blutleer, so fest umklammerte ich den Lenker. Den Blick auf das zerbrochene Glas gerichtet, lehnte ich das Fahrrad gegen den Baumstamm.

Zögernd näherte ich mich dem Haus, anfangs nur einige Schritte, dann ging ich weiter. Zermalmte mit meinen Schuhen die Glasscherben. Einen Augenblick lang starrte ich auf die zackigen Splitter im Rahmen, dann drehte ich den Türknauf und ging hinein.

Die Tropfen auf dem Linoleumboden waren rund. In der sechsten Klasse hatte ich im Kunstunterricht immer wieder versucht, einen runden Kreis zu zeichnen. Ich schaffte es nur, wenn ich den Stift an einem Zirkel befestigte, und immer hatte ich in der Mitte das kleine Loch im Papier. Meine freihändigen Kreise waren wacklig und schief. Ich hätte nie gedacht, dass man ohne einen Zirkel vollkommen runde Kreise machen könnte. Aber da waren sie, direkt vor mir, runde, leuchtend rote Tropfen. Mom sagte immer, wir hätten dünnes Blut. Deshalb wusste ich sofort, dass es einer von uns war.

Ich hätte wieder aus dem Haus gehen und bei den Nachbarn warten können, bis Dad von der Arbeit kam. Er war Blut gewöhnt. Er war Leichen gewöhnt.

Aber ich blieb. Ich weiß nicht genau, warum, aber ich folgte den Blutstropfen.

Sie waren eine bessere Spur als Brotkrumen. Blut verfärbt Stein und sickert in Teppiche. Blut wird nicht von Vögeln aufgepickt. Die Spur würde für alle Zeiten sichtbar sein.

Die unverkennbaren Geräusche eines heftigen Streits und ein widerlicher Geruch – eine Mischung aus Körperausdünstungen, Alkohol und etwas, was ich nicht identifizieren konnte – hielten mich einen Moment zurück. Vielleicht wäre es besser gewesen, wenn ich einfach weggegangen wäre.

Aber die Neugier machte mich mutig. Ich bog um die Ecke.

1
Familienskelett

Jetzt

Skelette mögen es nicht, wenn man sie wegsperrt.

Die meisten Familien versuchen, sie zu verstecken, hinter lächelnden Gesichtern und gestellten Familienfotos. Unser Familienskelett hingegen folgt mir mit langen, anmutigen Schritten, egal, wohin ich gehe.

Die Bewohner unserer Stadt haben anscheinend eine ziemlich genaue Vorstellung von Skel, unserem Knochenmann. Ihr Flüstern hinter vorgehaltener Hand hat mich den Großteil meines siebzehnjährigen Lebens begleitet, ich konnte es genauso wenig abschütteln wie ihn selbst: Gefängnis, Gefängnis, Gefängnis. Schande, Schande, Schande.

Aber im Gegensatz zu mir können sie ihn nicht sehen. Seine Augenhöhlen weiten sich und schrumpfen wieder und seine Kiefer sehen aus wie in einem Trickfilm. Der Gesichtsausdruck wechselt zwischen Lächeln und Stirnrunzeln, zwischen ernst und überrascht. Er ist mindestens eins achtzig groß, und wenn er seine knochigen Glieder streckt, kann er einen Basketball im Korb versenken, ohne auch nur in die Höhe zu hüpfen. Er ist sehr talentiert.

Zur Entspannung macht er es sich gerne bequem, mit seidenem Hausmantel, kubanischen Zigarren und Brandy aus einem vorgewärmten Kognakschwenker. Womöglich hat er ein Alkoholproblem, aber es steht mir nicht zu, darüber zu urteilen.

Ich nehme an, auch Mom, Dad, Peter und Luke können ihn klar und deutlich sehen. Immerhin sind sie meine Familie. Ganz sicher bin ich mir allerdings nicht, denn Mom und Dad reden so gut wie nie über ihn, und Peter verlässt sofort den Raum, wenn er auftaucht.

Skel ruft uns ständig die Verbrechen in Erinnerung, die Luke begangen hat. Ich bin an seine Sticheleien gewöhnt, an seine langgliedrigen ausgestreckten Finger, das Klappern seiner Knochen, wenn er quer durch den Raum Rad schlägt. Ich bin daran gewöhnt, dass er mich nie vergessen lässt, wie sehr er ein Teil meines Lebens ist. Er ist immer da, als eine stete Mahnung, dass jede Aktion eine Reaktion hervorruft. Dass jedes Verbrechen Konsequenzen hat.

Und je länger er hier ist, desto mehr leidet mein Ansehen.

Das war nicht immer so – unser Familienfotoalbum ist der beste Beweis dafür, wie unser Leben ausgesehen hat, bevor er bei uns auftauchte. Aber damals war ich noch zu jung, ich kann mich nicht mehr an die Zeit vor Skel erinnern. *Meine* Realität und *meine* Erinnerungen sind wie herumwirbelnde Puzzleteilchen, die niemals ein komplettes Bild ergeben werden.

Und immer wieder überfällt mich der Gedanke, dass alles so perfekt wie früher sein könnte, wenn Skel endlich fortginge.

2
Blick auf die Vollkommenheit

Damals, mit zwei und vier

Unser Familienfotoalbum lag auf dem untersten Regalbrett des viereckigen dunklen Holztischchens in unserem Wohnzimmer, damit man es jederzeit anschauen konnte. Ich schlug immer wieder dieselbe Seite auf – eine Seite mit Bildern, die mir Erinnerungen zurückbrachten, die ich eigentlich gar nicht haben konnte, Erinnerungen an ein perfektes Familienleben.

Auf den Fotos bin ich zwei Jahre alt und meine Kleinmädchenlocken lugen unter dem Rand eines pinkfarbenen Sonnenhuts hervor. Ich sitze im warmen Sand, neben mir Mom in einem marineblauen Badeanzug und mit einer riesengroßen Sonnenbrille, zwischen uns eine leuchtend gelbe Schaufel und ein Eimerchen. Ich blicke aufs Wasser hinaus, beobachte fasziniert, wie Dad zusammen mit Luke, damals vierzehn, und Peter, damals sechs, im See schwimmt, und klatsche vor Freude in die Hände. Unter dem Foto steht in Mutters schwungvoller Handschrift: *Clare konnte es nicht erwarten, mit ihren Brüdern ins Wasser zu gehen!*

Das nächste Foto ist ein Schnappschuss und zeigt, wie Dad mich in den See taucht. Mit zusammengekniffenen Augen und weit aufgerissenem Mund platsche ich voller Entzücken mit beiden Händen aufs Wasser, dass es in alle Richtungen spritzt. Luke lacht aus vollem Hals. Er hat den Arm um Peter gelegt und versucht mit der anderen Hand, sich und seinen Bruder vor den Spritzern zu schützen. Es gibt auch ein Foto von Luke und Peter, wie sie neben einer großen Sandburg knien – *Das Meisterwerk!* – und Peter Wasser aus einem gelben Eimer in den Burggraben gießt. Ich stehe neben Luke, zupfe an seinem Arm und deute mit der anderen Hand auf den sich füllenden Graben.

Das letzte Bild auf dieser Seite ist ein Gruppenfoto: Mom und Dad knien hinter uns, ich bin in der Mitte, lächelnd und mit zusammengekniffenen Augen, rechts und links sind meine beiden Brüder. Im Hintergrund ist der See, die untergehende Sonne beleuchtet unsere Gesichter und wirft lange Schatten in den Sand. Mom hat darunter geschrieben: *Dieser Tag könnte ewig dauern!*

Unsere Familie im Glück vereint, an einem Tag, der nie zu Ende gehen dürfte – das kenne ich nur von diesen Fotos.

Zwei Jahre später ist Luke von zu Hause weggegangen.

Meine erste *richtige* Erinnerung war ein Albtraum. Ein Albtraum in Farbe, die Luft frostig blau.

Da war dieses Haus – so wie unseres, sogar die Tassen mit dem Blumenmuster waren da. Es war vollkommen ruhig, nicht einmal der Kühlschrank brummte.

Ich ging durch den Flur, spürte die Teppichfasern zwischen meinen Zehen, während ich nach meinen Eltern rief, nach Peter und nach Luke. Aber jedes Geräusch wurde von den Wänden verschluckt.

Ich hob den Kopf und blickte auf Moms Bilder. Plötzlich stieß mein nackter Zeh gegen etwas Festes, Kaltes. Peter. Erfroren. Erfroren und mit offenen Augenlidern, aber ohne Augen.

Ich rannte durchs Haus. Entdeckte Mom, dann Dad. Auch sie waren erfroren, auch sie hatten keine Augen mehr. Als ich mein eigenes Gesicht berührte, war die Haut fest und kalt. Ich tastete über meine leeren Augenhöhlen und blieb stehen. Meine Füße steckten im Teppich fest, zu Eis erstarrt. Wo war Luke? Ich wartete darauf, dass er kam und uns rettete.

Aber er kam nicht.

Grandma Tovin war gerade zu Besuch, als ich diesen Albtraum hatte. Ich habe so gut wie keine Erinnerung an sie außer dieser einen, denn als sie starb, war ich erst fünf. In jener Nacht weckte sie mich und hielt mich fest. Ich klammerte mich an ihr Nachthemd und wollte sie nie mehr loslassen. Grandma zog ihren Lieblingsrosenkranz aus ihrer Tasche – den mit den dunkelroten Perlen – und sagte, sie würde immer beten, wenn sie einen schlimmen Traum gehabt hatte. Zusammen sprachen wir ein Ave-Maria nach dem anderen und ich rieb dabei die Perlen. Als wir fertig waren, hatte ich immer noch solche Angst, dass ich für den Rest der Nacht bei Grandma auf dem Klappbett im Wohnzimmer schlafen durfte. Aber ich wollte weder Grandma noch Mom oder Dad oder Peter. Ich wollte Luke – doch der war nicht da.

Am darauffolgenden Morgen erklärte Grandma meinem Vater, ich hätte offensichtlich einen seiner scheußlichen Horrorfilme angesehen. Und dass Süßigkeiten vor dem Schlafengehen Albträume verursachten. Als Skel das hörte, bog er sich vor Lachen. Er hielt sich die Rippen, damit sie nicht so laut klapperten. Als sein Lachanfall verebbt war, deutete er stolz auf sich selbst. Grandma ignorierte Skel und hängte ihren Lieblingsrosenkranz in meinem Zimmer auf. Falls ich wieder einen Albtraum hätte und sie nicht da wäre, sollte ich den Rosenkranz in die Hand nehmen und beten, dann würde er mich beschützen.

Aber es funktionierte nicht. Der Albtraum kam immer wieder. Und nie war Luke da, um mich zu retten.

3
Unterbrechung

Jetzt

»Achte darauf, dass du den Knoblauch ganz fein hackst«, sagt meine Mutter und reicht mir das Schneidebrett.

Ich nehme ein Messer aus der obersten Schublade. »Was gibt's zum Abendessen?«

»Hühnchen mit Reis und Brokkoli. Wenn du mit dem Knoblauch fertig bist, kannst du noch eine Zwiebel schneiden.«

»Klar, mach ich.«

Ich beobachte Mom einen Augenblick lang. Langsam und konzentriert rührt sie den Reis in der Pfanne, damit sich das Olivenöl gleichmäßig verteilt. Ihre Augenbrauen sind glatt, ihre Schultern locker und entspannt. Jetzt ist ein guter Moment, um zu fragen.

»Ich habe heute in der Schule Dreas Mutter getroffen. Sie hat von ihrer Reise erzählt, auf der sie im Sommer verschiedene Colleges abklappern wollen.« Ich fange vorsichtig an, schäle die dürre Schale des Knoblauchs. »Zwei Wochen, sechs verschiedene Unis. Alle in Kalifornien und Oregon. Sie hat mich gefragt, ob ich mitkommen will.«

»Clare, ich halte das für keine gute Idee.« Ihre Antwort kommt schnell, so als hätte sie mir gar nicht erst zugehört.

Trotzdem. »Keine gute Idee« ist zumindest kein endgültiges Nein.

Ich versuche es noch einmal.

»Aber Mom.« Die Klinge gleitet mühelos durch die Knoblauchzehe. Ich halte kurz inne und sortiere meine Finger neu, damit ich mich nicht schneide. »Ich habe stapelweise Broschüren von verschiedenen Colleges bekommen. Es ist alles so verwirrend. Ich muss mir das wirklich vor Ort ansehen.«

»Und was ist mit deinem Sommerjob? Du wolltest doch Geld fürs College sparen. Das ist wichtiger, meinst du nicht auch?«

Ich hätte darauf wetten können, dass sie das sagen würde.

»Ich habe mit Lucille Jordan telefoniert. Sie meint, wenn wir den Termin klug wählen, kann ich zwei Wochen Urlaub bekommen. Und wenn ich zusätzliche Schichten übernehme, macht es auf den Sommer gerechnet keinen großen Unterschied.«

Mom blickt auf das Schneidebrett. »Der Knoblauch muss noch etwas feiner geschnitten sein.« Dann: »Und wie viel soll diese Reise kosten? Fahrt, Kost und Logis?«

»Ms P meint, sie würden es so einrichten, dass es nicht allzu teuer ist. Wegen der Unterkunft muss ich mir keine Sorgen machen, wir buchen für mich einfach eine zusätzliche Liege. Und da uns Dreas Mutter fährt, muss ich nur meinen Anteil am Benzin bezahlen.«

Mom wischt ihre Hände mit dem Küchentuch ab.

»Clare-Bär, ich weiß wirklich nicht, was das Ganze soll. Es gibt hier in der Gegend sehr gute Colleges. Du wirst länger mit deinem Geld auskommen, wenn du zu Hause wohnst.

Mach deinen Abschluss am örtlichen College, so wie Peter. Und für die letzten beiden Jahre kannst du dich immer noch nach einer Universität umsehen. Das ist klüger, Clare. Verschwende dein schwer verdientes Geld nicht dafür, dir Colleges anzuschauen, die wir uns ohnehin nicht leisten können.« Bei den letzten Worten senkt sie ihre Stimme und man hört einen Hauch von Mitgefühl heraus.

Ich runzle die Stirn. Es klingt logisch. Finanziell gesehen ist es am schlauesten, wenn ich zu Hause bleibe und auf das College hier in der Stadt gehe. Ich schlucke die Vorstellung hinunter und lasse sie einen Augenblick in mir brodeln. Sofort stellt sich ein flaues Gefühl ein. Zu Hause wohnen, bis ich zwanzig bin. Das schaffe ich einfach nicht.

Ich muss bei dieser Reise dabei sein. Ich muss von hier weg. Ein letzter Versuch. Ich nehme mir einen Moment Zeit, um meine Gedanken zu ordnen.

Rrrring.

Das Telefon funkt dazwischen.

Mom drückt mir ihren Holzlöffel in die Hand. »Rühr den Reis um, und wenn er goldgelb ist, gießt du ihn mit etwas Hühnerbrühe auf.« Sie greift nach dem Telefon.

Vielleicht kann ich Dad fragen. Vielleicht kann er Mom überreden. Schön wär's. Vermutlich werde ich nur wieder mit der alten Leier abgespeist, dass es nur fünfundvierzig Minuten Fahrtzeit von uns entfernt ein ganz hervorragendes College gibt.

»Ja, ich übernehme die Kosten«, sagt Mom.

Es ist Luke. Wer sonst sollte es sein? Niemand außer ihm führt ein R-Gespräch.

Der Reis ist nicht mehr weiß, sondern gelb, manche Körner sind sogar schon goldbraun. Vorsichtig gieße ich Hühnerbrühe auf, um nichts zu verschütten, als ich meine Mutter plötzlich laut und freudig rufen höre: »Luke? Hallo!«

Ich tippe an ihre Schulter und sage leise: »Ich will auch Hallo sagen.« Sie nickt. Dann deutet sie auf den Herd. Die ersten Blasen blubbern hoch, der Reis kocht bereits. Ich rühre ein letztes Mal um, drehe die Hitze niedriger und setze den Deckel auf die Pfanne.

»Ein paar Tage früher? Das ist ja wunderbar. Ich hole dich also am Siebenundzwanzigsten ab.«

Lächelnd greife ich nach einer Zwiebel. Anscheinend kommt Luke früher als geplant.

»Was soll das heißen?« Moms Stimme bleibt zwar ruhig, aber die Ader an ihrer Schläfe tritt hervor. Ich versuche, ihren Blick festzuhalten, aber sie dreht sich zur Wand, so als könnte sie mich auf diese Weise daran hindern, ihrem Gespräch zu lauschen. Ich tue so, als würde ich nicht zuhören, und schneide die Zwiebel entzwei. Der scharfe Geruch steigt mir in die Nase, und meine Augen fangen an zu brennen.

»Luke, ich denke, du solltest auf dem direkten Weg nach Hause kommen. Wer ist dieser Freund, den du besuchen willst?«

Ich beeile mich mit dem Schneiden und gehe einen Schritt zurück, um meinen Augen eine Pause zu gönnen.

»Und was für eine Arbeit ist das?«

Es gibt nichts mehr zu tun, alles ist fürs Abendessen bereit. Weil ich in der Nähe bleiben will, wasche ich das Schneidebrett und das Messer ab und hantiere länger als nötig mit dem Geschirrhandtuch herum, um von der Küche aus möglichst viel von dem Telefonat mitzubekommen.

»Ja, der Job hört sich recht gut an, Luke. Aber meinst du nicht, es wäre besser für dich, wenn du hier bei deiner Familie bist und nicht bei diesem sogenannten Freund, von dem du so gut wie nichts weißt?«

Ich will mehr Informationen. Aber ich will sie von Luke selbst erfahren und dabei seine Stimme hören. Sachte tippe ich Mom auf die Schulter, aber sie wedelt mit der Hand und schickt mich fort.

Ich gehe in Richtung Wohnzimmer, bleibe jedoch sofort stehen, als sie sagt: »Also gut. Und wann sehen wir uns?« Sie seufzt. Einen Augenblick herrscht Stille. »Mach keine Dummheiten und komm sobald wie möglich nach Hause. Ich hab dich lieb.« Erneut Stille. »Bis bald.«

Bevor ich sie daran hindern kann, hat sie auch schon aufgelegt.

»Clare. Geh zurück in die Küche.« Ihr Ton ist scharf. »Wer hat gesagt, dass es nichts mehr zu tun gibt? Die Teller räumen sich nicht von allein aus der Maschine.«

Mit zusammengebissenen Zähnen gehe ich zurück in die Küche, öffne die Spülmaschine und nehme die Teller heraus. Die Ader an ihrer Schläfe pulsiert jetzt heftig. Die Hoffnung, Mom doch noch zu überreden, mich mit Drea wegfahren zu lassen, kann ich jetzt endgültig begraben.

Mom holt eine Pfanne aus dem Küchenschrank und schlägt die Tür zu. Sie sollte *froh* sein. Er wird früher entlassen als gedacht und hat schon einen Job gefunden. Ist das nicht eine gute Sache? Auch wenn das bedeutet, dass Luke nicht sofort nach Hause kommt.

Sie ist wütend und ich weiß, ich sollte besser den Mund halten, aber sie durfte mit Luke reden und ich nicht.

»Wie geht's ihm?«, frage ich sie.

»Bestens.« Sie knallt die Pfanne auf den Herd. Das Scheppern hallt durch die Küche.

»Kommt er früher raus? Das ist doch gut, oder?«

»Ja.« Sie dreht das Gas voll auf, bläuliche Flammen flackern hoch und scheinen die Pfanne zu verschlingen.

»Wann kommt er nach Hause?«, wage ich zu fragen, während ich die Teller staple, um sie danach wegräumen zu können.

»Irgendwann später.«

Ich habe ihre einsilbigen Antworten satt. »Was ist das für ein Job? Hat er gesagt, wann er wieder anruft?«, frage ich hartnäckig und füge schmollend hinzu: »Ich möchte mit ihm sprechen.«

»Du kannst nicht immer alles haben, was du dir in den Kopf gesetzt hast!« Sie schreit mich regelrecht an.

Es zischt laut, als Olivenöl, Knoblauch und Zwiebeln in der Pfanne landen. Wütend presse ich die Lippen zusammen und mache mich daran, die im Waschbecken gestapelten Schüsseln und Tassen in die Spülmaschine zu laden. Dabei werde ich immer wütender. Mom könnte mir zumindest ein paar Antworten auf meine Fragen geben.

»Wo wir gerade dabei sind«, fährt sie fort. »Du wirst in diesem Sommer nicht mit Drea und ihrer Mutter wegfahren. Keine Widerrede. Und komm gar nicht erst auf die Idee, deinen Vater zu fragen. Das Thema ist erledigt. Räum das Geschirr weg und dann raus aus meiner Küche.«

Meine Mutter schlägt Schranktüren und Schubladen zu, während sie weiter das Essen vorbereitet. Ein Anruf von Luke, so hatte ich gehofft, würde sie in bessere Laune versetzen und es mir leichter machen, sie zu überreden. Mein Ärger richtet sich nicht mehr gegen sie, sondern gegen Luke. Er hat Mom in Rage versetzt und damit meine allerletzte Chance zunichtegemacht.

Als ich aus der Küche komme, fange ich Skels Blick auf. Er hebt grüßend die Hand und winkt kurz, damit ich weiß, dass er in der Nähe ist. Er hat natürlich alles beobachtet. Ich ignoriere ihn und rausche davon.

Der Lärm in der Küche verebbt und schließlich kehrt Stille ein. Das heißt, das Hühnchen ist im Ofen, der Reis köchelt und der Brokkoli dampft vor sich hin. Das heißt auch, dass Mom jetzt im Wohnzimmer bei ihrer Weihnachtsschmucksammlung ist. Sie stammt von Grandpa, der die einzelnen Teile aus Glas, Silber und Kristall über offener Flamme selbst hergestellt und feine Details eingeätzt und eingehämmert hat. Er hatte seine Handwerkskunst mehr als zehn Jahre perfektioniert, bevor er Granny diese fünf Schmuckornamente zu Moms Geburt schenkte. Und als Luke auf die Welt kam, gab Granny sie an Mom weiter. Sie hängen an einem zierlichen Ständer in Form eines Weihnachtsbaums, der genau auf Augenhöhe im zweitobersten Fach unseres Bücherregals aus Eiche steht, sodass sie das ganze Jahr über bewundert werden können. Es ist die perfekte Höhe, damit Mom ihren kostbaren Schatz ohne große Anstrengung abnehmen, sorgfältig polieren und schließlich wieder aufhängen kann. Es sieht total irrsinnig aus, wenn sie das tut – dieses Ritual, bei dem sie fünf verschiedene Tücher bereitlegt, Glasreiniger und Essig hervorholt, die Dose mit dem Poliermittel für Silber und die weißen Handschuhe. Und dann die Art, wie sie ihre Mundwinkel ganz leicht anhebt und ihre Augenbrauen voller Konzentration zusammenzieht. Peter hat sich oft einen Spaß daraus gemacht, seinen Finger abzulecken und einen einzelnen Abdruck auf dem Schmuck zu hinterlassen. Danach wetteten wir um M&Ms, wie lange es dauern würde, bis Mom sie wieder auf Hochglanz polierte.

Ich weiß genau, dass sie in diesem Moment die fünf Teile in Augenschein nimmt und auf winzigste Staubkörner und kleinste Flecken untersucht. Sie sieht auf ihre Uhr, vielleicht wirft sie auch einen Blick über die Schulter Richtung Küche. Sie kann es nicht riskieren, das Essen anbrennen zu lassen, deshalb muss sie wieder zurück. Aber wenn Peter und ich eine Wette laufen hätten, würde ich glatt zehn M&Ms darauf setzen, dass der Schmuck spätestens morgen früh auf Hochglanz poliert ist.

Ich sitze auf meinem Bett und starre düster auf den Stapel College-Broschüren, der auf meinem Schreibtisch liegt. Es ist einfach lächerlich, dass Mom mir diese Reise verbieten will. Sie denkt anscheinend, sie könnte mich auf diese Weise dazu bringen, das zu tun, was sie will: nämlich hierzubleiben und auf das bescheuerte College vor Ort zu gehen. Aber das kann sie vergessen … genau wie ich den geplanten Trip. Mom wird ihre Meinung garantiert nicht mehr ändern. Ohne Lukes Anruf hätte ich sie vielleicht überreden können. Besser wäre es gewesen, wenn er angerufen und genau das gesagt hätte, was sie von ihm hören will: »Ich komme früher raus, ich habe einen guten Job in Aussicht, und ich werde direkt in eurer Nachbarschaft ein Haus mieten, damit du immer genau weißt, was ich gerade tue. Außerdem habe ich ein nettes katholisches Mädchen kennengelernt, das ich heiraten und mit dem ich eine Familie gründen werde.« Ha! Darauf kann sie lange warten.

In meiner Tasche vibriert mein Handy. Eine Nachricht von Drea: *Was ist mit heute Abend?*

Alles wie geplant, schreibe ich zurück und lasse mein Handy aufs Bett fallen. Wenn Mom ihre Erlaubnis für die Fahrt gegeben hätte, würde ich jetzt garantiert nicht das Risiko eingehen, alles aufs Spiel zu setzen, indem ich mich abends aus dem Haus schleiche. Aber so wie die Dinge liegen … pfeif drauf. Ich werde gehen.

Nur noch fünf Stunden. Fünf Stunden, bis ich hier weg bin. Ich hasse dieses Haus und ich hasse Mom und ich hasse Luke, weil er im falschen Moment angerufen hat. *Zur falschen Zeit am falschen Ort.* Luke ist immer zur falschen Zeit am falschen Ort. Meine Finger trommeln auf meine Knie wie kleine, bohrende Stacheln. Nicht einmal der Anblick meiner Fische, die entspannt ihre Runden im Aquarium drehen, beruhigt mich.

Um meine Hände zu beschäftigen, greife ich nach der halb fertig gestrickten Beanie auf meinem Nachttisch und quetsche das Mohairgarn zusammen. Schneeweiß, als Kontrast zu Skyes schwarzen Haaren. Ich nehme eine Masche auf und fange eine neue Reihe an. Spätestens heute Abend habe ich die Mütze fertig, dann fehlen nur noch die Beanies für Drea und Omar. Es ist verrückt, bei dieser Hitze Mützen zu stricken. Noch dazu ist unser Beanie-Tag erst in ein paar Monaten. Aber ich muss bald fertig werden, denn mit der restlichen Wolle will ich für die Kinder der Obdachlosenunterkunft warme Decken stricken, bevor es richtig kalt wird.

Die Nadeln klappern leise, während ich Masche für Masche abhebe. Das Geräusch erinnert mich an Granny, wie sie immer in ihrem Schaukelstuhl saß, wenn Grandpa wieder einmal eine seiner Launen hatte. Klappern und schaukeln – eine kleine Insel der Ruhe, die noch dazu etwas Schönes hervorbringt.

Klick. Klick. Klick. Ich kettle die letzte Reihe ab, dann gehe ich an mein Bücherregal und nehme *Slouchy Beanies* heraus. Ich habe die Strickzeitschrift auf einem Hofflohmarkt gekauft, weil ich ein Muster darin gefunden habe, von dem ich glaube, dass es Drea gefällt. Und eines für Luke habe ich auch entdeckt.

Luke. Luke wird nicht sofort nach Hause kommen. Enttäuschung macht sich plötzlich in mir breit und verdrängt den letzten Rest Ärger. Ich habe ihn schon so lange nicht mehr gesehen. Fast vier Jahre ist es her. Hätte er nicht wenigstens vorbeischauen können? Nur ganz kurz? Danach hätte er immer noch Zeit gehabt, den neuen Job anzufangen.

Ich weiß, ich bin egoistisch. Wenn Luke nach Hause gekommen wäre, hätte er womöglich diese Chance verpasst. Er ist neunundzwanzig Jahre alt. Er muss Geld verdienen. Er muss Ordnung in sein Leben bringen, wie mein Vater immer sagt.

Jeder Job ist gut für ihn, aber der *richtige* hält ihn vielleicht vom Gefängnis fern. Skel würde verschwinden, das Getuschel würde aufhören und meine Lieblingserinnerungen an Luke würden mit der Gegenwart übereinstimmen und ein Bild ergeben, das ich erkennen und begreifen kann. Es klingt unwahrscheinlich, aber ich darf die Hoffnung nicht aufgeben.

Mit dem richtigen Job zur richtigen Zeit könnte alles anders werden.

4
Gewinne und Verluste

Damals, mit sechs

Luke musste nicht mehr arbeiten, deshalb blieben wir lange am See und wateten ins Wasser, nachdem die Wasserwacht Feierabend gemacht hatte. Er führte mich behutsam an der Hand zur verbotenen Seite des Sees, in den Sumpf.

»Mommy will nicht, dass ich dahin gehe«, sagte ich und umklammerte Lukes Hand, während meine Zehen im Morast versanken. »Und die Rettungsschwimmer mögen es auch nicht. Sie pusten in ihre Trillerpfeife, wenn jemand zu nahe am Sumpf ist.«

»Weißt du, warum sie uns vom Sumpf fernhalten wollen?« Luke beugte sich zu mir herunter, bis seine Nase meine berührte.

»Weil wir sonst ertrinken«, sagte ich und blickte verlegen ins Wasser. »Ich kann ja noch nicht schwimmen.« Die meisten meiner Freunde konnten wenigstens paddeln.

»Du kannst nicht schwimmen?« Luke riss den Mund in gespieltem Entsetzen auf. »Willst du es lernen, jetzt gleich?«

»Im Sumpf?« Ich rümpfte die Nase. »Igitt!«

»Okay, dann eben später. Aber keine Angst, ich werde dich

schon nicht ertrinken lassen.« Er drückte meine Hand ein bisschen fester.

»Die Wahrheit ist nämlich«, Luke führte mich tiefer in den Sumpf hinein, »dass es auf dieser Seite des Sees die besten Frösche gibt. Wenn du den Wettbewerb im Froschweitspringen gewinnen willst, findest du hier die Frösche, die du brauchst.«

»Ohhh!« Ich wollte unbedingt gewinnen. Ich wollte den Siegerpokal und die Freischeine für die Jahrmarktbuden ergattern, aber vor allem wollte ich in Lucille Jordans schickem Cabrio mitfahren dürfen. Mandy Jordan lud an ihrem Geburtstag immer alle ihre Freunde zu einer Spritztour ein. Aber ich war nie dabei, denn ich war nie eingeladen. Mandys Freundinnen behaupteten, Cabrio fahren wäre wie fliegen und dass sie sich wie echte Filmstars gefühlt hätten. Ich wollte dieses Gefühl auch haben. Und ich konnte es schaffen – als Siegerin im Froschweitsprung-Wettbewerb.

Luke sah sich um und zeigte auf verschiedene Frösche, die im Schlamm vor sich hin dösten.

»Wer von denen ist ein Sieger?«, fragte er mich.

Ich schaute mich um und deutete auf den größten Frosch, den ich entdecken konnte.

»Pst.« Luke legte den Finger auf die Lippen. Vorsichtig hob er den Frosch aus dem Morast und setzte ihn in meine Hand. Er fühlte sich weich und glitschig an, machte jedoch keine Anstalten zu fliehen. Ich sah, wie sich die Haut unter seiner Kehle aufblähte und wieder senkte, größer und wieder kleiner wurde. Er war niedlich.

Als wir zum Ufer zurückgewatet waren, setzte ich den Frosch behutsam ins Gras. Sofort hüpfte er mit einem riesigen Satz Richtung Wasser.

»Ich finde, wir sollten ihn Speedy taufen!«, sagte ich. Luke schnappte sich den Frosch, bevor er wieder im Wasser verschwinden konnte.

Wir hatten eine echte Chance. Aber als ich Speedy in mein Strandeimerchen setzte, ein paar Algen vom Ufer und einen Stein dazulegte und etwas schlammiges Wasser hineinfüllte, musste ich plötzlich an Mom denken.

»Mommy wird bestimmt schimpfen. Du weißt doch, sie mag keine Tiere.«

»Keine Sorge, Piepmatz.« Luke zwinkerte mir zu. »Ich werde mit ihr reden. Sie wird nicht lange sauer sein.«

Als wir mit Speedy nach Hause kamen, wurden Moms Lippen zu einem Strich. »Frösche sind ekelhaft. Außerdem wird er hier eingehen. Wie wollt ihr ihn denn füttern? Luke, du bringst den Frosch sofort wieder zum See. Keine Widerrede.«

»Aber Ma«, protestierte Luke. »Ma. Lass sie den Frosch bis Samstag behalten. Wenigstens bis zum Froschweitsprung-Wettbewerb am Patriot Day. Dieser Frosch ist ein echter Sieger!«

Peter spähte in den Eimer. »So sieht er gar nicht aus«, grummelte er.

»Komm schon, Ma«, gurrte Luke und schlang einen Arm um sie. »Es ist doch nicht für lange.« Die zornige Ader an Moms Schläfe beruhigte sich. Luke schaffte es doch tatsächlich, Mom zu überreden!

Peter tauchte zuerst einen Finger in den Eimer und berührte den Frosch, dann nahm er das Tier in die Hand.

»In den Eimer damit!«, befahl Mom. Peter ließ den Frosch zurückfallen.

»Hey, pass doch auf. Wir müssen seine Beine schonen!«, protestierte Luke. Seine braunen Augen wanderten von Mom zu Dad, der es sich vor dem Fernseher bequem gemacht hatte.

»Hey, Pop«, sagte Luke, »schau mal, was Clare und ich gefunden haben.«

»Was denn?« Dad stemmte sich mit einem Grunzen aus seinem Sessel. »Aha, einen Frosch. Heute Abend habe ich unterwegs einen überfahrenen Frosch auf der Straße gefunden. Ein ganz schöner Brocken war das, aber flach wie ein Pfannkuchen. Seine Eingeweide wurden in alle Richtungen gespritzt. Aber so läuft es nun mal. Frösche und Autos vertragen sich nicht. Ich hatte einen Plastikbeutel dabei, also habe ich ihn von der Straße abgekratzt.« Er grinste boshaft in meine Richtung. »Er ist im Kofferraum, falls du einen Blick darauf werfen willst …«

»Hör auf!« Ich hielt mir die Ohren zu, bis Dad irgendwann verstummte.

»Ich wünschte, du würdest nicht ständig irgendwelche Geschichten mit nach Hause bringen«, sagte Mom kopfschüttelnd. »Also, was hältst du davon?« Sie deutete auf meinen Eimer.

Nach einem prüfenden Blick auf den Frosch nickte Dad schließlich.

»Sieht aus, als könnte er gut springen. Füttere ihn regelmäßig mit Grillen, damit er nicht vom Fleisch fällt. Am besten, du deckst den Eimer mit einem Gitter zu, damit er nicht entwischt. Oder von Waschbären gefressen wird.« Dad hatte das endgültige Urteil gefällt. Wir durften Speedy bis zum Rennen behalten.

Nach dem Abendessen beschwerte sich Peter bei Luke, dass er mich und nicht ihn zum Froschfangen mitgenommen hatte. Luke sagte, dass er nicht so empfindlich sein solle. Dann nahm er ihn in den Schwitzkasten und drückte ihn zu Boden. Ich sprang auf das Sofa, schlug die Hände vors Gesicht und spähte durch meine zitternden Finger. Ich wollte, dass die beiden aufhörten und dass Mom und Dad hereinkamen und den Kampf beendeten. Anfangs lachte Peter noch, prustete kichernd: »Hör auf«, strampelte und fuchtelte mit den Armen. Aber dann setzte sich Luke auf Peters Bauch, drückte mit einer Hand Peters Arme über den Kopf auf den Boden und traktierte mit der anderen seine Brust.

Peter war das Lachen inzwischen vergangen.

»Ich kriege keine Luft mehr!«, japste er.

»Wieso kannst du dann noch reden?«, lachte Luke.

»Hör auf!« Erst als Tränen flossen, ließ Luke Peter los.

Später am Abend hörte ich, wie Mom mit Dad sprach. »Er geht zu grob mit ihm um. Peter hat einen Bluterguss auf der Brust. Er ist gerade mal zehn! Und Luke ist achtzehn – alt genug, um es eigentlich besser zu wissen«, sagte Mom. »Es ist noch schlimmer geworden. Wenn er dort überhaupt etwas gelernt hat, dann ist es Gewalt.«

»Ich werde mit ihm reden«, sagte Dad.

Am Samstag war es heiß. Lucille Jordan, die Vorsitzende der Handelskammer, spritzte den schwarzen Asphalt mehrmals mit dem Wasserschlauch ab, bevor das Rennen beginnen konnte. Sie achtete penibel darauf, dass ihr rot kariertes Oberteil und die weißen Shorts keinen Tropfen abbekamen. Ich fand ihre Kleidung sehr schön. Ganz im Gegensatz zu meiner eigenen, denn die war eigentlich für Jungs. Ich war noch nicht auf der Welt gewesen, als Luke diese Sachen getragen hatte, aber ich wusste, dass es so gewesen war, weil auf Moms Schreibtisch ein Foto von ihm stand, auf dem er dieselben roten Shorts und das blaue T-Shirt trug. Die Tasche des T-Shirts war ausgeleiert und weit, weil Peter darin immer Steine mit sich herumgeschleppt hatte. Warum konnte ich statt Brüdern keine Schwestern haben?

Auf die Plätze, fertig, los. Kaum hatte ich Speedy abgesetzt, da hüpfte er auch schon auf und davon. Die anderen Frösche sprangen nach links und rechts. Manche sprangen sogar in die entgegengesetzte Richtung zurück. Aber nicht Speedy. Er hüpfte über den Asphalt, flog förmlich über die Ziellinie, sprang immer weiter, quer über den Parkplatz und verschwand mit einem großen Satz im angrenzenden Bach.

Luke und ich rannten hinterher, aber Speedy war längst zwischen dem Schilf verschwunden. Als ich zu weinen begann, drückte Luke mich fest an sich.

»Ach, Piepmatz. Bestimmt hat Speedy in diesem Fluss ein richtig glückliches Leben. Ich wette, er findet hier sogar die Froschdame seines Lebens.« Mit dem Saum seines T-Shirts wischte er mir die Tränen ab. »Ich habe eine Idee. Wenn wir deinen Preis abgeholt haben, gewinne ich einen Goldfisch für dich. Den kannst du auf den Namen Speedy taufen.«

Ich hörte auf zu weinen. Wie immer, wenn Luke mich tröstete.

Mom machte ungefähr eine Million Fotos von mir und meiner funkelnden Frosch-Trophäe. Dann war es Zeit, sich für die Parade aufzustellen. Endlich durfte ich im Cabrio mitfahren! Lucille Jordan lächelte so breit, dass ich ihre Backenzähne sehen konnte. »Hallo, Clare. Bereit für die Ehrenrunde?«

Ich nickte.

»Mandy und ich werden vorne sitzen – meine Tochter Mandy kennst du ja, ihr seid dieses Jahr in derselben Klasse, oder?« Lucilles Lächeln wurde noch breiter. »Und du wirst dir mit Bürgermeister Bowman, unserem Schiedsrichter, den Rücksitz teilen.«

Luke hob mich über die hintere Tür ins Cabrio.

»Hallo, kleine Miss Clare. Herzlichen Glückwunsch!« Der Bürgermeister hatte bereits Platz genommen und klopfte einladend neben sich auf die Rückbank. Dann sagte er: »Luke Tovin. Ich hoffe, du steckst nicht schon wieder in Schwierigkeiten.«

Skel war ebenfalls zur Stelle. Mit einem Satz sprang er auf die Rückbank und setzte sich neben mich. Ich starrte auf meine Schuhe und wünschte, er würde verschwinden.

»Nein, Sir. Keine Sorge«, antwortete Luke, als er die Autotür öffnete, um in das Cabrio zu steigen.

»Was hast du vor?«, fragte Lucille.

Skel legte mir den Arm um die Schulter und drückte sein knochiges Gebiss an meine Wange. Ich rückte von ihm weg und sagte: »Luke hat mir dabei geholfen, Speedy zu fangen. Kann er auch mitfahren?«

»Oh, Clare, Schatz. Ich glaube nicht, dass das geht.« Lucille lächelte zwar noch immer, aber ihre blauen Augen blickten besorgt. Skel ahmte ihren Blick nach, seine leeren Augenhöhlen wurden immer größer. »Es ist kein Platz mehr frei.«

Ich rutschte ganz nah an den Bürgermeister heran. Wenn Skel sich hier nicht so breitmachen würde, wäre mehr als genug Platz auf der Sitzbank.

»Wenn ich etwas zur Seite rücke, ist noch ein Platz frei.«

Lucille räusperte sich und wurde rot im Gesicht. Heftig gestikulierend forderte Skel sie auf, etwas zu sagen.

Lucille knetete ihre langen Finger und starrte Luke an. Dann beugte sie sich zu ihm und zischte ihm ins Ohr, sodass niemand außer uns hören konnte, was sie sagte. »Luke, meinst du wirklich, die Leute wollen dich in unserer Parade sehen?«

Ihre Worte ergaben keinen Sinn. Warum sollten die Leute

Luke nicht in der Parade sehen wollen? Ich fühlte mich unwohl und rutschte ein Stück vom Bürgermeister weg, um die Hand nach meinem Bruder ausstrecken zu können. Plötzlich wünschte ich, ich hätte den Wettbewerb im Froschweitsprung nicht gewonnen.

Als Luke sich zu mir beugte, sagte ich leise: »Vielleicht sollten wir doch lieber jemand anderen in der Parade mitfahren lassen.«

»Nichts da, Piepmatz«, widersprach Luke. »Du siehst toll aus in diesem Cabrio.« Langsam stieg er aus dem Auto und schloss die Tür. Er kniff ein Auge zu und tat so, als hielte er einen Fotoapparat in der Hand. »Das wäre ein hübsches Foto.« Er ließ die Arme sinken und kratzte sich am Kopf. »Das Problem ist nur, wenn ich zu dir ins Auto steige, kann ich nicht zuschauen, wie du in der Parade mitfährst.« Er zuckte mit den Schultern. »Meinst du, ich kann dich alleine lassen, damit ich dir mit Ma und Pop zuwinken kann?«

Bürgermeister Bowman tätschelte mir den Rücken. »Ich kann dir dabei helfen, deine Trophäe hochzuhalten.«

Ich schaute zu Mandy und Lucille hinüber. Sie wollten Luke nicht dabeihaben. Und mich auch nicht, davon war ich überzeugt. Aber der Bürgermeister war nett. Und ich hatte mich so auf die Fahrt im Cabrio gefreut.

»Okay«, sagte ich zu Luke.

»Na, dann mal los«, sagte Lucille und nahm auf dem Fahrersitz Platz.

»Nächstes Jahr sollten wir lieber die Festkönigin bei uns mitfahren lassen«, sagte Mandy vom Vordersitz aus. Dann flüsterte sie: »Ich wette, sie hat selbst Warzen wie eine Kröte.«

Luke streckte ihr heimlich die Zunge raus und spottete über Mandys rotes Haar mit der makellosen Lockenfrisur.

Skel zog an einer Locke, ließ sie wieder los und beobachtete, wie sie zurücksprang. Dann zog er an der nächsten Locke und ließ sie ebenfalls wieder zurückschnellen. Ich musste ein Lachen unterdrücken, aber gleichzeitig wollte ich, dass er damit aufhörte. Skel hatte heute schon genug Aufmerksamkeit auf sich gezogen.

»Als echte Prinzessin musst du aus dem Wagen winken«, sagte Luke im Weggehen. »Halte nach mir Ausschau, ich bin irgendwo in der Menge, okay?«

Luke hatte gesagt, dass ich eine Prinzessin war. Ich setzte mich aufrecht hin, machte eine hohle Hand und winkte langsam und würdevoll wie die berühmten Leute bei der Rosenparade.

Ich war mir nicht sicher, ob es wirklich wie fliegen war, aber ich kam mir auf jeden Fall wie ein echter Filmstar vor.

Als wir uns später mit meiner Trophäe und vier Goldfischen, die Luke für mich gewonnen hatte, auf den Heimweg machten, hatte ich schon fast vergessen, wie unwohl ich mich gefühlt hatte, als Lucille gemein zu Luke gewesen war. Und als Mom dann auch noch von den Fischen begeistert war, verschwendete ich keinen weiteren Gedanken mehr daran. »Als dein Vater und ich frisch verheiratet waren, hatten wir selbst ein Aquarium. Es ist bestimmt noch alles da.«

Mom und Luke kletterten die Leiter zum verbotenen Dachboden hinauf und schleppten ein Aquarium mit Heizgerät, Filter, künstlichen Pflanzen und Steinen heran. Mom war sogar damit einverstanden, das Aquarium in meinem Zimmer aufzustellen.

Luke, Peter und ich tauften die Goldfische Speedy, Junior, Rex und Clyde. An diesem Abend beobachtete ich noch lange, wie sie im Wasser hin und her schwammen, und schlief dabei schließlich ein. Es war das beste Nachtlicht aller Zeiten.

Doch am nächsten Morgen erzählte Luke, wie ruhelos er sei. Nach Sonnenuntergang hatte er bereits einen Reisebeutel mit seinen Sachen gepackt und brach auf. Ich weinte und Mom versuchte, mich zu trösten. »Wenn Menschen erwachsen werden, wohnen sie nicht mehr bei ihren Eltern. Sie suchen sich einen Job und sorgen für sich selbst.« Dann strich sie mir übers Haar und fügte hinzu: »Ich bin sicher, er wird uns bald besuchen.«

Skel schüttelte den Kopf. Er fand es auch schade, Luke gehen zu sehen.

5
Davonschleichen

Jetzt

Beim Abendessen warte ich darauf, dass Mom Dad und Peter von Lukes Anruf berichtet, aber sie lenkt das Gespräch in eine andere Richtung, sodass es hauptsächlich darum geht, was jeder von uns den ganzen Tag über gemacht hat. Ihre Stimme klingt unnatürlich und aufgekratzt. Alles ist ganz fröhlich, fröhlich, fröhlich, aber ich spüre ihre unterschwellige Angst und ihre völlig überzogenen Erwartungen, dass alles perfekt sein soll. Ich würde alles dafür tun, um nicht länger mit ihr an diesem Tisch sitzen zu müssen.

Als wir fast fertig sind, streckt Peter seine langen Arme, knackt mit den Fingerknöcheln und verkündet: »Bei mir wird es heute Abend spät werden. Also wartet nicht auf mich.« Nervös rutsche ich auf meinem Stuhl hin und her. Bestimmt geht er auf dieselbe Party, auf die ich auch will. Mit dem Unterschied, dass Mom für ihn andere Regeln aufgestellt hat. Er kann die ganze Nacht wegbleiben. Ich darf gar nicht erst das Haus verlassen.

»Und wohin gehst du?«, fragt Mom.

»Zu einem Lagerfeuer mit Freunden.« Peter sieht mich

an, seine dünnen Lippen verziehen sich zu einem hämischen Grinsen. Er scheint es darauf abgesehen zu haben, mir meinen Abend zu verderben.

»Bist du fertig?«, wechsle ich schnell das Thema und stehe auf. Vielleicht kann ich meinen Kopf noch aus der Schlinge ziehen, indem ich den Tisch abräume.

»Ja, danke.«

»Was für ein Lagerfeuer? Ich hoffe doch sehr, dass weder Drogen noch Alkohol im Spiel sind.« Wieder kommt Mom auf das Thema zurück, das ich vermeiden will.

»Nein, natürlich nicht«, lügt Peter und reicht mir seinen Teller. »Es ist das inoffizielle Lagerfeuer, das die Elfte für den Abschlussjahrgang veranstaltet.« Bei seinen nächsten Worten halte ich die Luft an. »Clare, als Elftklässlerin bist du doch auch dabei, oder?«

»Nein.« Ich werfe ihm einen flehenden Blick zu. Blödmann. Warum macht er sich einen Spaß daraus, mich in so eine Situation zu bringen? »Ich bin noch total erledigt von den Abschlussprüfungen diese Woche. Außerdem muss ich ja schon wieder zu Hause sein, bevor die Party erst richtig losgeht.«

Moms Blick könnte einen Ozean zu Eis erstarren lassen. Sie überlegt noch, ob sie mir glauben soll oder nicht.

»Wie schade«, sagt Peter. »Alle anderen werden dort sein. Mom, du solltest es ihr erlauben.«

»Ein junges Mädchen hat da nichts verloren«, erwidert Mom scharf, während ich gleichzeitig sage: »Ist schon okay. Ich geh lieber schlafen.«

Es ist noch gar nicht so lange her, als ich mich das erste Mal aus dem Haus geschlichen habe, neun Monate oder so, aber ich bin schon ziemlich gut darin. Man muss sich an bestimmte Regeln halten, um nicht erwischt zu werden. Regel Nummer eins: Die Eltern dürfen nicht auf den Gedanken kommen, dass man sich davonschleichen könnte. Man darf also gar nicht erst nach Erlaubnis fragen, wenn man schon vorher davon ausgeht, dass sie Nein sagen.

Aber nun sitze ich in der Patsche. Mom und Dad wissen jetzt, dass heute Abend eine Party steigt, und die einzige Möglichkeit, garantiert nicht erwischt zu werden, besteht darin, zu Hause zu bleiben. Was ich tatsächlich in Erwägung ziehen würde, wenn es nicht ausgerechnet die Jahresabschlussfeier wäre. Wenn ich Drea nicht versprochen hätte zu kommen. Wenn Mom mir erlaubt hätte, im Sommer die verschiedenen Colleges anzusehen. Wenn Lukes Anruf nicht schon wieder Skel auf den Plan gerufen hätte. Die Flucht in mein Zimmer ist heute Abend nicht genug. Ich muss schnell raus aus diesem Haus.

»Vielen Dank auch, du Idiot«, zische ich Peter zu, als wir beide das Geschirr in die Spülmaschine räumen. Ich werfe einen Blick auf Mom, die nach nebenan ins Wohnzimmer gegangen ist. Sie poliert ihre Kristallglocke – das ging aber schnell. Wahrscheinlich konnte sie es kaum erwarten, bis das Essen vorbei war.

»Ich komme nur meinen Pflichten als älterer Bruder nach.« Peter kneift mich in den Arm. »Was, wenn sie Ja gesagt hätte? Dann hättest du einfach hingehen können und müsstest dich nicht heimlich davonschleichen. Das wäre eine echte Erleichterung.«

»Das wird nie passieren, das weißt du genau. Du hast mich gelinkt«, sage ich.

Er wirft das Geschirrhandtuch in die Luft, fängt es auf und lässt es auf die Arbeitsplatte fallen. Beim Hinausgehen dreht er sich noch einmal um. »Bis heute Abend, Clare.«

Aus dem Haus schleichen läuft bei uns nicht so, wie man es in Filmen immer sieht. Ich muss nicht aus dem Fenster klettern oder auf Zehenspitzen durch den Flur bis zur Haustür huschen, vorbei am Schlafzimmer meiner Eltern oder dem Wohnzimmer, in dem sie sich mit was auch immer die Zeit vertreiben. Und ich kenne niemanden, der seine Eltern für dämlich genug hält, auf den Trick hereinzufallen, und tatsächlich Kissen unter die Bettdecke stopft, damit es so aussieht, als schliefe man.

Nachdem ich meine abendliche Routine absolviert habe, liege ich wach im Bett und lausche dem Geplärr aus unserem Fernseher. So gegen Viertel vor elf höre ich, wie Mom meine Tür einen Spalt breit öffnet und »Gute Nacht« flüstert. Eine halbe Stunde später geht Dad, der aus seinem Nickerchen vor dem Fernseher aufgewacht ist, den Flur entlang und schaut kurz in meinem Zimmer vorbei. Er drückt mir einen Kuss auf die Stirn, während ich vortäusche, tief und fest zu schlafen. Ich warte, bis ich davon ausgehen kann, dass sie eingeschlafen sind, bevor ich rasch eine Nachricht an Drea sende. *Fertig in 15*. Ich steige aus dem Bett und tausche meinen Pyjama gegen ein eng anliegendes Tanktop. Dann schlüpfe ich in meine knappste Jeans und überprüfe im Spiegel kritisch meinen Hintern. Mit ruhiger, flinker Hand trage ich meinen grünen Lieblingslidschatten auf – Drea sagt, er bringt meine braunen Augen besonders gut zur Geltung – und binde meine schulterlangen Haare zu einem Pferdeschwanz zusammen. Ich ziehe meine Sneakers an und schnappe mir noch schnell meinen schwarzen Kapuzenpulli, für den Fall, dass es kalt wird.

Fehlt nur noch eins, bevor es losgehen kann – eine Notiz auf meinem Kissen: *Mom und Dad, konnte nicht schlafen, schnappe frische Luft. Bin gegen 3 Uhr zurück*. Beim Hinausschleichen erwischt zu werden, ist schon übel genug, aber wenn meine Eltern die Polizei benachrichtigen, weil sie fürchten, ich sei entführt worden, dann wäre das noch viel schlimmer. Viel, viel schlimmer.

Die Haustür ist am weitesten entfernt vom Schlafzimmer meiner Eltern, also ist sie der Fluchtweg meiner Wahl. Knarzende Dielen können zu wahren Bodengranaten werden, daher achte ich auf jeden Schritt, auf jeden Atemzug. Lautlos schlüpfe ich hinaus in die Vollmondnacht.

Vorsichtig ziehe ich die Haustür ins Schloss. Freiheit! Dreas Scheinwerfer leuchten am Ende der Straße. Aber die Gefahr ist noch nicht vorbei. Das Schlafzimmerfenster meiner Eltern ist weit geöffnet und unsere Nachbarn sind Spione im Dienst von Mom und Dad.

Ich überquere sofort die Straße, um Mrs Brachetts Blicken zu entgehen. Sie ist eine dieser verrückten alten Nachteulen. Gerade noch davongekommen. Sie sitzt tatsächlich neben ihrem offenen Fenster und liest ein Buch.

Zwei Häuser weiter überquere ich die Straße noch einmal – ich bin nicht scharf darauf, auf Rambo zu treffen, der alles anbellt, was sich bewegt. Nur ein paar Schritte noch, dann habe ich es geschafft.

»Fahr los!«, sage ich zu Drea, noch während ich ins Auto steige. Aktion erfolgreich, ich kann mich also entspannen, bis ich mich wieder ins Haus hineinschmuggeln muss.

Wir lassen die Stadt hinter uns und fahren die steilen Kurven hinauf bis zum Lagerplatz.

Ich werfe einen Seitenblick auf Dreas Locken und ihr Make-up. »Du siehst fantastisch aus.«

»Das will ich hoffen. Ich habe eineinhalb Stunden gebraucht, um meine Haare richtig hinzukriegen.«

Drea hat das Glück, eine Mutter zu haben, die nichts dagegen hat, wenn ihre Tochter auf eine Party geht, selbst wenn es dort Bier gibt. Einzige Bedingung: Sie will wissen, wo wir sind, und wir müssen versprechen, sie anzurufen, wenn wir nicht mehr nüchtern genug sind, um nach Hause zu fahren. Ich wünschte, Ms P wäre meine Mom.

»Was meinst du, wer wird heute da sein?«, frage ich.

»ALLE. Omar, Chase, Skye, Ryan.« Drea macht eine Pause und grinst mich an. Es gibt niemanden in der Schule, den ich wirklich toll finde, mit Ausnahme von Ryan Delgado. Obwohl er mit Mandy zusammen ist – und das allein ist Grund genug, sich zu fragen, was mit ihm nicht stimmt –, interessiert er mich trotzdem. Dass er total gut aussieht, ist zugegebenermaßen ein Pluspunkt, auch wenn seine Nase schief ist, was bei jedem anderen hässlich wäre. Bei ihm ist das perfekt und nur ein Beweis dafür, wie sportlich er ist.

Wir fahren am gut besuchten Aussichtspunkt vorbei.

»Boah. Siehst du die vielen Autos, die heute Abend hier sind?« Drea drosselt das Tempo. »Ist jemand da, den wir kennen?«

Ich lasse den Blick über die Pärchen schweifen, die am Straßenrand parken, mit Blick auf die Sterne am Himmel und auf die Lichter der Stadt am Fuß des Hügels.

»Sieht nicht so aus. Oh. Moment. Lalas Liebesmobil«, sage ich, während ich mich umdrehe und den Hals recke, um einen letzten Blick zu erhaschen.

»Das ist keine große Überraschung«, erwidert Drea und verdreht die Augen. Dann wechselt sie das Thema. Ihre helle Stimme verrät ihre Vorfreude. »Meine Mom ist dabei, unseren Reiseplan zusammenzustellen: vier Colleges, die mir gefallen, und zwei, von denen sie meint, wir sollten ihnen ›eine Chance geben‹. Sie hat mich gefragt, welche Colleges du noch auf deiner Liste hast. Es wäre toll, wenn du mir heute Abend Bescheid geben könntest, es reicht aber auch noch morgen.«

Mein Herz plumpst in die Tiefe. Es ist nicht mehr »unser« Sommertrip, und es ist auch völlig egal, welche Colleges mich interessieren oder nicht. Jetzt muss ich sogar Drea enttäuschen.

Als ich keine Antwort gebe, fragt sie: »Also, was denkst du? Du kannst dir ruhig Colleges aussuchen, die mich gar nicht erst nehmen würden, es wird trotzdem Spaß machen, sie anzuschauen.«

»Es spielt keine Rolle, was ich denke oder nicht, okay?«, bricht es aus mir heraus. Zu spät merke ich, dass es so klingt, als wäre ich sauer auf Drea. »Ich meine, ich habe meiner Mom davon erzählt und sie hat total abgeblockt. Sie hat mir sogar verboten, Dad zu fragen.«

Ich zögere, überlege, ob ich Drea erzählen soll, dass ich es vielleicht sogar geschafft hätte, Mom rumzukriegen … bevor der Anruf meines Bruders kam. Aber dann würde Skel sich womöglich eingeladen fühlen, zu uns ins Auto zu kommen. Also sage ich stattdessen: »Ich musste mir das Übliche anhören. Warum ich teures Geld dafür verschwenden will auszuziehen, wo ich doch einfach aufs örtliche College gehen kann.«

»Unser College hier ist ein Dreckloch. Du spielst doch nicht ernsthaft mit dem Gedanken, dorthin zu gehen?«

»Nein«, sage ich. »Meine beste Freundin Drea wird für mich ein College aussuchen, das zu mir passt.«

»Du vertraust mir also?« Drea sieht mich mit einem teuflischen Grinsen an, während sie den Wagen in eine lange Reihe parkender Autos einreiht.

»Klar doch. Zumindest vertraue ich auf deinen Bericht vom Campusleben«, erwidere ich.

Die letzte Strecke gehen wir zu Fuß, zählen dabei die Autos auf dem Feldweg – siebenunddreißig bis jetzt – und gehen in Richtung der roten, heißen Aschefunken, die über die Baumwipfel zu uns herüberwirbeln. Im Vollmondlicht sieht Dreas dunkle Haut fast blau aus. Die krummen Kiefern und die knorrigen Eichen haben sich in einen Märchenwald verwandelt und sind nicht so düster wie sonst. Wir haben das letzte Auto der Reihe erreicht. Dreiundfünfzig. Ich bezweifle, dass heute Abend irgendjemand zwischen vierzehn und achtzehn zu Hause geblieben ist.

Ich atme tief ein – weg von zu Hause, das fühlt sich so gut an.

Die Straße macht einen Bogen nach rechts, aber wir biegen nach links ab, wo sich bereits eine große Gruppe von Leuten um ein Lagerfeuer schart. Andere halten sich am Rand der Lichtung auf, lehnen sich gegen Bäume und gestikulieren. Kleine Rauchsäulen steigen von den rot glühenden Zigaretten in ihren Händen auf. Und jenseits der vordersten Baumlinie sieht man die Silhouetten von Klassenkameraden, die etwas ungestörter sein wollen.

Ich drehe mich wieder zum Lagerfeuer und mein Blick trifft ausgerechnet auf Peter, der keine zwei Schritte entfernt eine riesengroße Kühlbox bewacht. Soll das ein Witz sein? Unter all den Leuten hier treffe ich als Erstes ausgerechnet auf *meinen Bruder*?

»Peter! Was für eine Überraschung. Ich hätte nicht gedacht, dass wir uns hier über den Weg laufen!«, begrüßt Drea ihn und lächelt ein blondes Mädchen mitleidig an, das ihn gerade mehr oder weniger ableckt. »Hilf mir kurz auf die Sprünge.

Wann genau hast du deinen Abschluss gemacht? Vor vier Jahren?«

»Vor drei, Drea. Und du machst ihn wohl nächstes Jahr – wenn du dich sehr anstrengst.« Peter nimmt einen Schluck von dem *Coors*, das er in der Hand hält, und sagt dann an mich gewandt: »Die eigentliche Überraschung ist, mein kleines Schwesterlein hier zu sehen. Wo doch schon längst Schlafenszeit ist. Mommy und Daddy wären bestimmt sehr böse auf dich, wenn sie wüssten, dass du dich auf einer Party herumtreibst.«

»Und sie wären bestimmt sehr stolz, wenn sie wüssten, dass ihr lieber Sohn hier den Barkeeper spielt«, erwidere ich. Peter demonstriert gerne, dass er alt genug ist, Bier zu kaufen, und der kleine Nebenverdienst kommt ihm gerade recht.

»So bin ich eben. Ich bemühe mich, den Youngstern behilflich zu sein, so gut ich kann.«

Er wirft einen Blick auf die Blondine neben sich, die jetzt eher gelangweilt wirkt.

Drea drückt Peter fünf Dollar in die Hand. Er steckt sie in die Hosentasche, greift in die Kühlbox und holt zwei Bier heraus. »Bitte sehr.«

Drea und ich schnappen uns die Dosen und schauen an Peter vorbei auf die andere Seite des Lagerfeuers, wo unsere Freunde sind. Omar begrüßt uns mit einem Nicken, das aus Chase und Skye bestehende zweiköpfige Liebesmonster winkt uns zu. Es wird immer schlimmer mit den beiden. Jetzt winken sie schon synchron.

Wir gehen zu ihnen hinüber und grüßen im Vorbeigehen, wenn wir bekannte Gesichter sehen. Einige Mädchen von der Cranberry Hill, die einen geschlossenen Kreis gebildet haben, werden auf uns aufmerksam. Als sie merken, dass es nur Drea und ich sind, verlieren sie das Interesse und quasseln weiter.

Überall blicken wir in glasige Augen und werden wankend begrüßt – die Party ist wohl schon längere Zeit voll im Gange. Als wir bei unseren Freunden angekommen sind, sagt Skye, dass wir bisher nicht viel verpasst hätten, und dann sind wir auch schon bei unseren üblichen Gesprächsthemen. Es geht um die Pläne für den Sommer und um Lala, die nicht auf die Party gekommen ist. Omar und Chase kabbeln sich wieder einmal, wer Jahrgangsbester werden wird, als plötzlich rechts von uns ein Zehntklässler, der sich kaum mehr auf den Beinen halten kann, den Reißverschluss seiner Hose öffnet und lospinkelt.

»Wenigstens zielt er auf die Bäume. Mehr oder weniger.«

Das Feuer wärmt meine linke Seite, während die rechte der kühlen Nachtluft ausgesetzt ist. Fröstelnd ziehe ich meinen Kapuzenpulli über.

Drea rümpft die Nase. »Er muss ziemlich besoffen sein, wenn er direkt vor unseren Augen zu pissen anfängt.«

»Nicht so betrunken wie die.« Eine Schülersprecherin sitzt auf dem Boden und kichert, während sie immer wieder vergeblich versucht aufzustehen.

»Wie elegant«, kommentiert Omar. »Die ist ja total fertig.«

»Ich werde dir sagen, wer total fertig ist.« Der pinkelnde Zehntklässler torkelt heran und lallt: »Ein totes Eichhörnchen. Da drüben.« Er deutet zuerst in den Himmel, dann auf das Feuer, dann auf die Erde. »Total widerlich.«

»Woran ist es gestorben?«, fragt Drea. »An deiner Pisse?«

Ich halte mir die Nase zu und schlucke schwer. Sein feuchtes linkes Hosenbein kommt gefährlich nahe.

»Ich hol mir noch ein Bier«, verkündet er laut und schwankt

zuerst in Richtung der tanzenden Flammen und dann wieder weg.

»Am besten, du rufst deinen Dad, Clare«, neckt mich Omar.

»Welchen Platz hat ein totes Eichhörnchen auf seiner Prioritätenliste? Wann kommt er, um es abzuholen, wenn wir ihn heute Nacht rufen?«, fragt Chase. Seine blauen Augen funkeln.

Ich lächle. Jetzt ist es wieder so weit. Witze über meinen Dad werden nie langweilig – weder für meine Freunde noch für mich.

»Das riecht nach einer Wette!«

Omar zieht erwartungsvoll die Augenbrauen hoch.

»Wer macht mit? Ich setze einen Fünfer darauf, dass er morgen Mittag den Kadaver einsammelt.«

»Mittag? Niemals.« Skye schüttelt den Kopf. »Als wir vor Kurzem abends um zehn eine tote Katze in unserem Hinterhof gefunden haben, war er sofort da.«

»Das war ein Freundschaftsdienst«, erwidere ich trocken.

»Hatte er seinen großen Pfannenwender dabei?« Chase streckt den Arm aus und tut so, als würde er einen Pfannkuchen hochwerfen und wieder auffangen.

»Einen Katzenwender!«, witzelt Omar und lacht laut. »Deine Mom benutzt das Ding hoffentlich nicht in eurer Küche, oder?«

»Nur wenn sie weiß, dass du zu Besuch kommst«, pruste ich los.

»Lasst uns anrufen.« Skye zieht ihr Handy aus der Hosentasche. Ihre mandelförmigen Augen verschwinden fast, als sie schelmisch grinst.

»Lieber nicht«, sage ich mit warnendem Blick. »Womöglich kommt mein Dad sofort.«

»Und dann hängt er hier herum und macht auf Kumpel«, fügt Drea hinzu.

»Und erzählt uns Kadavergeschichten«, sagt Omar und presst wie zum Gedenken seine Baseballmütze an die Brust.

»Auf meinen Dad«, sage ich mit hocherhobener Bierdose. »Der den öffentlichen Wald sauber hält. Tier für Tier!«

»Hört, hört«, rufen Chase und Omar.

Skye verstaut ihr Handy. »Okay. Ich warte noch mit dem Anruf. Aber wenn ich gehe, ist er fällig.«

»Einen Fünfer darauf, dass er das Eichhörnchen morgen früh zwischen zehn und elf einsammelt«, sagt Chase und zieht eine Brieftasche unter seinem Manchester-United-Sweatshirt hervor.

»Ich setze einen Fünfer auf drei Uhr nachmittags.«

Ich drehe mich um, obwohl ich schon weiß, dass es Ryans Stimme ist. Sein Haar ist heute Abend nicht so zerzaust wie sonst, er hat es mit einer Beanie gezähmt, was seine braunen Augen noch besser zur Geltung bringt. Und Mandy hängt ausnahmsweise nicht an ihm wie eine Boa constrictor. Ich schaue mich um, aber sie ist nirgendwo zu sehen. Sofort entspanne ich mich ein bisschen. Wenn sich unsere Wege kreuzen, taucht meistens auch Skel auf.

»Sehr gut, Ryan!« Chase nimmt das Geld entgegen, während Omar Ryans Name auf die Wettliste setzt, die er in sein Handy getippt hat. »Sonst noch jemand?«

Ich schüttle den Kopf, nippe an meinem Bier und sehe zu, wie Chase und Omar das Geld einsammeln. Ich habe die Dose fast leer getrunken, aber ich halte sie fest wie ein Kind seine Schmusedecke. Damit umgehe ich die unvermeidliche Frage »Willst du nichts trinken?«, die meistens damit endet, dass ich eine volle Bierdose in die Hand gedrückt bekomme.

Ich will nicht so enden wie das Mädchen, das nicht mal mehr aufstehen kann – und jetzt gerade in die Büsche kotzt –, oder wie der Zehntklässler, der mit einem vollgepissten Hosenbein zwischen den Leuten herumtorkelt. Außerdem ist es so gut wie unmöglich, angetrunken in unser Haus zu gelangen. Das habe ich von Peter gelernt.

Eines Morgens, während meines ersten Highschool-Jahres, fand ich ihn draußen vor der Tür, schlafend, mit dem Rücken gegen die Hauswand gelehnt. Angeblich hatte er das Schlüsselloch nicht gefunden, weil es sich ständig hin und her bewegte. Deshalb übrnachtete er im Freien. Seine Hände waren starr vor Kälte.

Ich schleppte ihn nach drinnen und zwang ihn, unter die Dusche zu gehen, bevor Mom aufwachte und sich fragte, ob wir womöglich eine Brauerei eröffnet hatten.

Bevor ich ging, drehte ich ihm noch das heiße Wasser auf.

Mom erwischte ihn auf dem Weg ins Badezimmer. Dass er die Nacht im Freien verbracht hatte, kümmerte sie nicht sonderlich, aber sie war außer sich vor Wut, weil er betrunken war. Sie verdonnerte ihn dazu, einen Monat lang an den Wochenenden das Haus neu zu streichen.

Das ist inzwischen zwei Jahre her. Mein Blick schweift in Peters Richtung. Er knutscht mit der Blonden herum und hat bereits eine Hand unter ihrem Shirt. Gleich wird mir schlecht, auch ohne Bier.

»Brauchst du Nachschub?«, fragt Ryan und steht plötzlich neben mir.

»Nope. Ich bin versorgt.« Ich halte die Bierdose hoch. Er lächelt und lehnt sich gegen einen Baum. Macht es sich bequem. So als wollte er bleiben. Sieht mich an. Plötzlich bin ich verunsichert und mache mir Gedanken über mein Aussehen.

Steckt etwas zwischen meinen Zähnen? Sind meine langen und wild wachsenden Augenbrauen schon wieder buschiger geworden, seit ich sie vor zwei Tagen gezupft habe? Warum habe ich an solche Dinge nicht gedacht, als ich mich für die Party schick gemacht habe?

»Gefällt es dir hier?«, fragt er mich. Es ist ja nicht so, als hätte er noch nie zuvor mit mir geredet. Ryan bewegt sich ständig von einer Clique zur nächsten, ungeachtet irgendwelcher Beliebtheitshierarchien, die er entweder nicht bemerkt oder nicht ernst nimmt. Aber noch nie hat er sich ganz allein mit mir unterhalten.

»Jep.« Puh. Fällt mir wirklich nichts Besseres ein als Nope und Jep?

»Scheint heute eine entspannte Party zu sein, aber morgen geht es richtig ab. Kommst du auch?«

»Jep.« Mist. Schon wieder. Schnell. Sag irgendwas. »Und wie sehen deine Pläne für den Sommer aus? Hast du etwas Besonderes vor?«

»Ja. Freunde von mir leben in Venice, wir fahren nach Baja, um die Seven Sisters zu surfen. Ich kann es kaum erwarten. Ich hasse es, weit vom Meer entfernt zu leben.«

»Das hört sich aufregend an. Ich hoffe, du hast eine gute Zeit.«

Eine gute Zeit? *Eine gute Zeit?* Natürlich hat er dort eine gute Zeit. Was redest du da? Kommt dir nichts Originelleres in den Sinn? Denk nach. Eine normale Unterhaltung, mehr nicht. »Ich liebe das Meer. Ich liebe es zu schwimmen.« Ich höre mich an wie ein hirnloser Roboter. *Ich liebe, ich liebe*. Sag etwas, was nicht mit diesen Worten anfängt. »Irgendwann will ich es mal mit Tauchen versuchen. Ich überlege sogar, Meeresbiologie zu studieren.«

»Surfst du?« Er stellt sein Bier ab und streckt die Hände zum Feuer hin. Wir stehen zu weit weg, um die Hitze zu spüren. Er macht einen Schritt auf das Feuer zu und ich folge ihm.

»Nein. Ich meine, was Sport angeht, bin ich ziemlich mies. Aber ich fahre Snowboard. Mehr oder weniger. Ich bin nicht sonderlich gut, aber ein paar Kurven kriege ich schon hin, und den Berg hinunterzukommen, schaffe ich auch.« Prima, Clare. Das war doch fast schon ein richtiger Satz.

»Dann sollten wir im nächsten Winter mal zusammen snowboarden gehen. Hast du es schon mal abseits der Piste probiert?«

Ich lache. »Nein. Und ich bezweifle, dass ich das irgendwann ausprobieren will. Du bist auf einem ganz anderen Level als ich.«

»Und wie sieht dein Sommer aus?«, fragt er und macht es sich auf dem Boden bequem. Ich setze mich neben ihn und spiele an der Lasche meiner Bierdose herum. Ich wünschte, ich hätte etwas ähnlich Interessantes zu erzählen wie einen Surftrip nach Mexiko.

»Ach, das Übliche. In der Stadt rumhängen. Schwimmaufsicht am See. Wieder mal. College-Bewerbungen und Stipendienformulare ausfüllen. Für die nächsten Aufnahmetests lernen.«

Macht es mich zum Nerd, wenn ich zugebe, in den Sommerferien zu lernen? Smart kann ja auch sexy sein. Für manche Jungs zumindest. Denke ich. Hoffe ich.

»Das ist cool. Ich weiß nicht, ob ein College überhaupt etwas für mich ist, ich bin noch am Überlegen.« Ryan schüttelt den Kopf. »Ich würde gerne reisen. Alle sind ganz versessen darauf, sofort einen Job zu ergattern. Und irgendwann sind sie alt und gehen in Rente. Warum macht man die interessanten

Sachen nicht sofort nach der Highschool und verschiebt die Karriere auf später?«

»Von der Seite habe ich das noch nie betrachtet«, sage ich und stelle mir vor, wie das wäre. Einfach in ein Flugzeug zu steigen, vielleicht zusammen mit Ryan, und dann an irgendeinem schönen Ort zu landen und sich Zeit zu nehmen, um ihn zu erforschen. Sich keine Gedanken darüber zu machen, auf welches College man gehen muss, um den besten Job zu bekommen, das höchste Gehalt. Es ist reine Fantasie. Aber ich schwelge darin und versuche für einen Moment, daran zu glauben, dass es Wirklichkeit werden könnte.

»Es muss doch eine Möglichkeit geben, das zu verwirklichen, oder?«

Seine Stimme hat sich verändert, was beweist, dass er selbst nur zu gut weiß, wie unwahrscheinlich seine Wunschvorstellung ist. Er weicht meinem Blick aus, schnappt sich einen langen Stock und stochert in den Flammen. Das Holz fängt an zu schwelen und fängt Feuer.

»Ja, irgendwie schon.« Ich versuche, mir einen witzigen Kommentar einfallen zu lassen, um ihn zum Lachen zu bringen. Als mir nichts einfällt, beschließe ich, mich aufs Praktische zu konzentrieren. »Bist du gut genug für eine Profilaufbahn?«

»Nö.« Er zieht den Stock aus dem Feuer und beobachtet, wie die Flammen sich langsam bis zu seiner Hand vorarbeiten.

»Du könntest einen Surfladen eröffnen«, schlage ich ihm vor und vergrabe die Hände in den Hosentaschen.

»Dann müsste ich mich mit Mathe herumschlagen.« Als die Flammen weiter nach oben wandern, gibt Ryan auf und wirft den Stock ins Feuer. Wir sitzen eine Weile schweigend da, bis mein Hirn schließlich die richtigen Worte findet.

»Dann sehe ich nur eine Möglichkeit, wie du die ganze Welt bereisen kannst, dafür bezahlt wirst und sogar jeden Tag ein ganz besonderes Outfit tragen darfst.« Ich grinse schelmisch. »Als Flugbegleiter.«

Er lacht. »Kann ich nicht wenigstens Pilot werden?«

»Na klar. Aber dann musst du dich mit Mathe herumschlagen.«

»Ja, aber zumindest darf ich eine Angebermütze aufsetzen. Das ist ein guter Deal«, sagt Ryan und lacht wieder.

Ich fühle mich fantastisch, genau das habe ich heute Abend gebraucht.

»Vielleicht ist die Idee ja gar nicht so schlecht«, sagt Ryan achselzuckend. »Mein Dad drängt mich andauernd, meine ›Lebensplanung‹ in Angriff zu nehmen.« Er malt mit den Fingern Anführungszeichen in die Luft. »Keine Ahnung. Ich nehme an, ich überlege noch, weil ich auf keinen Fall die falsche Entscheidung treffen will. Wie bist du auf Meeresbiologie gekommen?«

»Der Ozean ist … unglaublich. Faszinierend. Geheimnisvoll. Ich würde ihn gerne erforschen. Und mir gefallen verrückte Meeresgeschöpfe. Ganz sicher bin ich mir nicht. Aber ich habe das Gefühl, es könnte das Richtige für mich sein.«

»Bei deinen Noten kannst du alles machen. Das ist echt irre. Dir stehen alle Türen offen.«

Ich schaue zu, wie Ryan einen anderen Stock nimmt und ihn ins Feuer hält. Ich habe ihn immer für einen Typen gehalten, der total locker und zufrieden mit seinem Leben ist. Seltsam, dass er, was seine Zukunft angeht, genauso unsicher ist wie wir alle. Vielleicht sogar noch unsicherer, weil Schule einfach nicht sein Ding ist. Dann trifft es mich wie ein Schlag – Ryan weiß, dass ich gute Noten habe, und das bedeutet, er hat mich wahrgenommen. Ich will gerade etwas zu ihm sagen, als plötzlich das Handy in meiner Tasche vibriert. Meine Alarmglocke. Ich muss los und mich zurück ins Haus schleichen, bevor meine Eltern aufwachen.

Drea steht neben Omar. Anscheinend sind Chase und Skye bereits gegangen. Sogar das Feuer ist mittlerweile am Verglühen.

»Es war toll, mit dir zu reden«, sage ich zu Ryan. »Aber ich muss jetzt gehen.«

»Ja«, stimmt er zu. »Sieht aus, als wäre die Party vorbei. Bis bald, Clare.«

»Gute Nacht.«

Ich gehe zu Drea. Als wir aufbrechen und dem Feuer den Rücken kehren, kriecht die kalte Luft unter meinen Pulli. Der Vollmond ist fast ganz verschwunden. Jetzt wirken sogar die Bäume direkt am Straßenrand bedrohlich dunkel. Automatisch und ohne ein Wort zu sagen, beschleunigen wir unsere Schritte.

In weniger als fünfzehn Minuten wird mein Nachtausflug vorbei sein.

Drea lässt mich an unserem üblichen Treffpunkt einige Häuser entfernt aussteigen. Ich beeile mich, stecke den Schlüssel ins Schloss und öffne die Tür. Der Schlüssel lässt sich nur schwer wieder herausziehen, ich versuche, die Tür leise zuzumachen.

Als sie mit lautem Klicken ins Schloss fällt, verziehe ich das Gesicht.

Auf Zehenspitzen schleiche ich durch den Flur bis zu meinem Zimmer und trete dabei auf eine knarzende Bodendiele.

Verdammt.

Vorsichtig drehe ich den Knauf, öffne die Tür, schließe sie

wieder, schalte die Nachttischlampe an – und stoße einen Schrei aus.

Mom sitzt auf meinem Bett, den Morgenmantel fest um sich gewickelt. Ihre dünnen Arme hat sie vor der Brust verschränkt.

»Hast du vor, das ganze Haus aufzuwecken, Clare?«

»Du hast mich erschreckt«, flüstere ich.

»Nicht annähernd so sehr wie du mich.« Sie steht auf.

Ich schaue auf den Boden, um ihrem wütenden Blick auszuweichen. Mir fällt auf, dass ihre Hausschuhe abgetragen sind und eine ihrer Zehen schon hervorlugt. Ich könnte ihr zu Weihnachten ein neues Paar schenken.

»Um drei Uhr morgens schleichst du hier rein, nachdem du mir weismachen wolltest, du seist zu müde, um auf diese Party zu gehen. Und ich habe deine Lüge auch noch geglaubt.«

Mom steht auf und umfasst mein Kinn so fest, dass ich den Kopf heben muss. Mit der anderen Hand wedelt sie mit dem Notizzettel vor meinem Gesicht herum. »Und dann das: *Konnte nicht schlafen, schnappe frische Luft.* Dachtest du im Ernst, ich würde darauf reinfallen? Ich war selbst mal jung. Ich bin nicht dumm.«

»Tut mir leid«, flüstere ich und schaue in ihre Augen, die rot und geschwollen sind.

»Junges Fräulein«, Mom packt mich fest am Arm und zieht mich zu sich heran, »rieche ich da Bier? Hast du etwa getrunken?«

»Nur eines. Nur ein einziges.«

»Lügnerin.« Moms Nasenspitze berührt fast meine, ihr nächtlicher Atem brennt auf meiner Haut. »Heimlich davonschleichen. Alkohol trinken. Lügen. Was kommt als Nächstes, Clare?«

Das ist der Moment, in dem Skel seinen Auftritt hat.

Er kommt zur Tür hereingetänzelt und wirft theatralisch seinen Hut an den Wandhaken. Dann setzt er sich auf meinen Schreibtisch, um sich die Show anzusehen.

Ich versuche, meine Augen dazu zu zwingen, keine Tränen zuzulassen. Ich schlucke und starre auf das Aquarium. Die Skalare gleiten anmutig durch das Zittergras.

»Du hast ab sofort Hausarrest. Einen ganzen Monat lang. Kein Auto. Kein Handy. Kein Computer. Kein Fernsehen. Keine Freunde.« Mom hält die Hand auf. »Gib mir deine Autoschlüssel und dein Handy.«

Skel hebt mahnend den Finger. *Schande, Schande.*

»Und wie komme ich morgens zur Schule?« Meine Schlüssel baumeln an zwei Fingern über dem Abgrund – der aufgehaltenen Hand meiner Mutter.

»Meinetwegen. Aber wenn du danach nicht sofort nach Hause kommst, hast du den ganzen Sommer Hausarrest.«

»Ich muss bei der Abschlussfeier mithelfen, bei der Ehrengarde unseres Jahrgangs. Hast du das etwa vergessen?«

»Die Feier endet um halb zehn. Ich erwarte, dass du um Punkt zehn wieder hier bist. Keine Minute später.«

Mom und ihre löchrigen Hausschuhe sind schon an der Tür.

»Hast du mich verstanden, junges Fräulein? Keine Minute später.«

»Ja, Mom.«

Ich ziehe meinen Schlafanzug an und falle ins Bett.

Einen Monat! So lange hatte ich bisher noch nie Hausarrest. Und das ausgerechnet am Anfang der Sommerferien! Die Party morgen Abend kann ich vergessen. Und dass ich Ryan dort wiedersehe, auch.

Als ich versuche einzuschlafen, ist es nicht der Gedanke an meinen Hausarrest, der mich wach hält, sondern es sind die Worte meiner Mutter und das, was sie bedeuten. *Heimlich davonschleichen. Alkohol trinken. Lügen. Was kommt als Nächstes, Clare?*

6
Warum?

Damals, mit sieben

»Warum ist Luke im Gefängnis, Mommy?« Ich stürmte zur Haustür hinein. Den ganzen Tag hatte ich darauf gewartet, ihr diese Frage stellen zu können.

»Wer sagt, dass er im Gefängnis ist?« Mom stand von der Couch auf und half mir, meinen Rucksack abzunehmen.

»Mandy Jordan. In der großen Pause hat sie es allen erzählt. Ihre Mom sagt, dass Luke im Gefängnis sitzt, weil er ein schlechter Mensch ist.« Ich biss mir auf die Lippe. »Sie sagt, er verdient es nicht mal, Wasser und Brot zu bekommen.«

»Hör nicht darauf, was die anderen Leute sagen«, erwiderte Mom.

»Ich dachte, er besucht Granny. Aber die anderen Kinder sagen auch, dass es stimmt. Dass er im Gefängnis sitzt. Und in ein Gefängnis kommen nur schlechte Menschen. Warum ist er dort? Ist Luke schlecht?« Ich biss wieder zu, diesmal fester.

Mom sah mich lange an. »Er war zur falschen Zeit am falschen Ort«, sagte sie und zog mich auf ihren Schoß.

»Also ist er gar nicht bei Granny?« Ich fing an zu weinen. »Was hat er angestellt?«

»Wie ich gerade gesagt habe: Er war zur falschen Zeit am falschen Ort.« Sie nahm ihr Taschentuch und wischte meine Tränen weg.

»Wann kommt er wieder nach Hause?«, wollte ich wissen.

»An Ostern«, antwortete sie. Ostern! Bis dahin war es fast noch ein ganzes Jahr! Bevor ich etwas sagen konnte, fragte Mom: »Was ist mit deinen Hausaufgaben?«

»Nur eine Buchstabierübung und Rechnen, glaube ich.«

»Nun, dann solltest du besser gleich damit anfangen.« Sie bugsierte mich zum Küchentisch.

Ich hatte noch mehr Fragen, aber ich begriff, dass Mom nicht mehr darüber sprechen wollte.

Wenigstens hatte ich jetzt eine Antwort. Etwas, was ich Mandy sagen konnte, wenn sie mich wieder einmal hänselte. »Mandy, Luke war zur falschen Zeit am falschen Ort. Das heißt aber nicht, dass er etwas Böses getan hat.«

Es war ein gutes Gefühl, eine Antwort parat zu haben. Eine Zeit lang. Aber dann kam ich ins Grübeln. Luke war zur falschen Zeit am falschen Ort gewesen. War das ein Verbrechen, für das man eingesperrt wurde? Oder war er nur versehentlich im Gefängnis und eigentlich sollte jemand anderes dort sein? Hatte er unabsichtlich etwas Schlimmes getan? Und was war mit mir? Was, wenn ich ebenfalls zur falschen Zeit am falschen Ort war?

Von da an grübelte ich, immer und überall: Könnte mir das auch passieren? In der Schule: Muss ich ins Büro des Direktors, wenn mein Banknachbar abschreibt und ich am falschen Ort bin? Im Lebensmittelladen: Wenn jemand etwas klaut, während ich da bin, muss ich dann ins Gefängnis, weil ich zur falschen Zeit in diesem Geschäft bin?

Ich hatte Angst, mit Mom oder Dad darüber zu sprechen.

Mir war klar, dass Mom nicht gerne über dieses Thema sprach, und ich wollte sie nicht traurig machen. Oder wütend. Wenn ich die falsche Frage zur falschen Zeit stellte, würde ich Hausarrest oder noch mehr Arbeiten aufgebrummt bekommen. Also hielt ich den Mund. Selbst wenn ich nichts Falsches getan hatte, füllte die Angst vor dem Gefängnis meine Gedanken aus und wurde größer, größer, größer.

7
Die Kostüme, die wir tragen

Jetzt

»Dieses verdammte Ding ist für ein Mädchen gemacht«, sagt Omar. »Also musst du es anziehen.«

»Netter Versuch. Aber du bist derjenige, der sich freiwillig gemeldet hat.« Ich zerre an Omars breiten Schultern und versuche, den Reißverschluss zu schließen, aber mehr als ein Zentimeter ist nicht drin. »Hm. Ich fürchte, du steckst fest. Im wahrsten Sinne des Wortes. Der Reißverschluss klemmt. Er bewegt sich weder rauf noch runter.«

»Versprich mir, dass du mich aus dem Ding herausschneidest, sobald die Feier vorbei ist, und keine Sekunde später.« Omar reckt die Faust in den Himmel und ruft theatralisch: »Ich bin nicht gemacht für ein Leben als Stanley, das Eichhörnchen.«

»Ähm, klar«, sage ich und konzentriere mich darauf, ihn in das Kostüm *hineinzuquetschen*. »Bei drei hältst du die Luft an.« Mit der einen Hand ziehe ich das verfilzte künstliche Fell zusammen, mit der anderen Hand ziehe ich am Reißverschluss.

»Fertig? Eins, zwei, drei.« Ritsch. Ratsch. Das Ding ist zu. Ich ziehe den extra-extra-extra-großen Umhang über Omars große, behaarte Arme, stülpe die Pfoten über seine Hände und wuchte Stanleys Kopf über seinen Schädel. »Großartig. Es kann losgehen.«

»Hast du nicht etwas Wichtiges vergessen?« Omar klingt so, als sei er auf dem Grund eines tiefen Brunnens.

»Oh, richtig, die Mütze. *Voilà!*«

Ich führe Omar aus der Abstellkammer und wir reihen uns in die acht anderen Mitglieder der Garde ein, zu den Ehrendamen der Abschlussklasse. Die Zwölftklässler kichern und singen Lieder und hinterlassen eine Duftwolke aus Alkohol und Cannabis-Cologne.

Die Abschlussfeier ist ungefähr so spannend, wie den Küchenboden mit einer Zahnbürste zu putzen. Es sei denn, es handelt sich um die eigene Abschlussfeier. Was bei mir nicht der Fall ist. Ich bin nur der Idiot in der Mitte des Felds, der die purpurrot-blaugrüne Fahne der *Fighting Squirrels* in der Hand hält, und das nach gerade mal zwei Stunden Schlaf. Um nicht ohnmächtig zu werden, lehne ich mich gegen den Flaggenmast und frage mich, ob ich in meinem bauschigen weißen Kostüm nicht wie ein Eisbär aussehe.

Ich weiß genau, was ich jetzt bräuchte. Etwas Dramatisches. Jemand, der diese Zeremonie aufmischt, ein wildes Wolfsrudel, das den Direktor verschleppt, ein gigantisches Erdbeben, das die gesamte Veranstaltung in die Tiefe reißt. Aber mein einziges Vergnügen auf dieser Gähnfeier ist Omars übertriebenes Getue, wenn er jedem Absolventen einzeln gratuliert.

Nur noch hundertundeins Diplome zu vergeben.

Nach der Zeremonie sieht man überall Abiturienten, die sich in die Arme fallen und übers ganze Gesicht strahlen. Die Arme um Schultern und Taille gelegt, posieren sie unter Blitzlichtgewitter und lautem Klicken von Fotoapparaten vor den Kameras.

»Wir sind so stolz.«

»Gut gemacht!«

»Du hast es geschafft!«

Das alles ist so vorhersehbar.

Ein Jahr noch und dann bin ich an der Reihe. Bei der Vorstellung werde ich ganz nervös. Das Leben nach der Schule, das Leben als Erwachsene, ein Leben ohne die Regeln meiner Eltern. Wie wird das wohl sein? Bei dem Gedanken an meine eigene Abschlussfeier grummelt es in meinem Magen. Mom wird Regeln aufstellen, vermutlich noch mehr als sonst, und Peter wird sehr wahrscheinlich betrunken sein und meine Freundinnen angraben. Und Dad wird so selbstverständlich von toten Tieren reden, wie andere Leute über das Wetter sprechen. Wenn ich mir das so überlege, sollte ich mir die Abschlussfeier vielleicht besser ersparen. Aber dann muss ich an Luke denken. Luke wird Dads seltsame Kommentare mit einem Scherz herunterspielen und Mom dazu überreden, ein paar ihrer Regeln zu lockern, nur für diesen einen Tag. Luke wird hier sein. Ganz bestimmt. Immerhin ist es meine *Abschlussfeier*. Natürlich wird er hier sein.

Skel tippt auf meine Schulter und erinnert mich daran, dass auch er bei diesem freudigen Ereignis dabei sein wird.

Wenn ich mit der Highschool fertig bin und auf ein College gehe, wird Skel mich endlich in Ruhe lassen. Ich ignoriere ihn und verlasse die Feier, um zu meinem Auto zu gehen.

»Clare. Warte!« Omar, das Eichhörnchen, rennt hinter mir her, seine Rufe werden von dem wuchtigen Kostümkopf gedämpft. »Du hast versprochen, mir aus diesem Ding rauszuhelfen.«

Ich gehe schnell zu ihm, packe den Reißverschluss und befreie Omar mit einem einzigen Ruck aus seinem Kostüm. »Okay, bis dann«, sage ich knapp. »Ich muss los.«

»Das ging aber schnell«, stellt Omar fest und legt den Eichhörnchenkopf ab. »Warte, du willst doch nicht ernsthaft nach Hause gehen?«

»Ich habe ernsthaft Hausarrest, und das lebenslang, wenn ich zu spät komme. Viel Spaß ohne mich heute Abend.« Ich drehe mich um und renne zu meinem Auto.

»Bis später!«, ruft Omar mir nach.

***

Ich bin sogar fünf Minuten zu früh dran. Im Haus ist alles still.

»Bin wieder da«, rufe ich ins Wohnzimmer hinein, wo Dad auf der Couch sitzt und fernsieht, während Mom gerade eine ihrer Glaskugeln in der Hand hält und sie mit einem Tuch poliert. Bei dem Anblick verkrampft sich etwas in meiner Brust. Schon wieder? Sie hat sie doch erst gestern sauber gemacht. Was hat Mom denn diesmal aus der Fassung gebracht? Vielleicht wollte Peter sie heute Morgen nur ein bisschen ärgern und hat seine Fingerabdrücke auf der Kugel hinterlassen. Hoffentlich.

»Wie war die Abschlussfeier?« Moms Tonfall ist ruhig und ausdruckslos. Behutsam umschließt sie die Kugel mit ihrer Hand, die in einem Handschuh steckt. Sie hält sie ins Licht und dreht sie langsam, den Metallaufhänger mit Daumen und Zeigefinger festhaltend, die schützende hohle Hand nur einen Fingerbreit entfernt. Ein Sicherheitsnetz. Sie blinzelt und hält den Weihnachtsschmuck so, dass sie ihn noch etwas genauer in Augenschein nehmen kann. Poliert eine kleine Stelle. Hält die Kugel wieder ins Licht. Wiederholt das Ganze. Zufrieden mit dem Ergebnis hängt sie das Teil an den untersten Aufhänger des Metallbaums zu den anderen vier. Großer Gott, ich kann nur hoffen, dass meine Freunde niemals zufällig hier reinspazieren und sie dabei beobachten.

»Ganz gut«, antworte ich und verziehe mich sofort in mein Zimmer. Ich will mich jetzt nicht mit ihr oder Dad abgeben. Ich will einfach nur schlafen.

Meine Zimmertür fällt ins Schloss und im selben Moment höre ich Moms Stimme. »Vergiss nicht, deine Autoschlüssel auf meinen Schreibtisch zu legen. Denk daran, du hast Hausarrest.« Als ob ich das je vergessen könnte.

Zu schade, dass Mom es nicht mag, wenn die Zimmer im Haus abgeschlossen sind. Wie gerne hätte ich meine Tür heute Nacht verriegelt, damit mich meine bescheuerte Familie auch wirklich in Ruhe lässt.

Ich lasse meinen Rucksack fallen und greife nach dem Fischfutter. Nachdem ich den größten Brocken aus der Dose geangelt habe, zerreibe ich ihn zwischen den Fingern. Ich habe noch nicht das Wasser berührt, da kommt Brutus schon an die Oberfläche geschossen. Er knabbert an den Krümeln, bevor die anderen Fische begriffen haben, dass Fütterungszeit ist. Ich streue noch mehr Futter ins Aquarium. Während ich den Skalaren beim Fressen zuschaue, kehren meine Gedanken wieder zur Abschlussfeier zurück. Und zu den Colleges. Über das Finanzielle mache ich mir am meisten Sorgen. Meine Schulbetreuer haben mir versichert, dass meine Noten sehr gut seien und meine Beteiligung an außerlehrplanmäßigen Aktivitäten völlig ausreiche. Außerdem habe ich gute Zensuren in den zwei College-Vorbereitungstests, die ich bereits abgelegt habe. Jedes College würde mich mit Kusshand nehmen. Ich wünschte, meine Eltern würden das endlich kapieren: JEDES College würde mich mit Kusshand nehmen!

Deprimiert schließe ich den Deckel des Fischfutters wieder und lasse mich aufs Bett fallen. Es raschelt leise.

Post. Vielleicht eine Broschüre von einem College. Ich rolle mich zur Seite und ziehe den Umschlag unter mir hervor. Ein Brief? Ich kenne nur eine Person, die Briefe schreibt. Luke!

Lieber Piepmatz,

wie geht es meiner Lieblingsschwester? Dein letzter Brief war so lustig! Es gibt hier nicht viel zu lachen, deshalb habe ich ihn ungefähr fünfzigmal gelesen. Vielen Dank dafür.
Ich habe mir die Bilder von Deinen neuen Fischen angesehen, die Du mir geschickt hast. Ohne ihren Charakter zu kennen, ist es schwierig, einen Namen für sie zu finden. Aber für mich sehen sie aus wie Raymond und Sushi. Ja genau, Sushi. Beschwer Dich nicht – Du hast mich schließlich gefragt!
Glückwunsch zu Deinen Noten. Wow, Clare. Ich bin wirklich stolz auf Dich.
Ich habe einen Kurs im Schweißen belegt, vielleicht hilft mir das, einen guten Job zu finden, wenn ich rauskomme. Drück mir die Daumen, okay?
Ich kann es kaum erwarten, Dich wiederzusehen. Der Termin für die Entscheidung über meine vorzeitige Entlassung steht bald an. Wenn alles klappt, bin ich in weniger als einem Monat bei Euch. Ich werde anrufen und Dir Bescheid geben.

Ich vermisse Dich und hab Dich sehr lieb!
Luke

Der Termin war offenbar gestern gewesen – deshalb auch der Telefonanruf. Es scheint alles gut gelaufen zu sein, sonst würde man ihn nicht vorzeitig entlassen. Ich wünschte nur, er würde direkt nach Hause kommen.

Ich lese den Brief noch einmal und stelle mir dabei vor, wie Luke ihn geschrieben hat. Es fällt mir schwer – er hat nicht sehr viele Details verraten. Ich weiß nicht, wie seine Zelle aussieht oder mit wem er sie teilt oder wie viel Zeit er täglich darin verbringen muss. Dass er Kurse belegt, ist eine gute Nachricht – nicht alle Gefängnisse, in denen er war, haben so etwas im Angebot.

Der Brief enthält hauptsächlich gute Neuigkeiten, wie fast alle seine Briefe. Meistens geht es nur um die positiven Dinge, die es von ihm zu berichten gibt, und um mich und das, was sich zu Hause tut, nicht jedoch um das, was er dort durchmacht. Es muss schwer für ihn sein, auch wenn er es nicht offen ausspricht. Ich spüre, wie einsam er ist, lese es zwischen seinen Zeilen. *Es gibt hier nicht viel zu lachen.*

Ich nehme die kleine Schatulle von meinem Schreibtisch in die Hand. Fahre mit den Fingern über die glatt geschliffenen, dunkel gebeizten Kanten, die bündigen, perfekt eingepassten Holzteile.

Es war das letzte Geschenk von ihm, zu meinem achten Geburtstag. Erst als alle Gäste gegangen und alle Luftballons geschrumpft waren, habe ich es aufgemacht. Luke erklärte mir, die Schatulle sei meine persönliche Schatzkiste.

An seinen Fingerspitzen klebte immer noch dunkle Beize, als er über die abgerundeten Ecken und die geschwungenen Kanten strich.

Ich umklammerte den dazugehörigen Schlüssel und wollte ihn nicht wieder hergeben. Die Schatulle war dazu da, meine

Schätze vor anderen zu schützen? Auch vor Peter? Ja, auch vor Peter.

Lukes Hemd war voller Sägemehl und Beizflecken. Der Geruch steigt mir auch jetzt noch in die Nase, wenn ich die Schatulle öffne und sie ganz nah an mein Gesicht halte.

Sie enthält die Erinnerungen an dreizehn Jahre mit meinem Bruder. Die meisten Briefe wurden auf dem vorgestempelten Gefängnisbriefpapier geschrieben. Die Briefbögen sind brüchig, die Schrift ist verblasst und vom Papier aufgesogen, und meine Fingerabdrücke haben überall Flecken auf Lukes Worten hinterlassen.

Ich habe ihm bestimmt hundertmal geschrieben, angefangen in der ersten Klasse, als meine kleinen Hände nur kurze, falsch geschriebene Wörter und unvollständige Sätze zustande brachten, ohne Interpunktion und Großschreibung. Luke hat mir genau achtunddreißig Briefe geschrieben, diesen hier, Weihnachts- und Geburtstagskarten mitgezählt. Ich habe alle in den Originalumschlägen aufbewahrt. Im ersten Brief lobte er mich wegen meiner guten Noten in der Schule und sagte, wie stolz er ist, dass der Lehrer meinte, ich würde im Unterricht gut aufpassen.

Ich nehme einen der Erstklässler-Briefe heraus. *Wow, kleiner Piepmatz, Du wächst so schnell! Ich wünschte, ich wäre zu Hause und könnte Dich beim Schultheater erleben. Ich habe allen hier das Foto von Dir als Schneeflocke gezeigt. Meine Freunde sind alle der Meinung, dass ich die hübscheste kleine Schwester der Welt habe. Wachse nicht ganz so schnell bis zu unserem nächsten Wiedersehen.* Von allen seinen Briefen ist dieser besonders abgenutzt. Ich war hübsch. Das hat Luke selbst gesagt. Und seine Freunde auch.

Um Lukes Briefe durchzugehen, muss ich nicht erst die

Umschläge öffnen, ich weiß auch so, was er geschrieben hat. Aber der Drang, sie zu lesen, lenkt mich von meinem Bedürfnis nach Ruhe ab.

Einen noch. Nur einen. Dann gehe ich schlafen. Wahllos picke ich einen Umschlag heraus und öffne ihn. *Ich wette, das Apfelkompott hat viel besser geschmeckt, weil Du mitgeholfen hast! Iss einen Apfel für mich, Piepmatz. Und pass gut auf unseren Baum auf, damit ich nächstes Jahr ganz viele Äpfel essen kann.*

Ich muss schlucken, wenn ich daran denke, wie Mom mir erklärte, dass wir leider keinen Apfel für Luke mit der Post verschicken könnten. Und wie sie zum Trost Fotos von uns bei der Apfelernte gemacht hat, um sie statt eines Apfels zu schicken. Aber in diesem Jahr wird Luke zu Hause sein, wenn die Äpfel reif sind.

Ich lege den neuen Brief zu den anderen, klappe sachte die Schatulle zu und drehe den Schlüssel um.

Im Bett sehe ich mit geschlossenen Augen Luke vor mir, wie er durch die Haustür hereinspaziert. Ich vermisse ihn so sehr, dass es wehtut.

Aber dann ist da auch noch die Kehrseite seiner Heimkehr, das Getuschel – *Gefängnis, Gefängnis, Gefängnis, Schande, Schande, Schande* – und die feindseligen Blicke. Kein Wunder, dass Luke nicht sofort nach Hause kommen will. Langsam dämmert es mir: Es ist besser für ihn, dorthin zu gehen, wo er ein unbeschriebenes Blatt ist. Wo die Leute ihn so kennenlernen können, wie ich ihn kenne. Ein Ort, wo die Gegenwart die Vergangenheit verdrängt. Wo eine zweite Chance möglich ist.

Ich schiebe die Gedanken ganz weit weg. Ich bin viel zu müde, um heute Nacht darüber nachzudenken.

8
Blaue Kreise

Damals, mit sieben

Ich hörte zufällig, wie Mom zu Dad sagte, Luke würde am 23. März aus dem Gefängnis entlassen. Sofort kreiste ich das Datum auf meinem Kalender ein, Leuchtendblau, Himmelblau, die glücklichste Farbe, die ich finden konnte.

Ich schrieb einen Brief an Luke und listete alles auf, was wir unternehmen würden, wenn er wieder zu Hause war. Ich wollte im Park spielen und ihm zeigen, wie hoch ich schaukeln konnte. Ich wollte ihm Scharade beibringen, weil wir das Pantomimespiel gerade erst in der Schule gelernt hatten. Ich wollte Mom dabei helfen, sein Lieblingsessen vorzubereiten: Bœuf Stroganoff und Pfirsichkuchen.

Der 23. März. Der 23. März. In einem blauen Kringel.

Der 23. März kam. Der 23. März endete um Mitternacht – ich war hellwach und wartete auf meinen Bruder.

Der 24. März begann um Mitternacht – und irgendwann schlief ich ein.

Am 24. März sagte Mom, Luke sei vermutlich bei Freunden zu Besuch und würde bestimmt bald kommen.

Am 25. März überlegte ich, warum Lukes Freunde für ihn

wichtiger waren als ich, und als ich ins Bett ging, brach ich in Tränen aus.

Am 26. März schleuderte ich meine Stofftiere gegen meinen Kalender und kritzelte auf dem 23. März mit tiefschwarzer Tinte herum.

Am 27. März setzte ich mich neben die Tür und starrte auf Moms Schreibtischuhr. Wenn der kleine Zeiger auf fünf stand, würde Luke bestimmt kommen. Wenn der kleine Zeiger auf sechs stand, würde Luke bestimmt kommen.

Am 28. März kriegte ich es mit der Angst zu tun. Was, wenn sie Luke nicht rausgelassen hatten? Was, wenn er einen Autounfall hatte und verletzt war? Vielleicht sollten wir alle Krankenhäuser von hier bis zum Gefängnis abklappern? Sollten wir nicht im Gefängnis anrufen, um nachzufragen, ob er schon entlassen worden war?

Am 29. März gab ich auf.

Am 30. März kam er nach Hause. Er verstand nicht, warum ich die Arme verschränkte und mich von ihm wegdrehte.

»Warum ist der kleine Piepmatz böse auf mich?«

Ich weinte. Er war nicht sofort zu mir gekommen. Er begriff nicht, wieso ich wütend auf ihn war.

Er nahm mich auf den Schoß und sagte: »Weißt du, warum ich dich Piepmatz nenne? Nein? Du warst damals viel zu klein, du kannst dich bestimmt nicht mehr daran erinnern. Ich werde es dir verraten. Als Ma dich aus dem Krankenhaus mitbrachte, gleich nach deiner Geburt, hast du mich angesehen und sofort angefangen zu piepsen. So als wolltest du Hallo zu mir sagen. Ich fand, dass Clare ein viel zu ernster Name für so ein süßes kleines Wesen war, und weißt du, was du dann gemacht hast? Du hast wieder gepiepst, so als würdest du mir zustimmen. Bist du immer noch böse auf mich, Piepmatz?«

»Warum bist du nicht am 23. März gekommen?«

»Ich hatte noch Verschiedenes zu erledigen. Und weil ich kein Auto habe, musste ich per Anhalter fahren.«

»Per Anhalter?«

»Hast du noch nie die Leute am Straßenrand gesehen, die den Daumen hochstrecken? Sie suchen nach einer Mitfahrgelegenheit.«

»Mom sagt, man darf diese Leute nicht mitnehmen. Mom sagt, sie sind gefährlich.«

»Manche vielleicht, aber dein Bruder Luke ist doch nicht gefährlich, oder?«

Gelächter. Luke und gefährlich? Was für eine alberne Idee.

»Nein, ich nicht. Ich möchte nur mitgenommen werden, mehr nicht. Und tatsächlich war jemand so nett und hat mich einsteigen lassen und hierher zu dir gebracht. Es hat nur ein paar Tage länger gedauert, das ist alles. Aber jetzt bin ich hier. Willst du mir nicht endlich beibringen, wie man Scharade spielt? Davon hast du mir doch in deinem Brief erzählt.«

Und wieder einmal, wie von Zauberhand, brachte Luke es fertig, dass ich mich besser fühlte. Besonders und klug und lustig und hübsch. Ich malte einen großen leuchtend blauen Kreis um den 30. März, Himmelblau, die glücklichste Farbe, die ich besaß.

Und hoffte, dass er dieses Mal für immer bleiben würde.

9
Halb sicher

Jetzt

»Mist!« Ich hatte vergessen, meinen Wecker zu stellen! Blitzschnell springe ich aus dem Bett – pinkeln, Zähne putzen, wasserfeste Wimperntusche auflegen, Haare zu einem Pferdeschwanz binden. Meinen Badeanzug anziehen, Deodorant, Shorts und ein Tanktop. Meine Tasche, Sonnencreme, ein Handtuch.

Ich schaue auf die Uhr. Dreizehn Minuten. Nicht schlecht. Auf der Kommode liegen meine Autoschlüssel. Oh nein! Ich habe gestern Abend vergessen, sie auf Moms Tisch zu legen. Aber lieber bekomme ich noch einen Extratag Hausarrest, als zu spät zur Arbeit zu kommen. Ich schnappe mir die Schlüssel und renne nach draußen.

Rein ins Auto. Schlüssel drehen. Nichts. Noch ein Versuch. Immer noch nichts. Die Batterie scheint hinüber zu sein.

»Mist!«, brülle ich wieder und steige aus. Die blöde Karre ist ständig kaputt. Was vielleicht daran liegt, dass sie eine Million Jahre alt ist und ich sie für sechshundert Dollar gekauft habe.

»Warum ausgerechnet heute?«

Ich taste unter der Kühlerhaube nach dem Hebel. Ächzend klappt die Haube auf. Schockiert starre ich in den Motorraum.

Die Batterie ist nicht leer, sie ist weg.

»Guten Morgen, Sonnenschein.« Dad kommt herangeschlendert und nippt an der Tasse Kaffee, die er in seiner verdächtig ölverschmierten Hand hält. »Ist irgendwas?«

Als ob er das nicht wüsste.

»Meine Batterie«, sage ich und deute auf den leeren Platz in der Tiefe des Motorraums, »hat sich in Luft aufgelöst.«

Dad grinst übers ganze Gesicht. »Das kann gar nicht sein. Lass mal sehen.«

Er reckt den Hals und tut so, als würde er forschend unter die Kühlerhaube spähen.

»Tja, sieh mal an. Die Batterie scheint tatsächlich verschwunden zu sein.«

»Du hast nicht zufällig etwas damit zu tun?«, frage ich ihn mit zusammengebissenen Zähnen.

»Vielleicht wäre das nicht passiert, wenn du gestern Abend die Autoschlüssel auf Moms Tisch gelegt hättest«, sagt er achselzuckend.

»DAD! Das ist so unfair. Ich muss zur Arbeit. Ich bin schon viel zu spät dran!«

Er lacht. Ich bin außer mir vor Wut – und er lacht!

»Findest du das *lustig*? Hast du auch nur eine Sekunde daran gedacht, dass es mich meinen Job kosten könnte, wenn du die Batterie ausbaust?«

»Wie wütend Clare-Bär sein kann.« Dad lacht noch lauter. »Komm schon. Es ist lustig. Gib's zu.«

»Nein, ist es nicht, Dad. Und nenn mich nicht Clare-Bär, du weißt, dass ich das nicht leiden kann.« Jetzt schießen mir auch noch die Tränen in die Augen. Fang bloß nicht an zu heulen. Ich lasse mich auf den Boden plumpsen. »Und wie soll ich es pünktlich zur Arbeit schaffen?«

»Nimm dein Fahrrad.«

»Mein Fahrrad?« Er schlägt mir allen Ernstes vor, mein Rad rauszuholen? Das Ding habe ich seit Jahren nicht mehr benutzt. Es würde mich nicht wundern, wenn mittlerweile schwarze Witwen ihre Nester darin gebaut hätten.

»Ja, dein Fahrrad. Du weißt schon. Der getreue Diener oder Superbike oder … wie hast du es gleich noch mal genannt?« Dad schlürft seinen Kaffee hinunter wie ein Kamel.

Pedalosaurus Hex. Meine Eltern hatten es damals viel zu groß für mich gekauft. Und auch noch in Grün. Ein Mir-wird-schlecht-Kotzgrün. Es war ein Fluch, damit fahren zu müssen.

»Sause-Rad? Rad-Rad? Motorrädchen?«

Mach nur weiter, Dad. Tu so, als ob du es vergessen hättest.

»Ich mache dir einen Vorschlag, Clare-Bär«, sagt Dad und klappt die Motorhaube zu. »Ich bin sowieso auf dem Weg zur Arbeit, ich nehme dich mit.« Er stellt seine Tasse neben der Auffahrt ab. »Und morgen kannst du rechtzeitig aufstehen und … Pedalosaurus nehmen.«

Seine Augenbrauen hüpfen auf und ab. Ich bleibe todernst.

»Bitte schön.« Dad hält mir galant die Beifahrertür seines Trucks auf. Er schlendert gemütlich auf die Fahrerseite, holt seinen Overall von der Rückbank und zieht ihn fröhlich pfeifend an. Dabei sieht der Anzug eher wie ein Kostüm aus und nicht wie eine Uniform. Früher habe ich allen an der Schule erzählt, mein Dad sei ein Superheld. Mandy Jordan war diejenige, die mir offenbarte, dass Dads Job darin besteht, tote Tiere einzusammeln. Es wäre so viel einfacher gewesen, wenn meine Eltern mir das vorher gesagt hätten, statt die Gelegenheit zu schaffen, dass mich meine Erzfeindin in aller Öffentlichkeit blamierte.

»Dad, ich bin schrecklich spät dran.« Ich tippe auf meine Uhr.

»Okay, okay.« Er steigt rasch ein und schlägt die Tür zu. »Alle angeschnallt?«

»Ja. Können wir jetzt los? Bitte.« Nachdem er sich angeschnallt hat, fährt er rückwärts die Auffahrt hinaus.

Endlich.

Keine zwei Häuserblöcke weiter haut er die Bremse rein und hält neben einem überfahrenen Waschbären. »Sieh dir das an!« Dad tastet suchend bei meinen Füßen herum, holt das Klemmbrett hervor und überfliegt eine Liste. »Hat noch niemand gemeldet.«

»Kannst du ihn nicht aufsammeln, nachdem du mich abgesetzt hast?«, flehe ich ihn an.

Er tippt mit dem Stift auf das Klemmbrett. »Also gut, meinetwegen.« Dann erbarmt er sich endlich und gibt Gas. »Tu mir einen Gefallen, Clare-Bär«, sagt er und reicht mir den Stift. »Notiere die Adresse und schreibe in die zweite Spalte *totgefahren.*« Sein Klemmbrett landet in meinem Schoß. Wie eklig. Wer weiß, wie oft er es schon in seinen Händen gehalten hat, nachdem er ein totes Tier berührt hatte. Ich fasse den Stift ganz vorne an der Spitze.

»Da wir gerade von toten Tieren sprechen«, sagt Dad und blickt auf die Straße, »gestern habe ich ein totes Eichhörnchen am Lagerplatz in der Nähe des Aussichtspunkts aufgesammelt.«

»Na, das ist aber eine Überraschung«, sage ich betont gleichmütig. »Du sammelst pro Tag bestimmt hundert ein.«

»Nicht dort oben. Nein. Außerdem hat jemand Meldung

gemacht. Mitten in der Nacht. Die Stimme kam mir irgendwie bekannt vor.«

»Hm«, sage ich möglichst unbeeindruckt. »Jede Stimme hier klingt irgendwie vertraut. Wir leben in einer Stadt mit einer Einwohnerzahl so um die Null.« Dads Klemmbrett liegt immer noch auf meinem Schoß. Die Wette. Ich schaue auf die Liste. *Lagerplatz am Aussichtspunkt, Eichhörnchen, Zeit: 10:14.*

»Ja. Ich schätze, ich kenne wirklich jeden hier in der Gegend. Besonders deine Freunde.« Komm endlich zum Punkt, Dad. »Als ich das Tier geholt habe, war ich doch sehr überrascht, wie viel Abfall herumlag. Anscheinend hat dort jemand eine ziemlich ausgelassene Party gefeiert. Bierdosen, Zigarettenstummel, kleine leere Tütchen. Das war nicht zufällig die Party, auf der du gestern gewesen bist?«

Stille. Schockstarre. Ich weiß jetzt, was ein Reh im Scheinwerferlicht denkt: Gleich passiert etwas ganz Schlimmes. Und ich kann nichts dagegen tun.

Dad hält mit dem Wagen direkt vor dem Eingangstor zur umzäunten Liegewiese am See.

»Hör zu, Clare. Als Teil deiner Strafe dafür, dass du dich nicht an die Abmachung gehalten hast, sammelst du heute nach der Arbeit den Abfall auf der Lichtung ein. Dann müssen wir es dem Ranger nicht melden und auch der Sheriff muss nicht erfahren, wo euer geheimer Partyplatz ist. Einverstanden?«

Ich habe nicht die Zeit, um mit ihm zu streiten. Ändern würde es ohnehin nichts. Ich nehme meine Tasche und schlage die Tür seiner Dreckskarre so fest wie möglich zu.

Während ich zu meinem Rettungsschwimmerstand renne, stelle ich mir vor, wie Dads Truck auseinanderfällt und er mitten in den herumliegenden Karosserieteilen auf dem Fahrersitz hockt und das frei schwebende Lenkrad in der Hand hält. Sein verwirrtes Stirnrunzeln. Wie in einem Cartoon.

Ich schaue auf meine Uhr, ein Seufzer der Erleichterung – ich bin superpünktlich.

»Clare. Zu spät, und das am allerersten Tag? Es ist acht Uhr fünfunddreißig und du solltest pünktlich um acht Uhr dreißig hier sein.« Lucille Jordans Plastikgesicht versucht sich an einem Lächeln. Warum muss ausgerechnet Mandys Mutter mein Boss sein? Erstaunlich, dass Lucille es zugelassen hat, dass ich den Job bekomme. Sie schwenkt die Tasse in ihrer Hand und nimmt einen kleinen Schluck mit dem Strohhalm, bevor sie noch eins draufsetzt. »Ich hoffe, das wird nicht zur Gewohnheit.«

»Tut mir leid. Meine Uhr zeigt an, dass ich pünktlich bin. Ich werde sie fünf, nein besser zehn Minuten zurückdrehen.«

»Das solltest du in der Tat tun«, erwidert sie mit unüberhörbarem Sarkasmus in der Stimme.

Ich erledige schnell meine morgendlichen Pflichten und konzentriere mich darauf, die Sicherheitsausrüstung zu kontrollieren, statt mich darüber zu ärgern, wie bescheiden der Tag bisher war.

Gerade als ich mein Hinterteil auf den Stuhl des viel zu kleinen Rettungsschwimmerstands pflanzen will, hüpft ein Dutzend Kinder laut schreiend ins Wasser.

Der See ist ziemlich eklig, aber es ist das einzige Gewässer in dieser dämlichen Stadt, das größer ist als eine Badewanne. Er speist sich aus Schmelzwasser und einer natürlichen Quelle und war ursprünglich ein großes Schlammloch, das sich jedes Frühjahr zu einem riesigen Fluss entwickelte. Irgendwann kam jemand auf die Idee, zwei Seiten des Sees mit einer Betonmauer zu befestigen. Das Schlammloch wurde ausgebaggert und der Fluss schrumpfte zu einem Rinnsal, während der See immer größer wurde. Dann pflanzte man Gras an und karrte bergeweise Sand heran, um an der seichten Uferseite einen Strand aufzuschütten. Traktoren planierten den Sand, bis er glatt und makellos war.

Und dann, was taten sie dann?

Sie überließen die andere Seite der Natur, und die machte daraus einen Sumpf. Ein Ort, wo der Schlamm so dick ist, dass die Füße darin versinken und er einen in die Knie zwingt. An der Oberfläche treiben lange Wasserpflanzen. Wild wachsendes, scharfkantiges Schilf sprießt aus dem Morast, der bis in den nahen Wald reicht, in dem Klapperschlangen leben und Gifteichen wachsen.

Halb von Menschenhand gemacht, halb natürlich entstanden. Und nur halb sicher.

Planschende und schreiende Kinder am seichten Ufer jenseits des Trennseils schrecken mich aus meinen Gedanken. Mandys jüngerer Bruder Chris hüpft gerade hoch in die Luft und drückt dann mit beiden Händen ein kleines Mädchen mit dem Kopf unter Wasser.

Ich kann spüren, wie das Wasser in ihre Nase dringt. Wie die Hände sie kräftig nach unten pressen, während sie versucht, wieder an die Oberfläche zu gelangen – und ich höre sein Lachen.

Ich blase in meine Trillerpfeife. Deute auf Chris, fordere ihn mit meinem Zeigefinger auf, zu mir zu kommen. Als er das Mädchen loslässt, taucht der kleine Rotschopf aus dem Wasser auf, hustend und schniefend.

Chris watet ans Ufer, während ich ins Wasser laufe, um nach dem rothaarigen Mädchen zu sehen.

»Alles okay?« Sie reißt die Arme hoch. Ich fasse sie unter

den Achseln, ziehe sie aus dem See und wickle sie in mein Handtuch.

»Chris«, sage ich, so streng ich kann. »Das ist der erste Tag. Ich hoffe nicht, dass das den ganzen Sommer so weitergeht.« Verdammt. Ich klinge schon wie Lucille Jordan.

»Was denn? Ich hab doch gar nichts gemacht!« Chris zuckt übertrieben mit den Schultern. »Wir haben nur gespielt.«

Und *er* klingt wie Peter.

»Das ist kein Spiel, Chris. Es ist gefährlich. Sie hätte ertrinken können. Du setzt dich jetzt zehn Minuten neben mich.«

»Hey«, protestiert er und fuchtelt wütend mit den Armen. »Kriegt man nicht erst eine Verwarnung?«

»Du hast letztes Jahr schon genug Verwarnungen bekommen. Zehn Minuten Auszeit für das erste Vergehen, fünfzehn für das zweite. Und beim dritten wirst du nach Hause geschickt.«

»Ich werde meiner Mom erzählen, dass du mir keine Verwarnung gegeben hast«, sagt Chris. »Hey, Mom!«, brüllt er. Aber Lucille Jordan ist in ein Gespräch mit ihren Freundinnen vertieft. Mit ihrem riesigen blauen Sonnenhut sieht sie aus wie jemand aus einer besonders teuren Alkoholwerbung.

»Jetzt nicht, Liebling. Mommy ist beschäftigt«, ruft sie zurück.

»Aber Mom.«

»Ich habe gesagt, jetzt nicht.«

Chris wirft seiner Mutter einen bösen Blick zu, aber er gibt sich geschlagen und steigt aus dem Wasser. Die Beine an die Brust gezogen, sitzt er schmollend am Ufer und spielt den Beleidigten.

»Geht es dir wirklich gut?«, frage ich das rothaarige Mädchen noch einmal.

»Ja.« Sie gibt mir mein Handtuch zurück und hüpft wieder ins Wasser. Es dauert nicht lange, und sie singt und planscht und spielt, als sei nichts gewesen.

»Mann, das ist echt bescheuert«, murmelt Chris. Ich sehe ihn an. Ehrlich gesagt, ist er schon zu alt, um sich noch am seichten Ufer die Zeit zu vertreiben. Ich kann mich gut daran erinnern, wie blöd sich das anfühlt.

»Willst du dieses Jahr nicht auch mal im Tiefen schwimmen?«, frage ich ihn.

»Lass mich in Ruhe.«

»Die Prüfung ist kinderleicht. Ein paar Unterrichtsstunden, und du bestehst sie mit links.«

»Halt die Klappe«, murmelt er.

»Wie bitte?« Wieder versuche ich, streng zu klingen.

»Nichts.« Chris umklammert seine Beine noch fester und grummelt vor sich hin.

Eine Weile sitzen wir schweigend da.

»Was würdest du sagen, wenn ich dir erzähle, dass ich, bevor ich elf war, noch nicht einmal im Wasser treiben konnte?«

Chris dreht seinen Blondschopf in meine Richtung. »Du lügst.«

»Es stimmt. Und ich habe erst ein Jahr später richtig schwimmen gelernt.«

»Und jetzt bist du eine Rettungsschwimmerin? Das glaubst auch nur du.«

»Denk, was du willst.« Ich zögere. Es könnte Spaß machen zu sehen, wie er Fortschritte macht. »Ich kann es dir beibringen.«

»Ich brauche keine blöde Lehrerin.«

»Kein Problem.« Ende des Gesprächs. Den Rest der zehn Minuten starren wir stumm auf den See hinaus.

Nach der Auszeit reißt Chris sich zusammen und ich schalte auf Autopilot. Ich nehme die Sonnenstrahlen und die Wasserspritzer und den glitzernden See in mich auf. Ich bin noch nie hypnotisiert worden, aber ich könnte mir vorstellen, dass es sich so ähnlich anfühlt.

»Claaare.« Dreas Nasenspitze berührt fast meine. »Hier könnten Kinder ertrinken und du würdest es nicht merken. Was zum Teufel machst du da?«

»Ich konzentriere mich aufs Wasser.« Ich werfe einen Blick auf meine Uhr. Mittagszeit. Jetzt schon?

»Was auch immer, du Verrückte. Hör zu, die Party gestern war fantastisch. Mandy hat gekotzt, ungefähr achtmal oder so. Was sie aber nicht davon abgehalten hat, noch eine Dreiviertelstunde lang durch die Gegend zu torkeln und sich umwerfend sexy zu finden. Mit stinkendem Atem und Kotze im Haar. Ryan hat sie schließlich dazu überreden können, nach Hause zu gehen. Aber nachdem er sie dort abgeliefert hatte, ist er auf die Party zurückgekommen.«

»Ohne Mandy?«

»Hmhm.« Drea schnappt sich meine Trillerpfeife, lässt einen lauten Pfiff los und brüllt: »Hey. Hier wird niemand untergetaucht, du Blödmann.«

Sie breitet ein Handtuch aus und setzt sich direkt neben meinen Stuhl. Ich habe zwar Hausarrest, aber wenigstens kann ich genau dort arbeiten, wo alle den Sommer über rumhängen. Das bewahrt mich davor, den Verstand zu verlieren.

»Kommen die anderen auch noch?«, frage ich und hoffe, dass sie Ryan erwähnt.

»Eher nicht. Nicht bei dem Alkoholkonsum gestern. Aber ich denke, dass Chase, Skye und Omar morgen hier sein werden. Sie sind schon ganz scharf darauf zu erfahren, wer die

Wette gewonnen hat. Hast du nachgesehen, wann dein Dad das Eichhörnchen geholt hat?«

»Jep. Kannst du eine SMS an alle schicken? *Eichhörnchen-Uhrzeit: zehn vierzehn.*«

»Okay«, antwortet Drea. »Sag mal, wie lange bin ich noch dein Handy?«

Peter kommt auf uns zu, mit Sonnenbrille und einem Fußball unter dem muskulösen Arm.

»Noch neunundzwanzig Tage«, antworte ich und ignoriere meinen Bruder. »Und als wäre das nicht schon genug, muss ich auch noch den Partymüll der letzten zwei Nächte aufräumen. Das habe ich einem gewissen Anrufer zu verdanken, der sich bei Dad gemeldet hat.«

»Was für ein Schwachsinn ist das denn?«, ruft Drea.

»Ich hoffe, der Gewinner der Wette gibt mir ein ordentliches Trinkgeld für all die Qual, die ich ertragen muss.«

Dreas Handy piepst.

Sie liest die SMS und sagt: »Du kannst dich bei Chase bedanken. Er hat die Wette gewonnen.«

»Also ich finde das Ganze echt lustig.« Peter wirft den Ball in die Luft und jongliert ihn dann von einem Knie aufs andere. »Dir ist schon klar, dass Dad darauf bestehen wird, dass du den Abfall auch noch fein säuberlich trennst. Das dauert eine Ewigkeit.«

»Danke für die Information, du Idiot.« Ich lasse den See für einen Moment aus den Augen, um meinen Bruder böse anzustarren.

»Peter, du hast den Bruder-des-Jahres-Preis verdient«, sagt Drea, dann fügt sie hinzu: »Oh. Warte. Nein, mein Fehler. Den Arschloch-des-Jahres-Preis. Der gehört ganz allein dir.«

»Sehr witzig, Drea. Du solltest Komikerin werden.«

Dreas Handy piepst erneut und beendet das Geplänkel.

»Du hast recht«, sage ich zu Peter. »Das dauert eine Ewigkeit. Kannst du nicht zur Abwechslung mal der nette große Bruder sein und mir heute Nachmittag beim Aufräumen helfen? Bitte, bitte!«

»Vergiss es.«

»Bitte. Komm schon, Peter. Ich brauche deine Hilfe.« Peter ist unberechenbar. Manchmal kann er ganz okay, ja richtig nett sein. Warum nicht heute?

»Ich bin doch nicht blöd.«

»Peter. Bitteee.« Ein letzter Versuch. »Luke würde mir helfen. Er würde keine Sekunde zögern.«

»Luke«, blafft Peter. »Luke ist nicht da und ich bin nicht wie er.«

Er tritt den Ball hoch in die Luft, fängt ihn auf und klemmt ihn sich wieder unter den Arm.

»Ich wünschte, er wäre es. Zumindest weiß er, wie man ein guter und hilfsbereiter Bruder ist.«

»Wenn Luke das ist, was du dir unter einem guten, hilfsbereiten Bruder vorstellst, dann bist du total durchgeknallt.« Peter setzt seine Sonnenbrille auf. »Bis später, Clare.« Er geht weg und dribbelt den Ball vor sich her.

»Was war das denn für ein Scheiß?«, fragt Drea.

»Typisch Peter«, erwidere ich. Mit einem hat er allerdings recht. Es wird eine Ewigkeit dauern, bis ich die Partyabfälle beseitigt habe. »Kann ich wenigstens meine allerbeste Freundin auf der ganzen weiten Welt überreden, mir zu helfen?«

Drea seufzt und zieht mitleidig die Augenbrauen zusammen. Einen Moment lang habe ich Angst, dass sie Nein sagen wird.

»Ich könnte garantiert tausend Gründe nennen, warum ich

nicht kann. ABER. Da ich deine allerbeste Freundin auf der ganzen weiten Welt bin, werde ich dir helfen. Wenn wir allerdings auf benutzte Kondome stoßen, rühre ich die nicht an, auch nicht, wenn ich einen Giftmüllbeseitigungs-Schutzanzug trage. Das überlasse ich voll und ganz dir.«

10
Ausgetrickst

Damals, mit acht

»Hey, Arschgesicht.« Peter war der Erste, der nach mir aufgewacht war. Ich rutschte auf meinem Stuhl am Tisch hin und her, während ich meine Portion *Lucky Charms* zermatschte und mir noch viel mehr Marshmallows wünschte.

»Nenn mich nicht so.« Etwas Besseres fiel mir nicht ein.

»Ganz wie du willst, Arschgeige.« Peter zog den Vorhang der Glasschiebetür beiseite und spähte nach draußen. »Wow!« Er packte meinen Stuhl und schüttelte mich durch. »Clare, das glaubst du nie. Es hat über Nacht geschneit.«

»Geschneit? Wirklich?« Ich sprang auf und wollte schon zur Tür rennen, aber dann hielt ich inne.

»Du kannst mich nicht reinlegen, Peter«, sagte ich. »Es ist Sommer. Im Sommer schneit es nicht.«

Peter legte fromm die Hände zusammen. »Dann muss es sich um ein Wunder handeln! Ich habe gerade ein echtes Wunder gesehen!«

Ich zog eine Augenbraue hoch und schaute zur Tür. In der Schule hatten wir gelernt, dass ein Schneesturm Temperaturen von null Grad oder kälter voraussetzt. Es war Sommer, aber heute Morgen war es kalt im Haus. Und in der Kirche war ständig von Wundern die Rede. Mom und Dad wären bestimmt sehr stolz, wenn ihre Kinder ein Wunder erlebt hätten. Außerdem *wollte* ich, dass es im Sommer schneite. Schnee bedeutete Schlittenfahren, Schneehöhlen bauen, von der Veranda hüpfen und bis zur Taille versinken.

»Das ist so cool.« Peter spähte noch einmal durch die Vorhänge, dann sah er mich an. »Also gut. Wenn du mir nicht glaubst, dann schau doch selbst.«

Es konnte nicht schaden, einen Blick zu riskieren. Zögernd ging ich zum Fenster. Insgeheim rechnete ich damit, dass Peter eine große Spinne auf meine Haare fallen lassen oder mir ein Bein stellen würde. Ich zog den Vorhang zurück und blickte hinaus in den Hof, in der Erwartung, dass alles weiß, funkelnd weiß sein würde.

KLATSCH! Peter stieß mein Gesicht gegen die Glasscheibe.

»Hahahaha. Du bist so dumm. Nicht zu fassen, dass du darauf reingefallen bist. Schnee im Sommer. Ein Wunder. Wie blöd kann man sein?«

Schluchzend flüchtete ich in mein Zimmer und wischte über meine Nase, um nachzusehen, ob sie blutete. Dann kauerte ich mich auf mein Bett. Ich war so doof. Warum fiel ich immer wieder auf Peters Tricks rein?

Ich überlegte, zu Mom zu gehen, unter ihre Decke zu kriechen und zu weinen und ihr zu sagen, wie gemein Peter war. Aber Mom mochte es nicht, wenn man sie aufweckte. Am Tag davor hatte Peter mir ein Bein gestellt. Daraufhin hatte Mom ihn geschimpft, dass er mich in Ruhe lassen sollte, und mich hatte sie doppelt geschimpft und mich eine Petze genannt.

Wenn Luke da gewesen wäre, hätte Peter mich nicht ausgetrickst. Luke hätte mit mir am Frühstückstisch gesessen und hätte mich nach meinen Plänen für den Tag gefragt. Wenn Peter Schimpfwörter zu mir gesagt hätte, wäre Luke ärgerlich geworden. Ein Blick von ihm und Peter hätte »Tut mir leid« gemurmelt und sich verzogen. Aber ich hatte Luke seit Monaten nicht mehr gesehen. Kurz vor Weihnachten war er einfach verschwunden. Zum Valentinstag kam ein Brief von ihm, in dem er fragte, ob ich seine Brieffreundin sein wollte. Er hatte zwar geschrieben, dass er mich lieb habe und mich vermisste, aber nach Hause kam er trotzdem nicht. Nicht einmal zu Ostern und am Nationalfeiertag.

Er war nicht hier, um mich vor Peter zu beschützen. Er war nicht hier, wenn ich ihn am allermeisten brauchte.

11
Stagnation

Jetzt

Die Überbleibsel einer Party sind ein trauriger Anblick. Von dem Lagerfeuer ist nur noch die Asche übrig. Marlboro-Stummel und leere *Coors*-Dosen liegen zwischen Kiefernnadeln und Baumzapfen. Unsere Nacht hat überall im Wald Spuren hinterlassen.

»Okay, Mädels.« Dad verteilt Tüten und Gummihandschuhe. »Abfall in die eine Tüte, Wiederverwertbares in die andere. Los geht's.«

Schlecht gelaunt reiße ich ihm die Tüten aus der Hand. Aber zu meinem Erstaunen streift Dad sich Handschuhe über und bückt sich, um eine Bierdose aufzuheben. War das Ganze nicht als eine Strafe für *mich* gedacht?

»Du hilfst uns?«

Dad nickt.

»Danke«, murmle ich. Ich hätte erwartet, dass er sich in den Truck setzt und ein Nickerchen hält oder sich auf die Suche nach toten Tieren macht.

Drea fängt am Lagerfeuer an und arbeitet sich in Kreisen voran, während Dad aus der Feuerstelle verkohlte Dosen herausfischt. Ich folge einer Abfallspur bis an den Rand der Lichtung, wo sich zwei Wanderwege kreuzen.

»Mann, das nervt vielleicht«, grummle ich laut, weil mir so langsam dämmert, was für eine Quälerei auf uns wartet.

Eichhörnchen schnattern lautstark, als ich den Pfad verlasse, um tiefer in den Wald zu gehen, zu einer Stelle, wo Aluminium schimmert. Licht sickert durch die Bäume, aber wo keine Sonnenstrahlen ankommen, ist es dunkel, sodass es mir sehr viel später vorkommt, als es tatsächlich ist, wie ein Blick auf die Uhr verrät. Am Ende des Dosenpfads habe ich mich schon ziemlich weit vom Lagerfeuerplatz entfernt. Ich bin weiter in den Wald hineingegangen als geplant. Die Härchen auf meinen Armen stellen sich auf. Schnell gehe ich zum Weg zurück und registriere dabei jedes Zirpen, jedes Knacken und Rascheln. Plötzlich bleibe ich abrupt stehen. Vom anderen Pfad kommt jemand auf mich zu. Ein Mann. Er ist groß. Und macht lange Schritte.

Vermutlich ist es nur ein Wanderer. Ich beschließe, zur Lichtung zu gehen, auch wenn ich ihm dabei den Rücken zukehren muss.

»Hi«, ruft er, bevor ich auch nur einen Schritt gemacht habe.

»H-h…«, bringe ich nervös heraus. Ich räuspere mich und versuche es noch einmal. »Hi.«

»Ein schöner Tag für einen Spaziergang. Hey, dich kenne ich doch.« Er macht einen Schritt auf mich zu. »Du bist Luke Tovins kleine Schwester, stimmt's?« Er lächelt. »Ich bin ein alter Kumpel von ihm.« Noch einen Schritt. Wie kann er Lukes Freund sein? Er hat Falten im Gesicht und auf der linken Seite fehlt ihm ein Zahn. Seine Nase ist gerötet, wie meine, wenn ich den ganzen Tag snowboarden gewesen bin. Er wirkt viel zu alt, um ein Freund von Luke zu sein.

Aus dem Augenwinkel sehe ich, wie Skel hinter einem Baum ganz in der Nähe hervorlugt.

»Ähm, ja, das bin ich«, antworte ich und wünsche mir im Stillen, der Mann würde weggehen und nicht näher kommen. »Ich würde Ihnen ja die Hand geben, aber …« Ich merke, wie sein Blick zuerst auf die Abfalltüte in meiner Hand und dann auf die Gummihandschuhe fällt.

»Du machst den Wald sauber? Eine Art gemeinnütziges Projekt oder so?«

»So was Ähnliches«, murmle ich und mache einen Schritt, um an ihm vorbeizugehen. Einen sehr großen Schritt.

Skel späht wieder hinter dem Baum hervor, seine Knochen beben.

»Hilfe gefällig?« Der Mann bückt sich, um eine Dose aufzuheben, die ich übersehen habe. Er hält sie an sein Ohr und schüttelt sie. »Könnte ja noch was drin sein. Gutes Bier soll man nicht verschwenden, was?«

Widerlich. Er lacht. Ich schaue zum Waldweg hinüber und sehe, wie Dad sich immer wieder bückt und aufrichtet. Mit dem Rücken zu mir sammelt er den Müll ein.

»Wie geht es Luke?«, fragt der Mann.

»Gut. Ich werde ihn bald wiedersehen. Ich kann ihm ja sagen, dass ich Sie getroffen habe.« Ich weiche einen Schritt zurück. Skel greift nach einem Ast, zieht sich zum nächsten hoch und klettert in Windeseile den Baum hinauf. Auf einem der oberen Äste hält er inne und blickt herunter. Er umklammert den Stamm, so fest es geht, und fordert mich auf, zu ihm hochzuklettern.

»Wir haben hier auch schon gefeiert.« Er hat immer noch die leere Bierdose in der Hand und kommt noch etwas näher. »Du bist ganz schön groß geworden, seit ich dich zum letzten

Mal gesehen habe.« Seine Augen wandern über meine Brust bis hinunter zu meinen Beinen.

Eindeutig keiner von Lukes guten Freunden. Skels Knochen klappern. Angst lähmt mich, ich schaffe es nicht, mich umzudrehen und wegzurennen. Ich blicke zurück zur Lichtung. Sehe Dad. Er ist so weit weg. Aber ich muss es versuchen.

»Wenn Sie Luke kennen, dann kennen Sie bestimmt auch Dad. Ich bin sicher, er wird Hallo sagen wollen. HEY, DAD! HIER DRÜBEN!«, rufe ich und winke. Mein Vater schaut in meine Richtung, schirmt seine Augen ab, lässt die Tüte fallen und kommt auf mich zu. Er verfällt in den Laufschritt und wird immer schneller.

Lukes Freund weicht ein paar Schritte zurück.

»Hallo, Sir«, begrüßt er meinen Vater. »Ich heiße Dan. Ich bin ein Freund von Luke.« Er streckt die Hand aus.

»Ich weiß, wer Sie sind«, sagt Dad und legt den Arm um mich, statt Dans Hand zu schütteln – woraufhin dieser die Hand zurückzieht und sich stattdessen am Kopf kratzt.

»Ich habe Ihrer Tochter nur ein wenig geholfen.« Dan lässt die Bierdose in meine Abfalltüte fallen.

Dad zieht mich näher zu sich heran.

»Ist Luke schon draußen?« Dan lächelt freundlich. Dad presst die Kiefer zusammen.

»Noch nicht, aber bald.«

»Super. Sagen Sie ihm, dass er mal vorbeischauen soll, wenn er wieder da ist.« Er schweigt. Als wir nicht antworten, fügt er hinzu: »Tja, dann gehe ich mal weiter.«

Dad sieht ihm eine Weile nach, wie er den Pfad entlangschlendert, dann sagt er zu mir: »Ich denke, hier ist es sauber genug. Was hältst du davon, Drea und mir am Feuerplatz zu helfen?«

Die Hand auf meinen Rücken gelegt, bugsiert er mich zurück zur Lichtung. Ich will mich bei ihm bedanken, dass er gekommen ist, um mich zu holen, aber ich sage kein Wort, und auch Dad ist still. Es ist besser so. Auf diese Weise muss keiner von uns zugeben, dass ich womöglich in Gefahr war – so wie wir auch schon früher in Gefahr gewesen sind. Eine Erinnerung dringt an die Oberfläche. Eine Erinnerung, die mit einem zerbrochenen Fenster anfängt – aber ich verdränge sie sofort wieder.

Nachdem wir mit dem Aufräumen auf der Lichtung fertig sind, setzt Dad Drea zu Hause ab und wir fahren heim.

Dad öffnet die hintere Ladeklappe des Trucks und zieht eine mittelgroße Kiste heraus.

»Hältst du bitte die Haustür für mich auf, Clare?«, sagt er.

»Was ist in dem Ding?« Während er sich mit der Kiste abmüht, halte ich mit meinem Bein die Tür auf.

Er schleppt sie ins Haus und wuchtet sie auf einen Beistelltisch.

»Ein feuersicherer Safe«, sagt er und schlitzt den oberen Deckel des Kartons auf. Ich halte die Verpackung fest, damit er den Safe herausheben kann. Er ist rechteckig und so klein, dass er in meinen Rucksack passen würde. Dad öffnet mit einem Schlüssel die Tür und blickt hinein. Ich bin beeindruckt, wie dick die Wände sind. Aber viel Platz ist darin nicht. In meinen Augen ist das reine Geldverschwendung. Wir besitzen nicht sehr viele Wertsachen.

Mom kommt herein. Ich lasse mich auf die Couch sinken. Die weichen Kissen fühlen sich gut unter meinen müden Gliedern an.

»Und was willst du darin aufbewahren?«, frage ich.

»Wertsachen. Wichtige Unterlagen«, antwortet Dad. »Falls es einmal brennt«, fügt er hinzu.

Mom betrachtet zuerst den Safe, dann mich. Ihre Lippen werden schmal. »Du hast heute Morgen dein Bett nicht gemacht.«

Sie ist immer noch sauer auf mich. Es spielt keine Rolle, dass ich kein Handy mehr habe und kein Auto, dass ich nicht mehr an den Fernseher darf und an den Computer und auch nicht ans Telefon. Dass mein Rücken wehtut und der schale Zigaretten- und Biergeruch noch in meiner Nase hängt, weil ich zwei Stunden lang Abfall aufgesammelt habe.

»Geh und mach es jetzt.«

»Kann ich nicht wenigstens eine Sekunde lang ausruhen?«, frage ich hörbar genervt.

»Müßiggang …«, sagt Mom. Mein Gehirn beendet automatisch den Satz: … ist aller Laster Anfang. Ihr Lieblingsspruch.

»Warum muss ich mein Bett machen? In ein paar Stunden gehe ich sowieso schlafen.«

»Keine Widerrede, junges Fräulein.«

Ich stemme mich hoch und stapfe in mein Zimmer.

Das kannst du vergessen, Mom. Ich dusche, esse schweigend mein Abendessen, gehe ins Bett und freue mich darüber, dass es unordentlich ist. Mein kleiner Triumph hält nicht lange an, denn der Mann im Wald will mir einfach nicht aus dem Kopf gehen. Ich lege mich auf den Bauch, dann auf die Seite, dann auf den Rücken. Starre geradeaus. Halte die Augen offen, denn wenn ich sie schließe, sehe ich ihn vor mir, wie sein verstörender Blick über meinen Körper wandert. Ich sehe ihn zusammen mit Luke. Stopp! Denk nicht darüber nach, was Luke zusammen mit einem Typen wie ihm alles gemacht haben könnte. Mein Herz klopft, ich kriege nicht genug Luft, sie steckt fest in meiner Brust. Ich versuche, tiefer zu atmen, presse die Luft nach unten in meine Lunge und halte die Augen offen, bis sie schließlich von ganz allein zufallen.

Eisblaue Luft. Das Gras zwischen meinen Zehen ist weich. Und feucht. Unser Hof, der sonst düster und langweilig ist, mit nichts als Staub und ein paar hohen Bäumen, hat sich in einen Garten verwandelt mit Malven, Fingerhut, Lavendel und Rosen. Alle haben ihre Blüten zum Mond hin geöffnet. Ich drehe mich zum Haus um. Ein warmer Lichtschein erhellt sämtliche Fenster. Zuhause. Draußen sind die Blumen zu bunt, das Gras zu weich, die Pflanzen zu grün.
»Nur Mut, geh einfach weiter«, flüstere ich, aber meine Beine rennen, die Füße stampfen, die Arme pumpen. Ins Haus hinein. Verriegle die Tür.

Irgendetwas stimmt nicht. Da ist Essen auf Tellern, aber niemand, der isst. Das Wohnzimmer ist leer. Im Fernseher flimmern die grellen Bilder eines Trickfilms, auf der Couch liegen zerknüllte Decken, achtlos verstreute Kissen. Die Waschmaschine rumpelt. Der Trockner leiert. Die Badewanne ist vollgelaufen, das Wasser dampft und alles ist bereit. Und in meinem Zimmer ist alles an Ort und Stelle.

In meinem Bett bin ich sicher.

Ich hüpfe mit beiden Beinen hinein. Keine Matratze, keine Kissen, keine Decke.

Stattdessen verwesende Körper, tot, und doch lebendig. Klebrige Hände umklammern meine Knöchel.

Ich schreie laut. Springe aus dem Bett. Meine kräftigen Beine katapultieren mich durch den Raum und ich schlage auf dem Boden auf. Der Aufprall ist hart.

Mein kleines blaues Nachtlicht weist mir den Weg. Ich krieche los, der Türrahmen ist mein Orientierungspunkt. Taste an der Wand entlang, bis ich den Lichtschalter gefunden habe. Die Beleuchtung geht an.

Keine verwesenden Körper. Keine Leichenhände. Keine eisblaue Luft. Nur mein Zimmer. Dunkel und unverändert.

Nur ein Albtraum, ein Albtraum. Nicht real, nicht real. Ich presse die Hand auf die Brust und wünsche mir, ich könnte die Finger durch die Haut bohren und mit der Hand mein Herz dazu bringen, langsamer zu schlagen.

Ich muss mich ablenken. Schluss jetzt, Gehirn. Vergiss den Albtraum. Hör auf und denk an etwas anderes. Ganz egal, was. Zum Beispiel an … die Farbe meiner Zimmerwände. Aubergine. Ich mag kein Gemüse. Ich mag die Farbe nicht. Ich bevorzuge etwas Helleres, etwas, was das Licht nicht so dämpft wie diese Farbe, die selbst den hellsten Sonnenschein verschluckt.

Der Raum war bereits in dieser Farbe gestrichen, als es noch Lukes Zimmer war, ja sogar, als meine Eltern das Haus kauften, vor über zwanzig Jahren. Wahrscheinlich wird das bis zu ihrem Lebensende auch so bleiben. Ich wünschte, Mom würde mir erlauben, mein Zimmer neu zu streichen, aber sie hat etwas gegen Farbe. Vielleicht hat sie auch nur etwas gegen Veränderung.

Das Einzige, was sich in diesem Haus der Stagnation entzieht, ist mein Aquarium. Ich schalte seine Beleuchtung an.

Mein einziger Saugwels knabbert an dem ANGELN-VERBOTEN-Schild. Die Skalare verharren regungslos, als hätte sie der helle Lichtschein in einem Augenblick der Verblüffung mitten in der Bewegung erstarren lassen.

Nachdem meine Goldfische gestorben waren, kaufte ich

Haibarben. Das ging für eine Weile sehr gut. Plötzlich fingen die Haibarben an, Selbstmord zu begehen. Eine nach der anderen sprangen sie aus dem Aquarium auf den Teppich.

Als Nächstes setzte ich Skalare ein, eine Schule bestehend aus vier Tieren, um aggressives Verhalten zu verhindern, wie Luke mir riet, der ungefähr vier Monate lang als Fischexperte bei *Aquarius* gearbeitet hatte. Der Job hat ihm sehr gut gefallen. Ich frage mich, ob sie ihn wohl wieder nehmen würden.

Als die Fische sich an das Licht gewöhnt haben, erwachen sie langsam zum Leben. Ich lege den Finger an das Glas. Sushi ist blitzschnell zur Stelle und folgt meinem Finger, den ich an der vorderen Scheibe auf und ab bewege. Der Schrecken des Albtraums hat sich inzwischen so weit verflüchtigt, dass ich anfangen kann, über die Wirklichkeit nachzudenken.

Ich durchsuche Bettlaken und Decke und schaue dann unter dem Bett nach.

Alles okay. Ich setze mich, vergrabe meine Beine unter der Decke und nehme mein Strickzeug in die Hand. Das *Klick, Klick* der Nadeln und die Konzentration beim Zählen der Maschen hindern den Albtraum daran, noch einmal in meinem Kopf abzulaufen. Dreas Beanie sieht sehr hübsch aus. Es ist die erste Mütze, bei der ich Perlen eingearbeitet habe, und ich freue mich darüber, dass sie so schön geworden ist.

Als ich kaum noch die Augen offen halten kann, lege ich das Strickzeug auf mein Nachttischchen und mache es mir auf dem Rücken bequem.

Mit siebzehn ist man viel zu alt, um noch Albträume und Angst vor der Dunkelheit zu haben. Trotzdem lasse ich vorsichtshalber das Licht an.

12
Der Abend vor Allerheiligen

Damals, mit acht

»Gehst du wirklich mit uns von Haus zu Haus?« Ich versuchte stillzuhalten, während Luke meine Krone zurechtrückte. Ich konnte kaum glauben, dass er wieder da war.

»Aye, Prinzessin Piepmatz, heute ist Landgang.« Er hatte sich schon in einen Piraten mit Augenklappe verwandelt. Mit Luke würde der Halloween-Abend mehr Spaß machen als in den meisten Jahren davor. Ich konnte mich nicht daran erinnern, wann er zum letzten Mal im Oktober zu Hause gewesen war.

»Viel Spaß, ihr drei«, rief Mom uns hinterher, ohne von irgendwelchen sehr wichtigen Unterlagen aufzublicken, die sie vor dem Kaminfeuer las.

Lukes raue Hand umschloss mein Kinn, drehte meinen Kopf von einer Seite zur anderen, um zu überprüfen, ob meine Krone auch richtig saß. Dann verließen wir das Haus. Luke streckte Peter seinen Piratenhaken hin, aber Peter wich aus. Er war schon zu alt, um noch an die Hand genommen zu werden, selbst an einem dunklen Abend in der Nacht vor Allerheiligen. Vielleicht war er auch nur beleidigt, weil Mom ihm nicht erlaubt hatte, mit seinen Freunden Süßes zu erbetteln, und ihm nichts anderes übrig blieb, als mit uns die Häuser abzuklappern.

Bei unserer ersten Station öffnete Mrs Brachett die Tür und sagte: »Eine Prinzessin, wie hübsch. Und wen haben wir denn da … ein Monster und … einen Piraten … Luke Tovin … wie passend.« Ihre Worte lockten Skel herbei, der neben mir hinter einem Gebüsch hervorsprang.

Unterwegs pflückten wir Äpfel von den Bäumen am Straßenrand und ließen uns das kostenlose Obst auf dem Weg von Haus zu Haus schmecken. Luke und Peter wetteiferten miteinander um die meisten Treffer, indem sie Stopp-Schilder mit den übrig gebliebenen Apfelkernen und angeschlagenen Äpfeln bewarfen, die sie vom Boden aufgesammelt hatten.

Nachdem wir bei ungefähr einem Dutzend Häusern Süßigkeiten eingesammelt hatten, war Mr Kirklands Haus an der Reihe. Ich sah Luke an und zog die Augenbraue hoch, was so viel heißen sollte wie: *Meint ihr wirklich?* Er grinste sein Piratengrinsen und schlug mit seinem Haken gegen die Tür.

Mr Kirkland riss die Tür auf. »Ich nehme an, Kinder, ihr seid auf Süßes aus. Süßes oder Saures. Hm. Hier …«, murmelte er und ließ Äpfel in unsere Tüten fallen.

Äpfel?

»Grrr, alte Landratte. Das ist nichts Süßes«, protestierte Luke.

»Ihr könnt von Glück sprechen, wenn ich nicht die Polizei rufe und euch als Eindringlinge anzeige«, knurrte Mr Kirkland und schlug uns die Tür vor der Nase zu.

Als wir wieder auf der Straße waren, steckte Luke seinen Haken in die Sammeltüte und nahm Peter zur Seite.

»Das Spiel heißt Süßes oder Saures. Ohne Süßes gibt's Saures. Äpfel, die nichts kosten – damit geben wir uns nicht zufrieden«, sagte Luke der Pirat und fügte hinzu: »Harr, harr. Ein guter Pirat ist immer vorbereitet.« Er griff in seine Tüte und holte von ganz unten einen Sechser-Karton Eier hervor.

»Bist du verrückt?«, rief Peter hinter seiner Monstermaske. »Der alte Kirkland ist immer noch sauer wegen der Blumen, die du mit dem Quad deines Freundes platt gefahren hast.«

»Grrr. Kein Mann, ob tot oder lebendig, kann beweisen, dass diese Anschuldigung stimmt.« Luke verbarg sich hinter einem Busch. »Folgt mir ins Versteck, Matrosen, es sei denn, ihr wollt dabei ertappt werden, wie ihr der Bude des Alten einen neuen Eieranstrich verpasst.«

Peter und ich schlichen zu Luke ins Gebüsch. Luke machte den Anfang. Er richtete sich zu voller Größe auf, nahm die Vordertür ins Visier und zielte auf halbe Höhe, direkt neben den Türgriff. *PLATSCH!*

Luke reichte Peter und mir jeweils ein Ei. War es richtig, was wir hier machten?

»Los geht's, Matrosen«, sagte Luke. »Macht es nicht für mich, sondern für alle Leidensgenossen, die Äpfel bekommen haben von dem griesgrämigsten alten Furzer, den die Weltmeere je gesehen haben.«

Peter zuckte mit den Schultern und nickte mir zu. Ich warf, so fest ich konnte, traf aber nur den Gartenweg. Peter dagegen holte ganz weit aus. Sein Ei war nur noch Matsch, als es gegen das Fenster knallte. Oh, oh.

»Lauft!«, schrie Luke und nahm mich an die Hand. Wir rasten zwischen Bäumen hindurch, sprangen über Büsche und hörten, wie Mr Kirkland seine Haustür öffnete und brüllte: »Verdammte Bälger! Wo habt ihr euch versteckt? Ich rufe die Polizei. Das ist Vandalismus!«

Wir rannten zwei Häuserblocks entlang und brachen schließlich lachend hinter einem Zaun zusammen.

»Das war so cool«, sagte Peter und riss sich die Maske vom Gesicht. »Mann, der alte Stinkstiefel hatte eine Mordswut. Glaubt ihr, er zeigt uns wirklich an?«

»Nö, und selbst wenn«, überlegte Luke, »die Bullen unternehmen nichts. Bestimmt sind wir nicht die Einzigen, die heute sein Haus mit Eiern verschönern. Guter Wurf, Peter. Fast so wie dein großer Bruder, hm?«

Ich sah noch, wie Peters Lächeln erlosch, bevor er rasch seine Maske wieder aufsetzte. Luke bemerkte es nicht, er hatte sich bereits umgedreht.

»Hey, Piepmatz«, sagte er zu mir. »Das hat Spaß gemacht, was?« Ich nickte. »Manchmal reagieren Erwachsene seltsam auf einen Spaß und mögen ihn nicht«, erklärte er mir. »Zum Beispiel, wenn du zu Hause beim Spielen etwas zu laut bist. Besser, du erzählst Ma und Pop erst gar nichts davon, okay? Das bleibt unter uns drei.«

»Okay. Sammeln wir noch mehr Süßigkeiten?«

»Na klar«, sagte Luke und half mir auf die Füße. Danach streckte er Peter die Hand hin, was dieser jedoch ignorierte. Maske vors Gesicht. Haken über die Hand. Krone zurechtgerückt. »Wir arbeiten uns bis zur Tankstelle vor, dann bekommt ihr von mir einen heißen Kakao.«

Mit Tüten voller Naschereien erreichten wir den kleinen Supermarkt. Als die Türglocke unser Kommen ankündigte, hob die Kassiererin den Kopf.

»Was willst du, Luke?« Ihre Stimme klang abweisend. Warum war sie so böse?

»Ich möchte nur heiße Schokolade für meine kleinen Geschwister kaufen. Und noch ein paar Dinge, die ein Pirat so braucht.« Er wedelte mit der Hand Richtung Spirituosen. »Das ist alles.«

Skel deutete auf unsere Tüten und knuffte die Kassiererin in die Seite.

»Stellt eure Tüten hier ab«, wies die Frau uns an. »Und du ...«, sie zeigte auf Peter, »runter mit der Maske.«

Luke nickte, ließ seine Tüte auf die Theke fallen und raunte leise »Alles okay« in mein Ohr. Die Kassiererin folgte uns und ließ Lukes Hände, Peters Hände, meine Hände keinen Moment aus den Augen. Selbst als die Türglocke läutete, blieb sie in unserer Nähe. Die neuen Kunden waren ebenfalls maskiert und hatten Taschen dabei, aber von ihnen verlangte sie nicht, dass sie ihre Sachen an der Theke abstellten und die Masken abnahmen. Warum war sie so ungerecht?

Skel schlenderte mit uns durch die Regalreihen und stieß Chipspackungen vom Regal, sodass es aussah, als wäre ich mit meinem Rock an ihnen hängen geblieben. Ich rannte hin, um sie aufzuheben. Der misstrauische Blick der Kassiererin wanderte von mir zu Luke und weiter zu Peter, um schließlich auf Luke zu verharren.

Peter half mir, meinen Becher mit heißer Schokolade aufzufüllen, während Luke eine Flasche Rum mit einem Piraten auf der Vorderseite aus dem Regal nahm. Wir trafen uns alle an der Kasse wieder, wo Luke unsere Getränke bezahlte und Zigaretten kaufte.

Dann nahmen wir unsere Tüten mit der Halloween-Beute und verließen das Geschäft. Ich war froh, als wir wieder draußen waren.

»Warum war die Frau so unfreundlich?«, fragte ich Luke und nippte an meinem heißen Kakao.

»Weil ...«, er zwinkerte mir mit seinem nicht abgedeckten

Auge zu, »sie keine kleine Schwester hat, die so hübsch ist wie du.«

Ich sah Peter an, wollte eine *richtige* Antwort auf meine Frage haben, aber er schüttelte den Kopf und starrte schweigend auf den Lichtkegel seiner Taschenlampe. Enttäuscht stampfte ich mit dem Fuß auf.

Aber da waren noch so viele Häuser, so viele Süßigkeiten. Es war Halloween, da konnte man nicht lange beleidigt sein.

13
Gleichgewicht

Jetzt

Ich stehe am Rand des Sprungbretts und meine Zehen umklammern die Kante. Einziges Überbleibsel meines nächtlichen Albtraums – von meinen dunklen Augenringen einmal abgesehen – sind die Bilder, die hin und wieder in meinem Kopf auftauchen. Bilder von Leichenhänden, die meine Füße umklammern und die ich rasch wieder verdränge.

So früh am Morgen ist es hier sehr ruhig: keine Kinder, keine Erwachsenen. Die glatte Oberfläche des Sees reflektiert die knorrigen Äste der Eichen, die hohen Spitzen der Fichten, die schmalen Umrisse des Schilfs und meine eigene Silhouette. Das Wasser erweckt die Illusion, dass ich in eine andere Welt eintauchen könnte, in der ich vielleicht mit Drea und ihrer Mutter zusammenlebe, in der Ryan und ich ein Paar sind und in der keine Mandy existiert. Eine Welt, in der ich keine Albträume habe, Peter immer gute Laune hat und in der Luke … einfach nur Luke ist, nur besser.

Eins. Zwei. Drei. Ich federe mit den Füßen vom Brett ab. Meine rautenförmig aneinandergelegten Hände durchschneiden zuerst die Luft, dann das Wasser. Der See ist so kalt, dass mein Herz von dem Schock anfängt zu rasen. Beim Auftauchen streiche ich die Haarsträhnen aus meinen Augen und fange an zu kraulen. Lange, kräftige Züge. Meine Beine durchstoßen das Wasser und katapultieren mich vorwärts. Ich wünschte, es gäbe eine Schwimmmannschaft an meiner Schule. Ich würde so gerne an Wettbewerben teilnehmen. Vielleicht würde ich ja ganz gut abschneiden.

Nur wenige Minuten, und schon ist das Wasser um mich herum trüb und schlammig. Ich bin fast am Sumpf angelangt. Schnell tauche ich ab, mache eine Rollwende und zwei lange Schwimmzüge unter Wasser, bevor meine Lunge mich zurück an die Oberfläche zwingt. Dann nehme ich wieder das Kraulen auf. Mir ist schon etwas wärmer, die Sonne scheint auf meinen Rücken, und das fühlt sich fantastisch an.

Für die zweite Runde gehe ich zum Brustschwimmen über. Auf halber Strecke werde ich müde und ich beschließe, nach dieser Runde für heute aufzuhören. Ich steuere das Sprungbrett an – und bekomme einen Riesenschreck.

Jemand ist auf dem See. Jemand auf … einem Surfbrett? Hier auf dem See?

Neugierig schwimme ich darauf zu.

Es ist Ryan. Er trägt einen hautengen Neoprenanzug mit Reißverschluss und liegt bäuchlings auf dem großen Brett.

»Clare?« Er stemmt sich auf die Knie. »Bist du das?«

Wassertretend begrüße ich ihn. »Hey.«

»Komm rauf«, sagt er und macht Platz für mich.

Beim Hochziehen stelle ich mich so ungeschickt an, dass wir beide fast ins Wasser plumpsen. Aber schließlich sitze ich ihm gegenüber.

»Na? Auf der Suche nach leichtem Wellengang?«, frage ich scherzhaft.

Er lächelt. »Nö. Das ist ein Paddelbrett. Es ist schon eine Weile her, seit ich das letzte Mal surfen war, und ich möchte meine Schultermuskeln nicht gleich am ersten Tag so strapazieren, dass ich meinen Surftrip vergessen kann.«

»Klingt vernünftig.«

»Um diese Tageszeit ist es toll hier draußen.«

»Meine liebste Zeit des Tages.« Bei diesen Worten durchfährt mich unwillkürlich ein Schauder. Jetzt, da ich mich nicht mehr bewege, ist die Sonne nicht kräftig genug, um die Schlacht gegen die Morgenkühle am See zu gewinnen.

»Unglaublich, dass du dich ohne Neoprenanzug in dieses kalte Wasser wagst«, sagt er. »Du bist ganz schön tough.«

Bei dem Gedanken, jemand könnte mich für tough halten, muss ich lachen. Ich reibe meine Oberarme, um die Muskeln aufzuwärmen. »Für mich gibt es nichts Schöneres auf der Welt als schwimmen, selbst wenn es in diesem Eiskübel ist.«

»Das verstehe ich. Für mich ist es das Surfen.« Er klatscht mit beiden Händen aufs Brett. »Hey … willst du dich mal auf dieses Biest hier stellen?«

Ich beäuge das Brett, dann das Wasser. Überlege, wie groß der Unterschied zum Snowboarden ist. Ich werde ins Wasser fallen, so viel steht fest. Und ich werde mich sehr wahrscheinlich wie der letzte Idiot anstellen. Aber außer Ryan und mir ist niemand da. Wäre es nicht besser, einen Versuch zu wagen, auch wenn es schiefgeht, als sich vor lauter Schiss nicht zu trauen? Immerhin hält er mich für tough.

»Ähm, warum nicht?«

»Super. Dreh dich um, damit du nach vorne schaust, und rutsch näher zu mir.«

Vorsichtig drehe ich mich um. Das Brett neigt sich leicht zur Seite, als ich versuche, nach hinten zu rutschen.

»Halt dich in der Mitte, dann wackelt es nicht so. Okay, jetzt sitzt du genau richtig. Lass mich zuerst aufstehen, dann helfe ich dir.« Das Board schaukelt kurz, und dann steht er auch schon hinter mir. »Jetzt tu so, als wolltest du Liegestütze machen. Ja, gut so. Und nun stemmst du dich auf die Füße. Ich helfe dir. Fertig? Schwung holen und hoch!«

Meine Füße landen auf dem Brett und eine Sekunde lang stehe ich aufrecht. Ryan ist direkt hinter mir und hält mich mit beiden Händen an den Hüften fest.

Dann kippt das Brett nach rechts, Ryan und ich nach links.

Als ich aus dem Wasser auftauche, schwimmt Ryan bereits wieder zu seinem Board.

»Dafür, dass es das erste Mal ist, war das ein echter Hammer. Du bist mit deinem linken Fuß nur etwas zu nah an die Kante gekommen. Versuchen wir's noch mal.«

Ich schwimme zu ihm und ziehe mich auf das Board.

Auf dem Brett liegend, versuche ich, mich zu konzentrieren. Schwung und hoch. Ryans Hand an meiner Hüfte, das Brett unter meinen Füßen. Diesmal fühle ich mich schon etwas sicherer.

»Fantastisch!«, haucht er mir ins Ohr. Ich spüre seinen Körper, der nur einen Fingerbreit von meinem entfernt ist. »Und jetzt stell dir dazu das Meer vor.« Fest entschlossen, so lange wie möglich stehen zu bleiben und den Augenblick auszudehnen, schaue ich zum Ufer und versuche, Konzentration und Gleichgewicht zu bewahren. Einige Familien haben bereits Handtücher ausgebreitet. »Wenn du fällst, dann lass dich nach hinten kippen oder tritt das Board weg – etwa so.« Er schlingt seinen Arm um meine Taille und wir plumpsen beide in den See.

Lachend tauchen wir wieder auf.

Ich klettere ein drittes Mal aufs Brett und blicke auf meine Uhr. Acht Uhr zwanzig.

»Ich muss zum Rettungsschwimmerstand.«

»Ich bringe dich hin.«

Ryan liegt hinter mir, ich sitze vorne und er paddelt uns beide ans Ufer. Als wir fast dort sind, entdecke ich mehrere Mädchen von der Cranberry Hill, die lautstark den Strand in Beschlag nehmen. Sie hören sich an wie schwärmende Bienen, die sich zu einem einzigen hohen Summton vereinen. Ich bin überrascht, sie um diese Zeit schon hier zu sehen, bis mein Blick auf Mandy trifft, die eine lächerlich große Kamera umhängen hat. Seit sie zur offiziellen Fotografin für das Schuljahrbuch ernannt worden ist, schleppt sie dieses Riesending mit sich herum. Jede Wette, dass es eine sündhaft teure Ausrüstung ist. Das Beste vom Besten. Professionell. Mandys Eltern haben ihrer Tochter die Kamera geschenkt und ihr zur Ernennung gratuliert. Seither folgt sie ihren Freundinnen in der Schule auf Schritt und Tritt und macht spontan irgendwelche Shootings mit ihnen. Unser nächstes Jahrbuch wird wie ein ausgeklügelter Kaufhaus-Katalog aussehen, und ihre Freundinnen sind die Models, die alles präsentieren, was man zu Beginn des nächsten Schuljahrs unbedingt braucht, wenn man mithalten will.

Mandy sieht zu uns herüber. Die Arme vor der Brust verschränkt wartet sie darauf, dass wir den Strand erreichen. Ryan auf seinem Board, zusammen mit einem anderen Mädchen? Ich habe ihr morgendliches Shooting ruiniert. Am besten wird sein, ich gehe einem Zusammentreffen mit ihr aus dem Weg.

»Das letzte Stück schwimme ich«, sage ich zu Ryan. »Danke.«

Ich tauche seitlich ab und halte direkt auf den Rettungsschwimmerstand zu. Glücklicherweise wartet Mandy mit ihrer Clique am Strand auf Ryan, statt gleich über mich herzufallen.

Lala sitzt neben dem Stand der Wasserwacht und bewundert die Muster auf ihrem Nagellack.

»Hey!«, begrüße ich sie. Schnell krame ich mein Handtuch aus der Tasche und wickle es eng um mich. »Habe ich was verschusselt? Ich dachte, heute bin ich mit der Frühschicht dran?«

»Nein, Süße, du hast nichts verschusselt«, sagt sie und rückt ihren Halsschmuck zurecht. »Ich bin nur da, weil meine Mutter es sich in den Kopf gesetzt hat, bei Morgengrauen das Haus zu saugen. Ich konnte nicht mehr einschlafen, also bin ich hergekommen, um zu checken, was abgeht.«

Aus dem Augenwinkel sehe ich, wie Ryan sein Board aus dem Wasser zieht und Mandy wütend auf mich zeigt. Einzelne Wortfetzen dringen zu mir – »Freundin«, »noch nie so mies behandelt«, »unglaublich«. Ich spitze die Ohren und höre, wie Ryan sagt: »Ich habe ihr nur Surf-Unterricht gegeben«, und: »Sie ist eine Freundin.«

»Ärger im Paradies«, stellt Lala fest und nickt in Richtung der beiden. »Halt dich ran, Süße. Ich wette, du könntest die beiden innerhalb einer Woche auseinanderbringen.«

»Das habe ich gar nicht vor.« Die Wahrheit ist: Ich fände es toll, wenn die beiden Schluss machen würden. Aber ich möchte nicht der Grund dafür sein. Ich glaube nicht, dass ich danach ohne Gewissensbisse ein Date mit ihm haben könnte.

»Wie du meinst, Schätzchen«, sagt Lala achselzuckend. »Ich schau mich mal auf dem Tennisplatz um. Bis später.«

Das Board unter dem Arm marschiert Ryan zum Parkplatz. Mandy stolpert hinter ihm her und keift ihn an. Ryan erwidert ganz ruhig: »Sag mir Bescheid, wenn du dich abgeregt hast. Ich bin erst mal weg.«

Verwirrt blicke ich auf den See hinaus, Lalas Worte lassen mir keine Ruhe.

»Was fällt dir eigentlich ein?« Mist. Mandys sonst so perfektes, aber jetzt wutverzerrtes Gesicht ist nur eine Handbreit von meinem entfernt. »Willst du mir Ryan ausspannen?« Sie lacht rau. »Stehlen. Das ist typisch für eine Tovin. Halte dich von meinem Freund fern. Sonst, das garantiere ich dir, werde ich dafür sorgen, dass dein Leben noch miserabler wird, als es ohnehin schon ist.«

Bevor ich etwas erwidern kann, stolziert sie davon. Sie hätte sich den Atem sparen können. Ich nehme ihn ihr nicht weg und werde das auch nie tun. Niemals.

Es ist schwer, sich auf die Arbeit zu konzentrieren, wenn Mandy keine fünfzig Meter entfernt auf ihrem Handtuch thront und ihre Freundinnen es sich zur Aufgabe gemacht haben, mir abwechselnd tödliche Blicke zuzuwerfen.

»Hallooo?« Chris winkt mir mit seinen dicklichen Händen zu. »Gerade habe ich wieder die kleine Rothaarige untergetaucht. Ist dir das egal?«

Ich bin eine schlechte Schwimmaufsicht.

»Warum erzählst du mir das, Chris?«, frage ich ihn. »Willst du dich absichtlich in Schwierigkeiten bringen?«

»Keine Ahnung.« Was für ein merkwürdiger Junge.

»Okaaaay.« Ich lasse den Blick übers Wasser schweifen. Ist es schon zwei Uhr?

»Mir ist langweilig«, nörgelt Chris. Er füllt einen Eimer mit Wasser, leert ihn aus und füllt ihn erneut.

Ich betrachte zuerst ihn, dann die anderen Jungs seines Alters, die sich im tiefen Wasser am gegenüberliegenden Ende des Sees tummeln, und nehme mir vor, Chris doch noch zum Schwimmunterricht zu überreden.

»Im Tiefen ist es viel lustiger. Da ist ein Sprungbrett, eine Insel, deine Freunde …«, fange ich an.

Sein Blick verfinstert sich.

»Mein Angebot steht noch. Greg, Manny, Sarah. Ihnen allen habe ich in nur wenigen Wochen das Schwimmen beigebracht.«

»Ich hab dir schon mal gesagt, ich brauche keine blöde Lehrerin.«

»Okay, Chris. Nur damit du Bescheid weißt: Meistens bin ich fünfundvierzig Minuten vor Schichtbeginn hier, um noch eine Runde zu schwimmen. Wenn du es dir anders überlegen solltest, ich bin da.«

»Ist mir doch egal«, brummt Chris und rennt mit seinem vollen Wassereimer davon. Er läuft über die Liegewiese, schlägt eine Schneise durch Mandys Freundinnen und kippt den Eimer direkt in das Gesicht seiner Schwester.

»Du kleiner Scheißer!« Sie schlägt nach ihm, aber er ist flink und rennt weg. Ich weiß, es ist fies, aber ich genieße es, wenn Mandy schikaniert wird.

Kreischend beschwert sie sich, dass ihre Zeitschrift »ruiniert, komplett ruiniert« sei. Ebenso ihre Haare – »Hat er auch nur einen blassen Schimmer, wie lange es dauert, bis ich sie geföhnt habe?« Und der Gestank des Wassers: »Widerlich. Ich rieche wie ein Sumpf.« Sie rollt ihr Handtuch ein, stopft es in ihre Badetasche und stürmt an mir vorbei zum Ausgang. Mit einem erleichterten Seufzer richte ich meine Augen und meinen Verstand wieder aufs Wasser.

Eine halbe Stunde später taucht wieder Lala auf.

»Hey, Süße«, begrüßt sie mich. Ihre Armreifen klimpern, als sie anfängt, sich mit Sonnencreme einzureiben. »Deine Schicht ist um.«

Zwei Uhr. In einer Stunde muss ich zu Hause sein. Mom hat mich dazu verdonnert, meinen Wochenplan in ihren Kalender einzutragen. Ich habe die Zeiten nach vorne und nach hinten ausgedehnt. Auf diese Weise kann ich frühmorgens trotzdem noch schwimmen, und nach meiner Schicht habe ich noch etwas Zeit, um mich mit meinen Freunden zu entspannen. Ich muss allerdings in der Nähe des Sees bleiben. Falls Mom oder Dad hier auftauchen und ich nicht da bin, blüht mir ein weiterer Monat Hausarrest.

Ich breite mein Handtuch aus und krame mein Lunchpaket hervor. Chris schlendert vorbei, mit einem Stück Pizza vom Imbissstand. Käse und Oregano duften verführerisch, aber wenn ich hier esse, kostet es mich jedes Mal eine Stunde Arbeit. Der Proviant von zu Hause ist kostenlos.

»Hey, Clare«, sagt Skye. Sie und Chase haben Tennisschläger in der Hand. »Hast du Zeit für ein kurzes Match? Chase und ich haben Lust auf ein Doppel. Er und ich gegen dich und Omar. Bist du dabei?«

Seufzend schaue ich auf meine Uhr. »Tut mir leid, aber ich will schnell fertig essen, und dann muss ich nach Hause. Ich habe noch etwa eine halbe Stunde.« Außerdem bin ich keine große Leuchte im Tennis, fast so mies wie Omar. Chase und Skye sollten lieber gegeneinander spielen.

»Dann eben Mittagessen«, sagt Skye lapidar und zieht ein Sandwich aus ihrer Tasche.

Wir setzen uns im Kreis ins Gras. Lachen und reden. Ich habe nicht nur eine Party verpasst, sondern auch einen Kinoabend und ich werde immer noch Hausarrest haben, wenn die anderen übers Wochenende campen und zum Strand gehen. Aber zumindest habe ich meine Freunde jetzt um mich herum.

Die dreißig Minuten vergehen wie im Flug. Widerwillig packe ich meine Sachen zusammen und radle nach Hause.

Der Sommer ist die Jahreszeit der Hofflohmärkte. Ich komme an einigen Verkaufsständen vorbei und fahre langsamer, um das Angebot zu überblicken. Kaputte Stühle, selbst gefertigte Kerzen und Limonade, Geschirr, Spielzeug, jede Menge Stofftiere, eine Tretmühle und … Strickgarn. Ich steige ab und lehne mein Rad an den nächstbesten Baum. Ich habe eine Wollkiste mit vielen verschiedenen Farben erspäht, hauptsächlich mittlere Fadenstärke, dazu ein paar Stränge mit dickem gelbem Chenille-Garn. Ich überlege kurz. Wenn ich die ganze Kiste kaufe, kann ich aus der Chenille eine Decke für Kinder machen und der Rest reicht für drei Babydecken.

»Fünfundzwanzig Cent pro Knäuel oder zwei Dollar, wenn du die ganze Kiste nimmst.«

»Einverstanden.« Wir verstauen alles in Plastiktüten, die ich an den Fahrradlenker hängen kann. Mit dem Auto wäre das viel einfacher. Auf dem Heimweg muss ich immer wieder anhalten, um die Tüten zurechtzurücken.

Ich biege in unsere Einfahrt und lehne Pedalosaurus gegen eine Kiefer. Durch das Küchenfenster sehe ich Mom am Telefon gestikulieren. Sie redet genauso viel mit ihren Händen wie mit ihrem Mund. Leise gehe ich ins Haus.

»Ich weiß, du brauchst meine Hilfe. Ich werde einen Flug buchen«, sagt sie und fuchtelt mit der linken Hand herum. »Aber erst im Herbst.« Pause. »Weil ein Flugticket in unser Budget nicht eingeplant war und ich das Geld erst zusammensparen muss. Außerdem kommt Luke bald nach Hause und ich freue mich schon darauf, etwas Zeit mit ihm zu verbringen. Wie wär's mit September oder Oktober?« Wieder eine Pause. »Ich werde es versuchen. Okay, Mom. Ich hab dich auch lieb.«

Sie legt auf und sieht mich an.

»Granny?«, frage ich. Sie nickt. »Wie geht es ihr?«

»Sie ist ruhelos. Jetzt will sie das Haus renovieren, damit sie es verkaufen und in ein Seniorenheim ziehen kann.«

»Granny will in ein *Heim*?« Mir wird ganz flau bei der Vorstellung. Ebenso gut hätte sie mir erzählen können, dass die Schwerkraft aufgehoben ist. Granny und ihr Haus, das ist ein unzertrennliches Paar. Auch wenn ich sie nur selten besuche, sehe ich sie vor mir, wie sie in ihrem Haus lebt, mit den selbst genähten Vorhängen und den selbst gestrickten Decken und ich sehe sie auf der hinteren Veranda, die Dad und Großvater gebaut haben, als ich noch gar nicht auf der Welt war. Mit Großvaters Werkstatt in der Scheune, dem kleinen Hühnerstall und den Gemüsebeeten im Garten.

»Ihr wächst die Arbeit über den Kopf, seit dein Großvater tot ist. Es wundert mich, dass sie es dort überhaupt so lange ausgehalten hat.« Mom drückt kurz meine Schulter. »Es ist eine gute Entscheidung. Im Heim ist sie unter Leuten ihres Alters. Sie bekommt Hilfe, wenn sie einen Arzttermin hat oder Einkäufe erledigen muss. Ich werde jedenfalls im Herbst zu ihr fliegen und das Haus so weit herrichten, dass man es verkaufen kann.«

Bei dem Gedanken, dass ich die Farm niemals wiedersehe, höre ich mich plötzlich fragen: »Darf ich mitkommen? Ich könnte doch helfen.«

»Ein Flugticket ist schon teuer genug, Clare, aber danke

für dein Angebot. Außerdem hat bis dahin die Schule längst wieder angefangen.« Sie zögert kurz, dann fragt sie: »Was hast du heute vor?«

»Schularbeiten für den College-Vorbereitungskurs, eine schriftliche Hausaufgabe in Geschichte.«

Einen Moment lang rechne ich fest damit, dass sie mir weitere Erledigungen aufbrummt. Das Badezimmer sauber machen oder den Küchenboden schrubben. Stattdessen sagt sie: »Sei fleißig«, und verlässt das Zimmer.

Bevor ich mein Geschichtsbuch aufschlage, setze ich mich aufs Bett und stöbere in den Tüten mit dem neu erworbenen Wollvorrat. Wenn ich es klug anstelle, kann ich eine violette Babydecke mit Blumen in drei verschiedenen Rosatönen stricken, eine zweite mit blauen und grünen Streifen und eine dritte in allen Regenbogenfarben. Granny besitzt ein tolles Strickmusterbuch mit Tipps, wie man Wollreste verwendet. Vielleicht kann sie es mir schicken.

Während ich mir überlege, wie viele Maschen ich noch anschlagen muss, stelle ich mir das Baby vor, das später einmal in diese Decke eingewickelt wird. Vielleicht ein Neugeborenes, noch ganz schrumpelig und winzig klein. Oder ein Einjähriges, das gerade erst das Laufen lernt. Ich stelle mir die Mutter vor und überlege, ob sie so wie ich darauf wartet, dass irgendjemand, den sie liebt, aus dem Gefängnis kommt. Und ich nehme die Maschen noch etwas schneller auf, weil dieser Mutter so viele Dinge durch den Kopf gehen. Wenn sie die Decke hat, muss sie sich zumindest keine Gedanken mehr machen, wie sie ihr Kind warm halten soll.

Es klopft, und schon geht die Tür auf. Ungeschickt lasse ich die Stricksachen aufs Bett fallen und nehme stattdessen mein Geschichtsbuch in die Hand.

»Clare, könntest du dein Fahrrad ab sofort hinter dem Haus abstellen? Es ist kein schöner Anblick«, sagt Mom.

»In Ordnung«, antworte ich und schaue in mein Geschichtsbuch.

»An was arbeitest du gerade?« Sie deutet auf die Stricknadeln.

»Das wird eine Beanie«, lüge ich. Es ist lächerlich, ich weiß, aber ich habe niemandem verraten, dass ich Decken für das Obdachlosenheim stricke. Nicht einmal Drea weiß etwas davon.

»Okay. Wenn du eine Pause machst, dann bring das Fahrrad weg.«

Als sie das Zimmer wieder verlassen hat, lege ich das Strickzeug beiseite. Ich weiß noch genau, wie ich zum ersten Mal das Obdachlosenheim betrat. Peggy, die gleich vorne am Schreibtisch saß, blickte mich an und fragte: »Wie kann ich dir helfen?« In ihren Augen sah ich weder Misstrauen noch Selbstgerechtigkeit.

Keiner weiß, dass ich das ganze Jahr hindurch wie verrückt stricke und mindestens zweimal im Winter eine fünfundvierzigminütige Fahrt zu den Liebenden Herzen auf mich nehme. Wenn ich es niemandem erzähle, muss ich auch keine Angst haben, dass Skel mir dorthin folgt.

14
Erschaffen und Zerstören

Damals, mit neun

Grannys Hände machten flinke Bewegungen. *Klick, klick, klick, klick*. Ich sah zu, wie aus einem Knäuel herzroter Wolle ein Schal für mich entstand.

»Bringst du es mir bei, wenn ich groß bin?«, fragte ich sie.

»Nein.« Sie blickte hoch und lächelte mich an, aber ihre Finger hielten keine Sekunde lang inne. »Ich bringe es dir jetzt sofort bei.«

»Jetzt sofort? Ich möchte eine Decke machen«, sagte ich. »Eine blaue mit sonnengelben Blumen.«

Sie legte ihr Strickzeug beiseite und griff in ihren Handarbeitsbeutel. »Lass uns mit etwas Einfachem anfangen. Wie wäre es mit einem Schal für die Puppe? Wir nehmen diese Wolle, dann passt er perfekt zu deinem Schal. Ich schlage die Maschen für dich an.«

Ich sah zu, wie sie zehn Maschen auf zwei große Nadeln aufnahm. Dann führte sie meine Hände. Bei jeder neuen Masche murmelte ich: »Nadel in die Schlinge, Faden darüber, durchziehen und fertig.«

Ich hörte, wie die Haustür quietschte, aber ich blickte nicht hoch. Wahrscheinlich war es Peter, der von Evan zurückkam. Hoffentlich ging er sofort in sein Zimmer.

Aber die Schritte kamen direkt auf uns zu.

»LUKE!«, rief ich und sprang auf. »Sieh mal! Ich stricke. Das wird ein Schal für meine Puppe.«

»Wow! Lass mal sehen, Piepmatz.« Er nahm das kleine Strickzeug in die Hand und sagte: »Das hast du gemacht? Ich glaub's nicht. Es sieht aus, als hätte Granny es gestrickt.«

Nachdem er mich und Granny umarmt hatte, verkündete Luke, dass er eine Weile zu Hause bleiben würde.

»Juhu!« Granny kam nur selten zu Besuch und jetzt war auch noch Luke da! Vielleicht würde er sogar etwas länger bleiben als nur ein paar Tage.

Es war die schönste Woche meines Lebens. Granny half mir bei meinem Puppenschal und danach fingen wir eine passende Mütze an. Sie gab mir sogar eigene Stricknadeln. Luke und ich gingen an den See und bauten eine Sandburg und am Abend sahen wir uns einen Film an. Ich war so froh, dass Sommer war und die Schule mir nicht den Spaß verdarb. Aber am Ende der Woche kam unweigerlich der Tag von Grannys Abreise.

Am Flughafen drückte sie mir drei Fünfundzwanzig-Cent-Stücke in die Hand.

Zu Hause rannte ich sofort in mein Zimmer, um das Geld in meinem Sparschwein auf der Kommode aufzubewahren.

Aber wo war Piggy? Gestern war sie noch da gewesen, neben meiner Schmuckschatulle mit der Ballerina-Spieluhr. Das wusste ich genau, denn ich hatte zwei Fünf-Cent-Stücke und drei Pennys reingeworfen, die ich zwischen den Sofakissen gefunden hatte. Und jetzt war das Sparschwein weg.

Vielleicht konnte Luke mir beim Suchen helfen. Ich rief

nach ihm, rannte durchs ganze Haus, aber er war nirgendwo zu sehen.

Also suchte ich Piggy alleine, überall. Ich malte mir aus, dass es ihr langweilig geworden war, immer nur an einem Platz zu stehen. Das dicke rosa Schweinchen, dessen Bauch voller Kleingeld war, war bestimmt von meiner Kommode heruntergehüpft und weggerannt. Das war natürlich albern, aber die einzige andere Erklärung wäre gewesen, dass irgendjemand Piggy gestohlen hatte. Ich glaubte lieber an Magie, auch wenn die Vorstellung von einem zum Leben erwachten Sparschwein gruselig war. Und so suchte ich weiter.

Doch Piggy blieb unauffindbar.

Ich ging nach draußen und suchte hinter dem Haus. Sie war weder im Blumenbeet noch unter meinem Lieblingsapfelbaum. Vielleicht vor dem Haus? Und plötzlich sah ich sie, auf der Straße: rosafarbene Scherben. Ich rannte los. Was war passiert? Ich kniff die Augen zusammen und suchte die Straße nach Münzen ab. Nichts. Alles war weg. Jemand hatte mir Piggy weggenommen. Und sie kaputt gemacht. Und mein Erspartes mitgenommen.

Dad half mir, die Scherben aufzusammeln, aber es gelang ihm nicht, sie wieder zusammenzusetzen. Seine missglückten Versuche kommentierte er mit Witzen über den Sturz des armen Humpty Dumpty. Er versprach mir, ein neues Sparschwein zu kaufen, und schenkte mir sein gesamtes Kleingeld: zwei Vierteldollar, ein Zehn-Cent-Stück und sechs Pennys. In Piggys Bauch war viel, viel mehr Geld gewesen.

Ich wartete darauf, dass Luke nach Hause kam, damit wir als Detektive gemeinsam der Sache nachgehen konnten.

Aber Luke kam nicht. Nicht an diesem Abend und auch nicht am nächsten. Und auch in der darauffolgenden Woche nicht. Mom, Dad und Peter weigerten sich, mir bei meiner Detektivarbeit zu helfen. Vielleicht hatte ja einer von ihnen Piggy zerbrochen. Granny war es ganz sicher nicht gewesen und Luke auch nicht. Luke hätte mir so etwas niemals angetan.

Einige Monate später belauschte ich, das Ohr an die Schlafzimmertür gepresst, wie Mom und Dad leise über Luke sprachen. Er musste wieder ins Gefängnis, dreiundzwanzig Monate, bei guter Führung vielleicht nur achtzehn.

»War er wieder zur falschen Zeit am falschen Ort?«, fragte ich meine Fische. Ich überlegte, ob diese Frage es wert war, beim Belauschen ertappt zu werden.

Mir war klar, dass ich besser keine Fragen stellte, obwohl ich wirklich gerne mehr erfahren hätte. Es kam mir einfach merkwürdig vor, dass Luke tatsächlich so viel Pech haben konnte und *wieder* einmal zur falschen Zeit am falschen Ort gewesen war.

15
Regen

Jetzt

Ich wache auf und kann kaum glauben, dass es schon das Wochenende des Nationalfeiertags ist. Der Sommer verfliegt in Windeseile.

Wumm! Krach! Wumm!

Wer zum Teufel lässt um sechs Uhr morgens Feuerwerkskörper hochgehen? Genervt ziehe ich mir das Kissen über den Kopf.

Plötzlich wird mir klar, dass es in meinem Zimmer noch dunkel ist. Zu dunkel für sechs Uhr morgens.

Schon wieder ein lautes Krachen. Ich drehe mich zur Fensterseite und ziehe die Vorhänge zurück.

Dichte Wolken jagen über den Himmel und verfangen sich in den Baumspitzen. Der Regen drückt die Blätter des Apfelbaums nach unten. Die herabhängenden Äste wirken so müde, wie ich mich fühle. Ein Blitz erleuchtet den Himmel. Einundzwanzig, zweiundzwanzig, dreiund… – *Wumm!*

Wow, das ist wirklich ziemlich nah, denke ich und schlage das Fenster zu. Die Schwimmaufsicht kann ich heute wohl vergessen. Der See ist bei Gewitter gesperrt. Kein Picknick, kein Feuerwerk, kein Nationalfeiertag. Kein Telefon, kein Internet, kein Fernsehen, keine Freunde und auch sonst nichts. Stattdessen sitze ich hier fest. Ich krieche zurück ins Bett und schlafe noch bis acht Uhr.

»Ihr habt es gut«, sage ich zu meinen Fischen, während ich Futter ins Wasser rieseln lasse. Sie schießen an die Oberfläche und fallen über die Flocken her. Das Aquarium sieht nicht mehr ganz frisch aus – Algen kleben am Glas und überwuchern die Steine und das ANGELN-VERBOTEN-Schild.

Raymond ist als Letzter mit dem Fressen fertig. Mit seinem schwarz gefleckten Maul stöbert er zwischen den Steinen nach den zu Boden gesunkenen Futterflocken. Während er noch herumwühlt, nehme ich die kleine Burg und das Schild aus dem Aquarium und setze sie in meinen Fischeimer.

Das Klingeln des Telefons registriere ich nur am Rande. Es ist kurz nach acht Uhr morgens, um diese Zeit ruft keiner meiner Freunde an. Außerdem wissen sie alle, dass ich Hausarrest habe.

Ich schrubbe die Seitenflächen des Aquariums mit einem Schwamm und sehe zu, wie das Glas klar wird, während das Wasser sich eintrübt. Zuerst sauge ich etwa ein Viertel des Wassers mit einem Abflussschlauch ab, dann wechsle ich den Wasserfilter und stelle die Burg und das Schild zurück an ihren Platz. Jetzt muss ich nur noch das Wasser nachfüllen und Aufbereitungsmittel dazugeben, damit der pH-Wert stimmt.

»Clare.« Mom öffnet die Tür, während sie klopft. »Lucille hat gerade angerufen. Der See bleibt heute gesperrt. Da du also nicht arbeiten musst, habe ich eine Aufgabe für dich.«

Ihr Blick fällt auf mein Aquarium und meine nassen Arme. »Das kannst du später auch noch fertig machen«, fügt sie hinzu.

Ich trockne meine Arme mit einem alten Handtuch ab und folge ihr ins Wohnzimmer. Kann ich nicht wenigstens erst mal frühstücken? Sie zeigt auf die verblassten Flecken auf dem Teppich, deren Spur zur Eingangstür führt. »Ich möchte, dass du versuchst, diese Flecken aus dem Teppich zu schrubben.«

Skel huscht ins Zimmer. Er nippt an seinem Brandy und stützt sich auf einen geschlossenen Regenschirm wie auf einen Spazierstock.

»Mom.« Wird sie senil? »Ich habe schon alles versucht, um diese Flecken wegzubekommen.«

»Tja, aber jetzt habe ich diesen neuen Schmutzentferner für Haustierflecken gekauft, versuch es mal damit.« Sie drückt mir eine Flasche und eine alte Scheuerbürste in die Hand. Skel tippt mit der Spitze seines Regenschirms auf die Flecken. Sein Gebiss klappt auf und zu.

»Ich glaube, dieses Mittel ist nur für frische Flecken gedacht.« Meine Hände zittern, mein Magen verkrampft sich und mir wird schlecht.

»Probier's aus, dann wirst du schon sehen.« Im Weggehen blickt sie über die Schulter. »Du bist immer noch im Schlafanzug? Also wirklich, Clare. Es ist fast neun. Willst du den ganzen Tag im Bett vergeuden?« Sie hält inne. »Apropos, ich glaube nicht, dass dein Bett schon gemacht ist.«

Wenn ich noch lange in diesem Haus wohnen muss, drehe ich durch, so viel steht fest. Ein Jahr muss ich noch durchhalten. Ein Jahr noch, dann bin ich frei. College. Studentenwohnheim. Ich muss nur genug Geld zusammensparen und den Abschluss in der Tasche haben. Dass der See jetzt gesperrt ist, hilft mir dabei nicht gerade weiter.

Nachdem ich mein Bett ordentlich gemacht und ein altes T-Shirt und ausgefranste, abgeschnittene Jeans-Shorts angezogen habe, trödle ich noch eine Weile herum. Ich fülle das Aquarium nach und schütte das Aufbereitungsmittel hinein. Danach esse ich eine Schüssel Müsli, trinke eine Tasse Kaffee und zum Schluss genehmige ich mir noch ein Glas Orangen-Mango-Saft.

Ich trinke den letzten Schluck und schneide dabei eine Grimasse. Sehr viel länger kann ich es nicht hinauszögern. Mom kriegt einen hysterischen Anfall, wenn ich mich nicht bald auf allen vieren und mit der Scheuerbürste in der Hand über den Teppich hermache.

Ich sprühe das Wundermittel auf den Teppich und schrubbe. Sprühe und schrubbe. Eine halbe Stunde später zeigt sich immer noch keine Wirkung, außer dass sich der Teppich mit dem widerlich künstlich riechenden Orangenduft des Putzmittels vollgesogen hat. Meine einzige Hoffnung ist, dass ich den Teppich irgendwann durchgescheuert habe. Dann wäre zwar ein Loch im Gewebe, aber zumindest wären die Flecken weg.

Peter kommt aus seinem Zimmer und geht zur Haustür. Als er mich auf dem Boden knien sieht, bleibt er wie angewurzelt stehen.

»Was. Hast. Du. Getan?«, fragt er.

Ich zucke mit den Schultern. »Es regnet. Ich kann nicht zur Arbeit. Wahrscheinlich hat sie sich irgendwas ausgedacht, um mich zu beschäftigen.«

»Zum Glück bin ich gleich weg«, sagt er und geht weiter Richtung Tür. »Falls Mom fragt, ich bin bei Evan, wir schauen uns das Baseballspiel der Dodgers an.« Plötzlich bleibt er stehen, leckt sich alle fünf Finger der rechten Hand und drückt sie nacheinander auf Moms Weihnachtsschmuck. Ich frage mich, ob er mir das Leben damit nicht noch schwerer gemacht hat, als es heute ohnehin schon ist. Aber bei dem Gedanken daran, dass der Schmuck jetzt nicht mehr makellos ist, spüre ich ein seltsames Gefühl der Befriedigung.

Zwanzig Minuten und eine Mittagspause später regnet es noch immer und ich überlege, wie lange ich noch so tun muss, als würde ich den Teppich schrubben, bis Mom mir glaubt, dass ich alles versucht habe.

Skel hat es sich in Dads Sessel bequem gemacht. Er nimmt hin und wieder ein Schlückchen von seinem Brandy und liest Zeitung. Ab und zu sieht er mit missbilligendem Blick zu mir herunter und zeigt mit seinem Regenschirm auf die Flecken, die von der Eingangstür ins Wohnzimmer führen. Er will, dass ich mich daran erinnere. Ich weiche seinen Augen aus und schrubbe wütend den Teppich, während ich versuche, meine Gedanken auf *irgendetwas* anderes zu lenken. Natürlich lande ich sofort bei Ryan. Er ist jetzt in Venice, aber in den vier Tagen vor seiner Abreise war er immer am See, als ich morgens zum Schwimmen kam. Trotz meines Versprechens, mich von ihm fernzuhalten, bin ich jeden Morgen auf sein Surfboard geklettert. Mit einem Ruderpaddel schaffe ich inzwischen sogar eine Runde um den See, ohne ins Wasser zu fallen. Und Mandy war nie da, deshalb konnten wir uns nach dem morgendlichen Schwimm- und Paddeltraining noch einen Augenblick ans Ufer setzen und reden, bevor meine Schicht begann. Das war fantastisch. Je näher ich Ryan kennenlerne, desto mehr mag ich ihn. Er hat mich eingeladen, ihn in Venice zu besuchen. Selbst wenn ich keinen Hausarrest hätte, wäre ich mir nicht sicher, ob ich das Angebot annehmen sollte. Ist das nicht eher ein Trip, den man mit seiner Freundin unternimmt? Ich bin nicht seine Freundin und ich will es auch nicht sein. Na ja, vielleicht will ich es schon. Aber ich habe nicht vor, ihn Mandy auszuspannen. Ich genieße nur seine Gesellschaft. Im Moment jedenfalls. Falls sie sich allerdings irgendwann trennen sollten …

Ich bin so in Gedanken versunken, dass ich fast überhöre, wie die Haustür aufgeht.

»Piepmatz?« Die Scheuerbürste in der Hand schaue ich auf. Luke steht vor mir. Seine Schuhe verdecken die Blutflecken, die ich mir so oft weggewünscht habe.

16
Vollkommene Kreise

Damals, mit elf

Die Glasscheibe der Haustür war zerborsten.

Ich konnte sehen, dass noch scharfe Splitter im Rahmen steckten.

Langsam stieg ich von meinem Rad und schob es zu dem Baum gleich neben dem Haus. Meine Hände waren fast blutleer, so fest umklammerte ich den Lenker. Den Blick auf das zerbrochene Glas gerichtet, lehnte ich das Fahrrad gegen den Baumstamm.

Zögernd näherte ich mich dem Haus, anfangs nur einige Schritte, dann ging ich weiter. Zermalmte mit meinen Schuhen die Glasscherben. Einen Augenblick lang starrte ich auf die zackigen Splitter im Rahmen, dann drehte ich den Türknauf und ging hinein.

Die Tropfen auf dem Linoleumboden waren rund. In der sechsten Klasse hatte ich im Kunstunterricht immer wieder versucht, einen runden Kreis zu zeichnen. Ich schaffte es nur, wenn ich den Stift an einem Zirkel befestigte, und immer hatte ich in der Mitte das kleine Loch auf dem Papier. Meine freihändigen Kreise waren wacklig und schief. Ich hätte nie gedacht, dass man ohne einen Zirkel vollkommen runde Kreise machen könnte. Aber da waren sie, direkt vor mir, runde, leuchtend rote Tropfen. Mom sagte immer, wir hätten dünnes Blut. Deshalb wusste ich sofort, dass es einer von uns war.

Ich hätte wieder aus dem Haus gehen und bei den Nachbarn warten können, bis Dad von der Arbeit kam. Er war Blut gewöhnt. Er war Leichen gewöhnt.

Aber ich blieb. Ich weiß nicht genau, warum, aber ich folgte den Blutstropfen.

Sie waren eine bessere Spur als Brotkrumen. Blut verfärbt Stein und sickert in Teppiche. Blut wird nicht von Vögeln aufgepickt. Die Spur würde für alle Zeiten sichtbar sein.

Die unverkennbaren Geräusche eines heftigen Streits und ein widerlicher Geruch – eine Mischung aus Körperausdünstungen, Alkohol und etwas, was ich nicht identifizieren konnte – hielten mich einen Moment zurück. Vielleicht wäre es besser gewesen, wenn ich einfach weggegangen wäre.

Aber die Neugier machte mich mutig. Ich bog um die Ecke.

17
Heimkehr

Jetzt

Fassungslos starre ich abwechselnd auf die Flecken und auf Luke. Hunderte von Gedanken wirbeln mir durch den Kopf. Ist es wirklich Luke, der da vor mir steht? Es ist ungefähr vier Jahre her, dass ich ihn das letzte Mal gesehen habe, aber er sieht viel älter aus – eher wie vierzig und nicht wie neunundzwanzig. Seine Haut wirkt ledrig und in seinem Gesicht sind erste Falten zu sehen. Die Jungfrau Maria, die in meiner Erinnerung so hell auf seinem Arm leuchtete, ist inzwischen verblasst, die blauen Linien des Tattoos verschwimmen auf seiner Haut.

»Wie geht es meinem kleinen Piepmatz?« Luke streckt seine langen Arme aus, bevor ich auch nur Hallo sagen kann. Er achtet nicht darauf, wo er hintritt, und scheint die verblassten Flecken nicht einmal zu bemerken. Meine Nackenhärchen stellen sich auf und legen sich wieder. Er erinnert sich nicht. Ich sehe es ihm an.

Ich stehe auf und lasse die Scheuerbürste fallen. Luke hebt mich hoch, drückt mir dabei fast die Luft aus der Lunge und wirbelt mich im Kreis, als wäre ich immer noch fünf Jahre alt.

Ich kann nicht anders und fange an zu lachen, während wir uns immer weiterdrehen.

Sanft setzt er mich wieder ab. Ich bin benommen, verwirrt, glücklich. »Wann bist du so groß geworden? Hey, Ma?«, ruft er. »Womit fütterst du Clare? Sie sieht ja aus wie ein Teenager!«

»Willkommen zu Hause, Luke.« Mom eilt an mir vorbei und schließt ihn in die Arme.

»Ma.« Lukes Armmuskeln spannen sich an, während er sie fest umschlingt. Als sie schließlich loslassen, greift Mom nach seiner Hand und küsst sie. Sie wirft keinen Blick nach unten auf den Teppich, um zu sehen, ob die Flecken noch da sind. Ich frage mich, ob sie wusste, dass Luke heute nach Hause kommen würde, oder ob sie mich bloß beschäftigen wollte.

»Komm mit«, sagt sie und führt ihn zum Sofa. »Ich will alles hören. Setz dich, setz dich. Du auch, Clare. Räum die Putzsachen auf, bevor du dich zu uns setzt. Und da du schon stehst, könntest du uns bitte ein paar Gläser Limonade bringen?« Sie kann die Augen nicht von Luke abwenden. »So, Luke«, sagt sie. »Wie geht es dir?«

»Gut. Es fühlt sich toll an, wieder zu Hause zu sein.« Während ich die Limonade einschenke, nehme ich jede Nuance seiner tiefen Stimme in mir auf und versuche, mir den Klang einzuprägen. Er hört sich ganz anders an als am Telefon. Weil meine Eltern Peter und mich nie mitnehmen, wenn sie Luke im Gefängnis besuchen, ist es das erste Mal seit fast vier Jahren, dass ich seine Stimme höre.

In Windeseile kehre ich mit drei Gläsern Limonade ins Wohnzimmer zurück.

»Erzähl uns von deinem Job«, sagt Mom.

Lukes Lächeln verschwindet kurz. Dann bemüht er sich, wieder eine fröhliche Miene aufzusetzen. »Es hat leider nicht geklappt. Da gab es noch einen anderen Typen, der ebenfalls zum Vorstellungsgespräch gekommen war. Er hat eine ähnliche Ausbildung. Und na ja, du weißt schon. Er ist nicht vorbestraft. Aber der Boss hat gesagt, dass er in ungefähr sechs Monaten ein paar freie Stellen am Bau von irgendeinem großen Hochhaus zu vergeben hat.« Er greift nach der Limonade und trinkt ganz langsam einen langen Schluck.

»Das hört sich ja sehr vielversprechend an«, sagt Mom und nickt mir zu. Aber ich kann ihre Gedanken lesen. Es ist nicht leicht, einen Job zu bekommen, wenn man gerade aus dem Gefängnis entlassen worden ist. Wenn Luke Arbeit hat, läuft es für ihn immer viel besser. Dann schafft er es auf die gerade Bahn zurück. Zumindest bleibt er länger draußen. Was will er über die nächsten sechs Monate mit sich anfangen? Was, wenn er nicht schnell einen anderen Job findet?

Als Mom einen Schluck aus ihrem Glas nimmt, hängt ein unangenehmer Moment des Schweigens im Raum.

»Wie lange wirst du bleiben?«, frage ich.

»Kommt darauf an. Ma, meinst du, ich könnte mich für eine Weile hier einquartieren? Du weißt schon, nur bis ich einen Job gefunden und etwas Geld zur Seite gelegt habe? Mein Bewährungshelfer sagt, dass er noch ein paar Anlaufstellen für mich hat.«

Plötzlich bin ich wieder zwölf Jahre alt. Wir sitzen auf dem Sofa, genau wie jetzt, und Luke sagt die gleichen Worte. Obwohl ich mich nur verschwommen erinnern kann, bin ich sicher, dass er diesen Satz jedes Mal gesagt hat, wenn er gerade entlassen worden war.

»Natürlich«, sagt Mom. »Du weißt, dass du immer willkommen bist. Das hier ist dein Zuhause. Und wenn ich es mir recht überlege, habe ich ein paar Aufgaben, für die ich dich bezahlen könnte. Das Haus braucht dringend einen neuen Anstrich. Und der Dachboden ist eine einzige Katastrophe. Ich kann dir nicht viel dafür geben, aber es ist immerhin ein Anfang.«

»Danke.« Luke beugt sich vor und drückt Moms Schulter.

»Aber.« Mom setzt ihre strenge Stimme auf. »Wenn du hierbleiben willst, musst du dich an ein paar Regeln halten. Ich möchte, dass du um Mitternacht zu Hause bist. Und zwar jede Nacht. Kein Alkohol und keine Drogen. Ich bestimme, welche Freunde du mit ins Haus bringst und welche nicht. Und du kannst nur auf Dauer bleiben, wenn du dir einen Job suchst.«

»Okay, okay. Alles klar, Ma.« Lukes Stimme ist genauso ernst wie ihre. Dann lächelt er, steht auf und küsst sie auf die Stirn. »Diesmal werde ich niemanden enttäuschen.«

Bei den Worten zucke ich zusammen. Wie gern würde ich ihm glauben. Trotzdem habe ich das Gefühl, dass es Unglück bringt, wenn er es laut ausspricht.

»Hey, Piepmatz! Lust auf einen Spaziergang?«

Ich blicke Mom fragend an. Sie strahlt. »In Ordnung, wenn ihr bis zum Abendessen wieder zurück seid.« Ich wünschte, ich könnte sie so glücklich machen und ihr dieses breite Lächeln und die funkelnden Augen ins Gesicht zaubern – einfach nur durch meine Anwesenheit.

Es regnet immer noch, aber das Gewitter ist endlich weitergezogen. Luke und ich laufen dicht nebeneinander unter unseren Regenschirmen. Er riecht wie ein Herumtreiber, wahrscheinlich ist seine letzte Dusche schon ein paar Tage her und sein herbes Deo kann seinen scharfen Körpergeruch kaum überdecken.

Zwischen uns herrscht angespannte Stille, als fürchteten wir, den anderen mit einem falschen Wort zu verletzen. Ich kann ihn auf keinen Fall fragen, wie es im Gefängnis war, obwohl ich mir viele Gedanken darüber gemacht habe. Da ich ihn nie besuchen durfte, musste ich mir mithilfe von Filmen und über das Internet ein ungefähres Bild machen. Ich hoffe, dass es ordentliches Essen, genug Bücher und ein interessantes Fernsehprogramm gab. Ich hoffe, dass es nicht so schlimm war, wie ich es mir vorgestellt habe. Vor allem hoffe ich, dass er nicht … Stopp. Daran will ich nicht einmal denken.

»Warst du schon mal auf dem Craigen?«, fragt er.

»Nein. Der einzige Weg auf den Hügel führt über das Grundstück des Bürgermeisters und seine Rottweiler mögen es nicht, wenn Leute fröhlich durch seinen Garten stapfen«, sage ich und denke an das große Schild mit der Aufschrift UNBEFUGTE EINDRINGLINGE WERDEN ERSCHOSSEN.

»Ich kann dir einen Weg zeigen. Ohne unerlaubtes Betreten. Völlig legal.« Luke biegt von der Straße ab und steuert auf das Unterholz zu. Völlig legal? Das will ich sehen. Ich folge ihm, und schon nach wenigen Schritten sind meine Jeansshorts von den nassen Blättern und Ästen, durch die ich mich schlagen muss, durchweicht. Plötzlich stehe ich auf einem Trampelpfad, der mitten im Nirgendwo beginnt und nur auf uns zu warten scheint. Er führt in kurvigen Linien den Hügel hinauf.

»Mann, hab ich diesen Ort vermisst.« Luke atmet tief ein und seufzt glücklich. Der Regen geht in sanftes Nieseln über.

»An diesem Hang haben wir immer Party gemacht«, sagt er. »In meiner Highschool-Zeit haben wir unter diesen Büschen Alkohol versteckt. Warte mal.« Er zieht die Äste eines Wacholderbuschs zur Seite. Zum Vorschein kommt ein Einmachglas, das zur Hälfte mit durchsichtiger Flüssigkeit gefüllt ist. »Wow! Es ist immer noch da. Nicht zu fassen. Ich habe Wodka aus Mas Geheimvorrat in diese Gläser geschüttet und die Flasche stattdessen mit Leitungswasser gefüllt. Ma und Pop trinken dieses Zeug doch sowieso nie und Gäste kommen auch nicht ins Haus. Ich weiß nicht, warum sie die Flasche überhaupt noch haben.« Er öffnet das Einmachglas und schnuppert daran.

»Puh, das ist aber hochprozentig.« Er verzieht das Gesicht. »Ich frage mich, ob Mas Wodka immer noch reines Wasser ist.«

»Meinst du das, was davon noch übrig ist?«, sage ich im Spaß.

»Mein kleines Schwesterlein bedient sich doch nicht etwa aus Mas verbotenem Schrank, oder?« Er kneift mich in die Seite.

»Nein, das habe ich nicht nötig. Dafür habe ich Peter.« Jetzt, da Luke keine Versprechen mehr gibt, können wir wieder ganz normal wie Bruder und Schwester miteinander umgehen.

»Na dann, auf Peter.« Luke hält das Einmachglas hoch und kippt den uralten Wodka hinunter. »Hast du zufällig einen Schluck Wasser für mich, Piepmatz? Das Zeug ist ja grauenhaft.«

Er wirbelt herum und fasst sich theatralisch an die Kehle. Ich muss lachen und spüre dabei, wie sich der Knoten in meinem Magen löst.

»Vielleicht lassen wir das besser hier.« Er schließt das Einmachglas und schiebt es zurück unter den Strauch. »Wir betrachten es als Experiment. Mal sehen, ob das Zeug noch stärker wird, je länger wir es gären lassen. Aber nicht heimlich stibitzen, okay?« Er lacht.

»Na klar. Nach deiner Reaktion eben bin ich ganz scharf darauf, mich damit zu vergiften.«

Wir setzen unseren Spaziergang fort. Ich sehe Luke vor mir, wie er sich hier als Teenager mit seinen Freunden getroffen hat. Wie sie Einmachgläser mit verschiedenen Spirituosen unter den Sträuchern hervorholten und sich im Wald betranken. Ich versuche, mir vorzustellen, in welchen Cliquen er war und mit welchen Leuten er hier Party machte. Waren es nur Luke und ein paar Kumpel oder der ganze Jahrgang mit einer früheren Generation der Cranberry-Hill-Mädchen?

Als wir den Hügelgrat erreichen, bin ich beeindruckt. Wer hätte gedacht, dass es in unserem dämlichen kleinen Kaff einen magischen Pfad gibt, der an diesen Ort führt? Vor mir liegt ein grünes Tal, das sich schimmernd vom dunklen Himmel abhebt.

Kleine Wasserrinnsale laufen den Hang hinab und münden am Fuß des Hügels in einen Bach.

»Warte, bis du es im Winter mit all dem Schnee gesehen hast.«

»Können wir auf der anderen Seite wieder runtersteigen?«, frage ich.

»Nein, nicht von hier aus. Bleib von der Bruchkante weg, Piepmatz«, warnt Luke. »Da geht es ganz schön steil runter.«

Er hat recht. Vielleicht ist das auch der Grund, warum wir hier keine Partys feiern und uns betrinken. Das und der anstrengende Aufstieg.

»Ich kann es kaum glauben. Es ist fantastisch«, sage ich.

»In dieser Stadt gibt es viel Schrott, aber sie hält auch ein paar schöne Überraschungen parat. Ich kann dir mehr davon zeigen, irgendwann mal. Jetzt sollten wir aber besser nach Hause zurück. Ma wartet sicher schon«, sagt Luke. »Was es wohl zum Abendessen gibt? Mir fällt nur ihr Bœuf Stroganoff ein.«

»Ich bin sicher, genau das hat sie gemacht.« Es ist Lukes Lieblingsessen. Ich zweifle keine Sekunde daran, dass Mom, kaum dass wir die Tür hinter uns geschlossen haben, sofort in die Küche gestürzt ist, um mit dem Kochen anzufangen.

Als wir wieder auf der Straße sind, höre ich jemanden Lukes Namen rufen.

»Was geht, alter Kumpel?« Es ist der Freund, den ich im Wald getroffen habe. Igitt.

»Gerade rausgekommen.« Sie machen einen Dreifach-Handschlag mit Faust.

Ich gehe einen Schritt zur Seite, schaue stumm zu und spreche einen stillen Wunsch aus. Bitte, Luke, lass dich nicht wieder auf diesen Typen ein.

»Heute Abend steigt eine Party. Wie sieht's aus?«, fragt er Luke. »Ich habe ein paar gute Kontakte in der Stadt.«

»Nein, Dan. Nicht heute. Dieser Abend gehört der Familie«, antwortet Luke.

Dans Augen wandern über meinen Körper. »Du kannst ja deine Schwester mitbringen.« Er verzieht den Mund zu einem ekligen breiten Grinsen.

»Denk nicht mal dran, Dan«, sagt Luke mit warnendem Unterton.

»Okay, okay.« Dan weicht einen Schritt zurück und hebt abwehrend die Hände.

»Viel Spaß mit der Familie, Luke. Und komm mich mal besuchen. Ich hab was, das dich interessieren könnte.«

»Hört sich gut an. Bis bald.«

Sie verabschieden sich wieder mit Dreifach-Handschlag. Was hast du vor, Luke?, will ich fragen. Was immer Dan im

Schilde führt, es kann nichts Gutes sein. Riskiere doch nichts, wofür du wieder ins Gefängnis kommen könntest.

Statt meine Gedanken laut auszusprechen, schweige ich auf dem Heimweg, obwohl es in meinem Inneren brodelt.

Der Duft von gebratenen Zwiebeln, Knoblauch und Fleisch, vermischt mit einer süßlichen Note – vielleicht das Pfirsich-Dessert mit braunem Zucker –, zieht durch die ganze Straße. Es hüllt Luke und mich ein und gibt uns ein Gefühl von Zuhause. Wir stürmen zur Haustür.

Dad reißt die Tür auf und schließt Luke in die Arme.

»Ihr kommt gerade rechtzeitig!«, ruft Mom. »Wascht euch die Hände, und dann gibt's Essen.«

Im Wohnzimmer treffen wir auf Peter. Unsere Blicke treffen sich kurz. Er blickt zögernd zu Luke und bringt ein steifes »Hey« heraus.

Luke packt ihn und zwingt ihn in eine feste Umarmung. »Was? Nennst du das Bruderliebe?«, fragt er, als Peter sich aus seinem Griff windet und Richtung Esszimmer verschwindet.

Mom hat einen zusätzlichen Stuhl an meine Tischseite gestellt, sodass mein Platz näher an Dad gerückt ist. Als Luke und ich uns hinsetzen, streife ich seinen Oberarm mit der Schulter.

Wir zucken zurück und rutschen ein wenig auseinander, bis wir so sitzen, dass wir uns beide wohlfühlen.

Meine Eltern führen das Gespräch. Sie stellen erst Luke, dann Peter, dann mir, dann sich gegenseitig Fragen. Sie sorgen dafür, dass die Unterhaltung nicht abdriftet, und verhindern, dass eine unbehagliche Stille eintritt. Sogar Peter wird irgendwann lockerer, er macht ein paar Scherze und lacht hin und wieder. Ich beobachte meine Familie, wie sie um den Tisch versammelt ist. Wir sind vollzählig, alle lachen, wir lassen uns das Abendessen und das Pfirsich-Dessert schmecken. Dabei kann ich nur an eines denken: Schnapp dir den Fotoapparat, Mom. Das hier muss ins Familienalbum. Denn so sieht es aus, wenn alles perfekt ist.

18
Sich treiben lassen

Damals, mit elf

Es war glühend heiß – das Thermometer zeigte siebenunddreißig Grad an. Ich wollte so gerne in den eiskalten See, aber Mom ließ nicht mit sich reden. Sie sagte, ich sei noch nicht alt genug, um alleine baden zu gehen. »Du könntest ertrinken. Außerdem darfst du nicht ohne erwachsene Begleitung am See sein, bevor du dreizehn bist.«

Meine Freunde waren alle mit ihren Familien im Urlaub. Peter war nicht zu Hause und Luke hatte seit drei Monaten einen Job. Also legte ich mich auf die kühlen Fliesen in der Küche und ließ die Brise des Ventilators über mich hinwegstreichen, während ich seinem monotonen Brummen lauschte. Hin und wieder drehte ich mich um und sprach in den Ventilator wie in ein Mikrofon, um mich mit dem blechernen Klang meiner eigenen Stimme abzulenken. Plötzlich flog die Haustür auf.

Der Geruch von Sägespänen, Fleischwurstbrot und Bier drang in die Küche. Luke hatte früher Feierabend gemacht!

»Schnapp dir Pedalosaurus, Piepmatz«, sagte er. »Ich habe heute schwer geschuftet und könnte eine Abkühlung im See vertragen.«

Luke fuhr schnell auf seinem Fahrrad. Ich trat noch fester in die Pedale, wenige Minuten später waren wir bereits am See. Überall waren Kinder, die im Wasser planschten und kreischten. Ihre Mütter auf den Picknickbänken reckten die Hälse nach uns. Skel gesellte sich zu ihnen, beugte sich vor, um ihren Tratsch aufzuschnappen, und rieb sich mit besorgtem Blick Sonnencreme auf die weißen Knochen.

»Den Letzten fressen die Raben!« Luke rannte los.

Ich war immer die Letzte.

Luke sah mir zu, wie ich langsam ins Wasser watete. »Wann lernst du endlich mal richtig schwimmen?«, fragte er.

»Wann bringst du es mir endlich bei?« Meine Füße versanken im weichen Untergrund.

»Jetzt gleich«, sagte Luke. »Am Ende des Sommers will ich sehen, wie du die Jungs zum Wettschwimmen herausforderst und sie alle schlägst.«

Mir ging es nicht darum, die Jungs zu schlagen. Ich wollte einfach nur ins tiefere Wasser, um bei meinen Freunden sein zu können. Drea hatte versucht, es mir beizubringen, aber nach drei erfolglosen Stunden, in denen ich es nicht einmal geschafft hatte, mich über Wasser zu halten, war ich zum hoffnungslosen Fall erklärt worden.

»Als Erstes musst du darauf vertrauen, dass das Wasser dich trägt, Piepmatz.« Luke ließ sich rücklings auf dem Wasser treiben, als läge er auf einem Floß. »Siehst du?« Er stellte die Füße wieder auf den Grund.

»Okay, jetzt lehn dich zurück.« Seine Hände hielten mich an der Wasseroberfläche. »Entspann dich. Du wirst auf dem Wasser treiben. Versprochen. Und wenn es nicht klappt, dann halte ich dich.«

Meine Arme und Beine fühlten sich steif an. Ich holte tief

Luft und hielt den Atem an, für den Fall, dass ich nach unten sinken würde.

»Du bist nicht locker genug.«

»Ich kann nicht. Was, wenn ich ertrinke?« Ich hatte Angst, dass mich das Wasser nach unten ziehen würde.

»Ich werde dich nicht ertrinken lassen. Du musst ausatmen. Du kannst dich nicht entspannen, wenn du die Luft anhältst. Mach die Augen zu. Hörst du das? Das sind die Frösche. Weißt du noch, wie wir den Wettbewerb im Froschweitsprung gewonnen haben?« Ich hörte das Quaken, obwohl meine Ohren schon fast unter Wasser waren, und während ich an die Frösche dachte, verschwand meine Angst, in die Tiefe gezogen zu werden.

»Fällt dir was auf? Fehlt irgendwas?«

Lukes Hände. Ich spürte sie nicht mehr unter meinem Rücken! Mein Po sank sofort nach unten und zog meine Beine, Arme und den Kopf mit sich.

Ich hatte keine Zeit mehr, Luft zu holen.

Glitschige Seealgen griffen wie kleine Finger nach mir, versuchten, mich festzuhalten.

Wahrscheinlich habe ich sogar laut geschrien. Plötzlich spürte ich Grund unter meinen Füßen und stieß mich ab.

Dann waren sie plötzlich wieder da: Lukes Hände packten mich. Er zog mich hoch und stellte mich auf die Füße.

»Clare? Alles in Ordnung?« Luke beugte sich herunter und strich mir das Haar aus den Augen.

Ich musste so heftig husten, dass ich das Gefühl hatte, mein Herz würde jeden Augenblick herausspringen und auf dem Ufer landen.

»Spuck es aus, Clare. Spuck das Wasser aus.« Luke klopfte mir fest auf den Rücken.

»Warum« – *hust* – »hast« – *hust, hust* – »du mich losgelassen?«, prustete ich keuchend und stieß ihn weg von mir.

»Weil du es geschafft hast! Und zwar ganz alleine. Du bist auf dem Wasser getrieben, ganz ohne meine Hilfe.« Luke grinste breit. »Du kannst auf dem Wasser treiben!«

Konnte ich das wirklich? Wow, ich war auf dem Wasser getrieben. Ganz alleine.

»Hey, aber in Zukunft versuchst du lieber nicht, dich aufzusetzen. So funktioniert das nicht. Bereit für den nächsten Versuch? Wenn du erst einmal alles gelernt hast, saust du durchs Wasser wie ein Hai! Du wirst die beste Schwimmerin aller Zeiten!« Er nahm meinen Arm und streckte ihn zu einer Siegerpose über meinen Kopf.

Dann trieb ich wieder auf der Wasseroberfläche. Ich spürte Lukes Hände beschützend unter mir, blickte in den Himmel und lauschte den Fröschen. Bis seine Hände nicht mehr da waren. Aber diesmal ging ich nicht unter.

19
Pedalosaurus

Jetzt

Ich fahre mit meinem Pedalosaurus durch die Stadt. Vielleicht sollte ich mir zu Weihnachten ein Fahrrad wünschen. Wenn dieses Ding nicht viel zu klein für mich wäre und die Rostflecken das Grün nicht in eine giftige Camouflage-Farbe verwandelten, könnte es tatsächlich Spaß machen, die eineinhalb Meilen bis zum See zu strampeln. Egal, in sechs Tagen bekomme ich mein Auto zurück.

Als ich am See ankomme, parkt dort zu meiner Überraschung bereits ein Fahrzeug. Mandys Auto. Um sieben Uhr fünfundvierzig. Normalerweise habe ich den See um diese Zeit ganz für mich allein, mit Ausnahme dieser einen Woche, in der Ryan frühmorgens mit seinem Paddelbrett hierherkam. Was hat Mandy hier zu suchen?

Sie hat ihre Kamera und ein Stativ dabei und benutzt den See als Hintergrund, um ein paar Bikinifotos von sich selbst zu schießen. Sie hat sich über einen großen Felsen gebeugt und den Kopf in den Nacken geworfen. Ihre langen roten Haare berühren den Sand, ihr Mund ist leicht geöffnet, und dazu hat sie noch ein dämliches Grinsen aufgesetzt. Schnell rennt sie wieder zurück zur aufgestellten Kamera, drückt ein paar Knöpfe, bevor sie eine andere Pose einnimmt. Wie ein Gepard bewegt sie sich schleichend auf die Kamera zu, verzieht das Gesicht und stößt ein aufreizendes Fauchen aus. Wieder drückt sie Knöpfe, dreht an der Linse. Bei der nächsten Aufnahme geht sie ganz nah an die Kamera und formt ihre Lippen zu einem Schmollmund. Geht's noch egozentrischer?

Ich lasse die Tasche fallen, ziehe mich bis auf den Badeanzug aus und tauche in das kalte Wasser. Warum muss ich die kostbare Ruhe am See ausgerechnet mit Mandy teilen?

Nach der ersten Runde fällt mir auf, dass Mandy das Stativ verstellt hat und die Kamera jetzt auf mich gerichtet ist. Was zum Teufel macht sie da? Knipst sie Fotos von mir, um sie später an ihr Dartbrett zu heften oder sie in einem geheimen Voodoo-Ritual mit ihrer Supermädchen-Clique zu verbrennen? Ich kann nicht weiterschwimmen, jetzt, da ich weiß, dass ich beobachtet werde. Deshalb tauche ich ab und bleibe so lange wie möglich unter Wasser. Direkt neben meiner Badetasche tauche ich wieder auf. Schnell steige ich aus dem Wasser und wickle mich sofort in mein Badetuch, bevor sie ein Foto von mir machen kann. Ich packe meine Sachen und verschwinde hinter dem Imbissstand.

Einerseits möchte ich sie darauf ansprechen und sie dazu auffordern, dass sie die Bilder löscht. Aber was würde das nützen? Sie würde sich sowieso nicht darauf einlassen und es liefe auf einen weiteren Streit mit ihr hinaus. Eine weitere Konfrontation. Eine weitere Gelegenheit für sie und ihre Cranberry-Hill-Mädchen, zu tuscheln, mit dem Finger auf mich zu zeigen und mich böse anzustarren. Da verstecke ich mich lieber.

Um acht Uhr dreißig sitze ich auf meinem Rettungsschwimmerstuhl und beobachte Mandy, die immer noch wild alles und jeden fotografiert. Wenn sie nicht so eine blöde Kuh wäre, würde ich meiner Neugier nachgeben und sie fragen, was sie da macht.

Drea wird vermutlich im Laufe des Tages vorbeikommen. Sie weiß noch gar nicht, dass Luke wieder da ist. Keiner meiner Freunde weiß Bescheid. Zumindest nehme ich das an. Andererseits machen Neuigkeiten bei uns schnell die Runde.

Um elf tauchen die ersten meiner Freunde auf und lassen sich neben meinem Stuhl ins Gras fallen. Den Anfang macht Drea. »Er ist wieder da? Und was ist mit seinem Job? Wollte er nicht bei irgendwelchen Freunden unterkommen?« Dann Omar. »Du hast die Arbeit für den Vorbereitungskurs in Englisch schon fertig? Und für Geschichte? Ich bin ja sooo neidisch!« Dann Chase. Und Skye. »Was treibt Mandy eigentlich mit ihrer Kamera? Man könnte meinen, sie hätte neben Shopping ein neues Lebensziel gefunden.« Und Lala. »Ich habe diesen Typen kennengelernt. Ich weiß, es ist noch viel zu früh, aber es könnte etwas Ernstes werden.« Und dann Luke.

Luke. Dicht gefolgt von Skel mit Sonnenbrille, beide im Gleichschritt. Warum muss er ausgerechnet hierherkommen?

Luke platziert sich mitten unter meine Freunde, zieht sein schwarzes T-Shirt aus und zeigt seine ausgeprägten Muskeln und tätowierten Arme. Links die Jungfrau Maria, rechts eine lange Kobra, die sich um den Arm schlängelt, beide in Blau und in von zittriger Hand frei gezeichneten Linien. Arm- und Brustmuskulatur treten deutlich hervor, als er sein Shirt achtlos beiseitewirft. Mein Bruder, der unglaubliche Hulk, frisch aus dem Gefängnis entlassen. Ich komme mir mies vor, aber ich kann nicht anders, als zu denken: Könnte er nicht etwas weniger klischeehaft aussehen? Skel zuckt mit den Schultern, dann winkelt er den Arm an und deutet auf seinen Oberarmknochen. Er ist enttäuscht, als dieser sich nicht aufwölbt.

»Clare, hast du Sonnencreme dabei?«, fragt Luke. »Ich will mir nicht die Haut verbrennen.« Mein Herz sackt nach unten. Er will also bleiben. Ich meine, natürlich freue ich mich, dass er da ist. Aber die Leute starren ihn alle an, sogar die Kinder, die sich ihre kleinen Köpfe zerbrechen, warum die allgemeine Aufmerksamkeit plötzlich auf Luke und mich gerichtet ist. Widerwillig öffne ich meine Badetasche und reiche ihm die Sonnencreme.

Meine Freunde fühlen sich nicht wohl. Statt der üblichen Scherze beschränkt sich die Unterhaltung auf knappe, verlegene Kommentare. Sie fangen sogar an, übers Wetter zu reden.

»Gott, ist das heiß heute.« Chase.

»Jede Wette, es sind mehr als siebenunddreißig Grad.« Skye.

»Mann, ich bin total verschwitzt.« Omar.

Geh weg, Luke. Geh nach Hause. Nein. Warte. Ich möchte ja, dass er da ist, aber nur wenn er nicht auffällt. Nur wenn niemand ihn anstarrt wie – wie einen Verbrecher.

Aber nicht Luke geht weg, sondern meine Freunde gehen. Chase und Skye machen den Anfang. Nach gerade mal fünf Minuten sagt Chase: »Tennismatch?«, woraufhin Skye sofort fragt: »Wer ist mit von der Partie?«

Omar antwortet wie aus der Pistole geschossen. »Ich kann mir nichts Schöneres vorstellen, als von euch vom Platz gefegt zu werden.«

Und Lala sagt: »Gute Idee. Aber zuerst müsst ihr mir zeigen, wie man einen Schläger hält.«

Übrig bleiben Drea, Luke und ich. Und natürlich Skel. Luke legt sich ins Gras, Skel entspannt sich neben ihm.

Eine Zeit lang herrscht Schweigen. Die Stille macht die Blicke der anderen noch unerträglicher, deshalb fange ich widerstrebend ein Gespräch an. »Was macht die Jobsuche?«

»In der Orange Avenue wird gerade gebaut. Ich habe mit dem Bauunternehmer gesprochen und er hat morgen Arbeit für mich. Sie brauchen ein paar zusätzliche Leute, um das Fundament zu gießen. Ich hab das schon ein paar Mal gemacht.«

»Die Baustelle ist also neu?«, frage ich hoffnungsvoll. »Vielleicht haben sie auch noch andere Jobs zu vergeben.«

»Wenn ich mich morgen geschickt anstelle, behalten sie mich möglicherweise länger«, sagt Luke und schließt die Augen.

Es war heute Morgen ein bisschen seltsam, auf Zehenspitzen an Luke vorbeischleichen zu müssen und das Müsli möglichst leise zu kauen – was so gut wie unmöglich ist. Mom hatte Luke angeboten, in Peters Stockbett zu übernachten, aber Luke bestand darauf, auf der Couch zu übernachten. »Keine Sorge, Ma. Ich bin nicht gekommen, um es euch ungemütlich zu machen. Außerdem ist das Wohnzimmer offen, und das gefällt mir. Stockbetten sind so … einengend.« Erst da wurde mir klar, dass er in seiner Zelle in einem Etagenbett geschlafen hatte.

Es wird eine Weile dauern, bis wir uns daran gewöhnt haben, dass er hier wohnt und immer um uns herum ist, aber mir ist es lieber, er schläft auf der Couch, als dass sein Zuhause ihn an das Gefängnis erinnert. Wenn er die Weite unseres Wohnzimmers mag, wie schön muss es erst für ihn sein, hier draußen im Sonnenschein ein Nickerchen zu machen. Sofort habe ich ein schlechtes Gewissen, weil ich ihn weggewünscht habe.

Es ist wirklich *sehr* heiß. Mit einem Handtuch wische ich

mir den Schweiß ab und trage eine neue Schicht Sonnencreme auf. Dann steige ich von dem Aufsichtsstuhl herunter und tauche die Füße ins Wasser, in dem verzweifelten Versuch, mir Abkühlung zu verschaffen. In meinem Nacken kleben ein paar widerspenstige Strähnen, die sich meinem Pferdeschwanz verweigert haben. Drea gibt auf und springt in den See. Sie taucht direkt an der Boje vorbei, die das tiefe Wasser markiert, und schwimmt Richtung Insel. Ich sehe, wie sie in einiger Entfernung Wasser tritt. Sie ist zu weit weg für eine Unterhaltung und mir wird klar, dass nicht die Hitze sie ins Wasser getrieben hat.

Ich tauche meine Hand in das eiskalte Wasser, lasse es auf meinen Nacken tropfen und reibe es ein. Es fühlt sich gut an.

Mein Körper streikt bei dieser Hitze. Ich überblicke den See, um sicherzustellen, dass niemand in Gefahr ist, dann gehe ich schnell ins Wasser und tauche meinen Kopf unter. Die Erleichterung ist unmittelbar. Meine Körpertemperatur sinkt um ein paar Grad.

Als ich wieder auf meinen Posten zurückkehren will, entdecke ich Mandy, wie sie fünfzig Meter entfernt bäuchlings wie eine Schlange im Gras lauert und mit ihrem Zoom-Objektiv in unsere Richtung fotografiert. Ich würde ihr am liebsten die dämliche Kamera wegnehmen und sie im tiefsten Teil des Sees versenken.

Luke wacht fünfundvierzig Minuten später auf. Er zieht sein Shirt an und wirft einen Blick auf seine Armbanduhr, die, wie ich feststelle, Dad gehört. Er hat sie sich offenbar von ihm ausgeliehen. Nehme ich an. Hoffe ich.

»Ich muss los, Piepmatz«, sagt er und streckt sich. »Zuerst nach Hause, und danach treffe ich mich noch mit einem Freund. Bis später.« Bei dem Wort »Freund« verkrampfe ich mich und muss sofort an den Typen im Wald denken. Trifft er sich mit diesem Dan?

Kaum sind Luke und Skel verschwunden, taucht Drea wieder bei mir auf. Wir plaudern über ihre College-Tour und wie viel Arbeit es gemacht hat, sie zu planen. Außerdem über den superkitschigen Touristenkram, auf den sie sich schon so freut, wenn sie von einem Campus zum nächsten fahren. Es fällt mir schwer, mich auf ihre Worte zu konzentrieren. Ich ertappe mich ständig dabei, wie ich die Blicke der Leute einfange, und beobachte, wie sie sich schnell wegdrehen. Bilde ich es mir nur ein oder starren sie mich immer noch an?

Als meine Schicht vorüber ist, verzichte ich auf die erkämpfte Zusatzstunde und beschließe, nach Hause zu gehen – wo ich weit weg bin von neugierigen Augen und Mandys Objektiv, ja sogar weit weg von Drea.

Auf dem Rückweg strample ich wie verrückt und traktiere Pedalosaurus Hex, um wenigstens den Hauch einer Brise zu erzeugen, die das seltsam unbehagliche Gefühl fortweht, das mich schon den ganzen Tag begleitet. Plötzlich höre ich hinter mir ein lautes *Tut-Tut.*

Und komme mir vor wie eine Vollidiotin – und zwar aus drei Gründen. Erstens, weil ich beim Klang der Hupe hinter mir aus dem Sattel gehüpft bin. Ich bin nicht nur ein bisschen zusammengezuckt, sondern vor Schreck richtig zusammengefahren. Als wäre ein Axtmörder hinter einem Baum hervorgesprungen.

Zweitens, weil meine Knie beim Fahren an den Lenker stoßen und ich meine Beine anwinkeln muss, um überhaupt treten zu können.

Ein Clown auf einem Kinderfahrrad für Dreijährige sähe würdevoller aus als ich auf diesem Gerät.

Und drittens, weil es ausgerechnet Ryan ist, der gerade gehupt hat.

»Hey, du bist wieder zurück«, sage ich schnaufend.

»Bin gerade angekommen. Soll ich dich mitnehmen?« Er klingt amüsiert.

»Okay.« Wir beide lachen angesichts meines Fortbewegungsmittels.

»Darf ich fragen, warum du auf diesem Ding fährst?«, sagt er, während er das Fahrrad in seinen Truck wuchtet.

»Ich habe immer noch Hausarrest.« Ich werde rot. Knallrot. Ich kann fast spüren, wie die Hitze von meinen glühenden Wangen abstrahlt. Wir klettern in die Fahrerkabine und er gibt Gas.

»Deine Eltern scheinen ganz schön streng zu sein«, sagt er. Ryan riecht nach Sommer: Sonnencreme, Schweiß und irgendein Rasierwasser. Ich lasse mich in den Sitz zurückfallen und atme tief durch. Langsam beginne ich, mich zu entspannen. Mit gebräunter Haut und den hellen Strähnen, die die Sonne in sein verwuscheltes Haar gebleicht hat, sieht er sogar noch besser aus als sonst.

»Wie war es in Venice?«, frage ich und gestehe mir im Stillen ein, wie sehr ich unsere gemeinsamen Morgenrunden im See vermisst habe.

»Ziemlich cool. Eine gute Vorbereitung auf die Seven Sisters.«

»Wie lange bleibst du jetzt hier?«

»Drei Tage, dann fliege ich nach Mexiko. Du wohnst dort gleich links, oder?« Sind wir wirklich schon fast da?

»Jep«, sage ich. Ob es einem gefällt oder nicht, in einem Kaff wie unserem weiß jeder von jedem, wo er wohnt.

Er steigt aus und reicht mir Pedalosaurus.

Mrs Brachett späht aus ihrem Fenster. Kaum eine Sekunde später ist sie im Hof und stutzt einen Busch, den sie schon gestern geschnitten hat. Ich lege meine Hand dafür ins Feuer, dass sie Mom alles, was sie von unserem Gespräch aufschnappen konnte, haarklein berichten wird. Zum Glück ist es nicht verboten, sich auf dem Heimweg mitnehmen zu lassen – auch nicht, wenn man Hausarrest hat.

»Also mir gefallen die Rostflecken am besten. Was meinst du, Clare?«

»Meine Favoriten sind die Flatterbänder, die fast von den Griffen abfallen«, sage ich. Ryans Hand berührt meine. Er kommt näher. Vor meinem inneren Auge blitzt ein Bild von Mandy auf. Ich bin mit Ryan nur befreundet. Wir sind einfach nur Freunde. Ich stehle ihn Mandy nicht, weil wir nichts weiter als Freunde sind.

Sein Daumen berührt mein Ohr, als er mir eine Strähne aus dem Gesicht streicht.

Wenn ich mutig, risikofreudig oder wie Lala wäre, würde ich mich jetzt vorbeugen und ihn küssen. Aber so bin ich nicht. Ich bin einfach nur die schüchterne Clare. Außerdem gehöre ich nicht zu der Art von Mädchen, die Jungs küssen, wenn sie eine Freundin haben. Das ist billig. Und nuttig. Und Betrug.

Ich will gerade einen Schritt zurückweichen, als ich hinter mir ein Räuspern höre.

Es ist Luke.

»Hey, Clare.« Er verschränkt die Arme vor der Brust und mustert Ryan von Kopf bis Fuß. Luke ist mindestens fünf Zentimeter größer als Ryan. Vielleicht sogar noch mehr. »Ein Freund von dir?«

Als ich die beiden einander vorstelle, entgeht mir nicht,

wie Ryan von einem Fuß auf den anderen tritt. Seine Augen sind wachsam, aber ohne den abschätzigen Blick, mit dem die meisten Leute Luke betrachten.

»Ich hoffe, du weißt, dass mein kleines Schwesterlein eines der süßesten und cleversten Mädchen auf der Welt ist«, sagt Luke. Er verschränkt die Arme.

»Da kann ich dir nur zustimmen. Aber du hast ›supersportlich‹ ausgelassen. Wenn sie erst mal mit mir ans Meer kommt, wird es kein Halten mehr für sie geben.« Ryans haselnussbraune Augen leuchten.

»Ach ja? Du bringst ihr also das Surfen bei?«, fragt Luke.

»Wenn sie mich lässt«, sagt Ryan. »Surfst du auch?«

»Nein. Ich traue dem Meer nicht. Zu viel unter der Oberfläche, was man nicht sieht. Verstehst du?«, antwortet Luke. »Clare ist für mich das Wichtigste im Leben. Pass auf sie auf, wenn du sie ins Meer mitnimmst. Wenn ihr irgendwas passiert, werde ich dich persönlich dafür verantwortlich machen.«

Skel springt neben uns vom Baum und umkreist uns. Mit seinem großen Zehenknochen zeichnet er Ryan als Strichmännchen auf den staubigen Boden, bevor er das Gekritzel wieder einstampft.

Ich sehe, wie Ryan blass wird.

Das hier muss sofort aufhören. Ich suche nach Worten. Den richtigen Worten.

»Also ehrlich, Luke«, protestiere ich. »Du hörst dich ja schlimmer an als Mom und Dad. Du wirst langsam alt, was?« Ich bringe ein Lachen heraus, das sich zum Glück natürlicher anhört, als es sich anfühlt.

»Autsch, das war hart.« Luke lässt die Arme sinken. »Clare, richtest du Mom aus, dass ich zum Abendessen zurück bin? Ryan, pass auf, dass du nicht von einem Hai gefressen wirst.«

Luke blickt zum Nachbarhaus. »Mrs Brachett, richten Sie meinen Eltern schöne Grüße aus, wenn Sie ihnen Bericht erstatten«, sagt er und schneidet eine Grimasse. Unsere Nachbarin verengt ihre Augen zu Schlitzen und schürzt die Lippen. Dann gibt sie weiter vor, die Hecke zu stutzen.

»Ich muss los«, sagt Ryan. »Luke.« Er nickt ihm zu. »Clare, bis dann.«

Ich sehe zu, wie Luke in die eine Richtung geht und Ryan in die andere Richtung wegfährt, und bin einen Augenblick lang wütend auf Luke. Wenigstens scheint er mit seinem Gerede nicht viel angerichtet zu haben. Dann fällt mir wieder ein, wie Ryan mich angesehen hat, wie er mir das Haar mit dem Daumen hinters Ohr gestrichen hat. Vielleicht wollte er flirten. Vielleicht auch nicht. So oder so, ich wünschte, er wäre Single, dann müsste ich mir nur darüber Gedanken machen, ob er mich mag oder nicht, anstatt mir ständig den Kopf zu zerbrechen. Zum Beispiel darüber, dass er ein Idiot sein könnte, der seine Freundin betrügt. Oder, schlimmer noch, dass ich jemand sein könnte, der anderen etwas klaut.

Am darauffolgenden Abend kommt Luke gegen sechs Uhr von der Arbeit nach Hause. Seine Finger sind staubig und unter seinen Fingernägeln hat sich eine Zementkruste angesammelt. Er hat also tatsächlich gearbeitet. »Aber nur heute«, sagt er niedergeschlagen zu uns. »Wir sind mit dem Fundament fertig geworden. Jetzt hat der Boss erst mal genug Leute, bis die abschließenden Arbeiten anstehen. Streichen und so. Er hat gesagt, ich soll in einem Monat wiederkommen. Vielleicht sieht es dann anders aus.« Luke kratzt an der Zementschicht unter seinen Nägeln. »Er hat keine Stelle mehr frei und konnte mir auch nicht sagen, wo es sonst noch Arbeit gibt. Sieht aus, als wäre es gar nicht so leicht, hier was zu finden.« Er setzt sich aufs Sofa und schabt den Zement von seinen Fingernägeln. Graue Krümel rieseln auf den Teppich. »Ich werde schon was finden.« Er blickt auf und schenkt Mom und mir ein Lächeln. Wir sehen ihn beide mit gerunzelter Stirn an. »Macht euch keine Sorgen.«

»Eine Mutter«, Mom beugt sich vor und drückt ihm einen Kuss auf die Stirn, »macht sich immer Sorgen um ihre Kinder.« Dann legt sie zu meiner Überraschung eine Hand auf meine Schulter und küsst mich ebenfalls auf die Stirn.

Es klopft an der Tür.

»Das ist für mich. Ich gehe mit einem Kumpel was essen«, sagt Luke. Mom und ich recken die Hälse, um herauszufinden, wer an der Tür steht. Durch die Milchglasscheibe sind unverwechselbare schlaksige Umrisse zu sehen. Dan. Ich könnte schwören, dass Mom das Herz genauso in die Hose rutscht wie mir.

20
Zwei Geschichten, eine Wahrheit

Damals, mit elf

Der doofe Mr Kirkland trommelte an die Haustür.

»Mein DVD-Player ist verschwunden!«, brüllte er, als Mom ihm aufmachte.

»Ich wüsste nicht, was das mit uns zu tun hat«, sagte sie und stellte sich in die Tür, um ihm den Weg zu versperren.

Ich war gerade dabei, das vordere Fenster mit einem alten Lappen zu putzen, doch als ich die Stimmen hörte, wurde meine Hand langsamer.

»Mein Küchenfenster ist zerbrochen und mein DVD-Player wurde gestohlen. Und wissen Sie, was? Mrs Brachett hat einen Ihrer nichtsnutzigen Jungen mit meinem DVD-Player in den Händen zurück in Ihr Haus schleichen sehen.« Bei jedem Wort bebten seine Barthaare vor Wut.

»Mr Kirkland! Das ist einfach lächerlich. Seit dem Missverständnis über diese alberne Gartenfigur schieben Sie meinem Sohn für alles die Schuld in die Schuhe! Dabei ist das nun schon über drei Jahre her!« Mom machte Anstalten, die Tür zu schließen. »Ich denke, es ist alles gesagt.«

Kirkland stellte den Fuß in die Tür und quetschte sich rein.

»Missverständnis!«, sagte er und warf die Arme hoch. »Ihr Sohn hat meine Gartenente gestohlen und sie Ihnen zum Muttertag geschenkt!«

Luke hatte uns gesagt, dass er die Ente für zwanzig Dollar in einem Gartenfachgeschäft gekauft hätte. Peter und ich hatten ihm beide fünf Dollar gegeben, um uns am Geschenk zu beteiligen. Mom hatte Mr Kirkland die Ente zurückgeben müssen. Danach hatte Luke irgendwie vergessen, uns unser Geld zurückzugeben.

»Ich muss mich nicht in meinem eigenen Haus anschreien lassen.« Mom drückte mit beiden Händen gegen die Tür, aber Kirkland zog seinen Fuß nicht weg.

»Dann kommen Sie eben raus.« Seine Lippen verschwanden unter dem Schnurrbart.

Mom schien es die Sprache verschlagen zu haben, sie starrte ihn nur mit offenem Mund an.

»So, und jetzt hören Sie mir mal genau zu«, sagte Kirkland. »Ich wollte ja eigentlich darauf verzichten, in dieser Sache die Polizei einzuschalten, aber mir wird wohl kaum etwas anderes übrig bleiben! Morgen bekomme ich das Kostenangebot für die Reparatur. Ich lasse Ihnen die Rechnung dafür zukommen, zusammen mit der Rechnung für einen neuen DVD-Player – falls mein altes Gerät nicht sofort wieder auftaucht.« Er zog seinen Fuß aus der Tür, drehte sich um und stapfte davon.

»Ich glaube, ich hör nicht recht!«, schrie meine Mutter ihm hinterher. Dann bemerkte sie mich. »Lauschst du etwa? Zurück an die Arbeit, junge Dame.«

Ich schrubbte wie verrückt. Ich wollte das Fenster so blitzblank polieren, dass Mom ihre Sorgen und den doofen Mr Kirkland vergaß.

Als ich fertig war, zog ich Mom an der Hand in die Diele.

»Ta-daa!«, sagte ich und zeigte stolz auf das makellose Fenster.

»Sehr schön, Clare-Bär«, lobte mich Mom. Ich strahlte, bis sie weitersprach. »Meinst du, du bekommst die Fenster in deinem Zimmer auch so schön hin?«

Ich seufzte. Noch mehr Arbeit.

»Muss ich?«, fragte ich.

»Müßiggang …«

»Ich weiß, ich weiß.« Ich hatte wirklich keine Lust mehr auf Fensterputzen. Da kam mir eine Idee. »Warte, Mom! Was, wenn ich stattdessen etwas stricke?«

»In Ordnung, aber nur heute«, stimmte sie zu. »Morgen putzt du die Fenster in deinem Zimmer.«

Als Luke abends nach Hause kam, musste ich wieder heimlich lauschen. Drea und ich hatten Vermutungen darüber angestellt, was wohl passiert war. Drea hielt Peter für schuldig, aber sie änderte ihre Meinung, als sie einsehen musste, dass er ein gutes Alibi hatte. Er war die ganze Woche mit Freunden in einem Zeltlager in Arizona gewesen. Ich war mir sicher, das Mr Kirkland und Mrs Brachett eine Art Komplott geschmiedet hatten, um an Bargeld und einen neuen DVD-Player zu kommen. Ich presste das Ohr an den Spalt in meiner Zimmertür und lauschte.

»Ma! Ich war's nicht«, sagte Luke. »Ich schwöre es.«

»Mrs Brachett sagt, dass sie dich oder Peter gesehen hat. Und in Anbetracht der Sachen, die du in letzter Zeit angestellt hast, kommst du eher infrage«, sagte Mom.

»Du glaubst der Aussage von Mrs Brachett? Einer Augenzeugin, die so gut wie blind ist!«

»Sie hat vielleicht nicht mehr die besten Augen«, gab Mom zu.

»Komm schon, Ma. Du weißt, dass ich einen guten Job habe. Ich muss keinen wertlosen DVD-Player verticken, um an Bargeld zu kommen. Ich habe nichts angestellt und ich werde keinen Mist mehr bauen. Ich war es wirklich nicht«, versicherte er. »Du glaubst mir doch, oder?«

Mom seufzte. Zögerte. »Ja, ich denke schon.«

Ein paar Tage später stand der doofe Mr Kirkland wieder vor unserer Tür. Mom gab ihm Geld. Glaubte sie Luke also doch nicht? Oder wollte sie nur verhindern, dass die Polizei kam und Fragen stellte? Hatte sie Angst, dass Luke wieder ins Gefängnis kommen würde, selbst wenn er den DVD-Player gar nicht gestohlen hatte?

Eigentlich war es mir egal, welche Antworten stimmten und welche nicht. Ich war froh, dass sie Mr Kirkland das Geld gegeben hatte. Froh, dass die Polizei nichts davon mitbekam. Denn das bedeutete, dass Luke länger bei uns bleiben konnte. Selbst wenn es nur ein wenig länger war. Schon allein das war es wert.

21
Familien-Dinner

Jetzt

Als wir uns um den Tisch versammeln, kann ich nur eines denken: vier Tage. Vier Tage bis zum Ende meiner Schikanen. Vier Tage noch, dann bekomme ich mein Handy zurück und kann wieder fernsehen und den Computer benutzen und Auto fahren. Am liebsten würde ich Pedalosaurus anzünden und ein Freudenfeuer veranstalten.

»Ihr erratet nie, was ich heute gefangen habe«, sagt Dad und zieht seinen Stuhl näher an den Tisch. »Na, was meint ihr?«

Stille.

»Einen Waschbären. Ein erbärmlicher Schütze hat ihn angeschossen. Das Tier ist unter eine Veranda gekrochen, um dort in Ruhe zu sterben. Unglücklicherweise hat die kleine Kimmie Walker draußen gespielt und beschlossen, eine Höhle zu bauen. Sie hatte bereits ihre Decken unter der Veranda aufgehängt, als sie sich plötzlich Auge in Auge mit einem halb toten Waschbären wiederfand. Als ich dort ankam, brüllte sie immer noch wie am Spieß. Wenn ihr mich fragt, ist sie ein verzogenes Gör. Es war an sich keine große Sache. Da war ein bisschen Blut, aber das Einschussloch im Leib des Tieres kann sie unmöglich gesehen haben. Der Waschbär fauchte, als ich mich ihm vorsichtig näherte. Natürlich habe ich ihn von seinem Elend erlöst.« Er schaufelt mit der Gabel rote Fleischbällchen in sich hinein und kaut schmatzend.

»Dad! Das ist ja widerlich!« Jetzt hat er es tatsächlich geschafft, dass ich nicht auf meinen eigenen Teller schauen mag. Draußen ist der Himmel nicht mehr hellblau, sondern gewittergrau. Die ersten Regentropfen trommeln gegen das Fenster. »Fällt dir kein anderes Gesprächsthema beim Essen ein?«

Bevor er zu einer Antwort ansetzen kann, mischt Mom sich ein. »Ich habe Neuigkeiten. Clare, Luke, was haltet ihr davon, wenn wir in zwei Wochen zu dritt nach Tennessee zu eurer Großmutter reisen und bis Mitte August dortbleiben?«

»Was?« Ich lasse meine Gabel fallen. Natürlich möchte ich Granny besuchen, aber nicht jetzt. In vier Tagen ist mein Hausarrest vorbei. Dann kann ich endlich Zeit mit meinen Freunden verbringen, nicht nur am See. Kino. Bowling. Einen Trip ans Meer.

»Das ist großartig, Ma«, sagt Luke. »Aber ich muss zuerst meinen Bewährungshelfer fragen.«

»Ich bin sicher, das geht in Ordnung. Er hat vorhin angerufen und wir haben uns nett unterhalten. Er meinte, du müsstest nur eine Reisebewilligung beantragen. Angesichts des fortgeschrittenen Alters deiner Großmutter dürfte das kein Problem sein. Und ich habe weitere gute Neuigkeiten für dich, Luke. Deine Großmutter will das Farmhaus und Grandpas Werkstatt in der Scheune renovieren. Eigentlich wollte sie eine Baufirma damit beauftragen, aber ich habe ihr gesagt, dass du Arbeit suchst, und jetzt möchte sie stattdessen dich bei gleicher Bezahlung anstellen.« Granny ist einverstanden,

Luke zu Hause aufzunehmen? Mom muss ihr hoch und heilig versprochen haben, dass er stocknüchtern bleibt.

»Danke, Ma.« Luke grinst übers ganze Gesicht. Es ist ihm anzusehen, dass er sich wirklich auf die Reise freut. Im Gegensatz zu mir.

»Ich kann nicht. Ich habe einen Job«, sage ich zu Mom und bemühe mich, meine Stimme unter Kontrolle zu halten. »Erinnerst du dich, ich muss Geld verdienen fürs College.« Das ist eine Katastrophe. Ich muss arbeiten. Ich brauche das Geld. Mom kann mich nicht zwingen, mit ihr nach Tennessee zu gehen.

»Granny hat jede Menge Arbeit für dich, Clare. Und wenn du dich anstrengst und deine Sache gut machst, dann bezahlt sie dich auch dafür.« Mom tippt mit ihren Fingernägeln auf dem Tisch herum. »Wie auch immer, ich habe Lucille bereits informiert und ihr mitgeteilt, dass du nur noch zwei Wochen für sie arbeiten wirst.«

»DU HAST MEINEN JOB FÜR MICH GEKÜNDIGT?« Ich springe von meinem Stuhl auf.

»Beim Essen wird nicht herumgeschrien.« Jetzt hat sogar Dad aufgehört, sich den Salat in den Mund zu stopfen. Wieso regt *er* sich so auf? Seinen Job hat niemand eigenmächtig gekündigt. Und niemand zwingt ihn dazu, nach Tennessee zu gehen.

»Wer behauptet denn andauernd, einen Job zu haben sei wichtig?« Ich deute auf Mom. »Du hast mir deshalb verboten, auf College-Tour zu gehen. Aber dass du mich nach Tennessee verschleppst, ist okay. Ich fasse es nicht!«

»Die Familie ist das Wichtigste. Und es ist nun mal das Beste für uns alle. Es dreht sich nicht immer nur um dich, Clare.« Mom spricht mit erzwungener Ruhe, aber ich weiß, wie sehr sie mein Widerspruch zermürbt, denn die Ader an ihrer Schläfe ist jetzt ganz deutlich zu sehen.

»Warum muss ausgerechnet ich mitfahren? Warum nicht Dad oder Peter?«

»Ich will meine Arbeit nicht verlieren«, sagt Peter achselzuckend. »Hast du eine Ahnung, wie viele mich glatt um die Ecke bringen würden, nur um einen Job im Pizzahimmel zu ergattern?«

Klugscheißer.

»Ich habe keine Urlaubstage mehr, Clare-Bär.« Dad spießt mit der Gabel ein Fleischbällchen auf. »Setz dich und iss.«

Aber ich kann mich nicht hinsetzen. Plötzlich fällt mir etwas ein. »Hast du nicht behauptet, wir könnten uns keine zwei Flugtickets leisten? Und jetzt ist sogar von dreien die Rede. Woher hast du das Geld?«, schreie ich meine Mutter an.

»Das reicht, junges Fräulein.« Mom lässt mitten in der Bewegung ihre Gabel fallen. »Ich kenne unsere finanzielle Situation nur zu gut, ich brauche keinen Ratschlag von einem Kind, wie ich mit unserem Geld umzugehen habe. Granny ist auf unsere Hilfe angewiesen. Du kommst mit. Keine Widerrede.« Mit gedämpfter Stimme fügt sie hinzu: »Setz dich hin und beruhige dich.«

»Wir unternehmen etwas, das Spaß macht, Piepmatz. Versprochen.« Luke zerrt an meinem Ärmel, um mich zum Hinsetzen zu bewegen.

Es ist *Lukes* Schuld. *Er* ist daran schuld, dass ich zu Granny gehen muss. Weil er mit Dan herumhängt. Weil er keinen Job auf die Reihe bringt. Mom hat sich das alles ausgedacht, um *ihm* zu helfen.

Ich schüttle ihn ab.

»Ach komm schon, Piepmatz. Nimm noch eine Portion

von den Spaghetti. Sie sind fantastisch.« Die rote Nudelmasse baumelt von Lukes Gabel und ich muss unwillkürlich an die Eingeweide eines Waschbären denken. Was läuft schief in dieser Familie?

Der Druck auf meiner Brust ist zentnerschwer.

»Ich werde nicht mitkommen«, sage ich und gehe Richtung Tür. Die Küche wird plötzlich immer schmaler. Alles kommt näher. Es ist viel zu eng hier drin …

»Komm sofort zurück und iss deinen Teller leer!«, brüllt Mom, aber da schlage ich bereits die Hintertür zu.

Endlich im Freien. Ich atme die feuchte Luft ein und spüre, wie sich meine Lunge weitet. Nach einem sehnsüchtigen Blick auf mein batterieloses Auto schnappe ich mir Pedalosaurus und strample, so schnell ich kann.

Mein Herz wird schwer. An einem verschärften Hausarrest bis zum Ende der Ferien führt jetzt wohl kein Weg mehr vorbei. Aber was soll's, ich sitze bald in Tennessee fest.

So oder so, mein Sommer ist ruiniert.

22
Aprilscherze

Damals, mit zwölf

Verwüstet. Mein Zimmer war verwüstet. Die Schubladen waren ausgeleert, das Laken lag auf dem Boden und hatte pinkfarbene Flecken. Der Geruch von Kool-Aid hing noch im Raum. Der Schirm meiner Nachttischlampe war schief, weil jemand sie gegen die Wand geschleudert hatte. Die Bücher waren aus dem Regal gerissen worden und meine Stofftiere saßen in unanständiger Haltung auf dem Boden.

Inmitten des Durcheinanders lag ein Zettel. *April, April!*

Peter.

Wenig später fand Luke mich weinend in meinem Zimmer.

»Piepmatz? Was ist denn hier passiert?« Er schlang die Arme um mich.

Ich hielt ihm den Zettel hin. »PETER!«, brüllte Luke aus vollem Hals. Und schon war die Jagd im Gange.

Sie rannten durchs Haus, hetzten durch die Badezimmer, sprangen über herumliegende Schuhe und warfen Moms kleine Heiligenfiguren um. Nachdem sie durch das Wohnzimmer gestürmt waren, verschwand Peter durch die Hintertür ins Freie.

»Schließ die Tür ab!«, rief Luke. Und das tat ich dann auch.

Peter stand direkt hinter der Schiebetür. Luke kam zu mir und gemeinsam sahen wir Peter durch die Glasscheibe an.

»Jetzt sitzt du draußen fest«, höhnte Luke. »Wenn du dich bei Piepmatz entschuldigst und versprichst, ihr Zimmer aufzuräumen, lassen wir dich wieder rein.«

»Ich scheiß auf euch«, rief Peter.

»Also gut«, erwiderte Luke. »Auge um Auge. Dann muss dein Zimmer jetzt wohl dran glauben.«

Die Ankündigung verfehlte ihre Wirkung nicht.

»Mach sofort die Tür auf!« Peter fing an, mit beiden Fäusten gegen die Glasscheibe zu trommeln.

»Clare! Mach sofort die Tür auf! Mach auf!« *Bumm, bumm, bumm.*

»Komm, Piepmatz. Wir haben etwas zu erledigen«, sagte Luke und wollte mich in Peters Zimmer mitschleppen.

Klirr!

Wir wirbelten herum. Die Scheibe war zersplittert. Dort, wo Peter mit seinen Fäusten gegen das Glas gehämmert hatte, breiteten sich die Risse wie zwei Spinnennetze aus.

Peter stand wie vom Donner gerührt da und starrte fassungslos auf die Scheibe.

»Komm, Clare«, sagte Luke. »Jetzt nehmen wir uns sein Zimmer vor.« Er zog mich am Arm, aber ich schüttelte ihn ab. Begriff er denn nicht, was wir angerichtet hatten?

»Mom bringt uns um«, jammerte Peter. Er rieb sich die Faust und stöhnte vor Schmerz.

»Komm schon, Piepmatz.« Luke packte mich wieder am Arm.

Ich schüttelte den Kopf. Ich blickte auf seine Hand, die mich mit festem Griff umklammerte, spürte seine Finger, die sich in meine Haut gruben, bevor sie mich widerwillig freigaben.

»Dann mache ich den Spaß eben alleine.« Spaß? Tat es ihm denn gar nicht leid, dass Peter sich verletzt hatte? Dass die Glasscheibe zerbrochen war? Und dass wir alle richtig Ärger bekommen würden?

Ich entriegelte die Tür und holte einen Eisbeutel für Peter, weil mir nichts anderes einfiel.

Als Strafe mussten Luke und ich Moms Garten umgraben, zehn Stunden am Tag, um Mom und Dad das Geld für eine neue Glasscheibe zurückzahlen zu können.

Während wir Löcher gruben, dachte ich über meine Freunde und ihre Familien nach. Wir sprachen zwar nie darüber, aber ich nahm an, dass alle Brüder Streithähne waren und dass jeder irgendjemand kannte, der im Gefängnis saß. Ich sagte es mir immer und immer wieder, bis ich es glaubte. Selbst dann noch, als Skel seine Schaufel fallen ließ und mich auslachte.

23
Betrunken

Jetzt

Drea wohnt viel zu weit weg. Ich brauche jetzt sofort einen Freund.

Ich klopfe an die Tür und bete, dass Omar sie öffnet – was er zu meiner Überraschung auch tut.

»Komm rein«, begrüßt er mich und hält die Tür auf. »Na, endlich wieder Freiheit statt Hausarrest?«

»Ich bin abgehauen«, bricht es aus mir heraus. »Verdammt, ich benehme mich wie ein kleines Kind.« Dann breche ich in Tränen aus. Omar starrt mich entsetzt an. Ist das peinlich! Vielleicht war es doch keine so gute Idee hierherzukommen.

»Okay, ähm, setz dich. Wahrscheinlich brauchst du jetzt erst mal ein Glas Wasser oder so. Oder auch nicht … Du bist ja pitschnass.«

»Ich musste mit dem Rad fahren, weil … weil meine Autobatterie immer noch ausgebaut ist«, antworte ich schluchzend. Schluss jetzt, ihr blöden Tränen, hört auf damit.

»Oh, ja natürlich, das hab ich glatt vergessen«, sagt Omar und tätschelt mir wie einem kleinen Welpen den Rücken. »Komm, mach ein fröhliches Gesicht. Ich weiß, du hast es nicht leicht, aber du musst zugeben, von außen betrachtet, also zum Beispiel von einem Satelliten aus oder so, ist das Ganze doch ziemlich lustig. Dein Dad hat die Autobatterie ausgebaut und sie ganze vier Wochen lang versteckt. Irgendwie witzig, oder?«

»Sehr witzig«, stoße ich mit einem Schluckauf hervor. »Meine Familie ist einfach zum Schreien komisch.« Ich versuche, laut zu lachen, aber es klingt eher wie ein sterbendes Tier. »Mom … Sie zwingt mich dazu …« Ich fange wieder an zu schluchzen. »Tennessee. Den ganzen Sommer über.«

Omar sieht mich an und bewegt seine Lippen, als müsste er meine Worte übersetzen. Ich schlage die Hände vors Gesicht und versuche gar nicht erst weiterzureden, sondern gebe mich schluchzend meinem Elend hin.

»Komm, wir rufen Chase und Skye an und treffen uns alle bei Drea. Du kriegst sowieso Ärger, da kommt es darauf auch nicht mehr an.« Omar drückt tröstend meine Hand. »Es wird alles wieder gut, Clare.«

Wir stellen Pedalosaurus hinter dem Haus ab, damit Mom und Dad ihn nicht entdecken, falls sie die Gegend absuchen. Dann schreibt Omar mehrere SMS und trommelt die Clare-Aufheiterungstruppe zusammen.

Als ich im Auto sitze, lasse ich den Kopf zurücksinken und schließe die Augen. Ich sollte eigentlich nach Hause gehen oder zumindest anrufen, damit meine Eltern Bescheid wissen.

Oder auch nicht. Zum Teufel mit ihnen. Vielleicht gehen ihnen endlich die Augen auf, wenn sie befürchten müssen, dass ich irgendwo im Wald verscharrt sein könnte.

Drea wartet schon an der Tür. Sie nimmt mich in den Arm und bugsiert mich in ihr Zimmer.

»Zuerst kümmern wir uns um das Naheliegende. Du hast

ja keinen trockenen Faden am Leib. Zieh das an.« Sie drückt mir eine Jogginghose und ein T-Shirt in die Hand. »Willst du heiß duschen?«

»Nein, ist schon okay. Ich meine, die Sachen sind wirklich toll.« Und dann heule ich los.

Sie umarmt mich ganz fest.

»Bist du hungrig? Hast du schon etwas gegessen?«

Ich schüttle den Kopf.

»Es gibt noch eine Portion Makkaroni mit Käse, auf der dein Name steht.« Dreas Hose ist kuschelig und fühlt sich so gut an wie ihre Umarmung. »Ab in die Küche.«

Ich bin überrascht, wie gut die Nudeln schmecken, ich hätte nicht gedacht, dass ich nach allem, was passiert ist, tatsächlich hungrig sein könnte. Skel kaut langsam und nickt. Was hat er hier zu suchen? Warum folgt er mir überallhin?

»Okay, Clare«, sagt Drea. »Was ist passiert?«

»Meine Mom hat es geschafft, mir den ganzen Sommer zu verderben. Sie will, dass ich mit ihr nach Tennessee gehe«, fange ich noch einigermaßen ruhig an. »Und weißt du, warum? Wegen Luke. Weil er keinen Job bekommt. Da ist einfach nichts zu machen. Er kriegt höchstens Arbeit auf dem Bau oder als Straßenarbeiter oder Dachdecker. Und in unserer bescheuerten Stadt gibt es nur eine einzige große Baustelle. Eine einzige. Also ist er total am Arsch. Niemand will ihn einstellen. Dabei kann er härter schuften als jeder andere. Aber das spielt keine Rolle. Er hat wirklich alles versucht, aber niemand will ihm eine Chance geben. Und dann ist da noch dieser Dan. Der Typ ist garantiert auf Meth, man muss ihn nur ansehen. Als der Idiot gestern Abend aufgetaucht ist, war mir sofort klar, wie's weitergeht. Er wird …« Ich schaffe es einfach nicht, es laut auszusprechen, ich will es ja selbst nicht glauben. »Luke schwört, dass ihm alles furchtbar leidtut und er nie mehr wieder ins Gefängnis gehen möchte. Er hat ziemlich viel Mist gebaut, aber er ist kein schlechter Mensch. Und weißt du, was ich einfach nicht kapiere?« Mein ganzer Kummer will plötzlich aus mir heraus. Ich unterdrücke ein Schluchzen und spreche weiter. »Mom liebt ihn mehr als mich. Luke muss nur zur Tür hereinkommen, und schon ist sie wie verwandelt. Sie ist überglücklich und empfängt ihn so, als hätte er nie etwas Falsches getan. Als würde er aus einem Krieg zurückkehren und nicht aus dem Gefängnis. Alle in der Stadt hassen ihn. Und mich hassen sie auch – seinetwegen. Ich weiß das, ich bin ja nicht blöd. Auch du kannst ihn nicht ausstehen.«

Drea zuckt zusammen, als ich das sage. »Clare, es tut mir leid –«

»Nein, schon gut«, unterbreche ich sie. »Und dann das Abendessen«, brabble ich weiter. »Es war eine einzige Katastrophe.« Ich suche nach den richtigen Worten. »Ich kapier's nicht. Ich bin doch eine gute Tochter. Ich habe gute Noten. Und einen guten Job hatte ich auch. Okay, gelegentlich breche ich ihre Regeln, aber ich tue niemandem weh. Ich kapier's einfach nicht.« Ich heule und rede, alles bricht aus mir heraus, keine Ahnung, woher das alles kommt. Hör auf damit. Hör auf.

Drea nimmt meine Hand. »Deine Eltern sind verrückt.« Sie zwingt mich, ihr in die Augen zu sehen. »Es ist mein Ernst, Clare. Sie sind verrückt. Hast du eine Ahnung, wie oft meine Mutter schon gesagt hat, sie würde dich gerne adoptieren?«

Schwer atmend blicke ich mich in der Küche um und lasse tränenverschwommene Fotos auf mich wirken. Drea, ihre Mom und ich beim Campen. Drea und ich aufgestylt für den Schulball. Aufnahmen aus unserer Grundschulzeit, auf denen wir stolz unsere gewonnenen Preise zeigen.

Dreas Mom ist die Beste. Ich wünschte, sie wäre heute Abend hier.

Drea reicht mir ein Taschentuch. »Hast du dir jetzt alles von der Seele geredet?« Ich nicke und wische mir übers Gesicht. Alles noch lange nicht, aber ich tue so, als ob. »Also gut. Dieser Abend gehört dir, Clare. Die anderen warten schon im Wohnzimmer auf dich. Was willst du unternehmen?«

Skel nimmt die Fotos in Augenschein, nippt dabei an seinem Brandy und sieht irgendwie nostalgisch aus. Er dreht sich zu mir um und deutet auf sein fast leeres Glas.

»Ich finde, ein Drink wäre nicht schlecht«, sage ich.

»Bist du dir sicher?«, fragt sie. Skel nickt übertrieben heftig.

»Absolut.«

»Versprich mir, dass du dann gut drauf bist«, sagt Drea.

»Versprochen.«

Sie öffnet den Spirituosenschrank, der nie abgeschlossen ist.

»Was soll's denn sein?«

»Brandy«, sage ich. Skel hebt sein Glas und zwinkert mit der Augenhöhle.

»Brandy?«

»Das Lieblingsgetränk eines Freundes«, antworte ich lächelnd. Mein Gesicht ist vom Weinen verquollen, aber der Drang, hemmungslos zu heulen, hat nachgelassen. Drea hat recht. Das ist mein Abend. Und ich bin fest entschlossen, ihn zu genießen.

»Clare«, sagt Omar. Er schnippt einen Vierteldollar vom Wohnzimmertisch, der prompt in meinem Drink landet. Ich nehme einen Schluck und spüre, wie der Brandy langsam durch meine Speiseröhre rinnt und eine heiße Spur hinterlässt.

»Clare!« Jetzt ist Drea an der Reihe. Sie schnippt ihren Vierteldollar, und auch er landet in meinem Drink.

»Clare, meine Süße!« Lalas Vierteldollar verfehlt mein Glas. »Daneben«, sagt sie achselzuckend.

»Clare!« Skye trifft ebenfalls nicht und zieht sich gespielt beschämt ihre Schiebermütze über die Augen.

»Kein Wunder, dass unsere Basketballmädchen in diesem Jahr so lausig abgeschnitten haben«, neckt Chase sie, bevor er ihr schnell einen Kuss auf die Wange drückt.

»Clare!« Chase schnippt – und verfehlt das Ziel.

»Und jetzt wissen wir, wer die Null im Männerteam ist!«, spottet Skye und reicht mir einen Vierteldollar.

»Wenn ich es schaffe, dann müsst ihr alle trinken.« Schnipp. Platsch!

»Cheers!«

Danach ist Schluss mit dem Spiel und wir sitzen rum und trinken und reden laut. Skel lümmelt auf der Couch und zündet sich eine Zigarre an. Der Rauch füllt seinen Rachen und tritt durch Nase, Ohren und Augen wieder aus. Ich probiere reihum die Drinks der anderen.

»Was ist da drin? Der ist gut.« Chase trinkt Wodka-Orange mit Unmengen von Wodka. Omars Margarita ist so lecker, dass ich die Hälfte davon wegschlürfe. Ich mag auch Dreas Rum mit Cola, aber er ist nicht annähernd so gut wie Lalas Apfel Martini. Heute Abend erweitere ich meinen Horizont ungemein.

»Süße«, sagt Lala und spielt dabei mit dem Stern-Anhänger an ihrem Halsband. »Geht es dir jetzt besser?«

»Ja, viel besser, herzlichen Dank.« Wow. Wie sich das anhört. Jetzt rede ich schon wie ein Würdenträger. Ich stehe auf und verbeuge mich.

»Du klingst so, als ginge es dir schon viel besser.« Lala kichert. »Aber im Ernst, Clare, du kannst mir immer deine Probleme anvertrauen. Ich habe jede Menge Ratschläge parat.«

»Oh, danke, aber du hast ja keine Ahnung, wie meine Familie tickt.« Ich bin versucht, mich zu Skel umzudrehen und ihn um Bestätigung zu bitten, aber dann lasse ich es sein. Ich will nicht, dass die anderen mich für übergeschnappt halten.

»Was? Meinst du etwa, bei uns gibt es keine Probleme? Im Gegensatz zu deiner Familie ist unser dunkles Geheimnis nicht ganz so berüchtigt, aber das heißt nicht, dass wir keine Leichen im Keller vergraben hätten.«

»Ach wirklich? Welche denn? Warte. Wusstest du eigentlich, dass unsere Leiche Brandy trinkt?« Ich kippe meinen Drink hinunter und wundere mich, dass er plötzlich so schwach schmeckt. Laut sage ich: »Da ist nicht mehr genug Brandy in meinem Brandy.«

Alle lachen. Lachen sie mich aus? Oder lachen sie über Skel?

»Okay, du willst über Leichen im Keller reden? Dann hör zu.« Lala stellt ihren Apfel Martini ab. »Die Mutter meiner Mutter war eine Prostituierte. In Vegas.« Wir prusten sofort los, wir können einfach nicht anders. »Ich persönlich finde das nicht weiter schlimm, aber ihr kennt ja meine Familie. Sie sind so religiös, da ist Sex fast auf gleicher Stufe wie Mord. Okay, wer ist der Nächste?« Lala lässt den Blick schweifen und nimmt Chase ins Visier. »Du bist dran, großer Mann.«

»Wisst ihr noch, wie meine Schwester – fünf Jahre ist das jetzt her – für ein Jahr ins Ausland gegangen ist?« Er beugt sich vor, um seine Nikes aufzuschnüren und gleich wieder zuzubinden.

Skye kneift ihn. »Komm schon, raus damit. Spann uns nicht unnötig auf die Folter.«

»Sie ist abgehauen, um in einer Hippie-Kommune zu leben, weil sie«, er malt Gänsefüßchen in die Luft, »›zurück zur Natur‹ wollte. Tatsächlich hat sie einen Typen kennengelernt, der ›von den Gaben der Natur‹ lebt und ›keinen CO_2-Fußabdruck‹ hinterlässt. Mom und Dad waren entsetzt. Sie ließ allen Ernstes ihr Studium in Yale sausen, um stattdessen zu lernen, wie man die eigene Scheiße kompostiert.«

Skel, der sich gerade noch einen Schluck genehmigt hat, kichert lautlos und prustet den Alkohol in einem Sprühnebel durch Mund und Nasenloch.

»Neiiiin. Du lügst. Reden wir hier wirklich von der Flugzeugingenieurin mit dem Autoaufkleber ›Ich stehe auf Technologie?‹ Übertreib nicht so, Chase«, sagt Omar.

»Ernsthaft. Nachdem ihr Freund sie abserviert hat«, fährt Chase fort, »haben meine Eltern sie nach Hause geholt. Und als sie dann auch noch die Zusage vom MIT bekam, ging sie schön brav wieder in die Schule. Von da an war keine Rede mehr davon, dass sie auf ihr Handy verzichten will – oder auf die Toilette. Meine Eltern wollen die Sache am liebsten vergessen, aber ich finde das Ganze eher lustig. Jetzt bist du an der Reihe, Omar.«

»Okay. Als ich so etwa zwölf Jahre alt war, durchstöberte ich die Schublade meiner Mutter auf der Suche nach einer Schere und entdeckte darin die Broschüre für einen … FKK-Urlaub.« Schulterzuckend fügt Omar hinzu: »Keine Ahnung, ob meine Eltern jemals hingegangen sind, aber möglich wär's.«

»Dein Dad?« Lala umschließt mit beiden Händen Omars Gesicht. »Diese Körperbehaarung! Und dann erst der Bauch!«

Diesmal ist das Gelächter besonders laut. Zu laut.

»Pssst«, sage ich flehend. »Wir müssen ein bisschen leiser sein. Wegen meinen Ohren.«

»Da ist aber jemand ziemlich hinüüüber.« Omar stellt seinen Margarita ab und macht einen Purzelbaum quer durchs Zimmer. »Ta-daa!«

Purzelbäume sind lustig. Jetzt bin ich an der Reihe. Ich bücke mich, bis ich fast den Boden berühre, und blicke zwischen meinen Beinen hindurch.

Der Raum steht plötzlich kopf. Und er wackelt hin und her. Aber nur ein bisschen. Ich versuche, mich über den Nacken abzurollen, was damit endet, dass ich in einen Beistelltisch krache.

»Hallo, ihr.« Moment mal. Wer ist das denn?

Omar blickt hoch. »Oh, Mist. Ms P.«

Dreas Mom steht über mir. Sie schüttelt den Kopf und seufzt. »So, Leute. Stellt eure Drinks weg und holt euch stattdessen ein Glas Wasser. Drea, ab in die Küche mit dir.«

Ich mag es nicht, wie der Raum sich dreht. Skel hat es sich auf einem Stuhl bequem gemacht. Aber wieso bewegt sich der Stuhl?

Stopp. Nicht weiterdrehen. Schluss. Aufhören. Bitte. Mein Magen. Oh nein. Das ist übel, ganz, ganz übel.

Schnell stehe ich auf.

Ich hasse es, wenn ich mich übergeben muss. Nein, nein, nein. Drea ist bei mir. Sie hält meine Haare nach hinten. Reibt mir den Rücken.

»Sorry, sorry, sorry. Magst du mich trotzdem noch?«

»Ich liebe dich, Miss Clare.«

Da kommt schon der nächste Schwall.

Am Morgen wache ich in eine Decke gewickelt auf Dreas Ausziehbett auf. Eine große Flasche Wasser steht auf dem Nachttisch, dazu ein Aspirin. Und eine Nachricht von Lala. *Süße, ich übernehme deine Frühschicht. Sieh zu, dass du bis zwei Uhr da bist. Ich möchte nicht, dass Lucille sauer auf dich ist.*

Ich werfe einen Blick auf die Uhr. Beinahe Mittag. Ich trinke das Wasser und schlucke das Aspirin. Dann lege ich mich wieder hin. Mein Kopf hämmert. Ich fühle mich elend.

Irgendwann schwanke ich halb gehend, halb kriechend Richtung Wohnzimmer. Dreas Mom sitzt auf der Couch, neben ihr hockt Skel mit einem Eisbeutel auf dem Schädel.

»Hi, Clare.« Sie tätschelt das Kissen, das neben ihr liegt. »Setz dich.«

Bitte, nicht anschreien.

»Zunächst einmal muss ich dir sagen, dass ich hoffte, nie auch nur einen Gedanken daran verschwenden zu müssen, ob der Spirituosenschrank zugeschlossen ist oder nicht. Ich dachte bisher, ich könnte Drea und ihren Freunden vertrauen.«

Ich fühle mich hundsmiserabel. Ms P ist die beste Mom auf diesem Planeten und ich habe ihr Vertrauen missbraucht.

»Es tut mir leid.«

»Ab sofort ist er zugesperrt«, sagt sie achselzuckend. »Clare, ich hab dich sehr gern«, fährt sie fort. »Ich weiß, dass man manche Dinge nur durch Erfahrung lernen kann.« Sie seufzt. »Aber du musst vorsichtiger sein. Zum Glück warst du hier unter Freunden. Und zum Glück ist nichts Schlimmeres passiert als ein verkorkster Magen und ein heftiger Kater. Du bist ein viel zu wertvoller Mensch, um dir selbst so etwas anzutun.« Zögernd fügt sie hinzu: »Ich habe nach unserem gestrigen Gespräch deine Eltern angerufen.«

»Nach unserem Gespräch?« Ich erinnere mich nur daran, dass sie irgendwann nach Hause kam und ich mich übergeben musste.

»Ja, nach unserem Gespräch. Ich habe deinen Eltern gesagt,

dass du sehr aufgewühlt bist. Lukes Rückkehr ist für eure ganze Familie sehr aufregend.«

»Werden sie mich umbringen?«, frage ich beklommen. »Haben Sie ihnen gesagt, dass ich betrunken war?«

»Nein, sie werden dich nicht umbringen. Und nein, ich habe ihnen nicht gesagt, dass du betrunken warst. Ich wollte mit dir darüber sprechen, wenn du wieder nüchtern bist, und erst danach entscheiden, ob sie es erfahren müssen oder nicht.«

»Ähm, ich kann mich nicht mehr so genau daran erinnern, was gestern Abend passiert ist«, gestehe ich kleinlaut.

»Nun ja, du hast mir sehr viel von deinen Gefühlen in Bezug auf Luke erzählt und davon, dass er all die Jahre im Gefängnis war. Von den Dingen, die du fürchtest. Und von den schlimmen Erinnerungen an das, was Luke getan hat und du mit ansehen musstest.« Sie nimmt meine Hände in ihre. »Du hast vieles erzählt, wovon ich nichts wusste. Ich wünschte, die Umstände wären anders. Aber ich bin immer für dich da. Du kannst über alles mit mir reden.«

»Danke.« Was *genau* habe ich ihr gestern Abend erzählt? »Es tut mir leid.«

Dong, dong, dong. Mir fällt zum ersten Mal auf, wie laut die Uhr ihres Großvaters tickt.

»Wenn du etwas wiedergutmachen und mir einen Gefallen tun willst, dann bring das Badezimmer wieder in Ordnung, bevor du gehst«, sagt sie.

»Einverstanden.« Ich bin froh, dass ich meinen Absturz von gestern Abend wenigstens ein bisschen wettmachen kann.

»Aber zuerst gehst du in die Küche. Drea hat dir ein fettiges Power-Frühstück zubereitet. Es wird dir guttun«, sagt sie.

Ich schlurfe in die Küche.

»Ein dicht belegter Toast für die Frau, die gestern Abend ziemlich dicht war.« Drea stellt einen Teller mit Schinken und Ei auf Toast vor mich hin.

»Es tut mir so leid. Ich komme mir wie eine komplette Idiotin vor«, sage ich. »Und blöderweise erinnere ich mich nicht mehr an das Gespräch unter vier Augen mit deiner Mutter.«

»Mach dir keine Gedanken. Wir waren alle albern und betrunken. Du warst lustig. Nur das Kotzen war übel. Echt eklig. Aber ansonsten warst du einfach nur lustig.«

»Ich fühle mich total scheiße.« Lustlos schiebe ich das Essen auf dem Teller hin und her und probiere schließlich von dem Toast, was mir in meiner momentanen Verfassung am ungefährlichsten erscheint. Er ist warm und hat genau die richtige Konsistenz aus weich und fest. Ich nehme einen zweiten Bissen und wage mich an die Eier. Nicht schlecht. Mein Magen scheint also tatsächlich Nachschub zu verlangen.

»Kein Wunder«, sagt Drea. »Du hast gestern Abend einen nach dem anderen gekippt. Aber keine Sorge. Ich habe dich daran gehindert, dass du in deinem Zustand irgendwelche SMS verschickst, die du bereuen könntest.«

Na, das ist doch mal eine gute Nachricht. Nachdem ich so viel ich mich reingestopft habe, wie es nur geht, schnappe ich mir das Badezimmerputzzeug und betrete das Schlachtfeld.

Es ist absolut widerlich. Unter Alkoholeinfluss lässt meine Zielgenauigkeit sehr zu wünschen übrig.

Nachdem ich die Verwüstungen im Bad beseitigt habe, springe ich schnell unter die Dusche und gehe gedanklich meine Erinnerungsfetzen durch. Wenn ich doch nur wüsste, was ich zu Ms P gesagt habe!

Ich werde mich nie, nie wieder betrinken.

Zu meiner großen Überraschung wartet Peter im Wohnzimmer auf mich. Er hat meine Tasche für den See dabei, mit Sonnencreme, Sonnenbrille, Hut und Badeanzug.

»Danke, dass du gekommen bist, Peter«, sagt Ms P. »Ich weiß das wirklich zu schätzen.«

»Gern geschehen«, erwidert er und fügt dann scherzhaft hinzu: »Clare, du bist mir was schuldig. Lass uns gehen.«

Unterwegs sagt keiner von uns beiden ein Wort. Erst als wir schon fast am See sind, bricht Peter das Schweigen. »Keine Ahnung, was Ms P zu Mom gesagt hat, aber aus irgendeinem Grund hast du keinen Hausarrest mehr.« Ich sehe ihn von der Seite an. »Du musst zwar trotzdem nach Tennessee, aber bis dahin hast du ein paar Wochen Freiheit. Es muss irgendetwas mit Lukes letztem Gefängnisaufenthalt zu tun gehabt haben. Du weißt ja, wie empfindlich Mom darauf reagiert. Vermutlich war ihr die Sache so peinlich, dass sie sich mit allem einverstanden erklärt hat.«

Ich nicke und hoffe, dass die Sache damit ausgestanden ist.

»Danke, dass du mich gefahren hast«, sage ich. Danke, dass du ein netter Bruder bist, will ich eigentlich sagen, aber denke es nur im Stillen.

24
Unberechenbarer Peter

Damals, mit zwölf

Den Blick zum Himmel und zu den Kieferbaumspitzen gerichtet überlegte ich, wie lange ich wohl schon im Wasser trieb. Fünf Minuten? Vielleicht sogar etwas länger. Falls es einen Weltrekord für das Im-Wasser-Treiben gab, würde ich ihn aufstellen.

Plötzlich geriet das Wasser in Bewegung und schwappte über mich hinweg. Prustend richtete ich mich auf. Peter war in den See gehüpft und fast auf mich draufgesprungen.

»Clare, wie willst du jemals die Schwimmprüfung bestehen, wenn du dich immer nur treiben lässt?«

»Halt die Klappe, Peter. Lass mich in Ruhe. Ich kann schwimmen.«

»Paddeln ist nicht dasselbe wie schwimmen«, erwiderte er. »So schaffst du es nie bis ins tiefe Wasser.«

»Ich habe gesagt, du sollst mich in Ruhe lassen.« Drea stieß sich vom Sprungbrett ab und schwamm zu der kleinen Badeinsel im See. Sie schwamm zu Omar mit seinem silbernen Plastikfloß.

Und ich saß währenddessen auf der seichten Seite fest, umgeben von Schwimmflügeln, Sandbergen, die angeblich Burgen waren, und Babys in »wasserdichten« Windeln. So was nennt man Pech.

»Ich mach mich nicht über dich lustig, falls du das denkst. Ich möchte es dir wirklich beibringen.« Mit einem Nicken wies Peter auf das Schwimmbrett in seiner Hand.

Meine Zehen gruben sich in den Sand und den Schlick des Seegrunds.

»Im Ernst? Kein Witz?«, fragte ich. Peter war so unberechenbar. Hieß das, er würde heute nett zu mir sein? Ich suchte das Ufer nach seinen Freunden ab, dann den See und sogar die Bäume.

»Im Ernst. Ehrenwort.«

»Und was ist mit deiner Aufsicht?« Ich schaute hinüber zum Wasserwachtstand, wo zu meiner Überraschung eine Neue saß, die aussah wie ein sonnengebräuntes großes Gänseblümchen mit zurückgebundenen langen blonden Haaren.

»Meine Schicht ist um.« Peter winkte dem Gänseblümchenhaar zu und sagte dann zu mir: »Komm. Ich zeig's dir. Deinen Freundinnen habe ich es auch beigebracht und keine von ihnen ist bisher ertrunken.«

Drea zog sich auf die Schwimminsel hoch. Wie gerne wäre ich jetzt mit ihr da draußen.

»Okay.« Ich nahm das Übungsbrett.

»Der Beinschlag muss aus der Hüfte kommen. Und die Zehenspitzen sind gestreckt. Nein, nicht so. Denk an Ballett oder so. Schon besser. Die Knie bleiben gerade.«

Ich kam mir vor wie ein Baby, das – *kick! kick! kick!* – im seichten Wasser planschte. Es war so peinlich.

»Du machst das prima!«, rief Peter hinter mir. »Und jetzt noch ein paar Runden, vom Ufer bis zum Absperrseil. Die

Beinarbeit ist wichtig, wenn man ein guter Schwimmer sein will.« Er sah vom Ufer aus zu, wie ich meine Runden drehte, und deutete mehrmals auf mich, während er sich mit Gänseblümchenhaar unterhielt. Das also war der Grund, warum er so nett zu mir war.

»Du lernst schnell«, sagte er, als ich wieder bei ihm angekommen war.

»Und was kommt jetzt?«

»Die Arme.« Peter streckte die Arme hoch. »Stell dir vor, du würdest Äpfel ernten. Jetzt verzieh nicht gleich das Gesicht. Glaub mir, es funktioniert. Pflück einen Apfel und leg ihn in deinen Korb. Jep, so ist's richtig. Jetzt musst du dabei nur noch der Länge nach im Wasser liegen. Und vergiss zwischen den Äpfeln das Atmen nicht.« Er nahm meine beiden Arme und zeigte es mir. Während er und das Goldmädchen weiter plauderten, übte ich Zug um Zug.

»Und jetzt beide Bewegungen zusammen!« Peter sprang ins Wasser und hielt mich mit einer Hand am Bauch und mit der anderen am Rücken. Dann nahm er die Hände weg.

Es war mir egal, dass er mir nur deshalb Schwimmunterricht gab, um dem Mädchen zu imponieren. Das Wasser war jetzt irgendwie leichter und ich fühlte mich viel sicherer.

»Du hast es geschafft!«, rief Peter.

Luke würde stolz auf mich sein. Wenn er doch nur hier sein könnte.

Ich schwamm zurück zu Peter. Wir klatschten uns ab, und dann feierten wir mit einem Eiscreme-Sandwich.

Wenn Peter wollte, konnte er der beste Bruder auf der Welt sein.

25
Verantwortung

Jetzt

»Du warst heute Morgen nicht da.« Chris hat die Arme verschränkt und starrt mich vorwurfsvoll an.

»Ich weiß. Lala hat meine Schicht übernommen.« Ich nehme zwei Aspirin-Tabletten aus meiner Börse, schlucke sie hinunter und trinke fast eine ganze Flasche Wasser. Mein Magen grummelt. Hoffentlich wird mir nicht wieder schlecht.

»Ich meine nicht deine Schicht. Ich rede von … davor.« Er beugt sich zu mir und flüstert in mein Ohr: »Du wolltest mir zeigen, wie man schwimmt.«

Ausgerechnet dann, wenn ich einmal nicht da bin, wartet Chris auf mich.

»Mir ging's nicht gut«, murmle ich. Es klingt wie das Knurren eines Tiers.

»Du hast einen Kater.«

Vor Verblüffung kriege ich fast den Mund nicht mehr zu. Ist das so leicht zu erkennen? Gerade will ich ihn anblaffen und ihm sagen, dass er verschwinden soll, da kommt er näher und raunt: »Du kannst mir nichts vormachen. Mit Betrunkenen kenne ich mich aus.«

Chris kennt sich mit Betrunkenen aus.

Ich will Verantwortung zeigen und die Sonnenbrille abnehmen und ihn anschauen. Ich will ihm sagen, dass er mit mir über alles reden kann. Dass ich ihm helfen kann, weil ich mich mit Süchtigen auskenne und weiß, wozu sie fähig sind, wenn sie die Kontrolle über sich verlieren. Aber ich lasse es bleiben, denn mir wird bewusst, wie säuerlich mein Schweiß riecht und wie staubtrocken und fad der Geschmack in meinem Mund ist. Angesichts der vergangenen Nacht wäre jedes weitere Wort pure Heuchelei. Also halte ich lieber den Mund.

»Mandy hat gesagt, dass du aufhörst. Das war's dann mit dem Schwimmunterricht.« Chris macht ein Schmollgesicht.

»Ich fahre zu meiner Großmutter. Sie ist alt und auf die Hilfe ihrer Familie angewiesen.« Die sich im See spiegelnden Sonnenstrahlen sind für meine Augen die reinste Qual. Ich will nur noch nach Hause und mich für die nächsten Stunden in einen verdunkelten Raum verkriechen.

»Und was ist mit mir?« Seine weinerliche Stimme dröhnt in meinem hämmernden Kopf.

Was habe ich eigentlich mit ihm zu tun? Ich trage keinerlei Verantwortung für ihn. Trotzdem …

»Wir haben noch zwei Wochen. Ich werde jeden Morgen da sein. Versprichst du mir, dass du kommst?«

»Einverstanden«, sagt er.

Ich blicke ihm hinterher und frage mich, wer in seiner Familie der Alkoholiker ist. Die Jordans sind sehr geschickt darin, ihre Leichen im Keller zu verbergen.

Als ich am Abend nach Hause komme, wappne ich mich innerlich, dass Mom losbrüllt und mir vorwirft, ich würde Familienangelegenheiten ausplaudern. Ich schleiche durch die

Hintertür ins Haus und schaffe es tatsächlich bis zum Badezimmer, ohne meinen Eltern über den Weg zu laufen.

Die kalte Dusche tut gut und mein dunkles Zimmer ist eine Erleichterung.

Beim gemeinsamen Abendessen sagt Mom verärgert: »Wir reden später darüber.« Dann spricht sie ausführlich über Tennessee und mögliche Flüge dorthin.

Vor dem Zubettgehen platzt Mom in mein Zimmer und knallt meine Autoschlüssel und mein Handy auf meinen Schreibtisch.

»Hier. Hoffentlich bist du jetzt zufrieden«, sagt sie. »In Zukunft wünsche ich mir ein bisschen mehr Diskretion, wenn du mit anderen über unsere Familie redest. Ich bin sehr enttäuscht von dir. Luke bemüht sich um einen Neuanfang. Er braucht unsere uneingeschränkte Unterstützung, auch deine. Dass du meinst, bei Dreas Mutter unsere schmutzige Wäsche waschen zu müssen, ist nicht gerade hilfreich. Mach das nie wieder.«

Mom verharrt vor dem Aquarium und betrachtet Melanie. Interessiert beobachtet sie, wie die dunkle Gestalt vor und zurück gleitet. Ihre Augenbrauen glätten sich. »Vergiss nicht, Dad und Peter zu sagen, dass sie auf deine Fische aufpassen sollen, während du weg bist.«

»Ich rede morgen mit ihnen.« Es sind meine ersten Worte zu Mom, seit ich gestern Abend aus dem Haus geflohen bin. »Ich mache das Becken noch sauber, dann ist es bei unserer Rückkehr hoffentlich nicht allzu verdreckt.«

Sie nickt. »Das dürfte ausreichen. Sag Peter, dass er den Wasserstand und die Temperatur überprüfen muss. Du kümmerst dich wirklich sehr gut um die Fische. Ihre Farben leuchten sehr schön.« Fast hätte ich es als Kompliment aufgefasst und fast hätte ich mich über ihr Lob gefreut, bis Mom hinzufügt: »Es würde mir leidtun, wenn ihnen irgendetwas zustößt.« Mit diesen aufmunternden Worten verlässt sie das Zimmer. Danke, Mom, dass du mir noch einen weiteren Grund lieferst, unsere Reise zu verabscheuen.

Mein Handy ist tot. Ich nehme das Kabel vom Schreibtisch, stöpsle es ein und warte auf ein Lebenszeichen. Das Display leuchtet auf und zeigt mehrere Streifen an. Ich schreibe eine SMS an Drea. *Pläne für heute Abend?*

Dreas Antwort kommt prompt. *Filmabend bei Skye. Kommst du?*

Nachdem ich Moms Erlaubnis eingeholt habe, steige ich ins Auto und drehe den Zündschlüssel um.

Der Motor springt an. Dad hat die Batterie wieder eingebaut. Das Glücksgefühl überwältigt mich so, dass mir die Tränen in die Augen schießen. Zwei Wochen. Zwei Wochen mit meinen Freunden. Zwei Wochen arbeiten. Zwei Wochen Freiheit.

26
Spuk im Farmhaus

Damals, mit zwölf

Es spukte. Ich war absolut davon überzeugt, dass es im ersten Stock meiner Großeltern spukte. Jedes Mal, wenn ich von der kleinen Küche aus die Treppe hochging, versuchte eine unsichtbare Hand, mein Herz zu berühren.

Und das nur, weil ich die Jüngste war und ins Bett gehen musste.

Alle paar Sekunden zuckten Blitze durchs Fenster herein und halfen der einzigen Glühbirne an der Decke, das Treppenhaus zu erleuchten. Ich stand am Fuß der Stufen, blickte hinauf und überlegte, was sich wohl hinter dem ersten Treppenabsatz verbarg.

Wenn ich rannte, würde ich ganz schnell oben in dem großen Zimmer sein, in dem lediglich zwei Betten und ein Schrank standen, Überbleibsel von Moms Kindheit. Dann konnte ich mich unter der Decke verstecken.

Ich rannte los. Die Stufen hinauf. Der Donner rüttelte an den alten Fenstern.

Ins Zimmer. Ins Bett. Ohne Vorhänge an den Fenstern konnte man die Getreidefelder überblicken und sehen, wie die Blitze auf die Erde trafen. Bitte, bitte, lass den Blitz nicht in die Farm einschlagen, sondern nur in den Blitzableiter.

Ich wäre viel lieber zu Hause gewesen. Und ich hätte gerne Fußball gespielt wie Peter, dann wäre ich jetzt in einem Trainingscamp, statt bei Granny und Grandpa auf einer Spukfarm festzusitzen.

Ich hielt die Luft an, kniff die Augen fest zu und wartete darauf, dass der Schlaf mich umfing. Plötzlich hörte ich ein Knarren. Das Knarren einer Holzdiele. Jemand war in meinem Zimmer.

Ein schemenhafter schwarzer Dämon, der durch den Fußboden eingedrungen war und näher kam. Er schlich sich mit ausgestreckten Klauen an mich heran, grub seine Nägel in den alten Bettpfosten und starrte mich an.

Ich zwang mich dazu, ein Auge zu öffnen. Vor Erleichterung wäre ich fast in Ohnmacht gefallen. Es war Luke.

»Luke?«, flüsterte ich. »Ich fürchte mich, so ganz allein hier oben.«

»Piepmatz, wovor hast du denn Angst?« Er schaltete das Licht an und setzte sich auf meine Bettkante. Es half nichts. Die gelben Flecken an der Decke, über die Jahre verblasst und nie überstrichen oder ordentlich ausgebessert, wurden zu gespenstischen Fratzen. Der Schrank war ein drohendes Ungetüm. Keine Ahnung, was sich darin verbarg.

»Alles«, wisperte ich. »Alles macht mir Angst.«

»Ich werde dich beschützen.« Luke nahm mich in den Arm. »Ich passe auf dich auf.«

Luke blieb bei mir – und schon kam der Schlaf herbei. Irgendwann weckte mich das Klappern von Skels Knochen. Im Halbdunkel sah ich Lukes leeres Bett. Gleich darauf hörte ich, wie direkt unter unserem Zimmer eine Tür auf- und zugemacht wurde. Das war bestimmt Luke, sprach ich mir Mut zu. Es gab keine Geister. Ich wollte weiterschlafen, aber meine volle Blase hinderte mich daran, egal, wie sehr ich auch versuchte, den Drang zu ignorieren.

Schließlich stand ich auf, schlich die Treppe hinunter und öffnete die Badezimmertür.

Luke sah mich anfangs gar nicht. Er hatte den Kopf über die Ablage gebeugt und ein leeres Röhrchen an der Nase.

»Was machst du da?«, fragte ich ihn.

Er hob den Kopf.

»Raus hier!«, stieß er hervor. Starr vor Schreck sah ich ihn an. »Ich sagte, hau ab!«, schrie er. Mit einem Satz war er bei mir und schlug mir die Tür vor der Nase zu.

»Clare-Bär, geh wieder ins Bett«, hörte ich Dad hinter mir sagen.

»Aber, Dad, ich –«

»Geh.« Er nahm mich an den Schultern und führte mich behutsam zur Treppe. Dann kehrte er zum Badezimmer zurück.

Ich setzte mich auf die unterste Stufe und wartete, bis ich an der Reihe war. Ich musste wirklich dringend auf die Toilette. Dad wartete nicht, sondern stieß die Badezimmertür auf.

»Was zum Teufel hast du dir dabei gedacht?«, sagte er streng zu Luke. »So etwas ins Haus deiner Großeltern zu bringen! Mach, dass du wegkommst!«

Luke brüllte auf wie ein Tier. Dann ging er zum Angriff über. Er wollte Dad an die Kehle, aber der wich ihm gerade noch aus.

Inzwischen waren auch Mom, Granny und Grandpa wach geworden und hatten sich im Flur versammelt.

»Raus!«, brüllte Dad. »Verschwinde von hier!« Er schob

Luke ins Wohnzimmer. Luke versetzte Dad einen Stoß. Mit voller Wucht. Dad fiel hin und Luke rannte aus dem Haus.

Während die Erwachsenen noch darüber stritten, was vorgefallen war, schlich ich mich ins Badezimmer.

Als ich die Tür öffnete, hörte ich, wie meine Mutter erschrocken rief: »Oh nein! Clare!« Sie drängte sich an mir vorbei ins Bad.

»Mom!«, protestierte ich. »Ich muss ganz dringend!«

»Nur eine Minute.« Mom nahm das Röhrchen, wischte über die Ablage und sah unter dem Waschbecken nach. »Okay. Fertig. Toilette, und dann schnurstracks zurück ins Bett!«

Skel und ich lagen noch eine Weile wach und grübelten. Dass das Röhrchen auf der Ablage etwas mit Drogen zu tun hatte, war uns beiden klar. Ich dachte darüber nach, wie Dad Luke angeschrien hatte, und eine Erinnerung drängte sich in den Vordergrund. Eine Erinnerung, die mit einem zerbrochenen Fenster ihren Anfang nahm. Aber bei dem Gedanken an die roten Kreise verscheuchte ich die Erinnerung sofort wieder.

Grandpas Hahn fing an zu krähen, und obwohl ich hundemüde war, drehte ich mich auf die andere Seite und blickte hinüber zu Lukes Bett. Leer. Auf Zehenspitzen huschte ich nach unten. Alle schliefen noch tief und fest.

Luke lag auf der Couch. An seiner Nase war getrocknetes Blut und über die Stirn zog sich ein Riss. Er lag ganz ruhig da. Ich war mir nicht sicher, ob er noch lebte.

Ich rannte ins Zimmer meiner Eltern, schlich auf Moms Bettseite und stupste sie sachte am Arm, um Dad nicht aufzuwecken.

»Mom«, flüsterte ich. Als ihre Lider anfingen zu flattern,

sagte ich leise: »Luke.« Sie zog ihren Morgenmantel über und folgte mir hinunter ins Wohnzimmer. Nachdem sie Luke untersucht hatte, nickte sie.

»Er ist okay, er schläft nur.« Sie zögerte. »Danke, dass du mich geholt hast, Clare-Bär. Wie wär's mit einer Portion Cornflakes?« Wieder zögerte sie. »Clare, ich denke, das bleibt besser unter uns. Einverstanden?«

Ich nickte.

Während ich aß, spähte ich immer wieder ins Wohnzimmer und sah Mom dabei zu, wie sie das Blut von Lukes Kopf und Gesicht abwischte, während er weiterschlief. Dann klebte sie Pflaster darauf. Liebevoll und fürsorglich. Aber zugleich auch so, als wäre es ihre Pflicht, alles sauber zu machen, alles zu beseitigen, alles unter Verschluss zu halten – seine Verletzungen, das Blut, die Wahrheit –, bevor er aufwachte und merkte, in welchem Zustand er war. Bevor Dad und Granny und Grandpa ihn so sahen.

Aber es nützte alles nichts. Noch am selben Tag sagte Grandpa zu Luke: »Ich dulde keine Drogensüchtigen hier in diesem Haus. Wenn du ein Jahr lang die Finger davon lässt, kannst du wiederkommen – ansonsten nicht. Hast du mich verstanden, Luke?«

Schniefend sah ich zu, wie Luke seine Sachen packte. Es war nicht fair, dass Grandpa ihn hinauswarf. Er hatte gesagt, Luke sei drogensüchtig. Warum half er ihm dann nicht, statt ihn einfach vor die Tür zu setzen?

Luke gab mir einen Kuss und eine Großer-Bruder-Luke-Umarmung. Dann war er weg. Wieder einmal.

27
Albtraum

Jetzt

Eisblaue Augen.

Meine eigenen Schreie dröhnen so laut in meinen Ohren, dass sie sogar den Albtraum unterbrechen.

Meine Augenlider klappen auf.

Mein Zimmer. Alle Lichter sind an.

Luke ist hier.

»Piepmatz? Du hast beinahe die ganze Stadt aufgeweckt, so laut hast du geschrien. Ich bin sofort zu dir gerannt. Alles in Ordnung?«

»Ein Albtraum.« Ich schlucke ganz fest. Mein Herz hämmert so laut, dass er es bestimmt von der Tür aus hören kann.

»Du hast immer noch Albträume?« Warum hat Luke seine Jeans an? Ist er etwa die ganze Nacht wach gewesen? Was hält er hinter seinem Rücken versteckt?

»Puh, sie kommen einfach immer wieder.«

»Meinst du, ein kleiner Vier-Uhr-vierzehn-frühmorgens-Snack lenkt dich ab?«, fragt Luke.

Ich wische mir den Schweiß von der Stirn.

»Einverstanden.«

»Also gut, Piepmatz. Ich mache dir einen Luke Spezial. Komm runter in die Küche.«

In meiner Verwirrung über den Albtraum und Lukes plötzliches Auftauchen bemerke ich fast nicht, wie Luke meine Geldbörse auf den Boden fallen lässt.

Aber nur fast.

28
Warum ist Luke im Gefängnis, Mom, Dad?

Damals, mit dreizehn

»Sie haben Luke geschnappt. Schon wieder«, fiel Mom mit der Tür ins Haus, kaum dass Dad von der Arbeit zurückgekehrt war. Ihre Stimme klang matt und ihre Augen waren gerötet.

Es schien ihr entgangen zu sein, dass ich ebenfalls im Zimmer war.

»Verdammt.« Dad presste die Lippen zusammen. »Warum?«

»Das Übliche«, sagte Mom. Als ich das letzte Mal von ihr wissen wollte, warum Luke im Gefängnis saß, lautete die Antwort: zur falschen Zeit am falschen Ort.

»Was meinst du mit ›das Übliche‹?«, fragte ich und war mindestens ebenso überrascht über die Frage wie meine Eltern.

»Er war zur falschen Zeit am falschen Ort«, sagte Mom sofort.

»Aber warum hat man ihn *angeklagt*?« Ich war dreizehn. Die Antwort reichte mir nicht mehr. Mir war klar, dass man niemanden einfach so einsperrt, wenn er nichts angestellt hat.

Mom blickte zu Dad. Er fuhr sich mit der Hand durchs

Haar, dann zuckte er mit den Schultern und gab Mom damit zu verstehen, dass sie mir weitere Einzelheiten erzählen durfte. Luke war wegen Drogenbesitzes festgenommen worden. Er behauptete allerdings, er hätte lediglich die Jacke eines Freundes getragen. Von Diebstahl war ebenfalls die Rede. Dann sagte Mom: »So, Fräulein Neugierig. Hatte ich dir nicht gesagt, du sollst dein Zimmer saugen?«

Gerade als ich den Staubsauger aus dem Abstellraum holen wollte, schnappte ich noch eine weitere wichtige Information auf.

»Weiß man schon etwas über das Strafmaß, das er zu erwarten hat?«

»Sein Anwalt meint, bei seinen Vorstrafen muss er mit vier bis sechs Jahren rechnen.«

Vier bis sechs Jahre? Meine Gedanken rasten. Vier Jahre mindestens? In vier Jahren war ich *siebzehn*. Viermal Sommer. Viermal Halloween. Erntedank. Weihnachten. Ostern. Vier Jahre ohne meinen Bruder.

Vier Jahre Gefängnis für Luke. Ich musste schlucken. Auch wenn ich nicht genau wusste, was das für ihn bedeutete, schrecklich war es für ihn in jedem Fall.

Ich lauschte auf das Brummen des Staubsaugers, beobachtete, wie der Schmutz streifenweise und fein säuberlich in der Düse verschwand, und ließ erstmals Gedanken zu, die ich sonst immer verdrängte. Vielleicht stimmte das mit Luke und der falschen Zeit und dem falschen Ort gar nicht. Vielleicht hatten meine Eltern mir das nur gesagt, weil ich noch zu klein gewesen war. Was hatte Luke beim letzten Mal angestellt? Ging es um Drogen? Um Diebstahl? Oder um etwas ganz anderes?

Und diesmal ... um welche Art von Drogen handelte es

sich diesmal? Wenn er die Jacke seines Freundes getragen hatte, musste dieser Freund dann ebenfalls ins Gefängnis oder nur Luke?

Luke des Diebstahls zu verdächtigen ergab keinen Sinn. Er hatte einen Job. Er wohnte und aß zu Hause und Mom verlangte von ihm kein Geld, also warum sollte er stehlen? Vielleicht gab es einen triftigen Grund, vielleicht hatte er versucht, jemandem zu helfen. So wie Robin Hood. Ich ermahnte mich, nicht so dumm zu sein. Robin Hoods Wohltaten waren nichts als Heldengeschichten. Aber Luke musste wirklich ins Gefängnis. Und Drogensucht war eine sehr kostspielige Angelegenheit.

Ich stellte mir vor, wie ich meine Überlegungen in den Staubsauger einsaugte. Dann entsorgte ich den vollen Staubbeutel in unserer Mülltonne. Zusammen mit meinen unbeantworteten Fragen.

29
Weihnachten im Juli

Jetzt

Bing Crosby säuselt einen bekannten Weihnachtssong.

Was im Dezember nicht weiter verwunderlich wäre. Aber es ist nicht Dezember, sondern Juli. Und ich schlafe tief und fest. Tief und fest wie ein Stein – was eine merkwürdige, aber auch gute Formulierung ist, denn Steine haben keine Albträume.

Bing singt unermüdlich weiter. Als ich die Augen aufschlage, konzentriert sich mein allmählich klarer werdender Blick auf einen kleinen Baum mit Lichtern und winzigem Papierschmuck.

»Mit Zuckerstangen und Lamettaglanz …«, singt Luke, von Bing begleitet, und tritt langsam in mein Blickfeld.

»In meinem Zimmer ist ein Weihnachtsbaum«, spreche ich das Offensichtliche laut aus.

»Ich weiß. Ist das nicht toll? Ma wirft ja nie etwas weg. Der Dachboden ist der reinste Schrottplatz, aber zwischen all den Sachen habe ich das hier entdeckt. Sieh mal, den Schmuck haben Peter, du und ich gemacht. Du warst damals ungefähr sechs. Weißt du noch? Mann, ich war ganz scharf darauf, zusammen mit euch diese Dinger zu basteln. Glitzer, Watte-bällchen und Farbe. Lass uns bald mal wieder zusammen basteln.«

Ich schaffe es kaum, mit ihm Schritt zu halten. Redet er zu schnell oder denke ich zu langsam?

»Aber wieso steht hier ein Weihnachtsbaum?« Ich setze mich auf und schaue mich im Zimmer um. Alles andere sieht ganz normal aus. Meine Fische schwimmen immer noch im Aquarium, meine Tasche wartet immer noch darauf, für die Reise zu Granny gepackt zu werden.

Meine Börse liegt immer noch neben dem Bett auf dem Fußboden. Nachdem Luke sie fallen gelassen hatte, überprüfte ich den Inhalt und legte die Börse wieder zurück. Die zwei Zwanziger und der Zehner, den ich aus meinem Geldbeutel genommen und in die Schublade mit den Socken gelegt habe, werden hoffentlich ebenfalls noch da sein.

»Einfach so. Wir feiern Weihnachten. Um die verpassten Jahre nachzuholen. Also. Frohe Weihnachten.« Luke drückt mir eine kleine Schachtel in die Hand. Sie ist in Goldpapier eingewickelt und mit einer vorgefertigten roten Schleife verziert, die aus Moms Vorrat stammt.

Eine Halskette. Mit einem Silbermedaillon, allerdings ohne Inschrift. Ein glattes Oval aus Edelmetall.

»Mach es auf.«

In dem Medaillon befindet sich eine kleine Fotografie, auf der Luke als Junge zu sehen ist, wie er Baby Clare im Arm hält.

»Das sind wir beide, Piepmatz. An deinem allerersten Neujahr. Direkt nachdem Ma dich vom Krankenhaus mit nach Hause gebracht hat. Du warst ungefähr so groß wie ein Fußball.« Luke sieht so unglaublich jung aus. »Ma hat darauf bestanden, dass ich diese bescheuerte rote Hose anziehe. Oh, und nachdem wir dieses Foto geschossen hatten, hast du mich von oben bis unten vollgespuckt. Ma sagte: ›Ach, Clare-Bär, warum hast du das gemacht? Hoffentlich ist wenigstens ein gutes Foto dabei herausgekommen.‹ Und dieses eine gute Foto ist das hier.« Luke redet wie ein Wasserfall. Ich habe Angst, ihm in die Augen zu schauen. Angst davor, dass sie blutunterlaufen sind. Angst, seinen Atem zu riechen. Ich will diesen Moment nicht zerstören, deshalb sage ich mir, dass er einfach nur aufgeregt und glücklich ist und keine Drogen im Spiel sind.

»Und? Gefällt's dir? Das Medaillon mit dem Foto? Ich kann so was nicht besonders gut. Ich meine, ich habe nicht sehr viel Erfahrung im Schenken.«

Mein Herz zerspringt fast – wie kann Luke auch nur einen Augenblick lang glauben, es könnte mir nicht gefallen?

»Es ist das schönste Geschenk aller Zeiten. Ich liebe es. Wie kommst du auf die Idee, du wärst nicht gut im Schenken?« Ich deute auf die Holzschatulle. »Die ist für meine Schätze. Schau hinein.«

Behutsam streicht Luke über die glatten Kanten, bevor er vorsichtig den Deckel öffnet. Zögernd greift er hinein und holt nacheinander alle Briefe heraus. Bing Crosby und sein Chor singen inzwischen »I'll Be Home for Christmas« und verleihen dem Augenblick eine bittersüße Note.

»Du hast sie aufbewahrt? Alle meine Briefe?« Seine Stimme scheint von ganz weit her zu kommen.

»Ja, alle.« Ich wische mir mit dem Kissen über die Augen und befehle ihnen, keine weiteren Tränen zuzulassen.

»If only in my dreams …« Bings Stimme hilft dabei nicht unbedingt.

Luke räuspert sich und sagt: «Das ist cool, Piepmatz. Ganz ehrlich.«

Er stellt die Schatulle wieder in das Bücherregal zurück und wirft einen Blick auf die Uhr neben meinem Bett. »Oh, ich muss vor unserer Abreise noch einmal kurz auf der Baustelle vorbeischauen. Ich will Bescheid geben, wann ich wieder zurückkomme, damit sie mich im Hinterkopf behalten. Ich schätze, Weihnachten ist vorbei und kommt erst wieder im Dezember, was?«

»Danke, Luke. Das war sehr lieb von dir«, sage ich.

»Schon okay.« Er winkt kurz und geht hinaus.

Ich klappe das Medaillon auf. Blinzle, um das Foto besser erkennen zu können. Luke hatte offensichtlich Spaß daran, mich im Arm zu halten. Und ich habe mich zufrieden an ihn geschmiegt.

Am liebsten würde ich den ganzen Tag im Bett verbringen und so tun, als wäre Weihnachten. Dann würde ich in meinem Schlafanzug bleiben, mich unter die Decke verkriechen und ein Buch lesen. Ohne Pflichten und ohne Sorgen. Aber es ist Juli. Mein letzter Tag in meinem Sommerjob. Chris' letzte Gelegenheit, um mit meiner Hilfe die Schwimmprüfung zu bestehen, bevor ich abreise. Inzwischen hat er fünf Unterrichtsstunden absolviert und macht gute Fortschritte.

Chris lächelt und springt auf, als er mich kommen sieht.

Es gibt zwei Arten, in den eisigen, schneewasserfrostigen See zu gehen. Entweder man stakst auf Zehenspitzen hinein, kreischt bei jedem Schritt: »Ist das kalt!« und hält den Atem an, während man langsam immer tiefer ins Wasser eintaucht. Oder man hüpft mit einem Satz hinein, ohne lange zu überlegen, wie eisig es sein wird. Nach ein paar Sekunden hat man den Schock überwunden, indem man Körper und Geist einschärft, dass das Wasser ja eigentlich gar nicht so frisch ist. Man fängt an, Arme und Beine zu bewegen, um das warme Blut durch die Adern zu pumpen, und spürt, wie die Sonnenstrahlen durchs Wasser dringen.

»Auf drei.« Chris und ich halten uns an den Händen. Unsere Zehen krallen sich um die Betonkante. Wir werden an einer Stelle in den See springen, wo das Wasser mir bis zur Hüfte und Chris bis zur Brust reicht.

»Eins«, fange ich an zu zählen.

»Mann, das Wasser wird kalt sein!«, sagt Chris.

»Zwei«, sage ich.

»Und drei!«

Schock. Brrr! Sonne. Gar nicht mal so schlimm.

In den vergangenen Wochen habe ich viel über Chris gelernt. Er ist weder der Rabauke, für den ich ihn gehalten habe, noch der lästige Bruder, der Mandy schrecklich auf die Nerven geht, und erst recht nicht der überdrehte Störenfried, der nicht in Lucilles perfekte Welt einer heilen kleinen Familie passt. Die erste Schwimmstunde war allerdings eine Katastrophe. Er verweigerte sich allem. Aber kaum hatte er Vertrauen gefasst, strengte er sich richtig an.

Seither frage ich mich, ob Luke als Kind vielleicht wie Chris gewesen ist und man seine Fähigkeiten ignoriert hat, weil es immer nur darum ging, was er angestellt hatte. Chris ist wirklich lernbegierig und ich bemühe mich sehr, ihm etwas beizubringen. Ich möchte diejenige sein, die ihn dazu bringt, sich selbst zu motivieren.

»Beweg die Beine, dann wird dir warm.« Ich schiebe ein Schwimmbrett hin zu ihm. »Mehr aus der Hüfte und nicht so sehr aus den Knien. Schon besser. Das machst du sehr gut.« Nachdem er sich aufgewärmt hat, fangen wir mit der Schwimmprüfung an. Er springt vom Sprungbrett ins Tiefe und tritt Wasser. Nach etwa drei Minuten schwimmt er Richtung Insel. Ich mache seitliche Schwimmzüge und bleibe immer neben ihm.

Seine Kraultechnik ist noch sehr verbesserungsbedürftig, und auch beim Brustschwimmen stellt er sich nicht besonders geschickt an. Er verschwendet zu viel Energie, aber wenigstens schwimmt er. Mehr oder weniger. Als wir schließlich die Insel erreichen, stemmt er sich mühsam aus dem Wasser und bleibt erschöpft liegen. Jetzt auch noch zurückzuschwimmen, dafür fehlt ihm die Kraft.

»Das hast du toll gemacht, Chris«, lobe ich ihn, während er sich ausruht. Bedauernd füge ich hinzu: »Ich wünschte, ich hätte mehr Zeit. Nur noch eine Woche, dann könnten wir deine Technik so weit verbessern, dass du garantiert die Prüfung bestehst.«

Er zuckt mit den Schultern, aber seine Enttäuschung ist ihm anzumerken.

Er verspricht, während meiner Abwesenheit weiterzuüben, und ich zeige ihm noch ein paar Schwimmzüge, die er bis zu meiner Rückkehr ausprobieren kann.

»Hör mal, Chris«, sage ich und blicke ihm fest in die Augen. »Du kannst es mir ruhig sagen, wenn du irgendwie Hilfe brauchst, okay? Abgesehen vom Schwimmen, meine ich. Egal, was es ist.«

Er verzieht das Gesicht, unentschlossen, ob er sich mir anvertrauen soll oder nicht, als genau in diesem Augenblick Lucille vom Ufer aus ruft und sein blaues Handtuch hochhält. Und schon ist der Moment der Vertrautheit wieder vorbei.

»Danke«, sagt Chris.

Auf dem Rückweg versuche ich, mir einzureden, dass der Besuch bei Granny im Handumdrehen vorüber ist und der Sommer noch lange genug dauern wird, um Chris das Schwimmen beizubringen. Ich muss ganz fest daran glauben, weil ich Chris auf keinen Fall im Stich lassen will.

30
Ganz allein

Damals, mit dreizehn

Zwei Unterrichtsstunden. Das war alles. Eine von Luke, in der ich gelernt habe, wie man auf dem Wasser treibt. Eine von Peter, in der er mir die Schwimmzüge beigebracht hat.

Ein richtiger Schwimmunterricht kam nicht infrage – viel zu teuer. Und Dads Vorstellung von Schwimmunterricht beschränkte sich darauf, mich ins tiefe Wasser zu werfen und laut zu rufen: »Schwimm oder geh unter!« Mom hielt sich aus der Sache raus und führte als Entschuldigung an, dass sie sich vor dem Seewasser ekelte.

Drea zeigte mir, was ich tun musste, um die Schwimmprüfung zu bestehen: von einem Sprungbrett hüpfen, Wasser treten, zur Insel hin- und wieder zurückschwimmen. Ich beobachtete die anderen Kinder. Sie waren noch klein, drei oder vier Jahre jünger als ich, aber sie bestanden den Test und beherrschten die verschiedenen Techniken: Rücken, Kraul, Brust, seitlich schwimmen und sogar paddeln wie ein Hund.

Dann fing ich an zu üben. Drea feuerte mich an.

Im Juli bestand ich die Schwimmprüfung. Ganz allein.

Die Leute der Wasserwacht waren so beeindruckt von meiner Hartnäckigkeit, dass sie mir noch ein paar kostenlose Zusatzstunden gaben. Am Ende des Sommers schlugen sie mir vor, mich zur Junior-Aufsicht ausbilden zu lassen. Ich bewarb mich um finanzielle Unterstützung und absolvierte mit deren Hilfe die Ausbildung, die sogar ein Wiederbelebungstraining mit einschloss.

Im darauffolgenden Sommer war ich Mitglied der Junior-Wasserwacht und fasste den Entschluss, mit sechzehn zur Prüfung anzutreten, um eine offizielle Schwimmaufsicht am See zu werden. Ich setzte meinen Plan in die Tat um. Ganz allein.

31
Gefallen

Jetzt

»Hey, Piepmatz, kannst du mir einen Gefallen tun?« Luke steht an meiner Zimmertür. Ich habe alles, was ich für die kommenden Wochen brauche, in zwei nicht zueinander passende Reisetaschen, einen Rucksack und einen Beutel gepackt. Unser Flug geht um acht Uhr abends.

»Kommt darauf an, wie lange es dauert«, antworte ich und stopfe noch ein paar Wollknäuel in eine der Taschen. In letzter Minute habe ich mich dazu entschlossen, ausreichend Wolle mitzunehmen, um eine Decke und eine Beanie für Ryan zu stricken. »Ich will mich später noch mit Freunden treffen.«

»Du sollst mich nur schnell zu ein paar Geschäften fahren, damit ich verschiedene Sachen zurückbringen kann.« Erst als er das sagt, bemerke ich die drei Plastiktüten in seiner Hand.

»Wohin genau?«

»Resterampe, PC-Shop und Valerie's.«

Ich werfe einen Blick auf die Uhr. Es ist elf. Okay, noch genug Zeit. »Von mir aus. Solange ich um zwei wieder zu Hause bin.« Ich versenke einen großen Dosierapparat im Aquarium, damit meine Fische die nächsten vier Wochen genug zu fressen haben. Dann kontrolliere ich ein weiteres Mal die Pflegeanweisungen für Peter. »Gehen wir.«

Die Fahrt dauert fünfundvierzig Minuten und besteht aus belanglosem Geplauder. Luke fragt mich über die Schule und meine Freunde aus.

Wir biegen auf den Parkplatz der Resterampe ab. Luke öffnet einen kleinen schwarzen Organizer und blättert ihn aufmerksam durch. Seine Finger gleiten über ein Bündel Rechnungen, während er gleichzeitig in seine Einkaufstaschen späht und den Inhalt mit den auf den Rechnungen aufgelisteten Einkäufen vergleicht. Er nimmt mehrere Rechnungen heraus und lässt den Organizer auf den Boden fallen.

»Es dauert nur eine Sekunde. Warte hier.« Das ist kein Vorschlag, sondern ein Befehl und ich befolge ihn.

Vom Rücksitz aus linst Skel über meine Schulter.

»Was hast du hier zu suchen?«, frage ich ihn leise.

Er deutet auf den aufgeschlagenen Organizer auf der Fußmatte. Einige Rechnungen sind herausgerutscht. Ich beuge mich zum Beifahrersitz und sammle sie ein. Dabei fällt mir auf, dass sich in dem Organizer ein ganzer Stapel Rechnungen aus verschiedenen Geschäften befindet. Die Druckertinte darauf ist dunkel und neu.

Skels knochige Finger tipp, tipp, tippen auf das Ausstellungsdatum der Rechnung. 5. Juni. Zu der Zeit saß Luke noch im Gefängnis.

Ich schlage den Organizer zu.

»Vielleicht sollte ich mir an Luke ein Beispiel nehmen und besser Ordnung halten«, sage ich zu Skel, um das Thema zu wechseln. »Nie finde ich Rechnungen, wenn ich sie brauche.«

Frustriert streckt Skel die Arme nach mir aus.

»Was willst du denn? Es ist ja wohl kein Verbrechen, einen

Organizer zu haben.« Ich lege den Organizer wieder zurück. Skel beugt sich über den Sitz und schubst mich, sodass der Organizer erneut aufklappt und die Rechnungen herausflattern.

»Hör auf!«, schreie ich ihn an und sammle die Rechnungen schnell wieder ein. Es sind viele. Viel zu viele. Luke hatte gar nicht die Zeit, all das Zeug einzukaufen. Und das nötige Geld schon gleich gar nicht.

Als Luke zurückkommt, rücke ich den Organizer schnell wieder zurecht.

»Danke.« Luke gleitet auf den Beifahrersitz. »Noch zwei Stationen, dann haben wir's geschafft. Wir sind doch gut in der Zeit, oder?«

»Noch zwei Stationen?« Blick auf die Uhr. Kurz nach zwölf. Jede Menge Zeit. Skel schüttelt den Kopf. Er hat recht. Lukes Aktion mit den Rechnungen ergibt irgendwie keinen Sinn. Und ich möchte dabei nicht auch noch mitmachen.

»Ich weiß nicht recht. Ich will nicht zu spät kommen.«

Lukes Lächeln erlischt. »Ach komm schon, Piepmatz.« Er fährt sich mit den Fingern durchs Haar. »Es ist Mittag. Wir haben noch genügend Zeit. Ich muss die Sachen unbedingt zurückgeben, bevor wir heute Abend abfliegen.«

Ich lasse mich breitschlagen, zum nächsten Geschäft zu fahren. Luke steigt aus. Skel packt mich an den Schultern und schüttelt mich.

»Lass mich in Ruhe.« Ich schalte das Radio ein, schließe die Augen und singe den Text eines Liedes mit, das ich nicht gut kenne.

Ein letzter Halt noch. Ich ignoriere Skel, so gut ich kann.

»Das wär's. Wir sind fertig.« Luke steigt schnell wieder ein. »Ein Uhr. Du bist rechtzeitig zu Hause und hast sogar noch etwas Zeit.«

Er will ein Gespräch in Gang bringen, aber ich rufe übertrieben begeistert: »Ich *liebe* diesen Song!«, und drehe die Musik laut auf. Vielleicht ist alles ganz harmlos. Vielleicht überreagiere ich nur. Vielleicht auch nicht. Aber eines weiß ich genau: Ich will keine Sekunde länger darüber nachdenken. Er ist mein Bruder und ich liebe ihn. Das allein zählt. Das allein muss genügen.

32
Gebrochene Knochen

Damals, mit dreizehn

Als Mom im Krankenhaus eintraf, hielt ihre Sorge um mich höchstens eine Minute lang an. Sobald ihr klar wurde, dass keine Lebensgefahr bestand, sagte sie streng: »Raus mit der Sprache, junges Fräulein.«

Das Ganze war wieder einmal Peters Schuld.

Ich lag neben Drea im Gras, hatte meinen Lieblingsbikini an, mein Haar war noch nass von der letzten Runde durch den See und ich hörte Musik auf meinem iPod – na ja, genauer gesagt war es Peters iPod.

»Hey, Arschgesicht!« Peter stand plötzlich über mir, kaute mit offenem Mund Sonnenblumenkerne, hinter ihm seine Kumpels, die ebenfalls kauten und spuckten.

»Ich habe kein Wort davon gesagt, dass du ihn dir ausleihen kannst.« Er spuckte eine Schale aus, die prompt in der kleinen Schweißpfütze auf meinem Bauch landete. Verärgert wischte ich sie weg.

»Doch, das hast du.« Okay, vielleicht nicht unbedingt heute, aber bei anderer Gelegenheit.

»Das war gestern, Dumpfbacke«, sagte er.

»Heute Morgen warst du nicht da«, erwiderte ich.

»Her mit dem Ding.« Eine zweite Schale flog in meine Richtung.

»Hör auf, mich anzuspucken!« Ich sprang auf und stellte mich auf die Zehenspitzen, um auf Augenhöhe mit ihm zu sein.

»Ooooh. Du bist aber mutig«, spottete er höhnisch.

»Du brauchst ihn doch gar nicht. Musst du heute Nachmittag nicht arbeiten, Pizzajunge? Falls du den Job überhaupt noch hast.« Die Musik war wichtig, damit mein Tag perfekt war. Ich würde den iPod nicht kampflos aufgeben.

»Er gehört mir und ich will ihn wiederhaben«, sagte Peter und griff nach dem Gerät. Aber Drea war flinker. Noch während sie sich den iPod schnappte, setzte ich mich bereits in Bewegung. Sie reichte ihn sofort an mich weiter. Man hätte meinen können, wir hätten es vorher geplant, so schnell ging alles.

»Miststück!«, rief Peter.

Ich rannte los, quer über die Wiese, hüpfte über Klassenkameraden, die auf ihren Badetüchern dösten, mitten hindurch zwischen Picknicks und Barbecues. Irgendjemand protestierte lautstark.

»Hey! Pass doch auf!« Aus dem Augenwinkel sah ich, dass Skel neben mir herrannte. Mal ließ er eine Wasserflasche von einem Picknick mitgehen, mal ein Hühnerbein von einem Grill – und rief auf diese Weise allen, auch mir, in Erinnerung, dass Peter und ich Lukes Geschwister waren.

Peter kam immer näher.

Ich schlug einen Haken. Rannte den Hügel hinunter. Plötzlich griff Peter blitzschnell nach dem iPod und versetzte mir einen Stoß in den Rücken. Ich sah die Steinstufen vor mir und wusste im selben Moment, dass es keine Chance auf eine weiche Landung gab.

Alle um mich herum hörten das laute Krachen.

Ein Knochen ragte aus meinem Unterarm. Und überall war Blut. So viel Blut. Das Letzte, was ich wahrnahm, war Dreas Hilfeschrei. Danach beschloss ich, das Bewusstsein zu verlieren.

Dann kam der Krankenwagen. Das Krankenhaus. Die Operation. Eine Metallplatte und Schrauben. Mein Arm musste genäht werden und ich bekam einen Gips verpasst. Auch die Stirn wurde genäht. »Zersplittert«, so lautete die Beschreibung meines verletzten Unterarms.

Mom strich mir übers Haar und sagte: »Du hast Glück, dass es nur ein gebrochener Arm ist und du bald wieder gesund sein wirst.« Dann verschränkte sie die Arme und sagte verärgert: »Hast du eine Ahnung, was so eine Behandlung kostet? Warum kannst du nicht die Finger von den Sachen deines Bruders lassen?« Als ich keine Antwort gab, herrschte sie mich an: »Ich warte auf eine Erklärung, junges Fräulein.«

Ich sah Skel zwar nicht, aber ich hörte – *klapper, klapper, klapper!* – seine Knochen.

Peter stand mit geröteten Augen und verquollenem Gesicht hinter Mom. Als sie hinausging, um sich einen Kaffee zu holen, setzte er sich auf meine Bettkante. »Es tut mir leid, Clare. Das wollte ich nicht«, sagte er besorgt. »Ich wollte es wirklich nicht. Es tut mir so leid.«

33
Mit eigenen Augen

Jetzt

Grannys brüchige, baufällige Scheune streckt sich zum Himmel und wartet darauf, gerettet zu werden. Wohin man blickt, wuchert Unkraut, Grandpas verrosteter Traktor ist in dem mannshohen Wildwuchs gerade noch zu erkennen. Warum will Granny den alten Kasten überhaupt noch reparieren? Wäre es nicht sinnvoller, ihn einzureißen?

»Wir tragen alles, was brennbar ist, zu einem Haufen zusammen«, sagt Mom und wirft einen kaputten Reifen in die Mitte, um die Stelle zu markieren. »Dann zünden wir ihn an.«

»Wie bitte?«, frage ich und denke: Schon mal was von Luftverschmutzung gehört? »Wir können das Zeug doch nicht einfach verbrennen.«

Mom sieht mich ungeduldig an. »Doch, das können wir. Die Gesetze von Tennessee erlauben es. Was die alten Autos angeht, vielleicht können wir einen Abschleppwagen beauftragen, damit er die Fahrzeuge abholt und ausschlachtet. Also, ich gehe jetzt ins Haus, um ein paar Telefonate zu führen und um Granny Gesellschaft zu leisten.«

Als ich mich bei Luke darüber beschweren will, dass wir bei

dieser Affenhitze und einer Luftfeuchtigkeit von neunzig Prozent schuften müssen, merke ich, dass er schon bei der Arbeit ist und mit der Motorsense Unkraut mäht. Unbekümmert marschiert er durch ein Meer aus hohen Grashalmen, als gäbe es weder Schlangen noch rote Ameisen, weder Ratten noch Mäuse.

»Hey, Piepmatz«, sagt Luke und schaltet die Motorsense aus, »wir machen es so: Ich mähe das Unkraut und du wirfst es auf einen Haufen. Sei vorsichtig. Peter ist hier schon einmal in einen Bienenstock getreten. Danach sah er aus wie ein Kugelfisch.« Luke lacht bei der Erinnerung.

»Was ist mit Schlangen? Und Ratten?«, frage ich und beäuge misstrauisch das Dickicht.

»Halte einfach die Augen offen. Ich möchte nicht, dass dir etwas passiert.« Luke schaltet die Motorsense wieder ein. »IM NOTFALL BRÜLLST DU GANZ LAUT, DAMIT ICH DICH HÖRE.«

Na, da bin ich aber beruhigt. Ich nehme einen großen Armvoll Gartenschnitt und bin insgeheim froh, dass Mom mich gezwungen hat, ein langärmeliges Oberteil, eine lange Hose und Handschuhe anzuziehen. Nach und nach wächst unser Abfallscheiterhaufen zu einem Berg an. Wir stoßen auf verrottete Bretter, einen verrosteten Haken, platte Reifen und einen Sack mit alten Murmeln, die zwar schmutzig und verschrammt, aber noch ganz sind. Luke legt die Motorsense beiseite, um mir beim Einsammeln zu helfen. Die Sonne steht schon tief. Mein Rücken brennt, wenn ich mich aufrichte, und meine Arme jucken, obwohl ich lange Ärmel trage.

»Ein ordentlicher Haufen, Piepmatz. Bist du auch so müde wie ich?« Luke wirft noch mehrere Armvoll Grünschnitt auf den Riesenhaufen, und das war's dann für heute.

Nach dem Abendessen beschließt er, in die Billard-Bar zu gehen.

Granny blickt von ihrem halb gegessenen Stück Beerenkuchen auf. »Du gehst ins Albert's? Nimm doch Clare mit. Ihr habt euch beide etwas Ablenkung verdient.« Energisch fügt sie hinzu: »Na los, geht nur. Ich übernehme den Abwasch.«

Ich bin so müde, dass ich meine Gabel kaum halten kann, aber wenigstens darf ich den Abend mit Luke in einer Bar verbringen, statt Geschirr abzuwaschen und Halma spielen zu müssen.

Wir betreten die Bar durch die Hintertür, wo stinkende Abfalltonnen stehen und grüne Glasscherben auf dem Boden liegen. Drinnen ist es düster, nur die vier im Raum verteilten Pool-Tische sind von kleinen Lämpchen angeleuchtet. Ansonsten sorgen Neonschilder mit der Aufschrift BUDWEISER, HEINEKEN, GUINNESS und den Namen anderer Biersorten sowie eine Tresen-Lichterkette mit roten Chilischoten-Lämpchen für eine matte Beleuchtung. Luke wählt einen Tisch und besorgt an der Theke etwas zu trinken. Zusammen mit dem Barkeeper sind insgesamt nur acht Leute da.

Ich hole mein Handy hervor. Endlich! Voller Empfang. Bei meiner Großmutter war keine Verbindung möglich.

In Pool-Bar mit Luke, texte ich Drea. *3 Normalos. Sonst nur Loser-Typen. Stell dir die Nacht der Lebenden Toten (1968er-Version) vor.*

Luke redet mit dem Barkeeper, dessen schimmernde Glatze von dem beleuchteten Heineken-Schild hinter ihm in ein grünes Licht getaucht ist. Ich verstehe kein Wort, weil der alte Rocksong, der aus der Jukebox in der Ecke dröhnt, alles andere übertönt. Eine dürre Frau gesellt sich zu Luke, lehnt sich zu ihm an den Tresen. Sie hat lange, orange gefärbte Haare, die an den Wurzeln fast schon fünf Zentimeter braun nachgewachsen sind.

Frau baggert Luke an. Frage mich, wann die zum letzten Mal geduscht hat. Keine Antwort von Drea. Deprimierend. Vielleicht sollte ich ihr schreiben, dass ich bei Granny nicht texten kann. Ich tippe die SMS und schicke sie auch gleich noch an Omar. Er schreibt zurück: *Lass dir von den Zombies nicht das Hirn wegfressen.*

Die Leuchtglatze stellt Luke die Getränke hin. Aber Luke unterhält sich noch ein paar Minuten lang mit der Frau, bevor sie zu ihren drei Zombie-Freunden zurückkehrt, die an einem Pool-Tisch in unserer Nähe ein Spiel laufen haben.

Endlich bringt Luke die Getränke, für mich eine Cola, für sich selbst ein Coors. Er reicht mir einen Queue und wir spielen Pool. Genauer gesagt, versuche ich, Pool zu spielen, und werde von Luke jedes Mal vernichtend geschlagen. Er bemüht sich, mir etwas beizubringen, und behauptet, dass ich mit meinem Einser in Geometrie es doch eigentlich können müsste. Aber sobald ich mich aufs Ziel konzentriere, verliere ich das Gefühl für den Stock und bin viel zu langsam. Mangelnde Übung lässt sich durch Mathe-Kenntnisse leider nicht wettmachen. Trotzdem macht es Spaß. Es ist schön, mit Luke unterwegs zu sein, ohne Skel im Schlepptau und ohne die forschenden Blicke, die uns zu Hause auf Schritt und Tritt begleiten. Ich bin total entspannt, und irgendwie gefallen mir sogar die kitschige Einrichtung und die bunt zusammengewürfelten Songs, die ich nicht kenne.

Luke holt sich ein zweites Coors und für mich noch eine Cola. Das Koffein tut seine Wirkung und ich bin nicht mehr ganz so müde. Die Frau mit den orangefarbenen Haaren stellt sich wieder zu Luke an den Tresen. Sie sagt etwas. Beide lachen. Luke winkt den anderen Zombies mit ihren fettigen Haaren und den eingefallenen Wangen. Sie heben die Gläser und prosten ihm zu. Warum kann er nicht mit den drei normal aussehenden Gästen Bekanntschaft schließen, die in der Ecke Darts werfen?

Dann ist Sperrstunde. Während ich Grandpas Truck aus dem Parkplatz fahre, hängen Lukes neue Freunde bei den Müllcontainern herum. Ich bin mir ziemlich sicher, dass Geldscheine den Besitzer wechseln. Ich blicke hinüber zu Luke auf dem Beifahrersitz. Er hat die Augen geschlossen. Mom hat ihn hergebracht, um ihn von Dan fernzuhalten und damit er arbeitet. Aber womöglich nützt das alles nichts. Wahrscheinlich weiß Luke, wo er Leute wie Dan findet, egal, in welcher Stadt und an welchem Ort er ist. Aber jetzt in diesem Augenblick ist er hier bei mir und wir sind auf dem Nachhauseweg zu Granny. Er hat ein paar Bier getrunken, mehr aber auch nicht.

»Ich glaube, es ist besser, du machst dich mit dem Hausputz nützlich«, sagt Mom, nachdem sie mir am zweiten Tag bei der Arbeit zugesehen hat. »Hier draußen hast du nicht sehr viel geschafft.« Wow. Danke, Mom. Das ist total nett von dir. Und der beste Ansporn für deine Tochter, die kurz vor dem Hitzschlag steht.

Zumindest kann ich im Haus bleiben, wo es ein paar Grad kühler ist. Am Nachmittag kommt Post von Dad. Lukes Führerschein ist da. Nach dem Abendessen macht Luke sich auf zum Big Boot Salon, während seine Unter-einundzwanzig-Schwester zu Hause versauert und Halma gegen Granny und Mom spielt. Mom gewinnt. Granny ist Zweite. Nachdem ich zweimal hintereinander verloren habe, ziehe ich mich auf mein Zimmer zurück und stricke an Ryans Beanie weiter, bis ich so müde bin, dass ich kaum noch die Augen offen halten kann. Gegen ein Uhr nachts höre ich, wie Luke auf Zehenspitzen durchs Zimmer zu seinem Bett schleicht.

Am nächsten Morgen ist er schon früh wach und brüht in der Küche den Kaffee auf. Mom hat heute eine neue Aufgabe für ihn. Durchs Fenster sehe ich, wie Luke mit einem vom Baumarkt geliehenen Sandstrahler die abblätternde Farbe von der Scheune wegsprengt.

Als er am Abend ins Haus kommt, ist er so staubig, dass er aussieht wie ein paniertes Hühnchen. Nach einer heißen Dusche ist er bester Laune. Er bleibt zu Hause und schlägt uns alle im Halma.

* * *

Nach ein paar Tagen kenne ich Grannys Tagesablauf in- und auswendig. Es ist drei Uhr nachmittags. Granny hält ein Nickerchen. Mom ist unterwegs und trifft sich mit Immobilienmaklern. Und ich schrubbe die Toilette und überlege, ob das Hühnchen fürs Abendessen reicht. Es ist erbärmlich. Ich komme mir vor wie eine Hausfrau aus den Fünfzigern. Wenn Omar und Chase mich so sähen, hätten sie genug Lästerstoff fürs ganze nächste Schuljahr.

Ich mache die Toilettenbürste sauber, werfe sie unters Waschbecken, ziehe die Putzhandschuhe aus und gehe in die Küche.

Luke hält in der einen Hand Grannys Kaffeedose und mit der anderen fischt er Geldscheine heraus.

»Luke?« Ich spüre, wie Skel den Raum betritt. Spüre, wie er hinter mir steht.

»Hey, Clare. Ähm, Piepmatz. Brauchst du irgendwas aus dem Laden? Granny hat mich gebeten, Mehl zu besorgen.«

Vor zwei Tagen habe ich Mehl gekauft. Ich mache die Schranktür auf und deute auf den großen Sack, der so voll ist, dass er fast überquillt.

»Da hat sie wohl etwas durcheinandergebracht, denn ich habe erst vor Kurzem Mehl gekauft.« Skel greift nach der fast leeren Zuckertüte neben dem Mehl und schüttelt sie. Ich entscheide mich zu Lukes Gunsten. »Vielleicht hat sie Zucker gemeint. Sieht aus, als bräuchten wir welchen.«

Luke stimmt mir sofort zu. »Okay. Dann besorge ich Zucker. Sonst noch was?«

»Könntest du für heute Abend noch ein Hühnchen mitbringen? Und, Luke …« Ich deute auf die Kaffeedose, »nimm nicht das Geld aus der Dose. Das ist Grannys Notration.« Ich ziehe die Schublade neben dem Spülbecken auf, nehme einen Zehn-Dollar-Schein heraus und lasse den Fünfer drin. Das Hühnchen wird etwa fünf oder sechs Dollar kosten, der Zucker zwei. Ich reiche ihm den Geldschein.

Luke legt das andere Geld wieder zurück in die Kaffeedose und nimmt den Zehner. Dann schnappt er sich die Autoschlüssel vom Haken neben der Tür. »Ich glaube, der Truck muss getankt werden«, sagt er und nimmt die letzten fünf Dollar aus der Schublade.

Erst gestern waren wir gemeinsam beim Tanken, auf unserem Rückweg vom Baumarkt. Ich beiße mir auf die Lippe.

Als er mit dem alten Wagen den Feldweg entlangrattert, sehe ich in Grannys Kaffeedose nach. Es sind nur noch hundertsiebenunddreißig Dollar übrig. Gleich nach unserer Ankunft haben Mom und ich das Geld gezählt. Da waren es noch sechshundertsieben Dollar. Ich wünschte, Granny hätte das Geld auf die Bank getan, statt es in dieser blöden Kaffeedose aufzubewahren. Ich schließe die Augen, damit ich Skel nicht anschauen muss, und hoffe, dass er weg ist, wenn ich sie wieder aufmache.

»Vielleicht hat Granny ihn ja tatsächlich gebeten, ins Lebensmittelgeschäft zu gehen«, sage ich mit zusammengekniffenen Augen zu Skel. »Vielleicht hat er das Geld gar nicht gestohlen.«

Vielleicht aber doch.

Sehr wahrscheinlich sogar.

Soll ich es Granny sagen? Nein, nicht Granny. Und Mom? Das Einzige, worin wir beide übereinstimmen, ist unsere unerschütterliche Liebe zu Luke. Unser Wille, ihm eine zweite Chance zu geben. Ihm zu vertrauen. Ich überlege, ob ich mit ihr sprechen soll, auch um ihren Rat einzuholen. Aber dann entscheide ich mich dagegen. Sie würde behaupten, ich hätte mich geirrt. Oder noch schlimmer, sie würde es mir in die Schuhe schieben. Sie würde es so hindrehen, dass die Sache mit dem fehlenden Geld meine Schuld ist. Besser, ich halte den Mund.

* * *

Wir warten auf Luke. Normalerweise achtet er immer auf seine Werkzeuge und räumt sie weg, wenn er seine Arbeit erledigt hat. Jetzt steht sein offener Werkzeugkasten draußen vor der Scheune, obwohl die Sonne bereits untergeht. Es ist schon fast Essenszeit, deshalb beschließe ich, Pasta statt Hühnchen zuzubereiten. Luke verpasst auch noch das Abendessen.

Mom geht schlafen, aber Granny und ich bleiben noch wach. Unsere Stricknadeln klicken im Gleichklang – sie macht eine Decke für die Urenkelin einer Freundin, ich stricke Beanies. Wir reden über unsere Handarbeiten und vermeiden das Thema, das in unseren Köpfen herumspukt: Luke. Gegen elf Uhr steht Granny auf.

»Ich lege mich aufs Ohr, Clare«, sagt sie. »Du musst nicht aufbleiben und auf ihn warten, mein Schatz.«

»Nur noch ein kleines bisschen …«, fange ich an.

»Clare.« Granny setzt sich neben mich. »Ich habe nächtelang auf dieser Couch verbracht und auf deinen Großvater gewartet. Dein Bruder kämpft gegen die Dämonen des Alkohols. Vielleicht geht er nüchtern aus dieser Schlacht hervor. Vielleicht auch erst, nachdem er etwas getan hat, was er für den Rest seines Lebens bereut. Vielleicht auch nie. Aber eines kann ich dir sagen: Auf der Couch zu sitzen und zu warten, ist reine Zeitverschwendung.«

»Granny?« Ich starre sie mit offenem Mund an. »Ich hatte keine Ahnung, dass Grandpa …«

»Ich hänge es nicht an die große Glocke. Als du geboren wurdest, hatte er das längst hinter sich. Meine Güte, ich habe seit über dreißig Jahren nicht mehr mit Wein gekocht.« Sie tätschelt mein Knie und stützt sich beim Aufstehen auf die Armlehne.

»Geh schlafen. Die Tür anzustarren bringt ihn auch nicht schneller nach Hause.«

Am Fuß der Treppe hole ich tief Luft und halte den Atem ein paar Sekunden lang an, bevor ich wieder ausatme. Es ist albern. Ich weiß, dass es albern ist. Trotzdem kriege ich jedes Mal eine Gänsehaut, wenn ich die Stufen hinaufsteige. Ich bin der feige Löwe. Ich glaube an Gespenster. Ich glaube an Gespenster. Ich wünschte, ich könnte mich auf magische Weise in Luft auflösen und in meinem Schlafzimmer wieder auftauchen. Aber das kann ich nicht. Also halte ich den Atem an und renne, so schnell mich meine Beine tragen, die Treppe hinauf.

Ich bleibe noch lange wach, liege im Bett und tue so, als würde ich lesen, auch wenn ich in Wahrheit lausche, lausche, lausche. Granny hat recht. Sich Sorgen zu machen, bringt Luke auch nicht schneller nach Hause. Ich stelle mir vor, wie sie und vielleicht sogar Mom auf der Couch sitzen und so tun, als würden sie Halma spielen, während sie darauf warten, dass Grandpa aus der Kneipe kommt. Ich überlege, wie er wohl in betrunkenem Zustand war. Zornig? Rücksichtslos? Albern? Angst einflößend? Mich überläuft ein Schauder und ich ziehe meine Decke hoch, als mir Grannys Worte wieder einfallen. »Vielleicht geht er nüchtern aus der Schlacht hervor. Vielleicht erst, nachdem er etwas getan hat, was er für den Rest seines Lebens bereut.«

Ich will nicht auf diese Weise an Grandpa denken, sondern daran, wie er mit seiner tiefen Stimme alte Kirchenlieder summt, während er irgendwelchen Krempel einschmilzt und etwas Neues daraus entstehen lässt. An seine wettergegerbten Hände, die mit der Bürste den Rücken einer Kuh striegeln. An seine kräftige, große Gestalt, gegen die der Traktor fast klein gewirkt hat. Spätabends saß er immer auf der Veranda vor dem Haus, rauchte eine Zigarette, blickte in den Himmel und nannte mir die Namen der verschiedenen Sternenkonstellationen. Anders will ich ihn mir einfach nicht vorstellen. So wie ich auch bei Luke nur die guten Erinnerungen im Gedächtnis behalten will.

Luke. Zum Teil ist es meine Schuld. Wenn ich ihm gesagt hätte, dass wir keine Einkäufe brauchen, dann läge er jetzt vielleicht in seinem Bett.

Spät in der Nacht wache ich vom Geräusch des über die

Auffahrt ratternden Trucks auf. Durchs Giebelfenster sehe ich, wie Luke vom Fahrersitz kippt und aus dem Wagen fällt. In der Hand hält er eine Tüte mit Zucker. Er stolpert die drei Stufen zur Hintertür herauf. Die Hand mit dem Hausschlüssel schwingt vor und zurück, auf und ab, in kleinen Kreisen. Nach mehreren erfolglosen Versuchen gleitet der Schlüssel ins Schloss. Luke ist sturzbetrunken. Ich bin versucht, nach unten zu rennen und ihn anzuschreien. Aber die Bilder von dem zerborstenen Fenster und der Blutspur hindern mich daran. Ich schalte mein Nachtlicht ein, nehme ein Buch in die Hand und versuche, mich auf die Wörter zu konzentrieren und an nichts anderes zu denken. Als ich zu müde bin, um weiterzulesen, lege ich mich auf den Rücken und starre zur Tür.

Er kommt nicht nach oben in unser Zimmer. Irgendwann schlafe ich ein.

Am Morgen entdecke ich Luke auf der Couch, in Straßenkleidern, mit Schuhen. Er schnarcht furchtbar laut. Der Geruch von Urin, Bier und etwas Saurem hängt im Wohnzimmer.

Auf der Küchenanrichte steht die Tüte mit Zucker. Daneben liegt das Wechselgeld. Ein Dollar, mehr nicht. Und kein Hühnchen. Ein Blick auf die Benzinanzeige des Trucks verrät mir, dass er wenigstens getankt hat. Als ich ins Wohnzimmer zurückkehre, stehen Mom, Granny und Skel neben der Couch und blicken vorsichtig über die Lehne. Es sieht aus, als würden sie über einen Klippengrat in den Abgrund spähen.

Granny sagt: »Wir müssen für ihn beten.«

Skel versetzt Luke einen Schubs.

»Soll ich ihn aufwecken?« Ich will helfen. Immerhin habe ich zugelassen, dass er das Geld nimmt. Ich habe es ihm sogar selbst gegeben. Es wäre besser gewesen, wenn ich ihn in die Scheune geschickt hätte statt zum Einkaufen. Aber ich wollte ihm so gerne glauben. Ich wollte, dass er mit einem vollen Tank zurückkommt. Mit einer Tüte Zucker und einem Hühnchen und dem Wechselgeld. Ich wollte von ihm einen Beweis, dass er es nicht wieder verbockt.

»Nein«, hält Mom mich zurück. »Lass ihn seinen Rausch ausschlafen.«

Ich will aber, dass er aufsteht. Um zu beweisen, dass es nicht noch einmal passiert. Nicht uns gegenüber. Ich beuge mich vor, um ihn an der Schulter zu schütteln.

Mom packt meinen Arm und sagt streng: »Clare. Luke ist betrunken. Weck ihn besser nicht auf. Das ist gefährlich.« Dann wechselt sie das Thema. »Du hast dich sehr gut um Granny gekümmert. Aber heute könnte ich deine Hilfe beim Anstrich der Scheune gebrauchen.«

Die Farbe lässt sich gut auftragen, sie ist dick wie Honig und geschmeidig wie Öl. Luke hat seine Sache gut gemacht, als er gestern das Holz glatt gestrahlt hat. Wir richten uns nach dem Stand der Sonne, streichen immer nur die Schattenseite und wandern dabei von Westen nach Osten.

Als die Kirchenglocke Mittag schlägt, bringt Granny uns Sandwiches. An einem schattigen Plätzchen im Gras vertilgen wir schweigend unsere Mahlzeit und versuchen, nicht an die Bestie zu denken, die immer noch auf der Couch liegt und schläft.

Am Abend sammle ich den angefallenen Müll ein und trage ihn zu unserem Haufen. Die tiefer hinter die Felder sinkende Sonne scheint auf Moms Rücken, als sie sich bückt, um den Stapel an einer kleinen Ecke anzuzünden. Verblüfft beobachte ich, dass ihre Hand dabei zittert.

»So viel unnützes Zeug«, sagt sie leise. »Mein Vater hat

alle Dinge so lange verwendet, bis sie verrottet oder verrostet waren. Und selbst dann hat er sie noch aufbewahrt, in der Hoffnung, aus ihnen etwas Brauchbares zu machen.« Die kleine Flamme frisst sich durch das Zeitungspapier bis zu einem Holzstück und erfasst schon bald den ganzen Haufen.

Plötzlich legen sich zwei Hände auf meine Schultern. Luke.

Mom sieht ihn an, stumm, mit zusammengepresstem Kiefer, die Augen matt vor Erschöpfung.

»Ma, Piepmatz. Granny und ich haben Abendessen gemacht. Geht rein und esst was. Ich kümmere mich solange um das Feuer.«

Mom nickt und geht mit ruhigen, langsamen Schritten zur Hintertür.

»Luke, können wir reden?« Ich will eine Erklärung von ihm. Eine Entschuldigung.

»Worum geht's denn, Piepmatz?« Wie bitte? Als ob er das nicht wüsste.

»Wir haben uns heute Morgen Sorgen um dich gemacht«, fange ich an.

»Ach so, ja. Tut mir leid. Der gestrige Abend ist ein bisschen aus dem Ruder gelaufen. Ich habe in dem Laden zufällig einen Typen aus der Billard-Bar getroffen. Er hat mich auf eine Party eingeladen und ich habe die Zeit vergessen, das ist alles.« Luke legt den Arm um mich und spannt die Muskeln an. »Du brauchst dir keine Sorgen zu machen.«

»Aber ich mache mir Sorgen. Du hast so fest geschlafen, als würdest du nie wieder aufwachen.« Drogen können ein Koma auslösen. Er hätte im Schlaf an Erbrochenem ersticken können.

»Mir geht's gut, Clare. Mach dir keine Gedanken.« Er verschränkt die Arme vor der Brust.

»Ich kann nicht anders.«

»Lass es gut sein.« Plötzlich hat seine Stimme einen scharfen Unterton.

»Hey, weißt du, was? Vielleicht solltest du heute Abend bei uns bleiben, statt wegzugehen und dich mit deinen Freunden zu treffen.« Nur ein Vorschlag. Mehr nicht.

»Vielleicht solltest du mich jetzt besser allein lassen.« Er zündet eine Zigarette an und inhaliert tief, dann bläst er den Rauch aus, langsam und kontrolliert. Seine Augen haben einen harten Ausdruck angenommen. Hart, glasig und blutunterlaufen von der vergangenen Nacht.

»Ich hab dich lieb«, sage ich. Bitte hör mir zu, Luke. Bitte.

Stille.

Ich lasse ihn allein beim Feuer zurück.

Noch bevor wir mit dem Essen fertig sind, ist er verschwunden.

34
Mitleid wird ihn erlösen

Damals, mit vierzehn

Am Ende meines achten Schuljahrs besuchten wir mit meinem Englischkurs das Musical *Les Misérables*. Zuvor verkauften wir Schokoriegel, um mit dem Erlös die Eintrittskarten und die Busfahrt zum Theater zu bezahlen.

Ganz am Anfang des Stücks – war es die erste oder zweite Szene? – wurde die Hauptfigur aus dem Gefängnis entlassen, in das sie gesperrt worden war, weil sie für ihre Familie Brot gestohlen hatte. Das Publikum hatte Mitleid mit dem Mann. Weil seine Familie hungern musste. Weil er keinen anderen Ausweg sah, als zu stehlen. Weil er deshalb eine Gefängnisstrafe absitzen musste. Ich konnte das Mitgefühl der Zuschauer regelrecht spüren. Es war nicht fair. Konnte es wirklich ein Verbrechen sein, wenn man für seine hungrigen Kinder einen Laib Brot stahl?

Wieder auf freiem Fuß, fand er bei einem Kirchenmann Zuflucht, der ihn bei sich aufnahm, ihm zu essen gab und für ihn sorgte. Mitten in der Nacht bestahl der Protagonist den gütigen Mann. Er wurde bei der Tat ertappt. Doch als die Polizei ihn dem Bischof vorführte, verzichtete dieser nicht nur auf eine Anzeige, sondern schenkte ihm das Diebesgut und legte aus Barmherzigkeit sogar noch etwas drauf.

Von da an veränderte die Hauptfigur ihr Leben und machte eine Wandlung zum Helden durch. Er war durch Mitgefühl erlöst worden.

Noch lange nachdem wir das Theater verlassen hatten, sah ich die Szenen immer wieder vor meinem inneren Auge ablaufen und dachte darüber nach. Vielleicht brauchte Luke einfach nur mehr Mitleid. Vielleicht konnte ich ihm dieses Mitleid schenken und ihn dadurch erlösen.

35
Gute Aussichten für Tennessee?

Jetzt

Mitleid wird ihn erlösen. Dieser Gedanke bricht regelrecht über mich herein, als ich auf der Kirchenbank sitze und dem Priester zuhöre, der vom verlorenen Sohn und der Vergebung schwafelt. Es ist eines von Moms Lieblingsgleichnissen, vielleicht, weil es die unzähligen zweiten Chancen rechtfertigt, die sie Luke gewährt. Das Gleichnis endet damit, dass der Sohn, der das ganze Erbe verprasst hat, wieder mit offenen Armen empfangen wird. Aber ich wüsste gerne, was danach kommt. Wenn das Fest irgendwann vorbei ist. Leistet er den Rest seines Lebens harte Arbeit, ohne sich wieder in Schwierigkeiten zu bringen? Kann ihn die Barmherzigkeit seines Vaters wirklich erlösen? Oder hat der Vater ihm sein Vertrauen geschenkt, nur um dann festzustellen, dass der Sohn sich nicht geändert hat? Ich schaue zu Luke. In seinen Kakihosen und dem Hemd mit Kragen verschmilzt er mit den Reihen der Kirchenbesucher.

Bei seinem Anblick würde niemand darauf kommen, dass er eine Woche lang fast die ganze Nacht unterwegs war. Ich weiß nicht, wo er hingeht, und ich wünschte, es wäre mir egal.

Aber wenigstens steht er jeden Morgen mit uns auf und beginnt mit der Arbeit.

Ich rutsche unbehaglich auf der Kirchenbank hin und her. Noch drei Tage, dann fliegen wir nach Hause. Und dann?

Dann schicken wir Luke wieder direkt in die Arme von Dan.

Vom Rücksitz des Trucks sehe ich schon von Weitem die Scheune. Sie sieht richtig gut aus. Sie ragt hoch in den Himmel, hübsch steht sie da, ohne unter Bergen von Müll zu verschwinden oder von Unkraut überwuchert zu werden.

Der neue Anstrich leuchtet in der Sonne. Ich weiß, wie baufällig die Scheune immer noch ist – die Bretter ächzen im Wind, und keiner von uns hat sich auf den Heuboden gewagt, weil das den sicheren Tod bedeutet hätte. Aber immerhin findet sich jetzt vielleicht jemand, der die Arbeit an der Scheune weiterführt. Der bereit ist, ihr eine zweite Chance zu geben.

Eine Sekunde lang fühle ich mich glücklich. Ich bin stolz auf die Arbeit, die Luke, Mom und ich zusammen geschafft haben. Stolz darauf, dass wir etwas Sinnvolles geleistet haben. Aber dann unterbricht Luke meine Gedanken und seine Worte machen alles zunichte.

»Hey, Piepmatz. Ich habe mich entschieden, in Tennessee zu bleiben.«

»Was?« Er kommt nicht mit uns nach Hause? »Aber warum?«

»Ich habe in Chattanooga Kontakte für einen Job geknüpft. Der Typ, den ich kennengelernt habe, hat dort in der Nähe einen Bruder, bei dem ich auf der Couch pennen kann«, sagt Luke. »Sie brauchen einen Schweißer. Ich hatte Metallbau-Kurse, also stellen sie mich vielleicht ein. Ich wette, die Bezahlung ist gar nicht so übel.«

Meine Gefühle zersplittern in tausend Richtungen. Er will uns wieder verlassen? Dann ist keiner da, der ein Auge auf ihn hat. Niemand wird ihn von Alkohol und Drogen fernhalten und davor bewahren, noch tiefer in seine alten Gewohnheiten abzurutschen.

Gleichzeitig meldet sich eine egoistische Stimme in mir zu Wort. Ich bin fast ein wenig erleichtert. Und froh, dass er sich in Kalifornien bis zur Abreise von seiner besten Seite gezeigt hat. Er hat nichts angestellt, was Anlass zu Gerede gegeben hätte. Und wenn doch, dann hat er sich dabei nicht erwischen lassen.

»Hey, ich komme euch besuchen. An Erntedank und an Weihnachten«, verspricht Luke. »Ich melde mich, keine Sorge.«

* * *

Am nächsten Tag setzen Mom und ich Luke an der Bushaltestelle ab.

»Ich wünschte, Peter und dein Vater könnten hier sein«, sagt Mom und umarmt Luke. »Schade, dass wir nicht noch ein Familienfoto geschossen haben. Ich habe wohl einfach nicht damit gerechnet, dass du hier Wurzeln schlagen würdest.«

»Ehe du dich versiehst, bin ich wieder zu Hause«, sagt Luke. »Ich hab euch lieb, Leute.« Er drückt mich, dass mir die Luft wegbleibt. »Ich werde mich benehmen. Versprochen. Sobald ich eine Bleibe gefunden habe, schreibe ich euch oder rufe an.«

Ich umarme ihn ganz fest und ganz lange. Versuche, ihn mit allen Sinnen aufzunehmen – seine Arme um meine Schultern, seinen Geruch, den Klang seiner Stimme, seine hoffnungsvoll leuchtenden Augen. Ich unterdrücke ein Schluchzen und sage mir, dass ich ihn nicht zum letzten Mal sehe.

»Hey, Piepmatz. Nicht weinen.« Luke lässt mich wieder los. »Wir sehen uns an Thanksgiving. Ehrenwort.«

36
Luxus

Damals, mit vierzehn

Als ich vierzehn war, beschlossen die Gemeindefrauen, nach der Weihnachtsmesse Familienfotos der Kirchenmitglieder machen zu lassen. Sie dachten, dass diese Aktion an Weihnachten besonders gut ankäme, da so gut wie alle die Morgenmesse besuchen und in ihrer festlichen Kleidung fein herausgeputzt sein würden.

Mom, Dad, Peter und ich reihten uns in die lange Schlange vor dem Kirchenportal ein und warteten in der eisigen Kälte, während der Fotograf die Familien nacheinander vor den Weihnachtssternen postierte, die als Blumenschmuck um den Altar arrangiert waren.

»Okay, in einer Reihe aufstellen. Und jetzt bitte in die Kamera schauen. Eins. Zwei. Drei. Danke schön. Die Nächsten, bitte.«

Die Jordans standen vor uns in der Reihe – die ganze Familie samt Großeltern, die aus New York und Florida zu Besuch gekommen waren.

»Ist es nicht wundervoll, wenn an Weihnachten die Familie vereint ist?«, sagte Lucille überschwänglich zu Mom.

»Ja, Sie können sich sehr glücklich schätzen«, antwortete Mom höflich.

Ich war mir nicht sicher, ob Lucille wirklich so blind war oder nur besonders gemein sein wollte. »Welche Familie?«, hätte ich am liebsten gefragt. »Ich kann hier nirgends meinen ältesten Bruder sehen. Gehen Sie, und freuen Sie sich über Ihre perfekte Familie, aber bitte nicht hier.«

Die unterschwellige Spannung wurde immer unerträglicher, während wir schweigend in der Schlange warteten und Lucille zuhörten, die sich ohne Punkt und Komma darüber ausließ, wie schön es doch war, ein volles Haus zu haben, und welch besonderer Schatz dieses Familienfoto sein würde.

Unser Foto kam am selben Tag mit der Post, an dem wir Briefe von Luke erhielten.

Mom seufzte gereizt. »Warum bestehen sie darauf, dass Luke den Namen des Gefängnisses und seine Häftlingsnummer als Absender auf den Briefumschlag schreibt? Wie demütigend das ist!«

Ich zog die Augenbrauen hoch. Dass Luke im Gefängnis saß, war kein Geheimnis. Weshalb sollte es dann eine Demütigung sein?

Mom hasste es, die Wahrheit vor Augen geführt zu bekommen. Hätte es die Häftlingsnummer auf dem Umschlag nicht gegeben, hätte sie so tun können, als würde er einfach irgendwo ein normales Leben führen.

»Möchtest du, dass ich das Foto einrahme?«, fragte ich Mom. In der einen Hand hielt ich das neue Weihnachtsfoto, in der anderen unser altes gerahmtes Familienporträt.

Mom verzog das Gesicht. Das alte Foto war vor drei Jahren aufgenommen worden. Damals war ich elf gewesen, trug eine

Zahnspange und meine Frisur hatte verdächtig nach Vokuhila ausgesehen.

Es wäre schön, ein neueres Familienfoto im Wohnzimmer zu sehen. Selbst wenn Luke darauf fehlte.

»Ich glaube nicht«, sagte Mom und rümpfte die Nase. »Es ist eigentlich kein Familienfoto.«

»Hier ist deiner«, sagte sie dann in fröhlicherem Tonfall und warf mir Lukes Brief zu.

Für mich spielte es keine Rolle, dass Luke im Gefängnis saß, weil man ihn wegen Diebstahls angeklagt und für schuldig befunden hatte.

Ich war überglücklich, von ihm zu hören.

Lieber Piepmatz,

danke für Deinen Brief und das Überlebenspaket. Ich kann Dir gar nicht sagen, wie sehr ich diese Sachen brauche. Saubere T-Shirts, Boxershorts und Socken sind hier der reinste Luxus.

Zu dieser Jahreszeit ist es für mich besonders hart. Ich sehne mich nach zu Hause. Hier ist es so einsam. Ich denke die ganze Zeit an Schnee, knisterndes Kaminfeuer, Mas Kochkünste und den Christbaum mit unserem besonderen Weihnachtsschmuck. Meine Gedanken kreisen um all das, was ich vermisse.

Was ich getan habe, war falsch. Ich weiß das und ich muss dafür büßen.

Tue nie etwas, wofür Du ins Gefängnis kommst. Es ist schrecklich hier, schlimmer, als Du es Dir vorstellen kannst.

Wenn ich erst mal draußen bin, werde ich nie wieder solche Fehler begehen, das verspreche ich Dir. Ich werde mir einen guten Job suchen. Ich werde ein Haus kaufen. Ich werde ein richtig nettes Mädchen finden und mit ihr eine Familie gründen.

Ich bin von allen verlassen, nur Du, Ma und Pop haltet noch zu mir. Ich weiß nicht, was ich ohne Euch tun würde. Gib mich nicht auf. Bitte. Deine Briefe bedeuten mir mehr, als Du ahnst. Hör nicht auf, mir zu schreiben.

Alles Liebe!

Luke

Nachdem ich das gelesen hatte, klammerte ich mich noch fester an die Vorstellung, dass meine Briefe etwas bewirken konnten. Dass sie Luke nicht nur über die Zeit im Gefängnis hinweghalfen, sondern ihn für immer verändern würden. Aber in mir machte sich auch Angst breit. Angst, dass Lukes Hoffnung auf ein normales Leben sich zerschlagen würde, sobald ich aufhörte, ihn zu unterstützen.

37
Heimkehr, die Zweite

Jetzt

Scheiße. Scheiße. Scheiße. Scheiße. Scheiße.

Dad hat von zu Hause angerufen.

Er sagt, die Polizei will mein Auto durchsuchen.

Mom setzt mich auf Grannys Couch, nimmt meine Hände und beginnt, mich auszufragen: Ob es irgendetwas gibt, was sie wissen sollte. Ob ich irgendetwas Illegales getan habe. Wirklich gar nichts? Ich verneine ihre Fragen, aber mir ist klar, dass sie mir nicht glaubt.

Nach der Landung in L.A. erwartet Dad mich in Begleitung von Polizisten am Flughafen. Sie hätten ein paar Fragen an mich.

Jetzt sitze ich im Polizeiquartier aufrecht auf einem harten Stuhl neben meiner Mutter – sie muss anwesend sein, weil ich noch nicht achtzehn bin – und warte, warte, warte. Ich überlege, welche Art von Fragen sie mir stellen werden. Skel sitzt in einer Ecke, die Beine übereinandergeschlagen, und liest in einem billigen Boulevardblatt. Er ist offensichtlich nicht zum ersten Mal hier.

Der Mann, der mich verhören soll, macht einen netten Eindruck. Wahrscheinlich hat er eine sympathische Familie mit wohlerzogenen Kindern, die gerade im Hinterhof Fangen spielen und darauf warten, dass ihr schwer arbeitender Dad nach Hause kommt.

Er sagt, dass er sich nur ein wenig mit mir unterhalten wolle, dass ich nicht verhaftet, er jedoch verpflichtet sei, mich über meine Rechte zu belehren. Es ist ganz anders als im Fernsehen. Seine Stimme klingt entspannt und er leiert den Text herunter, als würde er mir etwas zu essen anbieten. Als er den Part vorliest, in dem es um das Recht auf einen Anwalt geht, hält er kurz inne und sieht mich an. Dann sagt er, ich würde keinen Anwalt benötigen, wenn ich mich keines Vergehens schuldig gemacht hätte.

Ich habe nichts Falsches getan. Glaube ich jedenfalls. Also brauche ich auch keinen Anwalt, oder? Was, wenn ich doch einen brauche? Legt man es mir als Schuldeingeständnis aus, wenn ich einen Anwalt verlange? Wenn ich andererseits auf Rechtsbeistand verzichte – kann es dann passieren, dass ich etwas sage oder tue, was mich in Schwierigkeiten bringt?

Der Polizist fragt, ob ich alles verstanden habe, und ich sage Ja. Dann meint er, es sei nun an der Zeit für ein paar Fragen. Ich werfe Mom einen Blick zu und rechne damit, dass sie sich einschaltet und einen Anwalt fordert. Doch sie nickt nur. Vielleicht glaubt sie mir ja doch.

Aber was, wenn ich zur falschen Zeit am falschen Ort war?

Zur falschen Zeit am falschen Ort.

Mein Herz beginnt, schneller zu schlagen.

Zur falschen Zeit am falschen Ort.

Für einen Moment verschwimmt alles vor meinen Augen und ich sehe nur noch Skel, wie er auf die Rechnungen am

Boden des Autos zeigt. Mein Blick wird erst wieder klarer, als der Polizist zu sprechen beginnt.

Natürlich wisse er, dass ich eine gute Schülerin sei. Dass ich aufs College gehen wolle. Dass ich nie die Schule geschwänzt, nie einen Strafzettel bekommen und mich freiwillig als Rettungsschwimmerin für das Kinder-Camp der Schule gemeldet habe.

Er wisse auch, welches Auto ich besitze und dass ich an einem bestimmten Tag mit meinem Bruder Luke zu drei verschiedenen Läden gefahren sei.

Er fragt, ob ich mich an diesen Tag erinnern könne.

Ich sage Ja.

Am falschen Ort, am falschen Ort, am falschen Ort.

Er bittet mich darum, in meinen eigenen Worten aufzuschreiben, was mir von diesem Tag im Gedächtnis geblieben ist, es komme vor allem auf die Details an. Wohin führt das alles? Was, wenn ich jetzt etwas Falsches sage oder tue?

Ich versuche, mir sämtliche Einzelheiten ins Gedächtnis zu rufen, greife nach dem schwarzen Stift und beginne zu schreiben: *Am 19. Juli bat mich mein Bruder Luke, ihn zu mehreren Läden zu fahren, weil er dort Waren zurückgeben wollte. Er hatte drei verschiedene Taschen bei sich, eine pro Geschäft. Vor jedem Laden zog er eine Rechnung aus seinem Organizer und gab die Waren zurück. Dann fuhr ich ihn wieder nach Hause.*

Der Polizist wirft einen Blick auf meine Zeilen und schüttelt den Kopf. Vielleicht, sagt er, könne er meinem Gedächtnis ein wenig auf die Sprünge helfen. Vielleicht könnten wir zusammen etwas mehr herausbekommen.

Er fragt mich nach Lukes Organizer. »Er ist schwarz und klein«, sage ich.

Er fragt, warum meine Fingerabdrücke darauf sind. »Weil

ich ihn aufgehoben habe, während Luke im Laden war«, sage ich.

Wie kommt der Organizer in die Hände der Polizei? Hat Luke ihn in meinem Auto liegen lassen?

Er fragt, warum ich den Organizer angefasst habe. »Weil er heruntergefallen war und ich die herausgefallenen Rechnungen wieder ordentlich zurücklegen wollte«, sage ich.

Er fragt, welche Waren Luke zurückgegeben habe. »Das weiß ich nicht«, sage ich.

Er fragt, warum ich nicht wisse, welche Waren Luke zurückgegeben habe. »Sie waren alle in Tüten verstaut und ich konnte sie nicht sehen«, sage ich.

Er fragt, ob ich noch wisse, zu welcher Zeit wir losgefahren seien.

Ich kann mich daran erinnern, dass ich vor zwei Uhr zurück sein musste, es kann also nur am Vormittag gewesen sein. »Ich glaube, wir haben das Haus gegen elf verlassen«, sage ich.

Er fragt, ob ich elf Uhr vormittags oder nachts meine. »Vormittags«, sage ich.

Er fragt, ob mir an dem Organizer irgendetwas aufgefallen sei. »Nur dass er schwarz war und Rechnungen darin aufbewahrt waren«, sage ich.

Er fragt, ob ich mir die Rechnungen genauer angesehen habe. »Ich habe einen flüchtigen Blick auf ein paar davon geworfen«, sage ich.

Er fragt, ob mir an den Rechnungen irgendetwas aufgefallen sei. »Sie wirkten alle sehr frisch und neu«, sage ich.

Ich stocke und sehe Skel vor mir, wie er auf die Rechnungen zeigt. Waren sie etwa gefälscht? Nein! Ich muss nachdenken. Aber warum sonst sollte der Polizist mich über die Rechnungen ausfragen?

Der Mann bemerkt mein Zögern. Er fragt, warum ich nicht weiterspreche. »Weil ich nachdenke«, sage ich.

Ich will, dass Mom sich einschaltet. Dass sie etwas sagt und die Flut der Fragen unterbricht. Ich brauche Zeit zum Denken. Aber sie sitzt nur schweigend neben mir. Als ich sehe, wie sie ihren Daumennagel reibt, weiß ich, dass sie nicht wirklich anwesend ist. In Gedanken ist sie längst zu Hause und poliert ihren Weihnachtsschmuck. Ich wünschte, Dad wäre hier. Vielleicht würde er etwas sagen. Wahrscheinlich würde er das. Bestimmt ist das der Grund, warum Mom wollte, dass er draußen bleibt.

Der Polizist fragt mich noch einmal nach den Rechnungen.

Ich sage, dass sie von verschiedenen Läden waren und unterschiedliche Waren auflisteten. Dass sie dem Datum nach zu schließen noch nicht sehr alt waren. Dass ich eine Rechnung gesehen habe, die auf einen Tag datiert war, an dem Luke noch im Gefängnis saß, verschweige ich.

Er fragt, wie lange ich die Rechnungen angeschaut habe. »Nur ein paar Sekunden«, sage ich.

Er fragt, welche Gedanken mir dabei durch den Kopf gegangen seien. »Dass es ziemlich viele Rechnungen sind und dass Luke seinen Papierkram offensichtlich ziemlich gut organisiert«, sage ich.

Er fragt, warum der Organizer in meinem Auto gewesen sei. »Ich weiß es nicht«, sage ich.

Er fragt, ob Luke den Organizer in meinem Auto liegen gelassen habe. »Ich weiß es nicht«, sage ich.

Er fragt, ob Luke mir anvertraut habe, welche Waren er zurückgeben wolle. Wenn ich mich nicht täusche, hat er mir diese Frage schon einmal gestellt. Versucht er, mich zu verwirren, damit ich mich in Widersprüche verstricke? Beim zweiten

Mal eine neue, andere Antwort gebe? Vielleicht hätte ich doch auf einem Anwalt bestehen sollen. »Nein«, sage ich. »Ich weiß nicht, welche Waren Luke zurückgebracht hat.«

Er fragt, ob Luke mich zuvor schon einmal darum gebeten habe, ihn irgendwohin zu fahren. »Ja«, sage ich. »Zu dem Laden, wo er Snacks und Zigaretten kaufen wollte. Zur Billard-Bar. Ein paarmal habe ich ihn auch zum See gefahren.«

Er fragt, ob ich Luke zuvor schon einmal zu Läden gefahren habe, wo er etwas zurückgeben wollte. »Nein, ich kann mich an nichts dergleichen erinnern«, sage ich.

Er fragt, ob das Auto auf diesem Foto mir gehört. »Ja«, sage ich.

Er fragt, ob ich die Person bin, die auf diesem Foto im Auto sitzt. »Ja«, sage ich.

Er fragt, ob Luke die Person ist, die auf dem Foto aus meinem Auto aussteigt. »Ja«, sage ich.

Er fragt, ob mir bewusst gewesen sei, dass Luke Rechnungen gefälscht hat. »Nein«, sage ich.

Oh, Scheiße, denke ich. Also waren es doch Fälschungen. Es war Betrug. Es war Betrug. Und ich war tatsächlich zur falschen Zeit am falschen Ort.

Dafür könnte ich ins Gefängnis kommen. Ich könnte ins Gefängnis kommen. Ich bin – wie nennt man das noch mal? – eine Mitschuldige. Ich habe mich an einem Verbrechen mitschuldig gemacht. Aber habe ich das wirklich? Wenn ich doch gar nichts davon wusste?

Wie konnte Luke mir das nur antun?

Vor meinen Augen schwimmen kleine grüne und gelbe Flecken und der Raum schwankt. Ich mache die Augen zu und versuche, mich zu konzentrieren. Als ich sie wieder öffne, blicke ich direkt in die dunkelbraunen Augen des Polizisten.

Er fragt, ob mir klar gewesen sei, dass Luke gestohlene Waren zurückbrachte. »Nein«, sage ich.

Ich glaube nicht, dass Luke mir das antun würde. Luke würde mich nicht zur Mitschuldigen an seinen Verbrechen machen.

Der Polizist fragt, ob es meine Idee gewesen sei, die Rechnungen zu fälschen und gestohlene Waren zurückzugeben. »Nein, ich wusste nichts davon. Ich dachte, er würde Waren zurückgeben, die er in den Läden gekauft hatte«, sage ich.

Mom, bitte sag doch endlich was. Ich will, dass das aufhört. Aber sie sitzt einfach da und reibt ihren dämlichen Fingernagel.

Er fragt, ob ich nach einem Blick in den Organizer begriffen hätte, dass Luke gestohlene Waren mit gefälschten Rechnungen zurückgab. »Nein«, sage ich. »Luke würde mich nie darum bitten, ihn zu fahren, wenn er vorhätte, Diebesgut zurückzugeben. Das würde er mir nicht antun«, füge ich hinzu.

Er fragt, ob ich sicher sei, dass Luke mich nie in illegale Machenschaften hineinziehen würde.

Ich zögere. Und muss die Wahrheit sagen. »Nein«, flüstere ich. »Ich bin mir nicht sicher.« Ich höre, wie Mom neben mir tief Luft holt. Sie ist mit meiner Antwort nicht zufrieden.

Er fragt, ob Luke mir anvertraut habe, dass er Rechnungen fälsche. »Nein«, sage ich.

Er fragt, ob ich Luke an diesem Tag mit irgendwelchen Freunden zusammen gesehen habe. »Nein«, sage ich.

Er fragt, ob ich auf dem Parkplatz vor dem PC-Shop irgendjemanden gesehen habe, der verdächtig wirkte. Ich möchte die Frage bejahen und sagen, dass diese Person Luke sehr ähnlich gesehen hat und dass man meinen Bruder möglicherweise mit jemand anderem verwechselt hat. Aber ich weiß, dass ich eine schlechte Lügnerin bin, selbst wenn ich ihm damit vielleicht helfen könnte. Selbst wenn Mom genau das von mir erwartet. Also sage ich Nein.

Er fragt, ob Luke mich zuvor schon einmal um Unterstützung gebeten habe. »Ja«, sage ich. »Immerhin ist er ja mein Bruder. Aber er hat nie verlangt, dass ich ihm bei etwas Illegalem helfe.«

Er fragt, ob ich mir da ganz sicher sei. Ich schüttle den Kopf.

Er sagt, ich müsse in Worten antworten, mit Ja oder Nein. »Nein, ich bin mir nicht sicher«, sage ich.

Er fragt, ob ich Angaben zu Lukes derzeitigem Aufenthaltsort machen könne. Ich sage: »Immer noch in Tennessee, er wohnt bei einem Kumpel. Ich kann mich nicht an den Namen der Stadt erinnern«, sage ich.

Er fragt, ob ich die Telefonnummer oder Adresse dieses Bekannten habe. »Nein. Er hat gesagt, er würde anrufen oder schreiben, sobald er mehr wüsste, aber er hat sich noch nicht gemeldet«, sage ich.

Er fragt, ob ich irgendetwas über einen von Lukes Bekannten in Tennessee wisse. »Nein«, sage ich.

Er fragt, ob ich die Namen von Lukes Bekannten in Tennessee kenne. »Nein«, sage ich.

Er fragt, ob Luke uns eine Handynummer oder eine andere Telefonnummer gegeben habe. »Nein«, sage ich.

Er fragt, ob ich Lukes Adresse in Tennessee kenne. Ich bin mir sicher, dass ich diese Frage schon beantwortet habe. »Nein«, sage ich.

Er fragt, wo ich Luke zuletzt gesehen habe. »An der Bushaltestelle, wo wir ihn abgesetzt haben«, sage ich.

Er fragt, wohin der Bus gefahren sei. »Ich weiß es nicht«, sage ich. »Wir haben ihn abgesetzt, bevor er den Fahrschein kaufte. Und er hat uns nicht gesagt, wohin er fahren will«, füge ich hinzu.

Erst jetzt fällt mir auf, wie seltsam das gewesen war. Wie merkwürdig, dass wir nicht geparkt haben und mit ihm ausgestiegen sind. Dass Mom nicht den Fahrschein für ihn gekauft hat. Dass wir uns nicht mit ihm auf die Bank gesetzt und auf den Bus gewartet haben. Stattdessen haben wir ihn einfach abgesetzt und uns auf dem Seitenstreifen verabschiedet.

Dann begreife ich. Oh mein Gott.

Mom *wollte* gar nicht wissen, wohin er fuhr. Sie wollte nicht, dass *ich* wusste, wohin er fuhr. Vielleicht hatte Dad sie bereits angerufen und vor der Polizei gewarnt. Vielleicht hat sie auch einfach nur angenommen, dass Luke bald wieder mit dem Gesetz in Konflikt geraten würde.

Der Polizist fragt, an welcher Bushaltestelle wir Luke abgesetzt haben. »Ich kann mich nicht mehr genau erinnern«, sage ich.

Mom bricht ihr Schweigen. Sie bietet an, den Namen der Haltestelle und die Uhrzeit, zu der wir ihn dort abgesetzt haben, aufzuschreiben. Der Polizist reicht ihr Stift und Papier. Es überrascht mich, dass sie diese Information aus der Hand gibt. Andererseits, welchen Nutzen bringt sie denn schon? Wir wissen nicht, wie lange Luke noch an der Haltestelle gewartet hat, bevor er in den Bus stieg. Oder wie oft er neue Fahrscheine gelöst hat. Er hat keine Kreditkarte, also musste er alles in bar bezahlen. Und wer wird sich unter all den Passagieren, die an diesem Tag mit dem Bus gefahren sind, ausgerechnet an Luke erinnern?

Der Polizist blickt mich an und sagt, dass ich mich jetzt bestimmt ein wenig besser an den Tag erinnern könne, an dem ich Luke zu den drei Geschäften gefahren habe. Ob ich dazu bereit wäre, die Ereignisse noch einmal neu aufzuschreiben? Natürlich müsse ich erwähnen, dass ich einen Blick auf den Organizer geworfen habe, und auflisten, wo wir wann angehalten haben, und ich dürfe auch sonst nichts auslassen, was von Bedeutung sein könne. Dann sagt er noch, ich würde meine Sache gut machen und ich solle mir ruhig Zeit lassen.

Er schweigt, während ich einen detaillierten Bericht über die Ereignisse des Tages schreibe.

Auch Mom sagt nichts. Ich setze meine Unterschrift und das Datum auf das Blatt.

Der Polizist sagt, dass er mich anrufen werde, falls weitere Fragen auftauchen. Er drückt mir und Mom je eine Visitenkarte in die Hand und bittet mich, ihn anzurufen, falls mir noch etwas einfällt.

Sollte Luke nach Hause kommen, uns anrufen oder schreiben, müssten wir sofort die Polizei verständigen. Das gelte auch für Mom. Und Dad. Und Peter.

Er sagt, dass er mich wegen Behinderung von Polizeiermittlungen verhaften könne, wenn ich nicht anrufe. Dass sie annehmen müssten, ich hätte mich an Lukes Verbrechen mitschuldig gemacht, wenn ich nicht anrufe.

Er fragt, ob ich das verstanden habe.

Ich nicke. »Ja, ich habe es verstanden«, sage ich.

Als ich wohlbehalten im Auto sitze, fängt mein Herz an zu rasen. Ich fühle mich ausgelaugt. Mir schwirrt der Kopf von den vielen Fragen, die der Ermittler mir gestellt hat. Der Ernst der Lage trifft mich mit voller Wucht. Wenn die Polizei glaubt, dass ich Luke geholfen habe … Wenn sie denken, dass ich von seinen illegalen Machenschaften wusste, könnte mich das ins Gefängnis bringen. Magensäure steigt in mir hoch, brennt in Speiseröhre und Rachen. Ich schlucke. Ich darf mich jetzt nicht übergeben. Nicht brechen. Nicht brechen.

»Wie ist es gelaufen, Clare?«, fragt Dad. »Alles in Ordnung?« Ich blitze ihn wütend an. Alles in Ordnung? Ist das dein Ernst?

»Sie haben ihre Fingerabdrücke auf Beweismaterial gefunden, aber das reicht für eine Anklage nicht aus«, sagt Mom.

»Woher hatten sie ihre Fingerabdrücke überhaupt?« Sie unterhalten sich, als wäre ich nicht im Auto, und das lässt alles nur noch unwirklicher erscheinen, als es ohnehin schon ist.

»Du weißt doch, jeder, der jetzt den Führerschein macht, muss seinen Fingerabdruck registrieren lassen. Wenigstens hat sie nichts Illegales getan. Ich glaube, sie hat nichts zu befürchten. Bleibt nur zu hoffen, dass nichts von dem, was sie gesagt hat, Luke in Schwierigkeiten bringt.«

Ich starre sie wütend an, aber ich spreche nicht laut aus, was ich denke: Scheiß drauf. Wenn er wieder ins Gefängnis wandert, ist das allein *seine* Schuld. Aber dass Luke mich in sein Verbrechen verwickelt und zu einer Mitschuldigen gemacht hat, könnte *mein* Leben ruinieren.

Nein, das würde Luke mir niemals antun. Er könnte es einfach nicht. Wer sagt denn, dass die Polizei sich nicht irrt? Vielleicht war es ja gar kein Rechnungsbetrug. Vielleicht ist Luke unschuldig.

Als sich mir wieder der Magen umdreht, wird mir klar, dass ich es besser weiß: Luke ist schuldig. Und er hat mich zu einer Mitschuldigen gemacht.

Zur falschen Zeit am falschen Ort.

38
Vorauseilender Ruf

Damals, mit vierzehn

»Tovin, Clare?«

»Hier.«

»Du kommst aus einer berüchtigten Familie.« Ich war noch keine fünfzehn Minuten an der Highschool und hasste es schon jetzt. Skel quetschte sich neben mich auf den Stuhl und schnippte meinen Stift vom Pult. Als ich mich bückte, um ihn wieder aufzuheben, wandte sich mein neuer Lehrer wieder der Klassenliste zu. Als er damit fertig war, ließ er den Blick durchs Klassenzimmer schweifen.

»Ich bin dafür bekannt, einer der strengeren Lehrer dieser Schule zu sein. Und das bedeutet, dass ich in meinem Unterricht weder Faulpelze noch Störenfriede dulde. Falls jemand unter eine dieser beiden Kategorien fällt, lege ich dem Betreffenden nahe, uns allen die Mühe zu ersparen. Ich werde ihn mit Vergnügen im Kurs eines anderen Lehrers unterbringen«, sagte er und fixierte mich mit seinem Blick.

Option A: im Kurs bei einem Lehrer bleiben, der offensichtlich eine vorgefasste Meinung von mir hat und aus dem Verhalten meines Bruders auf mich schließt. Option B: den

Lehrer wechseln. Würde es wie ein Schuldeingeständnis wirken, wenn ich jetzt den Kurs verlasse? Würden auch die anderen Lehrer wegen ihrer Vorurteile gegenüber meiner Familie auf mich herabblicken?

Ich setzte mich aufrecht hin, blinzelte die Tränen weg und versuchte, die Röte aus meinem Gesicht zu vertreiben. Harrte aus und bewies meinem Lehrer das Gegenteil. Glücklicherweise und nicht zuletzt dank des Lehrerzimmer-Tratschs hatte ich bis Ende Juni meinen eigenen Ruf als kluge, fleißige Schülerin mit guten Manieren und wurde nicht mehr ständig mit meinem Bruder in Verbindung gebracht.

39
Schuld

Jetzt

Kaum hat Mom die Koffer in ihr Schlafzimmer gebracht, stürzt sie sich auch schon auf ihren Weihnachtsschmuck, den eine dreiwöchige Staubschicht überzieht. Ich flüchte mich in mein Zimmer, um nach den Fischen zu sehen. Kommt schon, Jungs. Muntert mich ein bisschen auf. Sie haben den Futterdosierapparat und die zwei Stromausfälle, die es während unserer Abwesenheit im Haus gab, überlebt. Das Aquarium ist nicht mehr ganz sauber, aber der Wasserstand und die Temperatur stimmen und die Fische haben glänzende Schuppen und wirken gesund. Peter hat sich wirklich gut um sie gekümmert. Ich lasse mich mit dem Rücken zur Wand vor dem Aquarium auf den Boden sinken. Versuche, innerlich zur Ruhe zu kommen, während die Fische an mir vorübergleiten.

Es klopft und im selben Moment geht die Tür auf. Normalerweise macht das nur Mom, aber diesmal ist es Peter.

»Hey«, sagt er und setzt sich neben mich. »Drea hat in den letzten zwei Stunden dreimal angerufen. Sie hat dich schon den ganzen Tag auf dem Handy zu erreichen versucht und dir eine SMS nach der anderen geschrieben.«

Ich ziehe mein Handy aus der Tasche. Ich habe nach der Landung nicht daran gedacht, es wieder einzuschalten.

»Du solltest ihr wenigstens Bescheid geben, dass du zu Hause und am Leben bist«, sagt er und zupft einen weißen Fussel aus dem Teppich. »Sie macht sich noch verrückt.«

»Ich kann mit Drea nicht darüber sprechen«, jammere ich. »Was soll ich ihr denn sagen? Dass mein idiotischer Bruder, den ich immer in Schutz nehme, mich in eines seiner Verbrechen verwickelt hat?«

»Clare, dreißig Sekunden nachdem die Polizei hier aufgetaucht ist, wusste die ganze Nachbarschaft davon. Alle haben zugesehen, wie dein Auto durchsucht wurde. Natürlich vermuten sie, dass es etwas mit Luke zu tun hat. Aber sie wissen auch, dass es *dein* Auto war.«

Ich vergrabe den Kopf in den Händen. »Was soll ich jetzt tun?«

»Ich an deiner Stelle würde reinen Tisch machen und es zumindest meinen engsten Freunden erklären. Sie kennen dich, also wissen sie auch, dass du nichts mit der Sache zu tun hattest. Alle anderen können dir scheißegal sein. Sollen sie doch denken, was sie wollen.« Er blickt von dem Fussel auf und sieht mich an. »Alles in Ordnung mit dir? Nach dem Polizeiverhör und so?«

»Geht so«, sage ich. »Es war ziemlich hart. Ich möchte nicht darüber reden. Und ich darf es auch gar nicht.«

Wir sitzen eine Weile schweigend da. Plötzlich klingelt das Telefon.

»Ich wette, es ist Drea«, sagt Peter und steht auf. Ich schaue ihn an und schüttle den Kopf. »Okay. Dann richte ich ihr eben aus, dass du zu Hause und am Leben bist.«

Er geht und macht die Tür hinter sich zu. Einerseits wünsche ich mir, dass er versucht hätte, etwas mehr aus mir herauszukriegen. Andererseits sehne ich mich danach, alles, was mit Luke zu tun hat, aus meinen Gedanken zu verdrängen. Vielleicht hätte Peter mir einen Rat geben können. Wer sonst könnte mich in dieser Sache so gut verstehen wie Peter?

Ich schleppe mich in mein Bett.

Dad hat einen Stapel Briefe auf die Matratze geworfen, während ich weg war. Das meiste ist College-Werbung: Pakete und Broschüren von Unis, die in schillernden Farben von ihren Studiengängen, dem Campusleben, der Ausstattung und ihren Sporterfolgen schwärmen. Der Rest sind Postkarten. Ich drehe die erste um und sehe Dreas krakelige Handschrift: *Hey, Clare! Kaum zu fassen, dass sie diese Karten immer noch verkaufen! Eine Postkarte mit einer Katze, die einen Cowboyhut trägt, kann ich mir auf keinen Fall entgehen lassen! Habe nie 1,50 Dollar besser investiert.* Auf den anderen Postkarten sind die Ergebnisse verschiedener Colleges auf Dreas Bewertungsskala aufgeführt: Heiße Typen: 10; Drumherum: 3; Studentenwohnheime: 4,5. Was mich dabei entsetzt, ist die Normalität des Ganzen. Mein Leben ist währenddessen völlig außer Kontrolle geraten. Ist es wirklich erst zwei Monate her, dass meine größte Sorge darin bestand, Mom zu überreden, mich auf die College-Tour gehen zu lassen?

Ich schalte mein Handy ein. Zehn entgangene Anrufe und acht SMS von Drea. Die Anrufe sind von Omar, Chase und Skye. Luke hat sich nicht gemeldet.

Nicht, dass ich das erwartet hätte. Nicht wirklich. Wahrscheinlich weiß er, dass er in Schwierigkeiten ist. Und auch, dass er mich in die Sache hineingezogen hat. Ich bin stinksauer auf ihn. Warum also warte ich so sehnsüchtig darauf, von ihm zu hören?

Im Grunde genommen ist es besser so. Sobald er anruft, schreibt oder hier auftaucht, muss ich die Polizei verständigen. Ich muss.

Am nächsten Morgen streckt Mom schon in aller Frühe den Kopf ins Zimmer. »Clare, Telefon für dich.«

»Ich will mit niemandem sprechen.« Meine Stimme ist heiser.

»Du wirst rangehen müssen. Ich habe Chris Jordan schon gesagt, dass du da bist.«

Ich setze mich auf. Bestimmt ruft er an, um wegen der Schwimmstunden zu fragen.

»Hi, Chris!« Ich bin selbst überrascht, wie sehr ich mich freue. »Wie läuft es mit dem Schwimmen? Ich bin wieder hier, wir können also weitermachen. Wann passt es dir am besten?« Fantastisch. Ich kann es kaum erwarten, Chris wieder zu unterrichten. Es lenkt von allem anderen ab.

»Ähm … hi, Clare. Eigentlich rufe ich an, um dir zu sagen, dass meine Mom nicht will, dass du mir weiter Schwimmunterricht gibst.« Seine Stimme klingt traurig und leise.

Seine Mom will nicht, dass ich ihm das Schwimmen beibringe.

Es spielt keine Rolle, dass ich es geschafft habe, ihn dazu zu überreden. Dass ich eine ausgebildete Rettungsschwimmerin bin. Dass wahrscheinlich niemand in unserer Stadt besser dafür geeignet ist.

»Oh«, sage ich. »Das tut mir leid. Lässt sich da nichts machen? Vielleicht sollte ich versuchen, sie umzustimmen.«

»Nein, sie lässt nicht mit sich reden«, sagt er.

»Okay, verstehe.«

»Clare.« Plötzlich ist nicht mehr Chris, sondern Lucille am

Hörer. »Wo ich dich gerade an der Strippe habe. Angesichts der jüngsten Ereignisse ist es wohl das Beste, wenn du dich nicht mehr um die Stelle der Rettungsschwimmerin bewirbst. Du brauchst die restlichen Schichten auch nicht mehr abzuleisten. Ich bin sicher, du verstehst die Gründe. Also dann, auf Wiedersehen.«

Sie legt auf, bevor ich überhaupt eine Frage stellen, geschweige denn versuchen kann, sie umzustimmen.

Das ist Lukes Schuld. Alles ist seine Schuld. Warte im Auto, hat er gesagt. Als würde mich das vor dem bewahren, was jetzt passiert. Er hat mich zu seinem Fluchtwagenfahrer gemacht. Und ich … Wie konnte ich nur so dumm sein? Wie konnte ich ihm nur vertrauen? Warum zum Teufel habe ich nicht erst nachgedacht, bevor ich mich bereit erklärte, ihn zu fahren? Womöglich muss ich ins Gefängnis. Und selbst wenn nicht, glauben trotzdem alle, ich hätte etwas damit zu tun. Vielleicht sogar meine Freunde. Vielleicht sogar Drea. Meinen Job bin ich schon los. Was kommt als Nächstes? Ich werde in der Schule dreimal so schwer schuften müssen wie die anderen, um zu beweisen, dass ich nicht betrüge. Jedes Mal, wenn ich in den Lebensmittelladen oder zur Tankstelle gehe, werden mir misstrauische Blicke folgen. Niemand wird mich einstellen. Wie konnte er mir das antun? Wie konnte er so dumm sein? So egoistisch?

Ich fange an zu schreien. Hemmungslos. Ich drehe völlig durch. Ich werfe mich auf mein Bett und ersticke meine Schreie im Kissen, bis mir die Stimme versagt.

40
Klassengespräch

Damals, mit sechzehn

»Im Rahmen unserer Unterrichtseinheit zu sozialen Fragen unserer heutigen Gesellschaft wollen wir heute über Gefängnisse sprechen«, sagte mein Geschichtslehrer Mr Clark.
Ich hob ruckartig den Kopf. Wenn ich gewusst hätte, dass das auf dem Stundenplan steht, wäre ich zu Hause geblieben. Omar warf mir einen besorgten Blick zu, und als die Lichter ausgingen, drückte er meine Hand. Ich versank ganz tief in meinem Stuhl.

Ein Scheinwerfer leuchtete auf, schwenkte durch den Klassenraum und verharrte auf Skel mit Zylinder und Gehstock. Er fing an zu steppen. *Tap, tap, tap, tap*. Von einer Seite des Fernsehers zur anderen. Mit seinem Stock deutete er auf den Bildschirm: gewalttätige Kriminelle in orangefarbener Kluft, mit irrem Blick und ohne jedes Schuldbewusstsein.

Tap, tap, tap. Er zeigte auf selbst gemachte Waffen aus Zahnbürsten, die zu scharfen Klingen umfunktioniert worden waren.

Tap. Tap. Tap. Ein dicker Beamter mit Glatze führte durch das Gefängnis und sagte: »Drei Mahlzeiten. Eine Bibliothek.

Eine Stunde Freigang im Hof. Angehörige können den Häftlingen Fernseher für ihre Zellen oder Zeitschriften zukommen lassen.«

Skel drehte eine Pirouette. Blieb stehen und streckte erneut den Zeigeknochen aus. Kriminelle, die darüber sprachen, wie sich im Gefängnis Gangs bildeten. Darüber, dass jeder Tag ein Kampf war. Dass sie ständig in Gefahr waren, missbraucht zu werden.

Ich hatte einen bitteren Geschmack im Mund und meine Kehle brannte.

Denk nicht an Luke. Er ist nicht so wie diese Leute. Denk nicht an Bandenkriege und Vergewaltigung. Denk nicht an selbst gemachte Waffen. Stell dir Luke nicht in dieser Umgebung vor.

Tap, tap, tap. Das große Finale. Skel wirbelte herum, machte Verrenkungen und tanzte durch den Gang zwischen den Pulten auf mich zu. Er lenkte das Scheinwerferlicht von seinen schimmernden weißen Knochen auf mein blutleeres Gesicht, genau in dem Moment, als Mr Clark den Fernseher ausschaltete.

Ich hatte das Gefühl, als würden alle nur mich anschauen.

»Wir haben noch etwa fünfzehn Minuten«, sagte Mr Clark. »Also lasst uns diskutieren. Erfüllen unsere Gefängnisse ihren Zweck?«

Er blickte sich im Klassenzimmer um. »Ja, Mandy?«

»Drei Mahlzeiten am Tag, eine Stunde Hofgang, Fernseher, Zeitschriften, ein warmer und trockener Ort zum Schlafen. Das hört sich doch gar nicht so schlecht an. Erst recht nicht für jemanden, der es nicht schafft, sich mit einem Job selbst über Wasser zu halten.«

Gar nicht so schlecht, Mandy? Glaubst du ernsthaft, dass

du das nach einem bescheuerten zwanzigminütigen Video beurteilen kannst?

Mit einem selbstgefälligen Lächeln sah sie mich an, bevor sie fortfuhr: »Nehmen Sie zum Beispiel Clares Bruder Luke. Er hat offensichtlich seine Lektion immer noch nicht gelernt. Wie oft war er eigentlich schon im Gefängnis, Clare?« Als sie das sagte, stand Skel plötzlich auf ihrem Tisch, drehte sich im Kreis und klatschte in die Hände. Bravo.

Ein Raunen ging durch die Klasse. Ich hielt die Luft an.

»Was ist mit Programmen, die den Häftlingen die Wiedereingliederung in die Gesellschaft ermöglichen sollen?«, fragte Omar rasch und rettete mich, indem er das Gespräch weg von dem lenkte, was Mandy gesagt hatte, noch bevor Mr Clark darauf reagieren konnte. »In diesem Film ging es weder um Berufsausbildung noch um Drogenrehabilitation oder psychologische Beratung. Wenn wir in solche Dinge Geld investieren würden, gäbe es vielleicht weniger Wiederholungstäter.«

»Und noch mehr Steuergelder ausgeben, *unser* hart verdientes Geld?«, erwiderte Mandy sofort. »Kommt gar nicht infrage. Sie haben nur Brot und Wasser verdient. Vielleicht würden sie es sich dann zweimal überlegen.«

Mit »sie« meinte sie Luke. Luke verdiente nichts als Brot und Wasser.

Unter dem Tisch ballten sich meine Hände zu Fäusten. Am liebsten hätte ich ihr die hübsche kleine Stupsnase eingeschlagen.

»Wir reden hier von *Menschen*, Mandy«, erwiderte Omar wütend. »Nicht von herumstreunenden tollwütigen Hunden.«

Mr Clark räusperte sich. »Okay. Das waren sehr interessante Gesichtspunkte.« Er hielt inne und blickte fragend in den Raum. »Hat noch jemand etwas hinzuzufügen?«

Niemand. Keiner wollte das Thema weiterverfolgen. Am allerwenigsten ich.

»Okay. Dann zu den Hausaufgaben«, fuhr Mr Clark fort. »Schreibt einen Essay, in dem ihr euch Gedanken macht über unsere Gefängnisse, ausgehend von dem Film und den Seiten 259 bis 314 in unserem Sozialkundebuch.«

Der Schulgong ertönte. Eigentlich hätte er mich erlösen sollen. Aber ich spürte immer noch die Blicke der anderen. Meine einzige Hoffnung war, dass irgendetwas Dramatisches passierte, was die Aufmerksamkeit von mir weglenkte. Aber es gab weder einen Zickenstreit, noch wurde jemand beim Kiffen erwischt, und leider ereignete sich auch kein größeres Erdbeben. Da war nichts außer den starren Blicken und Skels lautem Knochenklappern.

Am nächsten Tag rechnete ich damit, dass das Tuscheln und Wispern weitergehen würde. Meine Rettung kam in Gestalt eines umwerfend gut aussehenden neuen Schülers. Er hieß Ryan Delgado. Sein verwuscheltes Haar, die haselnussbraunen Augen und die wunderbar schiefe Nase boten den Mädchen genügend Gesprächsstoff.

41
Ungewollte Routine

Jetzt

Zwei Wochen Sommerferien liegen noch vor mir, aber ich verkrieche mich im Haus, um den neugierigen Blicken und Fragen zu entgehen. Skel ist überall. Sobald ich vor die Tür trete: *flüster, flüster, flüster*. Alle reimen sich aus Fakten und Gerüchten eine Geschichte zusammen: dass Luke und ich Diebe sind, dass ich das Fluchtfahrzeug gefahren habe, dass wir nach Tennessee geflogen sind, um den Gesetzeshütern zu entgehen, dass meine Eltern Luke irgendwo verstecken und dies vor der Polizei geheim halten. Unsere ganze Familie: ein Haufen Krimineller. Ich will nie wieder in die Schule zurück. Gleichzeitig fehlt mir die Ablenkung mit Geschichte, Englisch, Naturwissenschaften, ja sogar Mathe. Das Einzige, was mir guttut, ist, Masche um Masche Babydecken zu stricken und dabei dem Klappern der Nadeln zu lauschen und den Fischen im Aquarium zuzusehen.

Nachdem ich zwei Tage erfolgreich allen aus dem Weg gegangen bin, platzt Drea in mein Zimmer und sagt: »Du kannst dich nicht ewig hier verstecken. Ganz im Ernst, du musst mir endlich sagen, was passiert ist. Ein verrücktes Gerücht macht die Runde, dass du mit Luke zusammen irgendwelches Zeug gestohlen hast und verhaftet wurdest.«

Ich sage ihr, dass ich nichts gestohlen habe, dass ich nie irgendetwas Illegales getan habe, außer mich bei ihr zu Hause zu betrinken und hin und wieder die Geschwindigkeitsbegrenzung zu überschreiten. Und dass ich gelegentlich am Stopp-Schild nicht angehalten, sondern langsam weitergerollt bin. Sie ist verletzt und sauer, weil ich nicht ans Telefon gegangen bin und ihr keine SMS geschickt habe. Sie will mehr Informationen und mehr Details, damit sie mich verteidigen kann.

Das Gespräch geht über meine Kräfte. Ich wünschte, sie würde gehen, aber ich weiß, das wird sie nicht. Also sage ich ihr, dass ich Luke nur einen Gefallen getan und ihn im Auto mitgenommen habe. Falls er etwas Verbotenes getan hat … Ha! Ich benutze das Wort »falls«. Das heißt, ich nehme ihn immer noch in Schutz. Falls er also etwas Verbotenes getan hat, wusste ich davon nichts.

Ich sage ihr nicht, dass Luke mich nur benutzt hat, weil er mein Auto brauchte. Und ich sage ihr auch nicht, wie wütend und traurig und frustriert und verwirrt ich bin.

Ich verschanze mich hinter der Ausrede, dass ich nichts sagen kann, solange die Ermittlungen noch laufen. Dann lasse ich sie das Thema wechseln. Sie redet über ihre College-Tour, Lalas neusten Schwarm und das Stipendium, das Omar gerade bekommen hat. Wir unterhalten uns, als wäre alles in Ordnung, so fühlt wenigstens sie sich gut. Nach etwa dreißig Minuten behaupte ich, dass ich für Mom etwas erledigen muss, damit Drea geht.

Danach stricke ich weiter. Ich beende die letzte Reihe einer neuen Babydecke. Normalerweise bringe ich sie sofort zu den Liebenden Herzen. Inzwischen liegen auch schon mehrere fertige Decken bereit. Aber ich traue mich nicht. Was, wenn Peggy Bescheid weiß? Eigentlich ist das ausgeschlossen. Das Obdachlosenheim ist fünfundvierzig Minuten von unserem Ort entfernt. Trotzdem. Ich kann die Decken jetzt nicht hinbringen. Ich habe Angst, dass Peggy von mir enttäuscht ist.

Ich lege die Decke zusammen und drücke sie kurz an mich, bevor ich sie unter mein Bett schiebe.

Und schon schlage ich die nächsten hundertzweiunddreißig Maschen an. Auch diese Decke wird hierbleiben. Ich stricke einfach nur, um das Klicken der Nadeln zu hören.

Die Schule hat wieder begonnen. Meine Freunde und ich sitzen im Schatten der Fichten im Hof, essen unser Lunch und hören zu, wie Ryan auf seinen Bongotrommeln spielt, begleitet von seinem Freund Gary auf der Akustikgitarre und umringt von der Cranberry-Hills-Topclique. Ein Flyer mit der Ankündigung für ihren nächsten Auftritt im Luv-a-Latte liegt neben mir im Gras.

Ich habe damit gerechnet, dass die Leute mich anglotzen, und der erste Schultag war auch wirklich hart, aber inzwischen hat sich das Getuschel gelegt. Nicht einmal meine Freunde reden davon. Ich nehme an, Drea hat mit ihnen gesprochen. Sie haben mir keine Fragen gestellt und ich rücke nicht freiwillig mit Extra-Informationen heraus. Selbst Lala, die normalerweise gar nicht genug vom Klatsch kriegen kann, hat das Thema kein einziges Mal zur Sprache gebracht.

»Kaum zu glauben, wie viele Hausaufgaben wir haben! Es ist gerade mal die erste Schulwoche und ich bin schon fix und fertig!« Omar zieht die Augenbrauen so hoch, dass er aussieht wie eine Figur in einem Cartoon.

Alle fangen an zu stöhnen, und dann jammern Drea, Chase,

Skye und Lala gemeinsam über die Schule und Abgabetermine. Natürlich stimme ich in die Beschwerden mit ein.

Dabei bin ich eigentlich ganz dankbar für die zusätzlichen Hausaufgaben. Sie helfen mir, Situationen aus dem Weg zu gehen, wo das Gespräch auf Luke kommen könnte. Und sie bewahren mich davor, Ryan und Gary im Kaffeehaus spielen zu hören, wo Mandy sich womöglich vor ihren Cranberry-Mädchen in Szene setzen will, indem sie mir dämliche Fragen stellt. Ich bin froh, zu Hause zu bleiben und mich auf die Essays stürzen zu können. Aber das sage ich natürlich nicht laut.

***

Ende September verschwindet in einer Französisch-Stunde Mandys Lippenstift aus ihrer Handtasche. Wir sind nur in diesem einen Fach zusammen. Als sie anfängt zu kreischen, wandern alle Blicke sofort zu mir. Auch der von Skye – ja, von Skye! Es spielt keine Rolle, dass ich so gut wie nie Lippenstift trage und erst recht nicht Mandys dunklen Lavendelton. Der Lehrer besteht darauf, dass Mandy den gesamten Inhalt ihrer Handtasche auskippt, bevor wir die Bluthunde loslassen. Wie zum Beweis stülpt sie sogar das Futter um. Skel deutet auf ein kleines Loch, gerade groß genug, dass ein Lippenstift hindurchpasst. Tatsächlich findet sich der Lippenstift zwischen Futter und Außenleder. Mandy empört sich darüber, wie billig die Tasche gemacht ist, woraufhin unser Lehrer sie auffordert: *»En français, s'il vous plaît!«*

Skye weicht meinem Blick aus. Ihre Porzellanhaut wird dunkelrot. Sie dachte, ich hätte es getan. Vielleicht nicht bewusst, aber insgeheim. Sie ist meine Freundin. Sie kennt mich. Trotzdem hat sie es für möglich gehalten, dass ich den Lippenstift gestohlen habe.

Statt für einen Filmabend zu Chase zu gehen, verkrieche ich mich zu Hause in meinem Zimmer.

Es war schon vorher nicht leicht, so etwas wie Normalität aufrechtzuerhalten und zu hoffen, dass zumindest meine Freunde an meine Unschuld glauben. Jetzt, da ich weiß, dass sogar Skye an mir zweifelt … Werden mich meine Freunde auch im Stich lassen?

Der Herbstwind rüttelt an den Apfelbäumen vor meinem Fenster. Die Äste biegen sich unter den schweren Früchten, sodass ich leicht an die Äpfel kommen kann. Wir machen daraus Apfelkuchen, Apfelmus und Apfelgelee. Peter, Dad und ich helfen Mom, die Äpfel zu schneiden und zu entkernen. Fast wie eine Familie. Fast. Mom weckt ein und stockt ihre Vorräte auf, als stünde das Ende der Welt bevor und als könnten wir nur mit einem Keller voller Apfelprodukte überleben.

Die Polizei hat Luke immer noch nicht gefasst. Sie haben mich nicht wieder befragt. Luke hat weder angerufen noch geschrieben. In gewisser Weise ist das sogar eine Erleichterung. Ich fange an zu glauben, dass mein Leben irgendwann wieder wie früher sein kann. Ich habe mich für vier Jobs in der Stadt beworben, in der Hoffnung, dass irgendjemand mir noch eine Chance gibt.

Allmählich frage ich mich, ob Luke für immer verschollen bleibt. Wäre das besser, als zu wissen, dass er im Gefängnis sitzt? Wahrscheinlich ist er irgendwo unterwegs. Vielleicht hat er einen Platz zum Schlafen gefunden. Vielleicht sogar einen Job. Freunde. Eine Freundin. Er könnte aber auch tot sein. Er könnte tot sein, ohne dass ich es wüsste. Ich sehe Luke vor mir, wie er mit dem Gesicht nach unten in einer Gasse liegt. Überdosis? Schusswunde? Messerstich? Es ist eine dramatische, unwirkliche Vorstellung, aber denkbar wäre es.

Ich möchte, dass Luke gefunden wird. Selbst wenn das bedeutet, dass er wieder ins Gefängnis muss. Aber dann wüsste ich wenigstens, wo er ist und dass er lebt.

Zum ersten Mal seit meiner Rückkehr von Granny nehme ich Lukes Medaillon in die Hand und betrachte das Bild. Wünsche mir, dass das Leben wieder so sein könnte wie zu der Zeit, als er noch nicht in Schwierigkeiten geraten war. Ich hänge es mir um, nehme es aber gleich wieder ab. Es ist schwer und die Kette reibt auf meiner Haut.

Ich lege das Medaillon in Lukes Holzschatulle und stelle sie ganz oben in den Schrank.

25. Oktober. Beanie-Tag.
Ich hole die Mützen hervor, die ich das Jahr über gestrickt habe, lege sie zusammen und stecke sie in meinen Rucksack. Alle bis auf eine: Ryans. Ich habe nicht mehr mit ihm gesprochen, seit wir zu Granny geflogen sind. Von der Freundschaft, die sich im Sommer zwischen uns angebahnt hat, ist nichts mehr übrig. Deshalb lasse ich seine Beanie zu Hause in der Schachtel.

In der Schule tragen alle ihre Lieblingsmützen, nur meine Freunde nicht. Sie warten auf mich.

»Spürst du, was in der Luft liegt, Clare?«, sagt Omar, als wir uns im Hof treffen. Er atmet tief ein. »Holzfeuer im offenen Kamin, der Geruch von nassem Laub und das Apfelmus deiner Mom. Ja, riech nur, nimm es in dich auf. Es ist der Geruch von Herbst. Der Geruch sagt uns, dass die mützenlose Zeit vorbei ist und erst im nächsten Frühjahr wiederkehrt.«

Chase reibt sich die Hände. »Unbedeckter Kopf, ade. Ab morgen ist die Yankee-Cap dran, heute gibt's Beanies.«

»Also …« Omar sieht mich erwartungsvoll an. »Was hast du dieses Jahr für uns?«

»Nichts«, sage ich im Scherz, aber meine Freunde lachen nicht. Skye und Drea tauschen vielsagende Blicke aus. Die Luft um uns herum wird noch kälter, als sie ohnehin schon ist. Glauben meine Freunde wirklich, ich wäre so neben der Spur, dass ich es vergessen hätte? »Das war ein Witz, Leute.« Ich öffne meinen Rucksack, hole die Beanies hervor und zeige sie ihnen.

»Blau und Weiß, die Farben der Yankees! Danke, Clare«, sagt Chase und setzt seine Mütze auf.

Skyes grüne Augen kommen noch besser zur Geltung, nachdem sie die weiße Strickmütze mit Zopfmuster aufgesetzt hat. Ihre Haarzöpfe fallen an den Seiten auf ihre Schulter.

»Du hast dich dieses Jahr selbst übertroffen«, sagt Drea und streicht über die Perlen.

Ich bin froh, dass der lässige Look, den ich für Omar gewählt habe, perfekt über seine wirren Locken passt, anders als bei der zu klein geratenen Mütze im vergangenen Jahr. Zuletzt ziehe ich noch meine eigene meergrüne Mütze mit den drei Streifen hervor, die ich von derselben hellbraunen Wolle gestrickt habe wie Dreas Mütze.

Meine Freunde reden durcheinander und loben mich. Alle sind so glücklich. Und auch mir geht's ziemlich gut.

Bis Skye eine Bemerkung über Garys heiße Gitarrenläufe macht und sie und Drea laut losprusten. Als ich sie danach frage, setzt Drea zu einer Erklärung an, aber sie lacht dermaßen, dass Skye für sie einspringen will, dann aber zugeben muss: »Ich bring die Story nicht so rüber. Ich meine, es war total lustig. Aber jetzt … Vielleicht macht er es heute Abend im Luv-a-Latte noch einmal. Komm doch auch.«

Eine Sekunde lang spiele ich mit dem Gedanken. Aber dann stelle ich mir Ryan vor, wie er seine Bongos spielt, während Mandy herumschwirrt und so tut, als sei sie die Gastgeberin. Dass ich mich in dem Lokal für einen Job beworben habe und man es wie auch bei den anderen drei Stellen nicht einmal für nötig befunden hat zurückzurufen, macht die Sache nicht besser. Ich will das Risiko nicht eingehen, dass Mandy mich über Luke ausfragt oder keiner ein Wort mit mir spricht, aber alle über mich reden.

»Ich schreibe am Freitag den Mathetest«, murmle ich als Entschuldigung.

Drea seufzt.

Als sie ihre Bücher in die Tasche stopft, erhasche ich einen Blick auf die Mütze, die ich ihr letztes Jahr gestrickt habe. Die Freundin, die mich am besten kennt, hat vorgesorgt und vorsichtshalber ihre alte Mütze mitgebracht.

»Ich hole dich um halb sieben ab«, sagt Drea zu Skye. Ich spüre, wie die Distanz zwischen mir und meinen Freunden wächst. Und trotzdem bringe ich es nicht über mich, mit ihnen wegzugehen. Selbst wenn ich damit unsere Freundschaft aufs Spiel setze.

Das ändert sich erst an Halloween.

»Diese Chance dürfen wir uns nicht entgehen lassen«, sagt Chase. »Vielleicht ist das unsere letzte Gelegenheit, an Halloween um die Häuser zu ziehen. Danach können wir das erst wieder, wenn wir uralt sind und selber Kinder haben.«

»Waren wir nicht letztes Jahr schon ein bisschen zu alt dafür?«, fragt Skye und schmiegt den Kopf an seine Schulter. »Und das Jahr davor? Und das Jahr vor dem Jahr davor?«

»Aber wir haben immer noch Süßigkeiten gekriegt«, erinnert Omar sie. »Tonnenweise leckere Naschsachen.«

»Ich bin dabei«, sagt Drea. »Für Bounties könnte ich sterben. Besonders wenn sie nichts kosten.«

»Auf mich müsst ihr verzichten. Ich habe ein Date. Wir treffen uns dann auf der Party«, sagt Lala schulterzuckend.

»Clare?«, fragt Omar. Alle schauen mich an. Wenn ich nicht mitgehe, verpasse ich noch mehr Zeit mit ihnen, und danach haben sie noch mehr Insider-Witze, die ich nicht verstehe. Ich muss die Sicherheit meines Zimmers, meines Betts, meiner Stricknadeln und meines Aquariums aufgeben, aber immerhin kann ich mich unter einem Kostüm verstecken.

»Okay«, sage ich. »Ich bin dabei.«

Ich sehe im Spiegel, wie mein Gesicht nach und nach unter Stoffstreifen verschwindet. Ich bin eine Mumie und nicht mehr Clare Tovin. Skel bleibt zu Hause, er sitzt in seinem Stuhl und liest ein Buch. Außer meinen Freunden wird niemand wissen, wer ich bin.

Mom und Dad machen ein paar Fotos und begleiten mich zum Auto. Als ich meine Übernachtungstasche auf den Rücksitz werfe, ermahnen sie mich noch einmal, mein Handy immer bei mir zu tragen und spätestens um Mitternacht wieder bei Drea zu sein.

Treffpunkt ist bei Drea zu Hause. Wir quetschen uns alle in den Truck von Chase. Eine Mumie, ein Vampir, ein Möchtegern-Superheld, ein Baby und Stanley, das Eichhörnchen.

Heute Abend folgt mir kein Raunen und kein Skel, nur der Protest der Erwachsenen: »Seid ihr nicht schon ein bisschen zu alt für Süßes oder Saures?«

Kurz nach zehn hinterlasse ich eine Nachricht für meine

Eltern. *Wir sind fertig und ich bin todmüde. Bis morgen dann.* Unsere Kissenbezüge sind vollgestopft mit Süßigkeiten, als wir für die zweite Hälfte von Halloween zum Lagerplatz aufbrechen.

Alle drängen sich um das Lagerfeuer, froh um das bisschen Wärme. Meine Verkleidung verschafft mir Anonymität, und die Zwiebelschichten meiner weißen Thermounterwäsche halten mich warm. Es fühlt sich gut an. Fast normal.

»Guck dir die putzige Schäferin an.« Omar alias Stanley, das Eichhörnchen versetzt mir mit seinem pelzigen Ellenbogen einen Stoß und deutet auf Mandy, die gerade aus ihrem Auto steigt und Ryan hinter sich herzieht.

»Es ist scheußlich kalt hier. Besorg mir schnell einen Drink! Aber den mit Kirschen drauf.« Mit ihrem Schäferinnenstab bahnt sie sich den Weg in die vorderste Reihe, während Ryan zu den Getränken geht, wo zufälligerweise auch ich stehe.

»Nettes Schafskostüm«, sage ich und hoffe, dass es genauso ironisch klingt, wie ich es meine.

»Ach, das war Mandys Idee.« Er fuchtelt mit seinem Huf herum und zeigt auf Mandys Rüschenhintern, mit dem sie gefährlich nah am Feuer wackelt. »Und wer bist du? Warte … Ich kenne diese Augen und diese Stimme … Clare.«

»Jep.« Und schon bin ich wieder bei meinem Lieblingswort gelandet.

»Hey! Wie hast du den Rest deines Sommers verbracht? Ich meine, ich bin nach Mexiko gegangen und du warst plötzlich weg. Ich habe dich kein einziges Mal mehr am See gesehen.«

»Ich bin zu meiner Großmutter nach Tennessee geflogen, um dort eine Scheune zu renovieren«, antworte ich und versuche, das Ende meiner Ferien möglichst normal darzustellen. Was völliger Quatsch ist. Er hat garantiert die Gerüchte gehört. »Die letzten paar Wochen habe ich mit Schulsachen verbracht. Fürs Schwimmen war da kaum noch Zeit.« Die letzten Worte kommen mir kaum über die Lippen.

Aus dem Augenwinkel wirft er einen Blick in Mandys Richtung: Die putzige Schäferin dreht sich zu uns um. Zum Glück sieht sie nur eine Mumie, die sich mit ihrem belämmerten Schafsfreund unterhält.

»Mandy wartet auf ihren Drink«, sagt Ryan fast entschuldigend. »Ähm, nur ganz kurz, Clare. Ich bin überzeugt davon, dass du nichts mit der Diebstahl-Sache zu tun hast. Also wirf mich nicht mit den anderen in einen Topf, okay? Du musst mir nicht aus dem Weg gehen.« Er zögert. »Ich meine, ich könnte schwören, dass du dich neulich umgedreht hast und in die andere Richtung gegangen bist, als ich dich in der Aula gesehen habe. Das war nicht besonders toll.«

Seine Worte schockieren mich. In einem Cartoon würden jetzt meine Mumienfetzen vor Schreck in alle Richtungen flattern und sich dann wieder um mich wickeln. Ich bringe kein einziges Wort heraus. Ryan wendet sich zum Gehen.

»Ryan!« Er dreht sich noch einmal um. »Danke.« Am liebsten würde ich sagen: »Du hast keine Ahnung, was das für mich bedeutet.« Aber ich lasse es bleiben. Ich habe so ein Gefühl, dass er vielleicht doch eine Ahnung davon hat. Möglich wär's.

»Schon gut.« Er hebt sein Bier zum Gruß und geht zu Mandy ans Feuer.

Gemeinsam mit meinen Freunden genieße ich das Lagerfeuer und trinke ein paar Bier. Trotz der Kälte ist es gemütlich. Das Einzige, was mich frösteln lässt, ist der Wald jenseits des Lagerplatzes, wo ich Lukes Freund Dan über den Weg gelaufen bin. Ein Ort, in dessen Dunkelheit sich vieles verbergen kann.

Am nächsten Tag kommt Ryan in der Mittagspause an unserer Fichte vorbei. Er bleibt stehen, um Hallo zu sagen, und zeigt sein strahlendes Lächeln. Es ist ein gutes Gefühl, einen weiteren Verbündeten zu haben. Ich schaffe das. Ich muss mich nicht in meinem Zimmer einigeln und darauf warten, dass die Klatschmäuler verstummen. Vielleicht bringe ich sogar den Mut auf, die Decken zu den Liebenden Herzen zu bringen.

»Es ist Freitag … Wer kommt heute Abend mit ins Kino?«, fragt Chase, nachdem Ryan weggegangen ist.

Wenn ich es wirklich will, kann ich meine ungewollte Routine durchbrechen. Und mir das Leben ein kleines bisschen leichter machen.

»Gute Idee«, sage ich. »Wie wär's mit einer Komödie?«

42
Wärme

Damals, mit sechzehn

Die kalten Böen des Januarwinds trieben mir die Tränen in die Augen. Mom und ich eilten vom Eingang des MegaMarkts zum Auto. Den Kopf schützend gegen den Wind gesenkt, überquerte eine Frau den Parkplatz. Als wir an ihr vorbeikamen, hörte ich ein leises Wimmern und drehte mich um. Die Frau hielt ein kleines Baby im Arm, dass sie, so gut es ging, mit ihrem verschlissenen Mantel schützte. Das Kind hatte weder ein Mützchen noch eine Jacke oder eine Decke.

Während ich Mom beim Beladen des Kofferraums half, beobachtete ich, wie die Frau über die Straße ging und die Liebenden Herzen betrat.

Auch als sie schon längst weg war, ging mir die Frau nicht aus dem Kopf. Sobald ich die Augen schloss, sah ich sie vor mir. In jedem Quietschen der Dielen hörte ich das Baby. Und während ich in meinem Zimmer saß und an einer grünen Decke für mich strickte, spürte ich immer noch den kalten Wind.

Als die Decke fertig war, ging ich auf eine Website mit Strickmustern für Babymützen und -söckchen und suchte etwas zueinander Passendes aus. Ich kramte übrig gebliebenes Garn hervor und strickte einen kleinen Pandabär.

Dann fuhr ich zu den Liebenden Herzen. Vor der Tür zögerte ich. Was, wenn sie die Decke verschmähten? Was, wenn sie wussten, dass Luke Tovin mein Bruder war, ein Dieb, mit dessen Familie sie lieber nichts zu tun haben wollten? Schluss damit, sagte ich zu mir. Sich nicht zu trauen, anderen etwas zu schenken, war lächerlich. Ein kalter Windstoß traf mich. Höchste Zeit hineinzugehen.

Beim Öffnen der Tür bimmelte eine Glocke.

»Kann ich dir helfen?«, fragte eine Frau in Moms Alter freundlich und blickte vom Computer auf.

»Hi. Ähm, ich habe das gemacht«, sagte ich und zog Decke, Mütze, Söckchen und den Bären aus meiner Stofftasche. »Vor zwei Wochen war auf dem Parkplatz gegenüber eine Frau. Sie hatte keine Decke für ihr Baby. Ich habe gesehen, wie sie hier reinging.«

»Wie schön!«, rief die Frau und strich über die Decke. »Ich heiße Peggy. Und du?«

»Clare.« Ich war froh, dass wir uns gleich beim Vornamen nannten. »Ist die Frau mit dem Baby hier?«

»Ja, das ist sie. Und noch viele andere Frauen«, sagte Peggy. »Willst du dich mal umsehen?«

Während sie mich herumführte, erklärte sie, dass die Liebenden Herzen Frauen und Kindern eine vorübergehende Bleibe boten, damit die Mütter sich eine Arbeit suchen, etwas Geld sparen und irgendwann in eine eigene Wohnung ziehen konnten. Zuletzt betraten wir den Gemeinschaftsraum. Peggy nickte in Richtung einer Frau, die mit ihrem Baby auf der Couch saß.

»Das ist für Sie.« Ich reichte der Frau mein Geschenk.

Sie hatte Tränen in den Augen, als sie ihr Baby in die Decke wickelte. »Vielen, vielen Dank«, sagte sie leise. »Amelia sieht wunderschön darin aus.«

Das war noch besser als schwimmen. Besser als die volle Punktzahl in einem Test. Besser als Lukes Heimkehr. Besser als ein Lob von Mom.

Dieses Gefühl gehörte ganz allein mir. Ich wollte es mit niemandem teilen. Ich wollte nicht, dass Skel es jemals kaputt machte.

43
Die Gabel

Jetzt

Am Tag vor Thanksgiving stehe ich mit Mom in der Küche und rolle Teig aus, während ich in Gedanken bei meinen College-Bewerbungen bin, von denen ich die letzte gestern online eingereicht habe. UCLA und UC Berkeley waren die ersten. Erst vor einer Woche habe ich beschlossen, mich für Dreas Traum-Universität Pepperdine sowie für eine andere auf ihrer Liste, Long Beach State, zu bewerben. Vielleicht gehen wir ja am Ende auf dasselbe College. Ach ja, Mom und Dad haben darauf bestanden, dass ich mich an unserem hiesigen Drecksloch von College bewerbe. Sie gehen davon aus, dass es meine einzige Bewerbung ist. Dad hat blind alle Anträge auf finanzielle Unterstützung unterschrieben, die ich ihm vorgelegt habe. Jetzt heißt es warten. Die Briefe mit Annahme oder Ablehnung werden irgendwann im März oder April im Briefkasten landen.

»Gut gemacht, Clare«, sagt Mom und zupft prüfend an dem Teig. »Ich bin beeindruckt.«

Lächelnd genieße ich das ungewohnte Lob.

Plötzlich geht die Eingangstür auf.

Mom und ich drehen uns um.

Es ist Luke.

Seine Augen sind eingefallen und er ist dünn und schmutzig. Als er auf uns zukommt, steigt mir ein stechender Geruch in die Nase.

Starr vor Schreck halte ich mich am Küchenschrank fest. Warum ist er gekommen? Er darf nicht hier sein. Dann überfällt mich ein Gedanke und mir wird übel.

Ich muss die Polizei anrufen.

»Ma! Piepmatz!«, ruft Luke. »Hier bin ich, wie versprochen. Ich bin den ganzen Weg hierher getrampt, extra für Thanksgiving.«

Mom legt den Holzlöffel beiseite, mit dem sie gerade die Pastetenfüllung umgerührt hat, kommt hinter der Küchentheke hervor und nimmt ihn in den Arm. Wie bringt sie es nur fertig, ihn zu umarmen?

»Getrampt? Den ganzen Weg von Tennessee?« Ist das meine Stimme? Es ist tatsächlich meine Stimme, die ihm antwortet. Die ihm eine Frage stellt. Die sich um einen normalen Ton bemüht.

»Ja, mir blieb nichts anderes übrig«, sagt Luke. »Nach Thanksgiving muss ich wieder los. Meine Freundin wartet auf mich. Chastity ist einfach toll. Sie sorgt sich sehr um mich. Ich wollte sie eigentlich mitbringen, aber sie hat ein kleines Mädchen, deshalb kam trampen für sie nicht infrage. Aber ich bin gekommen, so wie ich es gesagt habe.« Luke kratzt sich im Gesicht, kneift sich in die Nase, kratzt sich an den Armen.

»Luke, du bist bestimmt sehr erschöpft. Warum nimmst du nicht eine schöne heiße Dusche? Im Badezimmer sind saubere Handtücher und ich suche dir ein paar von deinen alten Kleidern heraus.« Mom tritt einen Schritt zurück und verzieht bei seinem Gestank unwillkürlich das Gesicht, versucht es aber mit einem Lächeln zu überspielen. »Wenn du fertig bist, gibt's Essen.«

»Okay«, sagt er und geht ins Badezimmer.

Als die Tür sich hinter ihm schließt, sehen Mom und ich uns an.

»Setz dich, bevor du umkippst und dir etwas tust.« Mom schiebt mir einen Stuhl hin.

Plopp. Ich lasse mich fallen.

»Wir müssen anrufen«, sage ich, mache jedoch keine Anstalten, zum Telefon zu greifen. Mom ebenfalls nicht.

»Das werden wir, Clare. Nachdem er geduscht und gegessen hat. Mach dir keine Gedanken. Darum kümmere ich mich.«

Ich kann Lukes Heimkehr nicht ignorieren. Ich kann nicht so tun, als würden wir einfach ein schönes Willkommensessen für meinen Bruder abhalten. Ich werde meine Zukunft nicht aufs Spiel setzen. Ich hole tief Luft und atme wieder aus. Mir ist klar, dass Luke verhaftet wird, sobald die Polizei eintrifft. Aber ich muss das tun, was das Richtige für mich ist.

Ich greife nach dem Telefon und fange an, die Nummer des Kriminalbeamten zu wählen, die ich auswendig kenne.

»Was machst du da?«, fragt Mom scharf und nimmt mir das Telefon aus der Hand. »Morgen ist Thanksgiving. Willst du wirklich deinen Bruder einen Tag vor dem Fest ins Gefängnis bringen?«

Ich sehe sie an.

»Aber wir müssen anrufen«, sage ich.

»Das sollte nicht deine Sorge sein. Ich habe dir gesagt, dass ich mich darum kümmere. Kein Wort mehr davon. Hast du mich verstanden?«

Ich nicke. Sie wird es nicht zulassen, dass ich anrufe. Eher würde sie alle unsere Telefone mit dem Hammer zertrümmern.

Mom hat gesagt, dass sie sich darum kümmert. Und das wird sie auch. Wenn er geduscht und gegessen hat, wird sie anrufen.

Vielleicht versteckt sie ihn bis nach Thanksgiving, damit sie ein perfektes Fest haben kann. Danach wird sie anrufen. Sie wird tun, was unsere Pflicht ist. Sie wird für Lukes Freiheit nicht in Kauf nehmen, dass ich ins Gefängnis wandere, oder? Sie wird sich für mich entscheiden. Sie muss sich für mich entscheiden. Ich habe nichts Falsches getan.

Mom reicht mir ein Glas Wasser.

»Trink«, sagt sie. »Du bist weiß wie ein Gespenst.«

Ich nippe am Glas und starre auf die Wand.

»Kannst du mir helfen«, fragt sie etwas sanfter, »und den Pastetenteig in die Auflaufform geben?«

Ich nicke.

»Weißt du, wie man das Gittermuster obendrauf macht?«

Ich nicke wieder und knete dabei den Teig.

»Dann suche ich jetzt die Kleider für deinen Bruder heraus. Ich kann dir doch vertrauen, oder?«, fragt sie.

Ich nicke und sie geht hinaus.

Luke ist im Badezimmer. Mom ist auf dem Dachboden. Das ist die Gelegenheit, um anzurufen. Ich muss anrufen. Ich starre auf das Telefon, aber meine Hände rühren sich nicht.

Ruf an! Nimm das verdammte Telefon und wähle! Wenn du es nicht tust, verhaften sie dich ebenfalls.

Aber meine Hände gehorchen mir nicht. Und das nach allem, was Luke getan hat. Nach allem, was er von mir verlangt hat.

Meine Finger haben auf Autopilot geschaltet und die beiden Teigschichten vorbereitet, die Füllung hinzugefügt und sind schon mit den Streifen für das Gittermuster beschäftigt.

Luke und Mom betreten die Küche, als im selben Moment Peter durch die Hintertür hereinkommt. »Peter, sag Hallo zu deinem Bruder«, ruft Mom. Peter bleibt wie angewurzelt stehen und starrt Luke an. »Du brauchst gar nicht erst in dein Zimmer zu gehen. Du kannst gleich den Tisch decken.«

»Das kann ich doch machen, Ma«, sagt Luke. Die Blutgefäße um seine riesigen Pupillen sind dick und rot.

»Deckt doch einfach gemeinsam den Tisch. Das Essen ist in etwa fünfzehn Minuten fertig.« Mom schließt die Herdklappe und legt die Ofenhandschuhe auf die Anrichte. Sie lächelt uns alle drei an. Peter sieht mich mit großen Augen an und ich weiß genau, was er denkt – wie kann sie nur so tun, als wäre Luke mal eben von der Arbeit nach Hause gekommen, obwohl er seit Monaten auf der Flucht ist.

Vielleicht verhält sie sich so wie immer, um Luke etwas vorzuspielen.

»Ich übernehme den Abwasch«, verkündet sie beim Hinausgehen.

Peter und ich schauen zum Telefon. Er schüttelt den Kopf und lässt sich auf einen Stuhl fallen.

Ich überlasse meine Pastete sich selbst, wasche mir die Hände und hole die Teller aus dem Schrank. Als ich mich umdrehe, sehe ich, wie Luke Peter grob unter den Achseln packt und vom Stuhl hochzieht.

»Steh auf und hilf.«

»Schon gut, lass das. Ich stehe ja schon.« Peter schlägt Lukes Hände weg. »Verpiss dich.«

»Verpiss du dich doch, du kleiner Scheißhaufen. Zeig deiner Mutter gegenüber ein bisschen mehr Respekt und hilf uns beim Tischdecken.« Als Peter ihn nur zornig anstarrt, baut Luke sich vor ihm auf. »Ich sage das kein zweites Mal.«

»Hört auf. Hört sofort auf!« Ich blicke Peter an, dann das Telefon, bevor ich Luke die Teller reiche und nach den Gläsern im Schrank greife.

»Ich begreife nicht, warum du immer zu ihm hältst. Ruf endlich an«, flüstert Peter in mein Ohr. Er nimmt mir die Gläser aus der Hand und stellt sie auf den Tisch.

»Was war das?«, fragt Luke scharf.

»Nichts«, antworten Peter und ich gleichzeitig.

»Luke, holst du Gabel und Löffel? Messer werden wir heute nicht brauchen«, sage ich. Der Eintopf wirft große Blasen. Die Spritzer landen auf der Herdplatte. Ich rühre schnell um und drehe die Temperatur niedriger. Dann nehme ich die Salatschüssel aus dem Kühlschrank. Peter stellt das letzte Glas auf den Tisch und dreht sich genau in dem Moment um, als ich die Schüssel abstellen will. Wir stoßen zusammen. Der Salat fliegt durch die Luft und klatscht auf den Boden und die Schüssel zerspringt auf meinen nackten Füßen in tausend Scherben.

»Verdammt.« Peter stößt mich zur Seite und zupft an seinem Shirt, das mit Dressing bekleckert ist.

»Hast du sie gerade geschlagen?«, blafft Luke ihn an.

»Nein. Ich – wir sind nur ineinandergerannt.« Peter bleibt auf halbem Weg zum Badezimmer stehen, starrt auf sein Shirt und blickt dann hoch. Versucht, sich alles noch einmal zu vergegenwärtigen.

Ich stehe inmitten der Scherben und rühre mich nicht vom Fleck. Stumm blicke ich auf die Splitter in meinen Füßen und auf die hervorquellenden roten Tropfen.

Immer zerbricht alles: das Glas, die Knochen, das Vertrauen, das Zuhause, die Familie, das Herz. Zerbrochen, zerbrochen, zerbrochen, zerbrochen.

Skel legt die Hand auf meine Schulter. Mit gebeugtem Rücken steht er da, seine ganze Haltung ist schlaff und niedergeschlagen. Er hat genug. Sogar er hat jetzt genug.

Meine Muskeln verkrampfen sich. Auch mein Herz und meine Lunge. Ich kriege keine Luft.

Ein Wimmern. Zuerst ist es nur ein leises Wimmern. Ich halte es nicht mehr aus. Das Blut, das zerbrochene Glas, die gebrochenen Knochen. Die schlaflosen Nächte, die Kämpfe und das Flüstern. Ich kann die Tränen nicht länger zurückhalten.

Peter dreht sich zu mir um, sein Blick fällt auf meine Füße und das Blut. »Oh, Scheiße.«

Luke kommt zu mir gerannt, in der Hand die fünf Gabeln.

»Bist du okay, Piepmatz? Bist du okay?« Er wartet meine Antwort gar nicht erst ab. »Du Scheißkerl. Du verdammter Scheißkerl!« Mit ein paar großen Schritten ist er bei Peter und lässt mich in den Scherben stehen.

Peter lacht. Aber es ist ein unkontrolliertes Lachen, in das sich Angst und Schluckauf mischen.

»Es war ein Unfall! Ich habe nicht gesehen, dass sie verletzt ist.« Seine Gesichtsmuskeln zucken, als er ein beschwichtigendes Lächeln versucht. »Hör mal, Clare braucht Hilfe. Hol das Verbandszeug. Ich räume die Scherben weg.«

»Ich habe dich gewarnt, Clare nicht mehr wehzutun. Du hast ihr schon einmal den Arm gebrochen. Ich habe dir verboten, ihr auch nur ein Haar zu krümmen. Schon vergessen?« Luke tritt näher an Peter heran. »Weißt du, was du bist? Du bist ein verdammter Versager und ein Schläger, der seine Scheiße an einem Mädchen auslässt, das vier Jahre jünger ist.«

Er lässt die Gabeln fallen. Alle bis auf eine. Die behält er in seiner geballten Faust. Peter weicht zurück. Sein Gesicht ist leichenblass.

»Komm schon, Luke. Reg dich ab. Es tut mir leid, okay? Clare, es tut mir leid.« Peter sieht mich an. Vorsicht, Peter! Lass Luke nicht aus den Augen!

Die Gabel fährt in Peters Arm. Luke stößt kräftig zu und lässt erst los, als sie sich durch die Haut bohrt.

Der Eintopf kocht und blubbert, Scherben knirschen unter meinen Füßen. Laufe ich wirklich über zerborstenes Glas? Neugierig beuge ich mich über Peters Arm. Neugierig und nicht entsetzt? Ich fange nicht an zu kreischen. Ich renne nicht aus dem Haus, um Hilfe zu holen oder mich in Sicherheit zu bringen. Ich bleibe da, still, fasziniert. Achtlos wische ich die Tränen weg und starre auf die Gabel, die aus Peters Arm ragt, als wäre er ein Stück Fleisch. Da ist kaum Blut. Es riecht nach italienischem Dressing und köchelndem Eintopf, alles ganz heimelig. Es passt nicht zu dem, was ich sehe. Bei diesem Duft sollte eigentlich eine Familie am Tisch sitzen, lachen, sich die Teller reichen, das Essen teilen. Die Gabel, die im Arm meines Bruders steckt, gehört ganz sicher nicht dazu. Und auch nicht das Mädchen, das den Kopf zur Seite legt und den Arm aus der Nähe betrachtet, als wäre sie eine Wissenschaftlerin und nicht die Schwester.

»Was geht hier vor?« Mom kommt in die Küche gerannt.

»Ma.« Luke ist ganz ruhig. Er spricht, als wäre alles in bester Ordnung, alles völlig normal. »Es war ein Unfall. Ein Versehen. Er hat Clare geschlagen. Er hat Clare geschlagen, und dann ist mir die Gabel … ausgerutscht.«

Auf dem Boden sind blutige Fußabdrücke. Es sind meine. Peters Augen sind vor Schmerz weit aufgerissen, unter den Lidern quellen Tränen hervor. Er blickt durch mich hindurch, vorbei an Luke, vorbei an den Wänden, vorbei am Himmel jenseits des Hauses. Mom sieht uns nacheinander an, als müsste sie entscheiden, auf wessen Seite sie sich stellt.

Sirenen sind zu hören. Polizeisirenen. Mom hat also doch angerufen.

»Es war ein Unfall.« Lukes Gesicht ist ausdruckslos. Müsste er nicht weinen oder schreien? »Du kannst doch nicht wollen, dass ich wegen eines Unfalls ins Gefängnis muss. Sag es ihr, Clare. Sag ihr, dass es ein Unfall war.« Luke lächelt mich an. Er lächelt mich an?

Ich bringe keinen Ton heraus.

»Sag's ihr, Clare!«, drängt Luke. Jetzt ist Wut dabei. Er ist wütend auf mich?

Die Gabel steckt in Peters Arm. Peter, der Stein, der Fels. Er hat seine Augen geschlossen, aber die Tränen strömen trotzdem. Niemand zieht die Gabel heraus.

»Wisst ihr, was, ihr könnt mich alle mal«, knurrt Luke. »Ihr liebt mich nicht. Deshalb bin ich überhaupt erst so geworden.« Er rennt zur Hintertür hinaus. Rennt, während die Sirenen immer lauter werden.

Später am Abend macht Mom die Apfelpastete fertig. Währenddessen hilft Dad mir in Peters Stockbett. Ich habe Angst, allein zu sein. Mein Kissen, meine Decke, mein Handy, ich habe alles dabei. Hoffentlich kann ich mein Hirn überlisten und mir einreden, dass ich in Sicherheit bin, damit ich ruhig und ohne schlimme Albträume schlafen kann. Ich will einfach nur ungestört im Nichts versinken. Es ist nicht sehr wahrscheinlich, aber mit Peter in der Nähe ist es vielleicht möglich.

Ich frage mich, warum wir nicht alle miteinander verhaftet

wurden, weil wir nicht sofort die Polizei verständigt haben. Im Nachhinein hat sich herausgestellt, dass Mrs Brachett das für uns übernommen hat. Als sie Luke kommen sah, hat sie sofort die Polizei angerufen. Sie und nicht Mom. Meine Mutter hat sich nicht für mich entschieden.

Bei der Befragung im Krankenhaus wollte der Polizist von mir wissen, warum ich ihn nicht verständigt hatte. Ich nannte ihm das Einzige, was mir in diesem Moment einfiel, nämlich dass Mom sich darum kümmern wollte. Daraufhin nahm er meine Eltern zur Seite. Ich hörte nur, wie sie sagten: »Nein, wir wollen keine Anzeige erstatten. Und Peter ebenfalls nicht.«

Peter kommt herein und klettert in das obere Bett.

»Geht's dir gut da unten?«, fragt er.

»Klar«, sage ich.

»Was machen deine Füße?«

Schon bei der Frage zucke ich zusammen. Es sind insgesamt sechs Stiche: vier am rechten, zwei am linken Fuß. Und zahllose kleine Schnitte, die nicht genäht werden mussten. »Sie tun weh. Wahrscheinlich genauso sehr wie dein Arm.«

»Ha.«

»Denkst du, sie haben ihn gefunden? Denkst du, er muss zurück ins Gefängnis?«

Peter schweigt für einen Augenblick.

»Nein. Dann hätte er Mom angerufen, so wie immer. Er hätte sich längst bei uns gemeldet.«

Also ist er immer noch irgendwo da draußen.

»Peter?«

»Ja.«

»Er wird doch wohl heute Nacht nicht zurückkommen? Oder an Thanksgiving.«

»Nein. Das würde er nicht riskieren. Jetzt schlaf und hab keine Angst.«

»Ich habe keine Angst«, lüge ich.

»Kein Wunder. Zu dir ist er ja auch immer so nett, kleiner Piepmatz.« Peters Stimme hat plötzlich einen scharfen Unterton. Das Gespräch läuft in die falsche Richtung. Unternimm was dagegen, Clare.

»Zu dir ist er auch manchmal nett. Früher hat er immer Baseball mit dir gespielt.«

»Er hat mir mit dem Ball die Nase gebrochen, als ich zehn war.«

»Aber war es nicht so, dass du einfach den Ball verfehlt hast?«

»Niemand wirft einen Ball so hart, wenn es nur um ein Spiel geht.«

Guter Einwand.

»Ach komm, Clare. Hast du vergessen, wie oft er uns wehgetan hat? Und immer hat er etwas geklaut.« Immer? »Beim vorletzten Mal, als er aus dem Gefängnis kam, hat er meine Kamera gestohlen.« Stimmt. »Er hat Dads Scheckbuch genommen und sich selbst Schecks ausgestellt.« Stimmt. »Er hat unsere Sparschweine gestohlen. Wer beklaut schon kleine Kinder?« Stimmt. »Und jetzt hat er dich auch noch zur Komplizin gemacht.« Stimmt, stimmt, stimmt, stimmt. Er stiehlt. Stiehlt, weil er Geld braucht. Süchtige brauchen Geld. Aber wenigstens verletzt er dabei niemanden.

Ich muss an die Gabel in Peters Arm denken und frage: »Denkst du, dass er andere Leute verletzt hat? Körperlich, meine ich.«

»Ich weiß, dass er das getan hat. Diebe landen nicht für vier Jahre in einem Hochsicherheitsgefängnis.«

»Was?« Ich stoße mir den Kopf am Bett über mir, als ich mich ruckartig aufsetze. Niemand hat mir gesagt, dass Luke in einem Hochsicherheitsgefängnis saß. Oh mein Gott. Ein Hochsicherheitsgefängnis.

Noch heute Morgen hätte ich das nicht für möglich gehalten. Aber seit ich mit angesehen habe, wie er auf Peter eingestochen hat …

»Hochsicherheitsgefängnis, Clare«, stößt Peter hervor. »Da sitzen Vergewaltiger, Mörder, Schwerkriminelle von der übelsten Sorte. Und auch er war dort.« Er zögert, dann fügt er hinzu: »Tut mir leid. Ich dachte, du hättest das inzwischen herausgefunden.« Ich blinzle in die Dunkelheit. Ich wusste es nicht. Alle hatten der kleinen, naiven Clare gesagt, dass ihr Lieblingsbruder wegen Diebstahls im Gefängnis war. Keine große Sache, nichts Schwerwiegendes.

Mein Magen rebelliert. Vielleicht liegt es an den Schmerzmitteln. Wahrscheinlich eher nicht.

»Weißt du, wofür er dort saß?«, frage ich, obwohl ich es eigentlich gar nicht wissen will.

»Ich führe keine Liste. Ich bin froh, wenn er weggesperrt ist, und habe Angst, wenn er auf freiem Fuß ist.« Seine Stimme bricht. »Können wir aufhören, darüber zu reden? Können wir nicht einfach still sein und schlafen? Vorerst wird er sich nicht mehr blicken lassen. Er wird sich nicht herwagen, weil die Polizei unser Haus beobachten könnte.«

Ich wünschte, Peters Zimmer hätte keine Fenster und stattdessen ein Schloss auf der Innenseite der Tür. Aber das hat es nicht.

Plötzlich begreife ich, wovor ich mich fürchte.

Ich fürchte mich vor Luke.

Ich fürchte mich vor meinem eigenen Bruder.

Die Klarheit dieses Gedankens überwältigt mich. Ich habe Angst vor Luke. Ich habe mich in unserem eigenen Haus, in meinem eigenen Zimmer, meinem eigenen Bett nie sicher gefühlt. Niemals. Wegen Luke. Es ist eine fürchterliche Wahrheit, die ich bisher nicht akzeptieren wollte.

Ich liege auf dem Rücken und blicke immer wieder zum Fenster und zur Tür. Warte darauf, dass Luke mit einer Waffe in der Hand hereinplatzt. Eine Gabel, ein Messer, Moms billige Kerzenleuchter. Vielleicht sind sogar die Flügel ihres Schmuckengels spitz genug. Im Geist schmiede ich einen Fluchtplan. Ich überlege hin und her, bis ich sicher sein kann, dass er funktioniert.

Allmählich falle ich in einen Halbschlaf und meine Gedanken gehen in Träume über.

Eisblaue Luft.

Stufen, Stufen und noch mehr Stufen. Alt und rissig. Meine nackten Füße tun bei jedem Schritt weh. Große Gestalten in dünnen schwarzen Umhängen lösen sich aus den Schatten und kreisen mich ein. Ich renne nach oben. Die Treppe endet dort, wo eigentlich eine Tür sein müsste. Jetzt sind nur noch Türangeln da, silbriges Metall mit rostroten Flecken. Ein Raum. Groß und offen, ohne Möbel. In der Ecke ein kleines Mädchen. Sie liegt auf dem Boden und weint. Die Dielen ächzen. Ich renne zu ihr, um sie zu beschützen. Nehme sie in die Arme. Die Schatten sind jetzt ganz nahe und hüllen mich in Schweigen. Das kleine Mädchen weint nicht mehr. Sie ist zart und unschuldig und bedeutet mir etwas. Sie ist tot. Ich will fliehen, mich retten. Aber ich stolpere. Falle auf die Knie, lande auf etwas Spitzem. Meine Beine versagen. Es gelingt mir nicht, den Schatten zu entkommen. Ich schreie.

»Clare, Clare, Clare! Wach auf, Clare!« Peters Gesicht. Peters Zimmer. Peters Tür. Ich liege auf dem Boden und blicke zur Tür. Ringe nach Luft. Ist meine Kehle zugeschnürt?

»Du hattest einen Albtraum.« Peter nimmt meine Hände in seine. »Siehst du, jetzt bist du wach. Und ich bin da.« Er beugt sich vor und knipst die Schreibtischlampe an. Mein rechtes Knie blutet, das linke färbt sich blau. Das Stockbett ist weit weg, auf der gegenüberliegenden Seite des Zimmers.

»Möchtest du darüber reden?« Peter untersucht meine Knie.

»Nein.« Es macht mich wahnsinnig, dass niemand begreifen kann, wie real meine Albträume sind. Aber Erklärungen sind zwecklos. »Ich wünschte, es wäre Morgen. Das ist so albern. Ich bin siebzehn, in meinem Alter fürchtet man sich nicht mehr im Dunkeln.« Ich schaue an mir herab. »Und warum zum Teufel blutet mein Knie?«

Peter sieht sich im Zimmer um. »Da.« Er deutet auf seine Hockeyschlittschuhe, die mit den Kufen nach oben auf dem Boden liegen. »Ich hätte sie vor dem Schlafengehen wegräumen sollen. Tut mir leid. Hab's vergessen.« Er stellt sie in den Schrank. »Bin in fünf Sekunden wieder da. Kann ich dich so lange allein lassen?«

»Natürlich«, sage ich. »Mir geht's gut.« Was nicht stimmt. Ich sitze wie festgenagelt da und konzentriere mich auf die Poster von Peters Lieblingssportstars. Ich betrachte die Gesichter von Michael Jordan, Wayne Gretzky, Lionel Messi, Pelé und versuche, nicht daran zu denken, wie einer meiner Brüder mit der Gabel auf den anderen einsticht und wie schrecklich mein Albtraum war. Aber es gelingt mir nicht.

Peter kehrt mit zwei Gläsern Wasser zurück. Dazu einen Eisbeutel, Desinfektionsmittel und Pflaster. Ich kippe das Wasser hinunter und halte den Eisbeutel auf das eine Knie, während Peter das andere verarztet.

»Der Schnitt ist gar nicht so tief, das Blut hat es schlimmer aussehen lassen, als es ist. Zwei Pflaster dürften reichen«, sagt er tröstend. Ich betrachte meine bandagierten Füße und meine beiden Knie.

»Jetzt fehlt nur noch, dass ich hinfalle und mir versehentlich die Pulsadern aufschneide«, versuche ich zu scherzen.

Peter schüttelt den Kopf und zwingt sich zu einem »Ha«. Dann sagt er: »Darüber macht man keine Witze, Clare.«

Ich zucke mit den Schultern.

»Willst du es noch mal mit Schlafen versuchen?«, fragt Peter.

Die Antwort ist Nein. Ich will überhaupt nie mehr wieder schlafen. Mein Blick geht zum Fenster. Zur Uhr. Noch zwei Stunden, bis es hell wird.

»Wenn du willst, können wir das Licht anlassen, Clare.«

Peter lehnt sich an den Schreibtisch, ihm fallen fast die Augen zu. Ich kann nicht von ihm verlangen, mit mir wach zu bleiben.

»Okay«, sage ich. »Hast du etwas zu lesen für mich? Etwas Leichtes, das mich ablenkt … von allem.«

»Ein Sportmagazin?«, schlägt Peter vor. Ich treibe keinen Sport, es sei denn, Chase oder Skye rekrutieren mich, damit ein Spiel zustande kommt. Ich habe keine Ahnung von Sport. Ein Sportmagazin ist genau das, was ich jetzt brauche.

Ich gehe zurück ins Bett und wickle mich fest in die Decke ein. Peter legt seine Kissen auf den Boden neben mich.

»Nein, Peter. Ist schon okay. Das musst du nicht machen.«

»Ich kann stattdessen ein zusammengerolltes Sweatshirt nehmen. Ich schlafe besser, wenn ich weiß, dass du, falls es wieder passiert, weich fällst.« Zwei Albträume in einer Nacht. Das packe ich nicht.

Am Morgen brennt Peters Schreibtischlampe immer noch. Das Sportmagazin liegt auf meiner Brust. Mir tut jeder Muskel weh, aber ich habe es ohne weitere Albträume bis zum Morgen geschafft.

Ich frage mich, wo Peter ist, während ich mich langsam aus dem Bett rolle, mich strecke und zum Fenster humple. Das graue Licht eines wolkenverhangenen Himmels dringt in mein Zimmer, als ich die Jalousie hochziehe. Ich lege eine Hand an die Glasscheibe und spüre an den Fingerspitzen, wie die Kälte hereindringt. Womöglich schneit es heute noch.

Von Peters Zimmer aus sieht man die Zufahrt, die zu unseren geparkten Autos führt. Der Anblick weckt Erinnerungen in mir. Ich durchforste die wirr verstreuten Puzzlestücke meiner Vergangenheit.

Ich weiß noch genau, wie mein Herzschlag sich beschleunigte, als ich damals das zerbrochene Fenster und die Blutspur sah.

Ich lasse die Erinnerungen zu und folge der Spur der Tropfen um die Ecke.

44
Vollkommene Kreise

Damals, mit elf

Dad stand neben der Couch. Groß, aufrecht, stark. Aber sein Gesicht war blass und mit roten Flecken überzogen. Die Adern traten hervor, Wut mischte sich mit Angst. Ich wich einen Schritt zurück.

»RAUS!«, brüllte Dad und deutete zur Hintertür.

»Lass mich in Ruhe! Ich will schlafen.« Luke lehnte an der Couch und fuhr sich mit blutigen Fingern übers Gesicht, sodass das Rote unter seinen Augenlidern zu sehen war.

Dad packte Luke am Shirt und zog ihn zu sich heran.

»Ich sagte: RAUS!« Er stieß Luke zur Tür. Luke stolperte und fiel gegen die Wand. Ich schloss ganz fest die Augen. War das wirklich Luke? War das wirklich mein Dad?

Lukes Gesicht verwandelte sich.

Er fletschte die Zähne und riss die blutunterlaufenen Augen auf. Eine hässliche Fratze.

Dann griff er an. Mit geballten Fäusten stürzte er sich auf Dad. Sie rauften sich wie zwei Hunde, keuchend und mit roten Gesichtern. Luke presste Dad auf den Boden und drückte ihm die Knie auf die Brust. Seine Finger gruben sich in Dads

Hals. Gesichter, Arme, Kleider, Zähne – alles war blutverschmiert. Überall Blut. So viel Blut.

Dad hustete. Spuckte. Würgte. Aber Luke ließ nicht los.

Skel hielt mir mit seinen knochigen Fingern die Augen zu, aber ich stieß ihn fort und rannte ins Zimmer.

»Aufhören! Aufhören! Aufhören! Aufhören! Aufhören!« Meine Schreie ließen alles erstarren. Die Zeit schien für einen Moment stillzustehen. Luke ließ Dads Hals los.

Ich wartete darauf, dass noch mehr passierte. Hatte ich tatsächlich den Bann gebrochen?

Mein Vater stöhnte laut. Luke rappelte sich auf.

Dad tastete nach dem Telefon auf dem Beistelltisch. Den Blick auf Luke gerichtet, sagte er mit heiserer Stimme: »Geh. Sofort. Zwing mich nicht dazu, die Polizei zu rufen.«

Wankend kam Luke auf mich zu. Er streckte seine blutverschmierte Hand aus und stieß mich zur Seite. Der Abdruck seiner Hand auf meiner Brust war viel deutlicher als die farbigen Handabdrücke in unseren Babyalben.

Dann fiel die Eingangstür ins Schloss. Luke hatte das Haus verlassen. Wo ging er hin, blutverschmiert, wie er war?

»Clare, kannst du mir helfen? Hol Handtücher und kaltes Wasser, Verbandszeug, Desinfektionsmittel und Eisbeutel. Beeil dich.« Dad klang so schwach.

Ich rannte los, um alles zu holen.

Die alten Handtücher färbten sich rot. Als das Blut aufgesaugt war, kamen lauter Schnitte zum Vorschein, manche davon groß und tief. Gegen die Schwellungen und Blutergüsse drückten wir Eisbeutel auf Nase, Augen und Hals.

»Diese Sauerei wird schwieriger wegzumachen sein als ein überfahrenes Stinktier«, sagte Dad matt. Er zwang sich zu einem Lachen und sah mich aus seinen zugeschwollenen Augen an. Ich wusste, er wollte mich nur aufmuntern. Aber ich konnte nicht mitlachen.

»Clare, du weißt ja, dass wir manche Sachen in der Familie für uns behalten müssen, nicht wahr?«

Ich nickte.

»Wenn jemand fragt … ich bin bei der Arbeit einen Abhang hinuntergefallen.«

Ich nickte wieder.

Vorsichtig sammelte ich die Scherben ein, schrubbte Blutflecken weg und stellte die durchs Zimmer geworfenen Sachen zurück an ihren Platz. Dabei stellte ich mir vor, dass es nicht mein Haus war, nicht mein Bruder, nicht mein Vater, nicht mein Skelett. Ich hüllte das, was passiert war, in dunkle Wolken ein, sodass nur das Licht der guten Erinnerungen zurückblieb, in denen Luke freundlich und sanft und liebevoll war. Ich tat alles, damit ich nicht mehr daran denken musste, wozu Luke fähig war.

45
Thanksgiving

Jetzt

Ich trete von Peters Fenster zurück und lasse die Erinnerung ausklingen, als ich an den langsamen Heilungsprozess von Dads Gesicht und seinen Veränderungen denken muss, von Schwarz, Violett und Blau über Grün und Gelb bis hin zur normalen Hautfarbe. Irgendwann waren sogar die Narben verblasst. Als das Haus wieder ruhig war und Dads Gesicht wieder wie vorher aussah, schaffte ich es zu vergessen. Ich wählte nur die Erinnerungen an Luke aus, die ich behalten wollte, und ließ sie immer wieder vor meinem inneren Auge ablaufen.

Aber als ich jetzt auf meine bandagierten Füße blicke und an Peters Arm denke, wird mir klar: Es hat mir nichts genützt, meine Erinnerungen zu filtern und diese eine wegzulassen. Wenn ich sie stattdessen zugelassen hätte, wäre ich vielleicht vorsichtiger gewesen. Vielleicht wären Peter und ich dann gestern nicht verletzt worden.

Ich humple ins Wohnzimmer und verbringe den Rest des Tages auf der Couch, wo ich geistesabwesend zuschaue, wie die Luftballons bei der Festparade im Fernsehen in den Himmel steigen. Dann gucke ich stundenlang mit Peter Football, bis es Abendessen gibt.

Ein Riesentruthahn für vier Leute. Mom deckt den Tisch für fünf, tritt zurück und seufzt, dann nimmt sie das fünfte Gedeck und stellt es zurück in den Schrank. Wir setzen uns gemeinsam um den Tisch. Wir sind vollzählig. Zusammen mit Skel, der um den Tisch herumklappert, zum Schrank tänzelt, auf unsere Familienfotos deutet und an seinen knochigen Fingern abzählt. Vier, nicht fünf. Er legt seinen langen Arm um Peter.

Wir tun alle so, als wäre er nicht da. Peter trägt lange Ärmel, die das Loch in seinem Arm verbergen. Meine verbundenen Füße sind unter dem Tisch. Wir danken laut für unser Essen, das Dach über dem Kopf und dafür, dass wir liebende Freunde und eine Familie haben. Keiner von uns dankt dafür, dass wir in Sicherheit sind. Skel setzt sich auf die Küchentheke, zwischen Apfel- und Kürbispastete, und sieht uns beim Essen zu.

Sobald ich den letzten Bissen meiner Pastete gegessen habe, humple ich aus dem Zimmer. Ich habe noch immer Angst vor dem Alleinsein, aber Peter geht heute mit Freunden aus, und dass ich im Schlafzimmer meiner Eltern auf dem Boden schlafe, kommt nicht infrage. Natürlich könnte ich Drea anrufen. Dann müsste ich ihr allerdings erklären, was mit meinen Füßen passiert ist. Ich möchte aber nicht darüber reden.

Das Licht von meinem Fenster erleuchtet den Hof. Ich sehe zu, wie dicke Schneeflocken vom Himmel fallen und die Äste unseres Apfelbaums küssen, bevor sie sich auflösen. Es ist so wunderschön, so friedlich. Mein Blick verschwimmt und ich stelle mir den Hof im Sommer vor. Wie meine Mutter glücklich unter dem Baum sitzt und in die Hände klatscht, während

Luke und ich meinem Frosch hinterherjagen. Ich möchte in diese Erinnerung eintauchen und für immer dortbleiben. Ich möchte alles andere von Luke vergessen.

Aber damit muss endlich Schluss sein. Kein Schwelgen in den schönen Erinnerungen mehr. Keine Flucht vor der Wahrheit.

Ich überprüfe noch einmal, ob das Fenster verriegelt ist, bevor ich die Vorhänge zuziehe und unter meine Bettdecke krieche. Meine Nachttischlampe brennt noch, und wenn es sein muss, werde ich den Rest meines Lebens mit Licht schlafen.

46
Darf ich vorstellen, das neue Familienskelett

Jetzt

In den nächsten fünf Tagen schneit es immer wieder. Die Straßen sind so vereist, dass am Montag und Dienstag die Schule ausfällt. Am Mittwochmorgen scheint die Sonne und meine Füße sind so weit verheilt, dass ich halbwegs normal laufen und in die Schule gehen kann. Ich bin froh, wieder in der Klasse und bei meinen Freunden zu sein. Wenn die Welt zu Hause kopfsteht, ist es tröstlich, dass in der Schule wie immer Unterrichtsstunden und Aufgaben auf mich warten und die Schulglocke zwischen den Stunden meinen Tagesablauf bestimmt und mir Sicherheit bietet. In den Leistungskursen werden wir mit einer Flut von Hausaufgaben überschwemmt, damit wir in unserem Lehrplan weiterkommen. Den ganzen Dezember über bin ich so beschäftigt, dass ich kaum Zeit habe, Mom beim Schmücken des Hauses zu helfen.

Erst am Samstag vor Weihnachten habe ich einen Vormittag frei, um im Einkaufszentrum die Geschäfte nach Geschenken abzuklappern. Nur ein einziger Tag für die Weihnachtseinkäufe. Mehr ist nicht drin.

Ich widerstehe dem Drang, etwas für Luke zu kaufen. Wenn er sich an Weihnachten blicken lässt, werde ich sofort die Polizei anrufen. Keine Dusche. Kein Essen. Kein gar nichts. Skel läuft neben mir her und nickt immer wieder zustimmend. Selbst er ist meiner Meinung.

Aber was, wenn er nüchtern bei uns auftaucht? Nüchtern und glücklich und liebenswürdig?

Ich ertappe mich dabei, wie ich über einen schwarzen Pullover streiche, der ihm sicher gefallen würde. Ich stelle mir vor, wie er ihn trägt. Skel probiert ihn an. Er passt genau. Ich lege ihn rasch wieder auf den Stapel zurück. Nein. Ich werde Luke nichts kaufen. Wenn er aufkreuzt, rufe ich die Polizei. Auch wenn er nüchtern ist.

Nachdem ich mein letztes Geschenk gekauft habe – ein neues Paar Hausschuhe für Mom –, habe ich nur noch eine Sache zu erledigen. Gestern war ein Brief mit einem Glückwunschschreiben und einem Fünfhundert-Dollar-Scheck im Briefkasten. Einer der Essays, mit denen ich mich im Sommer für ein Stipendium beworben habe, hat den ersten Preis gewonnen. Ich rechne zusammen, was ich auf dem Konto habe: neuntausendeinhundertfünfundzwanzig Dollar, plus die fünfhundert Dollar auf dem Scheck, macht zusammen neuntausendsechshundertfünfundzwanzig Dollar. Es hört sich nach einer Menge Geld an, aber mir ist klar, dass es nicht für das erste College-Jahr reichen wird, vor allem wenn ich auf dem Campus wohnen will. Da mich in unserer bescheuerten Stadt ja niemand anstellen will, bin ich jetzt auf Stipendien angewiesen und später auf einen guten Nebenjob.

»Hi, Sue«, begrüße ich eine der beiden Kassenangestellten in der einzigen Bank unserer Stadt.

»Eine Einzahlung?« Sie nimmt den Scheck und zieht ein

Überweisungsformular hervor. »Okay. Fünfhundert auf dein Konto. Willst du Bargeld abheben?«

»Heute nicht.«

Sie stempelt den Scheck und zeichnet ihn ab, bevor sie ihn in die Schublade legt. Dann reicht sie mir die Quittung.

»Bitte schön.«

Ich werfe einen Blick darauf. Es macht Spaß zu sehen, wie das Guthaben wächst.

Aber diesmal muss ich zweimal hinschauen. Da kann etwas nicht stimmen.

»Sue?« Ich deute auf den Beleg. »Das ist merkwürdig. Ich hatte neuntausendeinhundertfünfundzwanzig Dollar auf meinem Konto und jetzt sind nur noch fünfhundertzwanzig drauf. Eigentlich müssten es neuntausendsechshundertfünfundzwanzig sein.«

»Deine Mutter war heute schon da und hat alles bis auf die zwanzig Dollar abgehoben, die nötig sind, um das Konto zu halten.« Sie blinzelt zweimal mit ihren falschen Wimpern.

»Aber …« Ich spüre, wie die wachsende Panik mir Herz und Lunge in der Brust zusammendrückt. »Aber … das ist mein Konto. Ich habe sie nicht dazu berechtigt, Geld abzuheben.«

»Liebes, solange du noch nicht achtzehn bist, ist deine Mutter Mitinhaberin des Kontos und kann daher jederzeit Geld abheben.«

Ganz ruhig, Clare. Denk genau nach. Sei klug und lass dich nicht von Gefühlen leiten.

»Kann ich dir sonst noch irgendwie weiterhelfen?«

»Ja, eigentlich schon. Ich möchte gerne das restliche Geld vom Konto abheben.« Ich ringe mir ein Lächeln ab. »Und zwar alles. Auch die zwanzig Dollar Grundguthaben.«

»Okay. Mal sehen … du musst ein paar Formulare ausfüllen.« Ihre falschen Wimpern flattern auf und ab, wenn sie von ihrem Computer aufschaut und verschiedene Zettel unter dem kugelsicheren Glas hindurchschiebt. »Ich muss erst noch überprüfen, ob der Fünfhundert-Dollar-Scheck gedeckt ist. Er wurde in einer unserer Niederlassungen ausgestellt, also dürfte es nicht länger als fünf oder zehn Minuten dauern.«

Ich fülle die Formulare aus und höre, wie Sue auf der Tastatur klappert und dann am Telefon kurz plaudert, bevor sie um eine Bestätigung des Schecks bittet. Ich gebe mir alle Mühe, mit ruhiger Hand zu schreiben, trotzdem ist meine Schrift auf den Formularen kaum leserlich, als ich sie zurückgebe.

Ich muss unbedingt nach Hause. Ich muss mein Geld finden.

»Das mit dem Scheck geht in Ordnung. Bitte sehr. Fünfhundertzwanzig Dollar. Darf ich es dir in Hundertern geben?«

»Ja, danke.« Ich zwinge mich dazu, normal zu gehen und nicht hinauszurennen.

Auf dem Heimweg fahre ich vorsichtig und denke fieberhaft nach. Wenn ich meine Mutter zur Rede stelle, kann ich das Geld gleich abschreiben.

Auf Zehenspitzen schleiche ich ins Haus. Wo könnte sie es aufbewahren? Als Erstes fällt mir der feuersichere Safe ein. Leise hole ich den Schlüssel. Öffne den Safe und schaue hinein. Außer dem Scheckbuch meiner Eltern und Moms einziger Halskette mit Diamanten ist nichts drin. Ich mache ihn wieder zu, schließe ihn ab und lege den Schlüssel zurück.

Warum hat sie mein Geld abgehoben? Was, wenn sie es längst ausgegeben hat? Aber wofür?

Moment. Erst das Geld suchen, danach die Fragen stellen.

Wo ist es? Vielleicht in ihrer Handtasche. Ich sehe mich im Zimmer um. Sie ist nicht da. Wo könnte es sein? In ihrem

Schlafzimmer? In ihrem Schrank? Ich habe keine Ahnung, wo ich suchen soll.

Küche. Dort sortiert Mom ihre Post. Vielleicht ist das Geld da versteckt.

Ich stoße die Tür auf und bleibe erschrocken stehen.

»Heute Morgen haben sie deinen Bruder verhaftet«, begrüßt mich Mom. Sie sagt es in einem Tonfall, in dem jede andere Mom sagen würde: »Wir haben keine Milch mehr im Haus.«

Darauf war ich gefasst.

»Wegen der Sache mit den Rechnungen?« Oh, Scheiße. Ich werde gegen ihn aussagen müssen.

»Nun ja, dafür hatten sie einen Haftbefehl.« Sie zögert.

»Und was noch?«, frage ich.

»Nicht dass ich auch nur ein Wort davon glaube, aber da ist so ein Mädchen um die zwanzig. Sie behauptet, sie hätte ihn als Tramper mitgenommen und an der Tankstelle wäre er dann mit ihrem Auto abgehauen.« Mom macht eine Pause. »Ich glaube ja kein Wort davon. Also wirklich. Welche anständige Person nimmt heutzutage noch einen Tramper mit?«

Skel nickt zustimmend.

Mom kommt auf mich zu. »Clare.« Ihre Finger umschließen meine Schulter. »Es wäre doch eine Schande, wenn Luke Weihnachten in der Untersuchungshaft verbringen und auf die Gerichtsverhandlung warten müsste, meinst du nicht auch?« Sie wartet meine Antwort gar nicht erst ab. »Ich weiß, wie sehr du ihn liebst und dass du ihm helfen willst. Deshalb habe ich heute etwas Geld von deinem Konto abgehoben.«

Kaution. Es geht um die Kaution, damit Luke an Weihnachten zu Hause sein kann! Sie verlangt von mir, dass ich das opfere, wofür ich so hart geschuftet habe. Wofür ich so viele Stunden in der Bibliothek, als Nachhilfelehrerin und als Rettungsschwimmerin gearbeitet habe. Das ganze Schuljahr hindurch zehn Stunden die Woche, seit ich zwölf war. Dreiunddreißig Stunden die Woche als Schwimmaufsicht, Sommer für Sommer, wenn auch diesmal nur den halben. Und das alles soll jetzt draufgehen, damit Luke an Weihnachten nach Hause kommen kann? Ich befreie mich aus ihrem klauenartigen Griff. Sie ist wohl nicht mehr ganz bei Trost. Krank. Geistig krank. Eine andere Erklärung gibt es nicht. Ich weiche ein paar Schritte zurück.

»Weißt du, was eine Kaution ist?«, fragt Mom in einem Tonfall, den sie für kleine Kinder reserviert hat. »Ich will es dir erklären. Irgendwann im Februar wird gegen Luke Anklage erhoben. Vielleicht auch Anfang März. Wenn wir eine Kaution bezahlen, kann Luke sich in der Zwischenzeit frei bewegen und bei seiner Familie und seinen Freunden bleiben. Dafür muss man eine bestimmte Summe beim Gericht hinterlegen. Wenn er zum Gerichtstermin erscheint, bekommen wir das Geld zurück. So einfach ist das. Die Kautionsvermittlung behält einen kleinen Prozentsatz der Summe als Bearbeitungsgebühr.«

»Aber was, wenn er nicht erscheint? Das sind meine gesamten Ersparnisse«, sage ich. »Ich brauche sie fürs College.« Wo zum Teufel ist mein Geld?

»Aber du bekommst es ja wieder. Es ist nur ein Darlehen bis zu Lukes Prozessbeginn«, sagt sie. »Ohne deine Hilfe können wir die Summe nicht aufbringen.«

»Was passiert, wenn er nicht vor Gericht erscheint?«, frage ich wieder.

»Darüber müssen wir uns keine Gedanken machen, denn Luke wird dort erscheinen. Das hat er bisher immer getan.«

»Nur damit ich alles richtig verstehe: Was passiert, wenn er nicht auftaucht?« Sie drückt sich davor, es auszusprechen. »Wenn du es mir nicht sagst, schaue ich im Internet nach.«

»Dann ist das Geld weg.« Ihre Lippen werden schmal und die Ader an ihrer Schläfe tritt hervor. Hat sie die Kaution schon bezahlt?

Ich muss Zeit rausschlagen. »Okay. Ich lasse es mir durch den Kopf gehen«, sage ich. Ich muss sofort das Geld finden – falls es überhaupt hier ist – und sie im Glauben lassen, dass ich darüber nachdenke.

Wo würde sie es am ehesten aufbewahren? Da fällt mein Blick zufällig auf den Riemen ihrer Handtasche, der in der Tür zur Speisekammer klemmt.

»Die Entscheidung ist gefallen, Clare«, sagt sie. »Ich habe das Geld und ich werde es für Lukes Kaution verwenden.«

Sie hat gesagt: »Ich werde es verwenden.« Also ist das Geld noch da. Ganz ruhig, Clare. Lass sie in dem Glauben, sie hätte gewonnen.

»Okay«, sage ich. »Da hast du wohl die Entscheidung schon für mich getroffen.«

Sie lächelt.

Wie durch ein Wunder geht sie zur Küche hinaus ins Badezimmer. Jetzt oder nie.

Ich öffne die Speisekammer und sehe sofort Moms schlecht versteckte Handtasche. Darin befindet sich ein Umschlag mit Hundert-Dollar-Scheinen. Und eine Quittung, auf der unten meine Kontonummer steht.

Erleichterung überwältigt mich. Ich stopfe den Brief unter mein Shirt.

Schuldgefühle überwältigen mich. Das ist mein Geld. Warum komme ich mir trotzdem wie ein Dieb vor?

Moms Tasche landet wieder auf ihrem Platz. Ich schnappe mir die Schlüssel und fahre zu Drea. Es beginnt wieder zu schneien.

»Ist deine Mom jetzt komplett übergeschnappt? Das ist wirklich der Gipfel.« Dreas Hände zittern, als wir das Geld zählen. Zusammen mit dem Geld, das ich selbst abgehoben habe, sind es neuntausendsechshundertfünfundzwanzig Dollar. Es ist alles da.

Ich schüttle den Kopf, kann nicht aufhören zu weinen.

»Kannst du das Geld hier verstecken? Nur bis ich weiß, was ich damit anfange?« Ich weine zwar immer noch, aber zumindest kann ich klar denken.

Ein schelmisches Grinsen huscht über Dreas Gesicht. »Ich wollte schon immer mal die Matratze aufschlitzen und einen Batzen Geld darin verstecken.«

»Meinst du wirklich, es ist da sicher? Ich meine, das kennt man doch aus Filmen.«

»Wer käme auf die Idee, ausgerechnet in meiner Matratze nach fast zehntausend Dollar zu suchen? Wir können es natürlich auch in Portionen verstecken. Solange wir es nicht so gut verstecken, dass wir es am Ende selbst nicht mehr finden.«

Die nächste halbe Stunde verbringen wir damit, das Geld aufzuteilen und zu verstecken.

Wir kommen uns dabei wie Verbrecher vor, die ihre Beute in Sicherheit bringen, und nicht wie zwei Highschool-Schülerinnen, die meine Ersparnisse fürs College an einem sicheren Ort verwahren.

»Danke, Drea«, sage ich, bevor ich ihr Haus verlasse und mich für die bevorstehende Schlacht rüste.

Niemand scheint meine Abwesenheit bemerkt zu haben. Mom ist in der Küche und macht das Abendessen. Mein Herzschlag beruhigt sich. Die Auseinandersetzung mit ihr ist aufgeschoben.

Ich gehe zu Peter, der in seinem Zimmer Geschenke einpackt, und halte meine Einkaufstüten hoch. »Es wäre praktisch, wenn es mehr als nur eine Schere in diesem Haus gäbe.«

Ich hantiere mit dem Geschenkpapier, schneide mitten durch das Gesicht des Weihnachtsmanns und klebe ihn achtlos mit einem Rentier zusammen, bis ich endlich den Mut aufbringe, mit Peter zu reden.

»Also … ich bin nicht nur gekommen, um Geschenke einzupacken«, fange ich an.

»Was gibt's?« Er blickt nicht hoch, sondern beschriftet weiter Geschenkanhänger.

»Luke wurde heute festgenommen«, sage ich.

»Ja, ich weiß. Ich habe gehört, wie Mom mit Dad telefoniert hat«, sagt Peter und begutachtet die verschiedenen Geschenkbänder.

»Mom will meine College-Ersparnisse für Lukes Kaution verwenden.« Jetzt habe ich Peters volle Aufmerksamkeit. »Sie ist heute auf der Bank gewesen und hat mein Konto leer geräumt.«

»Darf sie das überhaupt?«, fragt Peter.

»Offenbar ja. Ich bin noch nicht achtzehn und so lange hat sie die Verfügungsgewalt über mein Konto. Ich habe das Geld in ihrer Handtasche gefunden und es mir zurückgeholt. Sie weiß es nur noch nicht.« Ich schaue ihn an. »Sie bringt mich um, wenn sie dahinterkommt.«

»Wow. Mom beklaut ihr eigenes Kind. Selbst für unsere Familie ist das ein neuer Tiefpunkt.«

»Ja, es ist verrückt, oder? Mom behauptet, sie braucht das Geld, weil sie die Summe allein nicht aufbringen kann. Angeblich bekomme ich es wieder, wenn Luke zum Prozess erscheint. Meinst du, das wird er tun?«

»Keine Ahnung. Vielleicht. Wahrscheinlich eher nicht.« Peter dreht sich weg und versucht, ein Goldband um ein Päckchen zu binden. Er gibt auf und klatscht stattdessen eine Fertigschleife obendrauf.

»Ich frage mich, warum sie so viel Geld brauchen«, überlege ich laut. »Luke hat ein Auto gestohlen. Da kann die Kaution doch nicht so hoch sein.«

Peter klickt auf seinem Kugelschreiber herum. Er presst die Lippen zusammen und sieht mich an.

»Clare, er hat nicht nur ein Auto gestohlen. Er … hat jemanden vergewaltigt.«

»Was?« Ich habe plötzlich einen bitteren Geschmack im Mund. So etwas würde Luke nie tun.

»Ich kenne keine Einzelheiten. Ich weiß nur das, was ich aufgeschnappt habe. Die Anklage lautet auf schweren Autodiebstahl und sexuelle Nötigung.« Peters Kiefermuskeln verkrampfen sich.

»Luke hat in der Vergangenheit einige falsche Entscheidungen getroffen und ich weiß, dass er ausrasten kann, wenn er betrunken ist. Aber ich kann mir nicht vorstellen, dass er so etwas getan hat. Das ist eine ganz andere Kategorie, so ein abgefuckter Typ ist er nicht«, sage ich zu Peter, der immer nervöser mit dem Kugelschreiber herumspielt.

Klick, klick, klick, klick, klick, klick, klick.

Nach einer Weile hört er damit auf.

»Clare, ich war eine Zeit lang beim Schulpsychologen. Es hat … geholfen. Eigentlich war es sogar ziemlich gut. Vielleicht wäre es ja auch etwas für dich.« Er senkt den Blick und schiebt eine Schachtel auf dem Geschenkpapier hin und her.

»Warum?« Bin ich jetzt durchgeknallt oder was? Und Peter ebenfalls? Warum sollte ich eine Therapie brauchen?

»Aus vielen Gründen. Du weißt selbst, dass wir nicht gerade mustergültige Eltern haben. Und Luke … Luke ist … Kann ich dir etwas anvertrauen? Etwas, was außer mir nur mein Therapeut weiß? Deshalb muss es auch unser Geheimnis bleiben. Du darfst es weder Mom noch Dad erzählen. Auch nicht Drea oder sonst jemandem.«

Am liebsten würde ich aufstehen und weggehen. Ich weiß jetzt schon, dass ich das, was er zu sagen hat, nicht hören will.

»Okay.« Mein Magen fängt an zu rebellieren.

»Versprochen?«

»Versprochen.«

»Kein Wort zu niemandem.«

»Okay, ich verrate keiner Menschenseele etwas.«

Peter holt tief Luft, blickt noch einmal auf das eingepackte Geschenk und zwirbelt das Band um seinen Finger. »Ich war zwölf. Dad war an dem Tag bei der Arbeit und Mom war mit dir Weihnachtsgeschenke einkaufen. Sie hat Luke gebeten, auf mich aufzupassen. Wir sind zu Hause geblieben und haben ferngesehen. Aber dann hat sich seine Freundin Heather gemeldet – erinnerst du dich an Heather? Das Mädchen mit den langen schwarzen Haaren und den blauen Augen, das manchmal zu Besuch gekommen ist? Du warst acht und hast Luke immer mit ihr aufgezogen. Ich höre noch, wie du ›verliebt, verlobt, verheiratet‹ gerufen hast.«

»Ich hatte gehofft, sie würden heiraten«, sage ich zu ihm. »Sie war so nett. Es schien ihr nichts auszumachen, dass Luke schon im Gefängnis gewesen war. Mehr als einmal.«

»Ja. Ich habe Heather auch gemocht.« Er lächelt gezwungen. Ich möchte, dass wir bei diesem Teil der Geschichte bleiben. Uns an Luke und seine Freundin erinnern, an ein Mädchen, das wir beide gern hatten. Alles ganz harmlos.

Aber die schlimmen Erinnerungen an Luke zu verdrängen, hat mir nie geholfen. Ich muss erfahren, was Peter mir zu sagen hat.

»Sie rief an und wollte, dass er zu ihr rüberkommt. Wir zogen unsere Jacken und Stiefel an und gingen eine Meile zu Fuß bis zu ihrem Haus. Ich hatte meine Handschuhe vergessen. Als wir dort ankamen, spürte ich meine Hände nicht mehr. Verrückt, dass ich mich daran erinnere. Ich weiß noch genau, wie kalt es war. Wir klopften nicht an, sondern gingen sofort hinein. Heather saß auf der Couch und kaute an ihren Fingernägeln. Neben ihr war ein Typ mit grauen Schneidezähnen und eingefallenen Wangen. Ich glaube, er hieß Dan. Manchmal sehe ich ihn immer noch.«

Peter hält inne.

Er nimmt sich das nächste Geschenk vor, rollt das Papier aus und schneidet es grob zurecht. Kurz sieht es so aus, als wolle er hier aufhören. Doch dann fährt er fort.

»Heather sprang sofort auf. Sie kam zu uns gerannt und schwärmte davon, wie süß ich doch sei und wie sehr sie sich freute, mich zu sehen. Ihr Atem war süßlich und roch nach Alkohol. Sie küsste Luke auf die Wange und sagte, sie würde ihm einen Cocktail machen. Als sie in die Küche ging, stieß mich Luke an und deutete auf ihren Hintern, der von ihrem langärmligen Kleid oder Shirt oder was auch immer kaum bedeckt wurde.«

Seine Gesichtsmuskeln zucken. Es fällt ihm schwer, weiterzusprechen und mir die ganze Geschichte zu erzählen. So wie es mir schwerfällt zuzuhören. Es ist ja nicht so, als ahnte ich nicht, wohin das Ganze führt.

Peter schafft es dennoch fortzufahren. »Sie hat mir einen heißen Kakao mit Marshmallows gemacht. Wir hatten uns gerade erst auf die Couch gesetzt, da tippte Dan Luke auf die Schulter und sagte: ›Ich hab was für dich.‹

›Halt die Klappe‹, fuhr Luke ihn an und Heather sagte im selben Moment: ›Hey, nicht vor dem Jungen.‹

Luke befahl mir, sitzen zu bleiben und das Basketballspiel anzusehen, dann verschwanden er und Dan in Heathers Zimmer. Sie blieb bei mir, wuschelte mir durch die Haare und kicherte und trank und sagte, dass sie gerne einen kleinen Bruder wie mich gehabt hätte. Jedes Mal, wenn sie aufstand und ihr Glas nachfüllte – insgesamt fünf Mal –, brachte sie mir neuen Kakao. Als wir bei Heather ankamen, hatte das zweite Viertel gerade erst begonnen. New York Knicks gegen Miami Heat. Irgendwann war das dritte Viertel halb vorbei und Heather war total betrunken, aber Luke ließ sich immer noch nicht blicken. Es machte mir nichts aus dazusitzen, aber Miami Heat führte inzwischen mit mehr als zwanzig Punkten Vorsprung, Heather döste andauernd weg und mir war langweilig und ich wollte nach Hause.

Irgendwann kam Dan aus dem Zimmer. Er weckte Heather auf und sagte, dass er jetzt losmüsse. Eine Minute später meinte Heather: ›Ich sehe mal nach, was dein Bruder so treibt‹, und stolperte hinaus. Sie war wirklich total betrunken, Clare …«

Peter schweigt. Die Schachtel steht noch auf dem Geschenkpapier. Er starrt sie an, als würde er erst jetzt bemerken, dass er eigentlich Geschenke einpackt. Er faltet die Ränder und streicht das Papier glatt, bevor er es zusammenklebt. Dann sieht er mich an. »Ich habe viel darüber nachgedacht, was ich an diesem Tag hätte anders machen können. Ich hätte Luke viel früher sagen können, dass mir langweilig ist und ich nach Hause gehen will. Ich hätte Heather um einen weiteren Kakao bitten können, obwohl ich gar keinen mehr wollte. Wenn wir noch einmal umgekehrt wären und meine Handschuhe geholt hätten, wären wir ein bisschen später bei Heather angekommen und vielleicht wäre Dan mit seinen Drogen dann schon weg gewesen. Was, wenn irgendeine Kleinigkeit anders verlaufen wäre? Weißt du, was ich meine?«

Ich nicke. Wir sitzen eine Minute oder zwei schweigend da. Er hat erzählt, was er mir erzählen wollte, und möchte aufhören. Aber die Geschichte geht noch weiter. Und ich muss wissen, wie. »Peter, was ist passiert?«

»Ich musste mal aufs Klo …« Er zögert. In meinem Magen rumort es, als hätte ich einen fauligen Apfel gegessen. »Ich ging durch den Flur Richtung Badezimmer. Heathers Tür stand einen Spalt weit offen. Ich spähte hinein. Ich sah, wie Luke und Heather einander zugewandt im Bett lagen. Luke strich über ihr nacktes Bein. Sie sah aus, als würde sie schlafen.«

Peter schweigt. Seine Augen schimmern feucht.

»Ich ging ins Bad. Als ich wieder rauskam, hörte ich, wie Heather ›Nein‹ sagte. An der Tür blieb ich stehen. Ich wollte weitergehen und nicht hineinsehen. Aber dann hörte ich sie wieder.«

Er schluckt schwer.

»Es hörte sich an, als hätte sie schreckliche Angst.« Seine Stimme zittert. »Sie flehte ihn an aufzuhören. Ich lugte durch den offenen Türspalt, Clare.« Wieder macht er eine Pause. »Nur für eine Sekunde. Eine Sekunde, mehr nicht. Aber es war lange genug. Er hat nicht aufgehört, Clare. Ich weiß, was ich gesehen habe.«

Peters Nase läuft und er wischt sich hastig die Tränen aus dem Gesicht. »Ich frage mich, ob ich es hätte verhindern können. Wenn ich ins Zimmer gerannt wäre oder die Polizei gerufen oder laut geschrien hätte. Wenn ich irgendetwas gemacht hätte, egal was … Aber das habe ich nicht.« Die letzten Worte flüstert er. »Ich hatte Angst, Clare. Ich hatte schreckliche Angst. Also habe ich mich wieder auf die Couch gesetzt und den Fernseher aufgedreht, bis er so laut war, dass er alles andere übertönte. Ich habe auf den Bildschirm gestarrt und versucht, mich auf das Spiel zu konzentrieren. Aber egal, wie laut ich den Ton drehte, ich konnte Heather trotzdem schreien hören.

Nach einer halben Ewigkeit kam Luke aus ihrem Zimmer und wirkte zufrieden mit sich selbst. Ich war schockiert. Er setzte sich neben mich und fragte, wer das Spiel gewonnen hatte. Ich konnte ihm keine Antwort geben. Ich wusste es nicht. Er wollte seinen Arm um mich legen, aber ich zuckte zurück. Ich wollte mich zusammenreißen, aber als Luke mir in die Augen sah, brach ich in Tränen aus.

Da wurde er wütend. Er sagte, ich solle meine Jacke anziehen, weil wir jetzt nach Hause gehen würden. Als er den Fernseher ausschaltete, hörte ich Heathers Schluchzen. Luke hörte es auch.

Draußen vor dem Haus packte er mich an den Schultern. Er ging in die Hocke, sah mich an und fragte: ›Was ist los?‹

Ich schüttelte den Kopf. Ich konnte nicht sprechen. Er wusste Bescheid, Clare. Er wusste, dass ich es gesehen hatte. Ich hatte Angst, er würde mich umbringen. Er sagte zu mir, dass Heather eine Schlampe sei und schreien würde, wenn sie Spaß habe.« Peter spuckt die Worte förmlich aus. »Als ich immer heftiger weinte, packte er mich an der Kehle und sagte: ›Wage es nicht, Lügen über deinen Bruder zu verbreiten!‹ Clare, er hat mich von den Füßen gerissen und gesagt: ›Wenn du das tust, bringe ich dich um, verstanden?‹

Irgendwie schaffte ich es, Ja zu sagen. Ich versprach, nichts zu erzählen. Er stieß mich in einen Schneehaufen und ließ mich dort liegen. Es war furchtbar kalt und die Sonne ging bereits unter. Als er verschwunden war, stand ich auf und lief nach Hause. Die ganze Zeit über weinte ich.

Mom und Dad erzählte ich später, dass Luke und ich uns unterwegs gestritten hätten. Er kam nicht nach Hause zurück. Wochenlang hatte ich Angst, dass er mitten in der Nacht auftauchen und mich umbringen würde. Schließlich rief er aus dem Gefängnis an … und zum ersten Mal fühlte ich mich wieder sicher.

Das Verrückteste ist, dass er sich wahrscheinlich gar nicht mehr daran erinnert, weil er damals sturzbetrunken war. Entweder er erinnert sich nicht oder er tut so, als sei es nie passiert.« Peter holt tief Luft und atmet langsam aus. Er hat mir Fragen beantwortet, bevor ich sie stellen konnte.

Es kommt mir vor, als wäre ich unter Wasser und würde nicht mehr an die Oberfläche zurückfinden. Als würde mein Magen sich zusammenkrampfen und meine Lunge sich mit Flüssigkeit füllen.

Luke ist der Grund dafür, dass Frauen sich in der Dunkelheit nicht auf die Straße trauen. Luke ist der Grund dafür, dass Polizisten Waffen tragen. Seinetwegen gibt es Wachhunde und Sicherheitsvorkehrungen und Pfeffersprays. Luke gehört zu den Bösen.

»Peter … es tut mir so leid.« Mir fällt nichts ein, was ich sagen könnte. Ich muss nur deshalb nicht losheulen, weil ich die Tränen mit aller Kraft unterdrücke. Mein Kopf fühlt sich an, als würde er jeden Augenblick explodieren. All die Jahre hat Peter sein Geheimnis mit sich herumgeschleppt. Während Mom und Dad und ich Luke mit offenen Armen und Küssen zu Hause empfangen haben, hat Peter Todesängste ausgestanden. Kein Wunder, dass er sich uns nie anvertraut hat. Warum auch? Wahrscheinlich hätten wir uns alle auf Lukes Seite gestellt.

Der fröhliche Weihnachtsmann auf dem Geschenkpapier starrt mich an. HO, HO, HO, lacht er. Am liebsten würde ich auf seine dämlichen Pausbacken kotzen.

»Clare«, sagt Peter. »Es tut mir leid. Ich weiß, dass ich manchmal ziemlich grob zu dir gewesen bin. Schon vor dieser Sache war Luke mir gegenüber aggressiv. Ich ... ich wusste einfach nicht, wohin mit der Wut. Also habe ich sie an dir ausgelassen. Es tut mir leid. Ich wollte mich schon lange bei dir entschuldigen.«

»Danke«, sage ich, als ich endlich wieder Luft kriege. »Auch dafür, dass du es mir erzählt hast. Du kannst dich darauf verlassen, dass ich es für mich behalten werde.«

Ein Teil in mir wünscht sich, er hätte mich nie eingeweiht.

»Es versteht sich von selbst ...« Ich suche nach den richtigen Worten. »Nur damit du es weißt: Ich werde meine Ersparnisse nicht Mom überlassen, damit sie Lukes Kaution bezahlen kann. Er soll ruhig im Gefängnis bleiben.«

Peter nickt. »Also«, sagt er und versucht, die angespannte Atmosphäre aufzulockern. »Kann ich dir beim Geschenkeeinpacken helfen?«

»Ja, danke.«

Er fährt den Computer hoch und wählt eine Playlist aus, in der Hoffnung, dass die Musik ein bisschen über die bittere Wahrheit hinweghilft.

Wir binden noch ein paar Schleifen und verkleben das Weihnachtspapier.

Mit den eingepackten Geschenken kehre ich in mein Zimmer zurück. Kaum habe ich die Tür zugemacht, fliegt sie wieder auf.

»Wo ist es, Clare?«, ruft Mom mit wutverzerrtem Gesicht. »Wo ist mein Geld?«

Ich versuche, erst gar keine Angst aufkommen zu lassen. »Es ist nicht dein Geld und es ist nicht hier.« Ich schaffe es, gefasst zu bleiben und das, was ich sagen will, in ruhigem Ton auszusprechen.

»Du gibst mir jetzt sofort das Geld. Luke sitzt in Untersuchungshaft und wartet auf seine Kaution. Ich habe es ihm versprochen. Wo ist es?«

Ich beiße ganz fest auf meine Lippe, kann aber nicht verhindern, dass mir vor lauter Wut die Tränen in die Augen schießen.

»Du kriegst es nicht.« Meine Stimme zittert. Entschlossen hole ich tief Luft und spreche weiter. »Ich habe das Geld fürs College gespart.«

Dad streckt den Kopf durch die Tür und platzt mitten in die Auseinandersetzung hinein. Er trägt noch seinen Arbeitsoverall. »Was ist hier los?«

Was soll man auf so eine Frage antworten? Wo anfangen?

»Unsere selbstsüchtige kleine Tochter weigert sich, Luke mit der Kaution zu helfen.«

Dad blickt von mir zu Mom. Er wird sich auf ihre Seite stellen. Wie immer.

»Lass uns darüber reden, Clare-Bär. Das ist eine wunderbare Gelegenheit, deinem Bruder etwas Gutes zu tun«, sagt Dad.

»Dad, ich habe jahrelang geschuftet, um das Geld zusammenzusparen.« Bitte, Dad, steh zu mir.

»Du bekommst es zurück! Sobald er zum Gerichtstermin erschienen ist«, sagt mein Vater. »Mom und ich haben genug Vertrauen in ihn, um unsere Ersparnisse für diesen Zweck zu verwenden.«

»Ich habe das Geld fürs College gespart.« Ich habe Angst, etwas anderes zu sagen und versehentlich mit Peters Geheimnis herauszuplatzen.

»Clare«, sagt Mom etwas sanfter. »Wir können ihn doch nicht im Gefängnis sitzen lassen. Ich … ich habe es dir noch nicht gesagt, Clare, aber er ist wegen sexueller Nötigung angeklagt. Weißt du, was mit Leuten passiert, die so eines Verbrechens beschuldigt werden? Sie werden zusammengeschlagen. Vergewaltigt. Luke ist mein Sohn. Er ist dein Bruder. Wir dürfen ihn nicht im Gefängnis seinem Schicksal überlassen, wenn er zu Hause bei uns in Sicherheit sein kann.«

Sie hat mich fast überredet. Selbst jetzt, da ich weiß, was Luke getan hat, möchte ich nicht, dass ihm etwas passiert. Ich habe immer noch den Drang, ihn zu beschützen. Aber diesmal ist die Angst stärker. Sie zwingt mich zu sagen »Ich kann nicht«.

Moms Gesicht wird zu einer hässlichen Grimasse. »Du bist so egoistisch, junges Fräulein«, zischt sie. »Wenn Luke etwas zustößt, dann ist es deine Schuld.«

Ich schüttle stumm den Kopf und sage mir im Stillen: Nein, nein, das stimmt nicht. Es ist nicht meine Schuld.

»Er ist dein Bruder, Clare.« Mom versucht es mit Einschmeicheln. »Und es ist Weihnachten.«

»Nein.« Mehr gibt es dazu nicht zu sagen.

»Glaub ja nicht, dass du uns jemals wieder um etwas bitten

kannst.« Mom zerrt Dad mit sich aus dem Zimmer. Die Tür kracht ins Schloss.

Ich stehe da wie betäubt. Versuche zu begreifen. Versuche zu verstehen. Luke ist ein Dieb. Ein Drogensüchtiger. Ein Alkoholiker. Ein Sexualstraftäter. Vor nicht einmal einem Monat hat er Peter angegriffen. Und vor Jahren hat er Dad fast erwürgt. Trotzdem ziehen sie ihn mir vor. Sie entscheiden sich für ihn und nicht für mich. Das ist fast noch schlimmer als Peters Geheimnis. Mom hält Luke für unschuldig. Sie weiß nicht, was Luke Heather angetan hat. Aber was er uns angetan hat, weiß sie genau. Sie liebt Luke über alles und sie wird sich immer für ihn entscheiden.

47
Weihnachten

Jetzt

Am nächsten Morgen ist Mom schon früh wach und klickt sich durch eine Webseite, auf der man genehmigte Waren bestellen und an Häftlinge verschicken kann.

»Ich stelle gerade ein Paket für deinen Bruder zusammen«, sagt sie. »Morgen versende ich seine Weihnachtspost. Hast du ihm schon einen Brief geschrieben?«

»Ich werde keinen schreiben«, murmle ich.

Mom zieht die Augenbrauen zusammen. »Du hast immer einen Brief an Weihnachten geschrieben.«

»Ich muss Hausaufgaben erledigen und meine Stipendienbewerbungen fertig machen«, sage ich und schnappe mir ein paar Bücher vom Küchentisch.

»Er ist dein Bruder, Clare. Fünf Minuten für einen Brief wirst du wohl noch aufbringen können.« Skel steht hinter Mom. Er klappt seinen Kiefer auf und zu und ahmt sie nach, wie sie die Hand in die Hüfte stützt und mit der anderen herumfuchtelt. »Besonders in diesem Jahr. Er könnte Weihnachten zu Hause mit uns verbringen, wenn du nicht so hartherzig wärst.«

»Nur weil er mein Bruder ist, muss ich ihm noch lange nicht schreiben.« Ich weiß nicht, wer überraschter ist, Mom, Skel oder ich.

Skel schnippt eine Weihnachtskarte mit Krippenmotiv über den Tisch, um Mom aus ihrer Erstarrung zu reißen.

»Es ist Weihnachten, Clare! Du wirst deinem Bruder schreiben, keine Widerrede!« Sie klatscht die Karte auf meine Bücher. »Du brauchst gar nicht mehr aus deinem Zimmer zu kommen, wenn du ihm nicht etwas Nettes schreibst.«

Ich nehme den Stift, den Mom mir hinhält, und lege die Bücher beiseite.

Was soll ich schreiben? *Lieber Luke, ich bin froh, dass Du im Gefängnis sitzt, weil ich Angst vor Dir habe.* Oder: *Lieber Luke, ich kann nicht fassen, was Du diesem Mädchen angetan hast – und doch weiß ich, dass es stimmt. Wie konntest Du das tun?* Oder: *Lieber Luke, ich habe Dich geliebt und Dir vertraut, aber Du bist ein krankes Arschloch. Frohe Weihnachten.*

Vielleicht sollte ich mir ein Beispiel an den anderen nehmen und so tun, als wäre alles in bester Ordnung. Als würde sich alles wie von selbst lösen, wenn ich es nur lang genug ignoriere.

Lieber Luke, schreibe ich. *Ich wünsche Dir frohe Feiertage und alles Gute. Clare.*

Ich reiche Mom die Karte und den Stift und dränge mich an Skel vorbei.

In meinem Zimmer versuche ich, mich auf meine Hausaufgaben zu konzentrieren. Aber alles um mich herum erinnert mich an Luke. Der Schreibtisch hat früher einmal ihm gehört. Auch das Bett. Die Kommode. Sogar der Teppich. Wer weiß, was hier drin alles passiert ist. Ich hasse mein Zimmer.

Ich packe mich warm ein – Daunenjacke, Mütze, Schal,

Stiefel, Handschuhe. Ich könnte zu Omar gehen. Vermutlich sitzt er gerade über der gleichen Englischaufgabe wie ich. Aber er wird wissen wollen, wie es mir geht. Und dann muss ich lügen. Er will die Wahrheit nicht hören. Und meine anderen Freunde auch nicht.

Meine Füße tragen mich zu meinem Apfelbaum. Nachdem ich den Schnee fortgewischt habe, lasse ich mich in den Stuhl unter dem Baum fallen. Es ist klirrend kalt und mein Gesicht brennt, aber ich lese das Gedicht von Yeats, das wir interpretieren sollen, und mache Notizen für meinen Essay. Wenigstens bin ich im Freien, weg von meinen Eltern und allem, was mich an Luke erinnert. Selbst in der Eiseskälte beschäftige ich mich lieber mit Shakespeare, Brontë, Keats und Yeats als mit meiner eigenen Familie.

Weihnachtsmorgen. Kaffee und Speck. Mom hat die Weihnachtslieder bis zum Anschlag aufgedreht. Als ich im Schlafanzug ins Wohnzimmer komme, brennt dort sogar ein Kaminfeuer.

»Frohe Weihnachten! Ein Ei oder zwei?« Mom steht lächelnd am Herd und häuft die Teller voll. Ihre Fröhlichkeit geht mir auf die Nerven. Nach den wütenden Blicken der letzten drei Tage und den ständigen Vorwürfen, was für eine miese Tochter ich bin, war ich mir sicher, dass Weihnachten in diesem Jahr ausfällt. Aber die Geschenke sind verpackt und sorgfältig unter dem Baum drapiert und die Strümpfe sind so gut gefüllt, dass sie überquellen. Skel sitzt am Feuer und raucht eine Maiskolbenpfeife. Er trägt eine Weihnachtsmannmütze und einen alten Pyjama, auf dessen Tasche »Luke« gestickt ist. Sehr witzig, Skel, sehr witzig.

Mom macht Fotos von uns allen, wie wir am Tisch sitzen.

Dann fotografiert sie uns, wie wir die Geschenke öffnen und mit aufgesetztem Lächeln in die Kamera blicken. Dad macht ein Foto von ihr, wie sie kleine Geschenke von uns allen auspackt, darunter auch die neuen Hausschuhe, die ich ihr gekauft habe. Dann fotografiert sie uns, wie wir alle gemeinsam aufräumen.

Jetzt hat sie sämtliche Fotos, die sie braucht, um zu beweisen, dass wir eine perfekte Familie sind. Sie druckt sie sofort aus, rahmt sie und verteilt sie im ganzen Haus.

Skel ist auf keinem der Fotos zu sehen.

Ich mache alles mit, lächle, weil man es von mir erwartet, auch wenn ich es satthabe, so zu tun, als wäre alles okay. Das geht so lange, bis das Telefon klingelt. Mom eilt zum Apparat und ich weiß sofort, es ist Luke. Als ich sie sagen hören: »Ja, ich übernehme die Gebühren«, schnappe ich mir die Autoschlüssel und haue ab. Ich fahre bis zum nächsten Block und parke den Wagen, um das Telefonat auszusitzen. Ich schäme mich und komme mir wie ein Feigling vor. Ich werde unangenehmen Dingen nicht immer aus dem Weg gehen können, aber im Moment weiß ich mir nicht anders zu helfen. Ich bin noch nicht bereit, mit Luke zu sprechen. Ich weiß nicht, ob ich das jemals wieder sein werde.

48
Geburtstagswünsche

Jetzt

Meine Freunde holen mich zum Essen ab. Ich feiere meinen achtzehnten Geburtstag, indem ich mir ein Lotterielos kaufe. Ich kratze die aufgedruckten Geldsäcke ab und stelle fest, dass drei identische Symbole mir einen Gewinn von fünf Dollar bescheren. Ich bin ein Glückspilz.

Als ich nach Hause komme, liegt ein Geschenk von Peter auf meinem Bett. Daneben ein Brief von Luke und eine Karte von meinen Eltern. Zuerst packe ich Peters Geschenk aus. Mit der wasserdichten Uhr von Speedo habe ich den ganzen Sommer über geliebäugelt. Unglaublich, dass er so aufmerksam war und wusste, dass ich sie mir wünsche. Dann ist Lukes Brief dran.

Clare,
bitte schreib mir. Es ist hier sehr schwer und ich brauche Deine Briefe. Schreib mir bald, okay? Bitte.

Alles Liebe
Luke

Dass er mit keinem Wort meinen Geburtstag erwähnt, überrascht mich doch ein bisschen.

Etwas ratlos lege ich seinen Brief beiseite und öffne die Glückwunschkarte meiner Eltern.

Sie ist nichtssagend, mit einem kleinen Kätzchen vorne drauf.

Sie schreiben nicht viel, außer: *Herzlichen Glückwunsch zum Geburtstag, Clare. Alles Liebe, Mom und Dad.* Und eine Notiz auf einem Post-it: *Du bekommst dein Geburtstagsgeschenk, wenn du einen richtigen Brief an Luke geschrieben hast.*

Anscheinend ist Mom wieder dazu übergegangen, mich zu hassen.

Weihnachten war noch drin, für den Geburtstag reicht es nicht mehr.

Das Geschenk ist mir völlig egal. Aber die Wahrheit ist: Etwas in mir sehnt sich so sehr danach, Luke zu schreiben, dass es fast wehtut. In zwei Tagen ist Neujahr. Während die ganze Welt einen Neuanfang feiert, hockt er in einer Zelle und wartet auf den Prozess, der über seine Zukunft entscheidet. Irgendwie tut er mir leid. Ich stelle mir vor, wie einsam er sein muss.

Das ist verwirrend, denn gleichzeitig habe ich Angst. Ich habe Angst, dass er, falls man ihn freispricht, wieder jemandem wehtun wird. Vielleicht werde beim nächsten Mal ich dieser Jemand sein.

Bis zum Prozess ist es nicht mehr lange. Die Vorverhandlung findet eine Woche nach Neujahr statt. Darauf habe ich keinen Einfluss. Aber einen Brief zu schreiben liegt in meiner Macht. Ich blicke auf meine neue Armbanduhr. Was wird Peter von mir denken, wenn ich Luke schreibe? Peter, der mir mehr als allen anderen vertraut und deshalb sein Geheimnis preisgegeben hat. Mag sein, dass Luke einsam und traurig ist, aber ihn erwartet ein Verfahren wegen eines Gewaltverbrechens. Das muss ich mir immer vor Augen halten.

Ich zerknülle die Karte meiner Eltern und Lukes Brief und werfe beide ins Feuer.

49
Anklage, Verteidigung, Vorverhandlung und Prozess

Jetzt

Ich starre ins Klo. Nein, ich habe keine Grippe. Mein Magen hat sich um sich selbst gewickelt zu einem großen, festen Knoten. Morgen ist die Vorverhandlung, bei der darüber entschieden wird, welche Zeugen vernommen werden. Morgen werde ich erfahren, ob ich gegen meinen Bruder aussagen muss. Meine Eingeweide ziehen sich zusammen. Bestimmt muss ich mich gleich übergeben. Mein Magen stülpt sich um und ich starre immer noch in die Toilettenschüssel und muss würgen. Zehn Minuten später gebe ich auf und krieche zurück in mein Bett. Ich blicke an die Zimmerdecke und versuche, an einen warmen, sonnigen Tag am Strand zu denken oder daran, wie Drea und ich zusammen lachen. Skels Zigarrenrauch wabert durchs Zimmer. Er steigt mir in die Nase und lässt mich nicht vergessen, dass Skel immer da ist.

Am Morgen muss ich in die Schule und das, obwohl mein Magen immer noch verknotet ist und mein Kopf dumpf pocht, weil ich nicht länger als zwei Stunden schlafen konnte.

Normalerweise nehme ich Drea mit, aber sie ist krank, also schlittere ich alleine über die vereisten Straßen. Vielleicht ist es sogar gut, wenn ich heute in die Schule gehe. Vielleicht lenkt es mich von dem ab, was nicht einmal eine Autostunde entfernt im Gerichtssaal passiert. Heute steht die Geschichtsprüfung an, für die ich den größten Teil der vergangenen Woche gebüffelt habe. Der Gedanke, dass ich gut vorbereitet bin, hebt meine Stimmung.

Neben meinem Spind hängt ein knalloranger Flyer, der die Kunstausstellung des Winterhalbjahrs ankündigt. Die ganze Woche über werden Schülerarbeiten die Wände der Cafeteria zieren, diesmal sind es die preisgekrönten Fotos von Mandy Jordan. Ach? Preisgekrönt? Von wem? Ich muss daran denken, wie sie im Sommer Luke und mich mit ihrem Zoom-Objektiv verfolgt hat.

Sofort meldet sich mein Magen zu Wort. Ich werfe einen Blick auf meine Armbanduhr. Noch fünfzehn Minuten bis zur ersten Stunde. Genug Zeit, um mir die preisgekrönte Kunst anzuschauen.

Auf dem Weg zur Cafeteria komme ich an Omar vorbei. Ich bleibe stehen und bohre meinen Stift in den Flyer am Schwarzen Brett, und zwar direkt über Mandys Namen.

Omar schaut hoch. »Preisgekrönt, hm? Das muss ich sehen«, sagt er.

»Bin grad auf dem Weg dorthin. Du auch?«

»Ich komme in fünf Minuten nach.«

Ich betrete die leere Cafeteria. Mandys Bilder sind rechts von der Tür. Das erste Foto ist eine Weitwinkelaufnahme in Schwarz-Weiß. Alle Cranberry-Hill-Mädchen haben sich ernst und feierlich vor dem Schuleingang postiert. Sie sind bewusst ähnlich angezogen. Enge weiße T-Shirts und Jeans.

Die Haare haben sie straff zurückfrisiert und ihr Make-up hebt Augen, Wangen und Lippen hervor. Alle halten lässig auf halber Höhe grob ausgeschnittene Buchstaben vor sich, die zusammengenommen das Wort »Zufluchten« ergeben. Also bitte. Versucht Mandy zu beweisen, wie tiefsinnig sie sein kann? Wenn das so ist, kann ich es kaum erwarten, die anderen Fotos zu sehen. Ich will eine Grimasse schneiden und sofort weitergehen, aber dann halte ich inne. Das Thema ist vielleicht ein bisschen weit hergeholt, um nicht zu sagen kitschig, aber das Foto an sich ist gar nicht schlecht. Mandy hat den Schuleingang geschickt in einem Blickwinkel fotografiert, dass die Schulmauern aussehen wie die Betonwand eines Gefängnisses. Das Make-up ist zwar übertrieben, verleiht den Mädchen aber diese gruselige, seelenlose Schönheit, wie man sie in Horrorfilmen sieht.

Wenn das Foto tatsächlich so durchkomponiert ist, wie es zu sein scheint, dann ist Mandy gar nicht so dämlich, wie ich dachte. Und auch nicht so untalentiert.

Während ihre Freundinnen Models spielten, ließ Mandy sie das Thema ihrer Ausstellung verkörpern. Sich selbst in Klone zu verwandeln, ist ihre Art der Zuflucht und Bestätigung. Okay, preisgekrönte Mandy. Ich gebe es ungern zu, aber du hast mich am Haken.

Das nächste Bild zeigt Ryan inmitten einer heranrollenden Welle. Mandy hat die Farben so gesättigt, dass das Wasser türkisfarben ist und die weiße Gischt wie ausgebleicht wirkt. Es ist von allem etwas zu viel. Zu fröhlich. Zu überwältigend. Traumhaft und gefährlich. Am liebsten würde ich Ryan aus der Welle holen und ihn auf den Strand setzen.

Die Buchstaben sind zwar verschwommen, trotzdem ist eine Flasche SKYY Vodka unübersehbar das Motiv des nächsten Fotos. Das blaue Glas wirft im Sonnenlicht einen gespenstischen Schatten auf die beigen Tischkacheln. Die Hand einer älteren Frau ist zu sehen – es kann sich dabei nur um Lucille handeln. Sie trägt einen großen Smaragdring und hält, den Stiel lässig zwischen den Finger, ein Martiniglas.

Ich gehe zu den letzten beiden Fotos. Das größte Bild in der Reihe misst etwa 20 x 24 Zoll und zeigt den See an einem Sommermorgen. Beim Betrachten des Bilds muss ich tief Luft holen. Im Hintergrund steigt die Sonne über dem Berg auf. Am Ufer die hohen, knorrigen Bäume, das weiche grüne Gras und das zarte Schilf. Ein Arm – mein Arm! – zerteilt die Luft, Wassertropfen schweben zwischen mir und dem See. Das Rot meines Badeanzugs ist unter der Wasseroberfläche nur unscharf zu erkennen, weißer Schaum umspült meinen Körper. Wäre die Aufnahme kleiner, vielleicht 2 x 5 Zoll, dann wäre ich nur ein winziger weiß-roter Punkt inmitten des blauen Wassers. Stattdessen treten der See, die Bäume, die Sonne in den Hintergrund und der Blick ist ganz auf die Schwimmerin, also mich, gerichtet.

Das Foto ist wunderschön. Fantastisch. Preiswürdig.

Wahrscheinlich sollte ich mich ärgern, dass sie mich zum Motiv gemacht hat. Dass das Schwimmen, meine persönliche Zuflucht, Teil ihres Kunstprojekts geworden ist. Aber als ich das Bild betrachte, die kreisrunde Sonne im Hintergrund, meinen Arm, wie er das Wasser durchschneidet, da spüre ich keine Wut. Stattdessen durchlebe ich noch einmal das gute Gefühl, frühmorgens im See zu schwimmen, und erinnere mich daran, wie belebend und beruhigend eiskaltes Wasser sein kann. Das Bild lässt in mir die Sehnsucht nach dem aufkommen, was mich jetzt trösten könnte und worauf ich bis zum nächsten Sommer warten muss.

Das letzte Foto ist mit 8 x 10 Zoll deutlich kleiner als die anderen: Lukes Arm, der sich ins tiefgrüne Gras schmiegt. Die Jungfrau Maria, die entschlossen den Kopf der Schlange zertritt. Der warme Sonnenschein, der seine Armmuskeln perfekt hervorhebt. Dieses Bild erweckt in mir eine ganz andere Sehnsucht. Eine Sehnsucht nach etwas, was ich nie wieder haben werde: den unschuldigen Glauben, dass Luke im Herzen ein guter Mensch ist, und die Hoffnung, dass er sich ändern wird.

Meine Beine geben nach und ich sinke zu Boden. Ich bin froh, dass die Cafeteria leer ist, denn ich kann nicht mehr aufhören zu weinen.

Dann sind Omars Arme da, die mich hochziehen. Ich höre seine Stimme. Er versucht, die Situation mit einem Witz zu überspielen. »Sind Mandys Bilder so mies, dass sie dir die Tränen in die Augen treiben?« Er führt mich zu den Toilettenräumen, wo Skye und Lala schon warten. Skye hilft mir, mein Gesicht zu waschen und abzutrocknen, und tupft etwas von ihrer Abdeckcreme auf mein rotes, fleckiges Gesicht.

Sie stellen keine Fragen, ich liefere keine Erklärungen. Wenn ich anfangen würde, über Luke oder mich oder überhaupt irgendwelche Gefühle zu reden, würde ich sofort wieder losheulen.

Ich sehe schrecklich aus. Aber es klingelt bereits zur ersten Stunde. Mom würde ausflippen, wenn ich jetzt nach Hause käme. Sie würde mir vorhalten, dass ich absichtlich den Unterricht schwänze. Außerdem ist heute der Geschichtstest. Ich muss hierbleiben. Draußen im Gang wartet Omar auf mich. Er setzt mir seine riesengroße Sonnenbrille auf die Nase. »Du kannst sie für heute behalten. Oder für immer. Ganz wie du willst.«

Beim Mittagessen geht es mir wieder besser, ich muss nicht

mehr dauernd gegen die Tränen ankämpfen. Zitate und Jahreszahlen schwirren in meinem Kopf herum. Die eisige Luft draußen treibt uns vom Hof in die Cafeteria. Mehrere Schüler stehen vor Mandys Bildern und nehmen sich ein paar Minuten Zeit, sie anzuschauen.

Unter ihnen ist auch Ryan. Ich frage mich, wie er es wohl findet, eines von Mandys Fotomotiven zu sein. Abgesehen von meinen Freunden wird kaum jemand wissen, dass ich die Schwimmerin im See bin. Und wer kennt Luke gut genug, um das Tattoo auf seinem Arm wiederzuerkennen? Ryan hingegen erkennt jeder auf dem Foto. Hat Mandy ihn um Erlaubnis gefragt? Hat sie ihm das Foto vorher gezeigt? Hat er die Serie gesehen, bevor Mandy sie hier ausgestellt hat?

Er dreht sich um und sieht mich. Als er auf unseren Tisch zusteuert, murmle ich schnell eine Entschuldigung, schnappe meinen Rucksack, werfe mein unangetastetes Essen in den Abfalleimer, setze Omars Sonnenbrille auf und fliehe in die Bibliothek.

Ich möchte mit niemandem reden. Nicht über Luke, nicht über meine Zufluchten und nicht über die Wirklichkeit, der ich am liebsten davonschwimmen möchte. Ich möchte nicht mit Omar reden, nicht mit Lala, Skye, Chase, meinen Eltern, Peter oder Drea. Und schon gar nicht mit Ryan.

»Hi, Clare. Stell deine Tasche ab und setz dich«, sagt Dad, als ich nach der Schule nach Hause komme. Ich setze mich auf die Couch, lasse den Rucksack auf den Boden fallen und versuche, Dads Gesichtsausdruck zu deuten. »Deine Aussagen bei der Vernehmung reichen aus«, sagt er. »Du musst nicht als Zeugin vor Gericht erscheinen.«

Ich muss nicht vor Gericht gegen Luke aussagen? Ich muss

nicht vor Gericht gegen Luke aussagen! Ich muss nicht im Zeugenstand sitzen und Angst haben, dass irgendetwas, was ich sage oder tue, Auswirkungen auf das Urteil haben könnte. Ich muss nicht sein Gesicht sehen, während ich gegen ihn aussage.

Ich lasse erstmals einen Anflug von Erleichterung zu.

»Nur damit du es weißt, Clare-Bär, Luke hat seinem Anwalt Folgendes mitgeteilt: Falls man dich in den Zeugenstand rufen will, wird er sich freiwillig schuldig bekennen, damit dir das erspart bleibt.«

»Oh«, sage ich.

»Mom hat mir an Weihnachten erzählt, dass du dich geweigert hast, Luke einen Brief zu schreiben. Vielleicht änderst du deine Meinung jetzt und bedankst dich bei ihm.«

Ich soll mich bei Luke bedanken? Der Gedanke lässt mich mit den Zähnen knirschen. Wenn ich sie fest genug zusammenpresse, zersplittern sie vielleicht und bohren sich durch meine Wangen. Ich war nicht diejenige, die Luke in Schwierigkeiten gebracht hat. Wofür soll ich ihm danken? Warum kapieren meine Eltern das nicht?

»Das wär's«, sagt Dad. »Es sei denn, du hast noch eine Frage.«

Ich habe jede Menge Fragen.

»Was ist mit den anderen Anklagepunkten? Autodiebstahl, sexuelle Nötigung? Werden sie zusammen verhandelt oder jeder Anklagepunkt einzeln? Hat die Vorverhandlung zu diesen Beschuldigungen bereits stattgefunden? Haben sie genug Beweise, um den Prozess zu eröffnen?«

»Oh. Mach dir darüber keine Gedanken, Clare-Bär. Wie wär's mit einem heißen Kakao? Wir sollten feiern, dass du nicht vor Gericht erscheinen musst.«

Skel tänzelt durch den Raum. Er hält es für angebracht, noch lauter als sonst mit den Knochen zu klappern. Begreifst du denn nicht, Dad, dass du mich nicht beschützt, indem du meinen Fragen ausweichst? Begreifst du denn nicht, dass Skel nicht weggesperrt werden will?

50
Kältestarre

Jetzt

Mandys Bilder lassen mich nicht mehr los, ich kehre immer wieder zu ihnen zurück.

An manchen Tagen konzentriere ich mich ganz auf das Foto von dem Martiniglas in Lucilles Hand. Ich frage mich, wie das Leben im Haus der Jordans sein mag, und zwinge mich dazu, kein Mitleid mit Mandy aufkommen zu lassen. Dass wir beide wissen, was es heißt, mit einem Süchtigen zusammenzuwohnen, reicht nicht aus. Aber da ist ja noch Chris. Er fehlt mir. Ich vermisse es, seine Fortschritte und Erfolge mitzuerleben. Ich möchte ihm gerne sagen, dass ich ihn verstehe, auch wenn ich ihm nicht versprechen kann, dass alles wieder gut werden wird.

An anderen Tagen betrachte ich das Foto mit Lukes Tattoo. Und manchmal tue ich so, als wäre es nicht da. Aber jedes Mal bleibe ich vor meinem See stehen, tauche in das Bild ein und spüre das Wasser um mich herum.

Der Freitag kommt und die Fotos werden abgehängt. Jetzt habe ich nichts mehr außer dem Winter.

»Clare, alles in Ordnung mit dir?« Dreas Mom setzt sich neben mich auf die Bank am Seeufer. Das Wasser ist mit einer dicken, milchig weißen Eisschicht überzogen.

Ich zucke mit den Schultern. »In letzter Zeit schlafe ich nicht gut.« Dabei muss ich an den Abend denken, an dem ich so betrunken war, dass ich mich später nicht mehr an das Gespräch mit Ms P erinnern konnte. Ich frage mich, woran Luke sich nicht mehr erinnern kann. Frage mich, ob er überhaupt weiß, was er getan hat. Und ob es ihm etwas ausmacht.

»Gehen Sie spazieren?«, frage ich, um das Thema zu wechseln. Es ist kalt. Die Berge verschwinden in dicken Wolken, die den Schnee ankündigen.

»Ich komme täglich hierher. Der Weg um den See ist genau zwei Meilen lang. Das ist ein gutes Training. Und zu dieser Jahreszeit brauche ich wenigstens keine Angst vor Klapperschlangen zu haben.« Dreas Mom legt den Arm um meine Schultern. Sie zögert kurz, dann sagt sie: »Du hast es zurzeit nicht gerade leicht, hm?«

Ich beiße mir auf die Zunge, um nicht loszuheulen. Ich nicke stumm und spüre durch meine Jacke hindurch die Wärme ihrer Umarmung. Ich hätte etwas anderes anziehen sollen, es ist kalt, aber das merke ich erst jetzt.

»Der See ist dieses Jahr komplett zugefroren«, sagt sie nach einer Weile. »Ich frage mich jedes Jahr, wie es den Fröschen im Winter ergeht. Wenn sowohl der Untergrund als auch das Wasser gefroren sind.« Ms P blickt zum anderen Ufer, wo das Schilf der trüben Eisschicht trotzt und sich nach oben reckt. »Im Frühling haben wir viele Frösche. Das ist ein Zeichen für eine intakte Umwelt. Frösche sind die Ersten, die merken, wenn das Wasser giftig wird, sie sind aber auch die Ersten, die sterben.«

Bei mir in der Familie würden es Frösche nicht lange aushalten.

»So, genug geplaudert. Ich denke, du brauchst dringend eine kleine Auszeit von zu Hause. Ich möchte zusammen mit Drea ihre Tante Tiara in Dana Point besuchen. Am Wochenende des Präsidententages habt ihr drei Tage frei. Komm doch einfach mit. Ich kann dir jede Menge Spaß und Entspannung versprechen.« Sie lehnt sich an mich und drückt meinen Arm. »Das Meer, ein Whirlpool und die hauseigene Bibliothek, wo du den ganzen Tag lesen kannst, wenn du möchtest. Und das Essen. Unglaublich lecker. Meine Schwester macht den besten Schokoladencremekuchen der Welt. Na, was sagst du dazu?«

Sie sieht mich begeistert und erwartungsvoll an. Sie glaubt tatsächlich, dass sie mir mit einem Ausflug helfen kann. Sie glaubt, dass dann alles wieder gut wird. Also klammere auch ich mich an die Hoffnung, dass diese Reise mich davor bewahren könnte, den Verstand zu verlieren. Dass sie mir hilft, mich, meine Eltern und meine Brüder zu verstehen.

»Okay.« Zum tausendsten Mal frage ich mich, warum meine Mutter nicht so sein kann wie Ms P.

»Und jetzt wäre etwas Gesellschaft schön«, stellt sie fest. »So ein Waldspaziergang kann manchmal ziemlich einsam sein.«

Wir fahren an einem Tor mit Wachmann vorbei und kurven über eine gewundene Straße zu einer bunten Ansammlung von verwitterten Strandhäusern zwischen hohen Palmen. Nachdem wir ein Stück gefahren sind, halten wir ganz oben, wo sich die Häuser an der Felsklippe aufreihen wie Vögel auf der Stromleitung.

Das Haus von Dreas Tante liegt direkt am Ozean, mehr beeindruckt bin ich jedoch von den Überwachungskameras, die jede unserer Bewegungen aufzeichnen, während wir aus dem Auto steigen und unser Gepäck ausladen. Ich stupse Drea und nicke in Richtung einer der vielen Kameras.

»Ach ja«, sagt sie. »Die Häuser sind alle videoüberwacht. Viele Anwesen stehen die meiste Zeit leer und werden nur als Ferienhäuser genutzt.«

Werde ich heute Nacht anders schlafen, in diesem Haus mit all den Sicherheitsvorkehrungen? Oder werde ich trotzdem im Bett liegen und Tür und Fenster so lange im Blick behalten, bis mir die Augen zufallen?

Ich spüre die Wärme der Sonne, die sich hinter einer Wolke hervorschiebt. Es hat kaum mehr als achtzehn Grad, aber im Vergleich zu dem Land aus Eis und Schnee, aus dem wir kommen, ist es richtig heiß.

»Meinst du, es ist warm genug, um im Meer zu schwimmen?«

»Vielleicht.« Drea schwingt ihre Reisetasche über die Schulter. »Lass uns an den Strand gehen, solange es noch hell ist.«

Wir stellen die Taschen direkt am Eingang ab. Dann sind Umarmungen und Begrüßungen dran. Tante Tiara hakt Ms P unter und schleppt sie auf die Terrasse, um bei einer Tasse Kaffee Neuigkeiten auszutauschen. Statt uns dazuzusetzen, schlüpfen Drea und ich in unsere Bikinis und steigen die Felsstufen hinunter zum Meer.

Zuerst tauchen wir die Zehen ins Wasser.

»Vergiss es.« Drea zieht ihren Fuß zurück, wickelt sich in ihr Handtuch und setzt sich auf den trockenen Sand. »Der Whirlpool ist bestimmt kuschelig warm.«

»Ich geh rein«, sage ich und wate ins Wasser – erst knietief, dann bis zur Hüfte, schließlich tauche ich ganz unter.

»So schlimm ist es gar nicht, wenn du erst mal drin bist.

Im Vergleich dazu ist der See wie warmes Badewasser«, rufe ich Drea zu, obwohl meine Zähne klappern. Das Wasser ist eiskalt.

»Du bist ja verrückt! Aber lass dich nicht aufhalten, viel Spaß dabei.« Sie schlägt das Klatschmagazin auf, das sie von ihrer Tante mitgenommen hat.

Um warm zu werden, muss man sich bewegen. Ich schwimme mit langen Zügen weit, weit hinaus aufs offene Meer. Dann halte ich inne und blicke zurück zu Drea, die klein wie eine Ameise am Strand sitzt.

Es gibt so viel, woran ich denken könnte, aber mir kommt immer wieder Luke in den Sinn. Die Worte »Sexualstraftäter« und »Verbrecher« haben sich in meinem Kopf festgesetzt. Aber da sind auch die anderen Erinnerungen. Wie er mir beigebracht hat, mich auf dem Wasser treiben zu lassen. Seine stützende Hand unter meinem Rücken, die mir Halt gab. Die mich davor bewahrte unterzugehen.

Ich tauche unter einer Welle ab und schwimme so tief, wie das salzige Wasser es mir erlaubt. Wie lange halte ich es aus? Unter der Oberfläche, ohne Luft, an einem Ort, der mir vorgaukelt, dass es immer wärmer wird, je länger ich ausharre? Kein Wunder, dass die Menschen an Nixen glauben. Wie schön wäre es jetzt, wenn mich eine von ihnen am Knöchel packen und in die Tiefe ziehen würde, damit auch ich mich in eine Meerjungfrau mit seidig blauen Locken und schimmerndem Fischschwanz verwandle. Dann hätte ich Frieden. Endlich Frieden.

Eine Luftblase steigt auf. Noch eine. Ich öffne die Augen, schaue zu, wie die Luftblasen nach oben schweben, und stelle mir vor, dass jede eine gute Erinnerung an Luke ist, die ich loslassen muss. Vielleicht warte ich, bis auch noch die allerletzte

Luft aus meinen Lungen entwichen ist, um mich dann auf den Grund sinken zu lassen, auch wenn ich keine Nixe bin.

Das ist keine schlechte Idee. Dann hätte ich es hinter mir. Dann müsste ich nicht immer denken, denken, denken, nicht immer zwischen Wut und Angst und Traurigkeit schwanken. Ja, vielleicht ist es sogar eine sehr gute Idee.

Eine weitere Luftblase steigt nach oben.

Ich stelle mir vor, wie Drea am Strand wartet. So lange, bis die Sonne untergeht und ihre dunkle Haut noch dunkler wirkt. Ich stelle mir vor, wie sie begreift, dass ihre beste Freundin nicht mehr zurückkommt.

Ich stoße mich durchs Wasser nach oben und tauche auf.

»Was zum Teufel machst du da?«, schreit Drea, die bereits bis zur Brust im Wasser steht.

»Tut mir leid. Du weißt doch, dass ich beim Schwimmen alles um mich herum vergesse«, lüge ich. »Ich genieße das Meer.«

Drea schwimmt mit kräftigen Zügen zu mir und sagt: »Wenn es nur das war, dann ist ja alles gut.«

Heiß, heiß, heiß. Bis zum Hals sitze ich im Wasser. Mein ganzer Körper kribbelt, es fühlt sich an wie winzige Nadelstiche auf der Haut und meine Körpertemperatur steigt auf siebenunddreißig Grad.

»Entspannst du dich?«, fragt Drea, die den Kopf auf den Rand des Whirlpools gelegt hat und mich aus einem Auge anschaut.

»Jep.« Die Sonne ist fast schon untergegangen.

»Ja? Gut, denn dieser Wochenendtrip dient nur dem einen Zweck, dass du dich ein bisschen entspannen kannst.«

»Super«, sage ich.

Drea dreht den Kopf zur Seite und sieht mich direkt an. »Weißt du, Clare, in letzter Zeit bekommt man nur einsilbige Antworten von dir.«

»Sorry«, murmle ich. Mist, sie hat recht. Wann hat das angefangen?

»Hör zu. Ich weiß, wie die Anklage gegen Luke lautet. Sprich mit mir. Ich werde kein Urteil über ihn fällen. Ich will nur, dass es dir gut geht.«

Als Luke nur ein Dieb war, nein, als ich ihn nur für einen Dieb gehalten habe, da war es nicht so schlimm. Aber diese andere Sache wird sie ganz sicher nicht verstehen. Selbstverständlich würde sie ein Urteil fällen. Wie auch nicht? Wie sollte irgendjemand das verstehen können, wo ich es doch selbst nicht begreifen kann?

»Danke, aber ich möchte lieber nicht darüber sprechen. Ich habe es satt, auch nur daran zu denken. Keine Sorge, mir geht's gut.«

Sie sieht mich an und ihre Augen sagen: Du willst mich wohl verarschen!

»Ich fasse es nicht.« Sie ist wütend und wird mit jedem Wort lauter. »Du willst also nicht mit mir reden. Schön. Aber dann musst du selbst schauen, wie du klarkommst. Denn langsam verliere ich die Geduld. Zurzeit ist es ziemlich anstrengend, deine Freundin zu sein.«

Ihre Worte treffen mich. Sie tut so, als wüsste sie genau, was ich gerade durchmache. Dreas Leben ist so leicht. Alle mögen sie. Sie hat keinen Skel, der sie auf Schritt und Tritt begleitet. Und ich würde alles dafür geben, meine Mom gegen ihre einzutauschen. Es ist also ziemlich anstrengend, meine Freundin zu sein? Wenn sie wüsste, wie anstrengend es ist, ich zu sein.

Sie wartet auf meine Antwort. Als ich nichts sage, schüttelt sie den Kopf und dreht sich weg.

Die Strahlen aus den Düsen bombardieren meinen Rücken und meine Schultern, das laute Brummen erstickt meine Gedanken. Nach einer Weile sieht Drea mich wieder an.

Sie ist meine beste Freundin. Sie wird kein Urteil fällen. Sie möchte nur, dass es mir gut geht. Sie hat recht, für sie ist es auch nicht einfach. Egal, was andere gesagt haben, und obwohl ich mich ihr nicht anvertraut habe, sie hat immer zu mir gehalten. Sie kennt mich gut genug, um an der Freundschaft festzuhalten. Sie ist meine beste Freundin. Ich muss ihr vertrauen.

»Okay. Mir geht es gar nicht gut«, sage ich und lasse endlich die Tränen zu. »Ich kriege das mit Luke nicht auf die Reihe. Ich versuche zu begreifen, was für ein Mensch er ist. Ich halte ihn für schuldig, Drea. Ich denke, er hat diesem Mädchen wirklich etwas angetan. Und ich befürchte sogar, dass das nicht das erste Mal war. Nur ist er diesmal nicht einfach so davongekommen. Also warum liebt ein Teil von mir ihn immer noch und hofft, dass er unschuldig ist?«

Drea schließt die Augen. Ihre lackierten Fingernägel trommeln gegen ihr Kinn. Sie nickt.

»Er war immer nett zu dir. Und du hast seine liebenswürdige Seite kennengelernt. Es ist doch klar, dass du Mitgefühl für ihn empfindest. Aber er hat ziemlich viel Dreck am Stecken. Das darfst du nicht vergessen.«

»Ich denke an nichts anderes mehr. Bin ich bescheuert, wenn ich ihn liebe und hoffe, dass er sich eines Tages ändert?«

»Nein. Liebe macht uns zu Idioten. Manchmal denke ich an die guten Zeiten von Dad und ein kleines bisschen habe ich ihn immer noch gern. Aber ich kann ihm nicht verzeihen, dass er abgehauen ist und sich nicht um uns gekümmert hat. Was deine Hoffnung angeht, Luke könnte sich ändern – nimm's mir nicht übel, aber ehrlich gesagt hätte ich an deiner Stelle die Hoffnung längst aufgegeben. Du hast ihm so viele Chancen eingeräumt. Vielleicht ist er einfach so, wie er ist, und man kann nichts dagegen tun. Du kannst ihn nicht steuern. Du kannst ihn nicht ändern.« Drea zögert. »Genauso wenig, wie ich meinen Dad steuern oder ändern konnte, weißt du?«

Die Palme neben uns raschelt in der Brise. Vielleicht hat Drea recht.

»Es geht aber nicht nur um Luke, sondern auch um meine Eltern. Warum lieben sie ihn mehr als mich? Warum verwenden sie ihre gesamte Energie auf ihn? Warum auf ihn und nicht auf mich?« Salzige Tränen laufen über meine Wangen und vermischen sich mit dem Chlorwasser. Verdammt. Ich höre mich an wie eine Fünfjährige.

»Machst du Witze?« Drea hält meinen Blick fest. »Du fragst, warum er und nicht du? Du bist hübsch. Du hast tolle Freunde, die keine Kriminellen sind. Du hast so gute Noten, dass alle Colleges sich um dich reißen. Du hast hart gearbeitet, um Geld zusammenzusparen. Geschuftet, um ein Stipendium zu bekommen. Ganz zu schweigen davon, dass du eine tolle Rettungsschwimmerin bist. Clare, du hast so viel, was für dich spricht. Du brauchst deine Eltern nicht. Luke hingegen schon.«

Es hört sich so einfach an. Vielleicht stimmt es sogar.

Plötzlich sehe ich wieder Mom vor mir, am Tag unserer Abreise aus Tennessee. Wie sie ihre zarten Hände um meine legte und mir alle möglichen Fragen stellte. Ob ich irgendetwas Illegales getan hätte? Ob es irgendetwas gäbe, was sie vor unserer Abreise wissen müsste? Wollte sie mich damals nur beschützen? Suchte sie nach einer Fluchtmöglichkeit für mich, damit ich nicht im Gefängnis landete? Es ist ein merkwürdiger Gedanke – tröstlich und verstörend zugleich. Ich verfolge ihn nicht weiter, sondern konzentriere mich auf das, was Drea gesagt hat – nämlich dass es so vieles gibt, was für mich spricht.

»Danke«, sage ich leise. Jetzt fühle ich mich ein bisschen besser.

»Gern geschehen.« Drea holt Luft und lässt sich unter Wasser gleiten.

Als sie auftaucht, kommt ein kalter Wind auf. »Mom und Tante T haben für heute Abend ein Festessen geplant. Lass uns reingehen.«

In unsere feuchten Handtücher gewickelt, rennen wir die Stufen hinauf, fliehen vor der kühlen Luft, der hereinbrechenden Dunkelheit und der auffrischenden Brise. Wir stürmen durch den Hintereingang und der Wind schlägt die Tür hinter uns zu.

Ich bin erstaunt, wie viel Schutz eine einfache Glasscheibe bieten kann. In der Sicherheit und Wärme blicke ich zum Strand hinunter auf die hohen Gräser, die mit jeder Böe niedergedrückt werden. Sie richten sich immer wieder auf, nur um im nächsten Moment wieder platt gedrückt zu werden. Die Zweige der Palmen peitschen hin und her. Der Wind gönnt ihnen nur kurze Ruhepausen, in denen sie mir ermattet und atemlos vorkommen. Selbst die Wellen im Meer müssen vom Strand weichen.

Am nächsten Morgen hat sich der Wind gelegt, das Gras steht wieder, die Palmen strecken majestätisch ihre Zweige aus, nur ein paar Wacholderbüsche am Rand des Schilfs sind krumm und neigen sich zum Meer hin. Sie sehen alt und müde aus, sind ihr ganzes Leben lang vom Wind gebeutelt worden und stehen für alle Zeiten gebeugt da.

Wenn Luke und seine Taten der Wind sind, was bin dann ich? Das stolze Gras, die majestätische Palme oder der krumme Wacholder?

»Mom, ich wünsche mir so, dass Pepperdine mich aufnimmt. Am Strand zu leben wäre fantastisch.« Drea wirft aus dem Rückfenster des Autos einen letzten Blick auf das Meer.

Ich schaue ebenfalls zurück. Die Dunkelheit macht aus dem Meer ein schwarzes Loch.

»Das habe ich mir gedacht«, sagt Dreas Mom. Der Wolkenhimmel schickt Nieselregen zu uns herunter.

Mein Lächeln erlischt langsam. Wir haben das Wochenende damit verbracht, zu schwimmen und Brettspiele zu spielen und Mädchenfilme anzuschauen, in denen alles furchtbar lustig oder furchtbar schrecklich war, sodass ich meine eigenen Probleme für eine Weile vergessen konnte. Ich habe die Nacht durchgeschlafen, wurde nicht von Albträumen gequält, ja ich konnte sogar auf dem Bauch liegen. Ich habe nicht an zu Hause gedacht, nicht an Luke, nicht an Peter und nicht an meine Eltern.

Der Wetterbericht im Radio meldet Schneefall in den Bergen. »Nur in Kalifornien«, sagt Dreas Mom. Stirnrunzelnd wirft sie einen Blick auf die Uhr. Wir sind schon mehr als eine Stunde unterwegs und kommen bisher gut voran.

In den Bergen verwandelt sich der Regen in Schnee.

Auf den Highways fahren pausenlos Schneepflüge. Sie schieben schmutzige Schneehaufen auf, die höher werden, je weiter wir in die Berge gelangen. Sogar mit Allradantrieb bewegen wir uns nur im Schneckentempo, denn der Schnee fällt immer dichter. Ein Pflug hat die Straße bis zu unserem Haus geräumt, an den Seiten türmen sich die Schneebänke fast einen Meter hoch. Dreas Mom fährt vorsichtig auf der geräumten Spur. Wir halten vor unserem Haus.

»Puh. Sieht aus, als hätte heute niemand eure Einfahrt freigeschaufelt, Clare«, sagt Ms P. »Soll ich dich bis zur Tür begleiten? Oder möchtest du mit zu uns nach Hause kommen?«

Ja. Ich möchte, und zwar für immer, denke ich. Laut sage ich: »Ich komme schon zurecht.«

»Hast du deinen Schlüssel dabei?«

»Jep«, sage ich und schaue zur Sicherheit noch einmal nach.

Ich schultere meine Tasche wie einen Rucksack, hüpfe in den Schnee hinaus und versinke bis zu den Knien. Das wird schwieriger, als ich dachte.

Es widerstrebt mir, durch den frischen Schnee zu stapfen. Er ist so unberührt, glatt, perfekt.

»Clare? Bist du das?« Mom öffnet die Tür. »Warum stehst du da draußen in der Kälte herum? Komm rein.«

Ich kämpfe mich durch den Schnee bis zu meiner Mutter und zerstöre die Vollkommenheit.

Moms prasselndes Feuer erwärmt den ganzen Raum. Auf dem Stuhl sieht man noch die Abdrücke, wo sie mit einer Tasse heißem Kaffee und der Zeitung gesessen war. Es ist eine warme, gemütliche Idylle. Am liebsten würde ich mir ein Buch nehmen und in angenehmem Schweigen bei ihr sitzen und lesen.

Peter kommt herein und schaltet den Fernseher an, wo gerade ein Spiel der Los Angeles Lakers gegen die Phoenix Suns läuft. Mom holt ihre Polierlappen und legt sie vor sich auf den Tisch. Dann geht sie in die Küche und kehrt mit einer kleinen Schüssel Seifenwasser zurück, die sie neben die Putztücher stellt. Der Geruch von weißem Essig breitet sich aus, als sie ein paar Tropfen in die Lauge gibt. Behutsam nimmt sie die Kristallschneeflocke vom Ständer. Nachdem sie den Weihnachtsschmuck in ihre Speziallösung getaucht hat, bürstet sie den Staub aus den Vertiefungen. Ich lasse mich neben Peter auf der Couch nieder und versuche, Mom zu ignorieren.

Dad kommt hereingeschlurft, er ist von Kopf bis Fuß mit Schnee bedeckt. »Ich habe Glück, dass ich es überhaupt bis nach Hause geschafft habe«, sagt er zu Mom. »Bis morgen kriegen sie die Straßen ganz bestimmt nicht frei. Tut mir leid.« Er nimmt sie kurz in den Arm. »Ich glaube nicht, dass wir zum Prozess fahren können.«

Ich habe es total vergessen. Der Urlaub mit Drea und Ms P hat mich so eingelullt, dass ich die Wirklichkeit völlig verdrängt habe. Einschließlich Lukes Prozess.

Mom seufzt traurig. Sie sieht aus, als würde sie gleich weinen. Stattdessen holt sie die Kristallschneeflocke aus dem Wasser, legt sie behutsam auf ein Poliertuch und sagt mit übertriebener Zuversicht: »Der Sturm wird ja wohl nicht die ganze Woche andauern. Ich gehe davon aus, dass wir es wenigstens zur Urteilsverkündung schaffen.« Sie hängt die Schneeflocke wieder an den Ständer und verzichtet darauf, den übrigen Weihnachtsschmuck zu polieren. Sie spart ihn sich auf, nur für den Fall.

Aber der Sturm dauert an. Der Schnee türmt sich höher und höher, bis vor dem Fenster nur noch eine weiße Wand zu sehen ist. Tag für Tag fällt die Schule aus.

Am Dienstag trifft es das Internet, den Fernseher, das Handynetz und die Telefonleitung – nichts geht mehr. Skel deutet auf das tote Telefon und den Computer und erinnert uns daran, dass unsere Verbindung zu Luke und seinem Anwalt abgerissen ist. Ich krame alle Garnreste hervor, die ich finden kann, und stricke bunte Quadrate, bis meine Finger brennen.

Am Mittwoch bricht das Stromnetz zusammen. Ich beobachte, wie die Temperatur in meinem Aquarium immer weiter sinkt, und mache es mir zur Aufgabe, meine Fische am Leben zu erhalten. Ich wickle Decken um die Glasscheiben und lege einen verschließbaren Plastikbeutel mit heißem Wasser, das ich zuvor am offenen Feuer erwärmt habe, in das Aquarium. Alle paar Stunden tausche ich ihn aus. So habe ich wenigstens etwas zu tun und muss nicht immer an Lukes Gerichtsverhandlung denken.

Während ich mich darauf konzentriere, meine Fische zu retten, füllen Mom und Dad Schnee in den Kühlschrank und die Gefriertruhe, damit unser Essen frisch bleibt. Dann holen sie alle möglichen Brettspiele hervor und tun so, als ob sie Spaß machen würden. Es gibt keine Möglichkeit, etwas über Lukes Verhandlung zu erfahren. Die Telefone bleiben tot. Dass Mom wie besessen alle fünfzehn Minuten den Hörer abnimmt, ändert daran auch nichts. Wir wissen nicht, ob eine Autostunde entfernt, an einem Ort, an dem es wahrscheinlich einige Grad wärmer ist, überhaupt ein Sturm wütet. Und wenn ja, ob er so heftig ist, dass der Prozess verschoben werden muss. Niemand spricht darüber. Mom poliert im Kerzenschein ihren Silberstern und ich füge meine Quadrate zu einer neuen Decke zusammen. In dieser Nacht schleppen wir unsere Decken und Kissen ins Wohnzimmer. Vor dem Feuer schläft es sich besser.

Am Donnerstag frieren die Wasserleitungen ein. Mom schmilzt Schnee in einem Topf über dem Feuer. Zum zweiten Mal in Folge gibt es abends Hotdogs und Marshmallows. Skel schnippt immer wieder mit dem Finger gegen Moms Weihnachtsglocke. Der Silberklöppel schlägt gegen das zarte Kristall. Der hohe Ton vertreibt mich aus dem warmen Wohnzimmer und ich flüchte in mein eigenes kaltes Zimmer. Im Schein der Taschenlampe sehe ich, dass die Fische zwar teilnahmslos sind, aber noch leben.

Am Freitagmorgen halten Peter und ich es keine Sekunde länger im Haus aus. Wir gehen nach draußen, um den Fußweg freizuschaufeln. Nach fünfzehn Minuten geben wir auf und setzen uns mit dem Rücken gegen die Hausmauer und beobachten, geschützt vom Dachvorsprung über uns, die Schneeflocken.

»Das geht mir so auf den Wecker«, sagt Peter. »Wenn ich noch ein einziges Mal Halma oder Monopoly oder Spiel des Lebens spielen oder dabei zusehen muss, wie Mom ihren Weihnachtsschmuck poliert, werde ich verrückt.«

»Es wäre ja ganz nett, wenn unsere Familie nicht so kaputt wäre«, sage ich ausdruckslos. »Ein bisschen so wie campen.«

Die Kälte kriecht bereits unter meinen Parka, meine Schneehose und die Handschuhe. Aber ich bringe es noch nicht über mich, hineinzugehen und zu sehen, wie verzweifelt Mom schon zum zweiten Mal an diesem Tag die Glaskugel poliert.

»Ich werde im Frühjahr ausziehen«, sagt Peter. »Wenn ich noch ein weiteres Jahr mit Mom und Dad zusammenlebe, drehe ich durch. Es ist mir egal, ob meine Ersparnisse fürs College für eine Wohnung draufgehen. Es gibt Schlimmeres, als einen Studienkredit aufzunehmen. Ich hätte schon vor zwei Jahren ausziehen sollen.«

Während er das sagt, hört es auf zu schneien. Wir sitzen fünf Minuten lang da und sehen zu, wie die Sonne langsam ein Loch in die Wolken schmilzt, dann nehmen wir unsere Schaufeln und fangen an, einen schmalen Weg bis zur Straße freizuräumen. Der aufgehäufte Schnee reicht mir bis auf Augenhöhe. Unwillkürlich frage ich mich, was Luke wohl gerade tut. Wie seine Gerichtsverhandlung abläuft. Was die Zeugen ausgesagt haben. Wie sie aussehen, wie sie sprechen. Haben sie die Wahrheit gesagt? Hat er außer seinem Anwalt jemanden, der auf seiner Seite steht? Für die Rechnungsfälschungen wird man ihn schuldig sprechen, das steht fest. Aber da ist ja noch der Vorwurf der sexuellen Nötigung. Falls er unschuldig ist und der Anwalt das beweisen kann …

Peter unterbricht meine Grübelei. »Ich habe schon Blasen an den Händen. Wollen wir nicht morgen weitermachen? Die Schneepflüge sind noch nicht bis zu unserer Straße durchgekommen. Wir schlagen also eine Schneise ins Nichts.«

Ich nicke und wir gehen ins Haus zurück.

Irgendwann in der Nacht ist der Strom wieder da. Die Lichter und die Heizung gehen an, und auch unser Fernseher erwacht zum Leben, aber er hat kein Signal. Mom rennt sofort zum Telefon. Immer noch tot.

Fieberhaft steckt sie ihr Handy ans Ladegerät, während wir anderen uns die Decken schnappen und sie in unsere Zimmer zurückbringen. Das Aquarium wärmt sich langsam auf und meine Skalare fangen wieder an, im Kreis zu schwimmen. Ich streue ein paar Flocken und schütte noch ein Mittel ins Wasser, das die Fische angeblich beruhigt, wenn sie unter Stress stehen.

Als Mom am nächsten Morgen aufwacht, ist zwar kein Handyempfang da, aber dafür funktioniert das Festnetz. Sofort ruft sie Lukes Anwalt an. Nachdem sie aufgelegt hat, dreht sie sich zu uns um. Ihre Lippen sind schmal. Skel, der hinter ihr steht, überragt sie ein Stück.

»Luke wurde schuldig gesprochen. Das Strafmaß …« Ihre Stimme bricht. Sie holt tief Luft und spricht weiter. »Das Strafmaß beläuft sich auf siebenundzwanzig Jahre in einem Hochsicherheitsgefängnis. Bei guter Führung vierundzwanzig Jahre. Man hat ihn in allen Anklagepunkten für schuldig befunden.«

Siebenundzwanzig Jahre? Siebenundzwanzig Jahre? Ich werde ihn die nächsten siebenundzwanzig Jahre nicht sehen. Es sei denn, ich besuche ihn im Gefängnis. Siebenundzwanzig Jahre. Das ist fast so lange, wie Luke auf der Welt ist. Wenn er rauskommt, wird er alt sein. Sechsundfünfzig Jahre alt.

Ich muss zugeben, ich hatte einen klitzekleinen Hauch von Hoffnung, dass die Geschworenen ihn für unschuldig erklären. Dass er seine Unschuld tatsächlich beweisen könnte. Dass seine Gewalttätigkeit gegenüber Heather ein einmaliger Vorfall war, ein schrecklicher Fehler, den er danach nie wieder begangen hat. Ein Fehler, den ich vielleicht eines Tages, irgendwann einmal, verzeihen könnte. Dass die Sache mit der Gabel nur passiert ist, weil er auf Drogen war, und dass er einen Entzug machen und wieder geheilt werden könnte, damit so etwas nie wieder geschieht. Es war nur ein winziger Hoffnungsschimmer, und nun müssen Skel und ich dabei zusehen, wie er vollkommen erlischt.

51
Tauwetter

Jetzt

Im März kehrt die Wärme zurück und bringt die Schneeberge langsam zum Schmelzen. Mein Verstand kann meine Gefühle gegenüber Luke klar auseinanderhalten: Wut, das Gefühl, verraten worden zu sein, Trauer, Frust, Schuld. Die Emotionen vermischen sich und tragen den Sieg über die Vernunft davon. In der Schule, im Kreis meiner Freunde, geht es mir ganz gut. Ich erledige meine Hausaufgaben und Pflichten, aber abgesehen davon, mache ich nicht viel. Ich lasse mich von der schweren Traurigkeit niederdrücken.

Gegen Mitte des Monats ist das Gesprächsthema Nummer eins wieder einmal Mandy, die bei einer Party mit irgendeinem Typen aufgekreuzt ist, den sie bei einem Fotoworkshop am Wochenende im Pasadena City College aufgegabelt hat. Sie hat mit Ryan Schluss gemacht, indem sie an dem Abend allen Leuten ihren neuen Freund vorgestellt hat.

Am nächsten Tag sitzt Ryan nach der Schule auf meiner Kühlerhaube und wartet auf mich.

»Hey, Clare.« Er springt von der Kühlerhaube und vergräbt seine Hände in den Taschen. »Ich muss heute Abend unbedingt snowboarden gehen. Ein Teil der Pisten ist beleuchtet und bis neun Uhr abends geöffnet. Kommst du mit?«

Ich reiße die Augen auf. Wir hatten Massen über Massen über Massen von Schnee, aber nicht ein einziges Mal ist mir der Gedanke gekommen, mich aus meinem Zimmer zu wagen und auf den Berg zu steigen. Kein einziges Mal. Was zum Teufel ist mit mir los?

Ich könnte mitkommen. Und nur für ein paar Stunden über die Hänge gleiten.

»Gib dir einen Ruck, Clare. Bitte«, sagt er ruhig. »Ich muss ganz dringend auf ein Snowboard oder ein Surfbrett. Ich weiß, dass du mich verstehst. Und ich möchte mit jemandem fahren, mit dem es entspannt ist. Also, komm mit.«

»Okay.« Zögernd willige ich ein.

Es macht Spaß, im Schnee zu sein. Ich brauche ein paar Anläufe, um wieder reinzukommen und die Turns richtig hinzukriegen. Ryan ist schneller unterwegs, baut Sprünge ein, wagt sich zwischen den Bäumen hindurch, wartet aber immer wieder auf mich. Außer uns sind kaum andere Leute da.

Wir nehmen den alten Sessellift, der uns nach oben bringt.

»Warst du in diesem Winter oft auf der Piste?«, frage ich.

»Nein, nur ein paarmal. Ich war mit anderen Dingen beschäftigt.« Sein Lachen ist nicht echt. »Normalerweise wäre ich jeden Tag hier gewesen. Aber ich bin sozusagen von der Spur abgekommen.« Er schweigt und ich frage mich, ob er über Mandy sprechen will, aber da schüttelt er den Kopf und fährt in leichterem Tonfall fort. »Es ist wirklich fantastisch hier draußen. Und, was hast du so gemacht?«

»Ich habe den Großteil des Winters mit Grübeln verbracht.« Trotz seiner Skibrille sehe ich, wie er die Stirn runzelt.

Der Lift hält auf halbem Weg an. Unsere Sessel schwingen leicht hin und her. Ich hole tief Luft. »Ich war den ganzen Winter über nicht hier. Ich habe mich versteckt. Vor allen. Ich musste mir über einiges klar werden …«

»Das ist gut. Ich meine, du hast wenigstens nicht denselben Fehler begangen wie ich und zugelassen, dass jemand anderes für dich denkt.«

Von den Zweigen neben uns löst sich der Schnee und landet mit einem sanften Plopp in einer tiefen Wehe unter uns. Ich liebe es, zwischen den hohen Bäumen zu sein und wenn die Kälte in meine Fingerspitzen und Zehen kriecht. Und ich liebe es, dass Ryan versteht, wie kompliziert alles in den vergangenen neun Monaten war, ohne dass ich es ihm erklären muss.

»Ich hätte mich hierher auf den Berg und nicht in mein Zimmer zurückziehen sollen. So gut wie der Schnee heute Abend ist, muss er zur Hochsaison absolut fantastisch gewesen sein.« Ich spiele an meinem Snowboard herum, das ich auf meinem Fuß abgestellt habe.

»Das war er auch.« Ryan zieht den Reißverschluss seiner Jacke etwas höher. »Nach einem der heftigen Stürme bin ich mit ein paar Surffreunden auf eine Skitour gegangen. Es sind alles Leute, auf die ich mich total verlassen kann – sie würden mich aus einer Lawine graben oder mich aus den Fluten ziehen. Sie würden mich nie im Stich lassen und ich sie umgekehrt auch nicht.« Er zögert. Dann sagt er: »Es ist ein Scheißgefühl, wenn man jemandem vertraut und dann enttäuscht wird.«

»Und herausfindet, dass nichts davon echt war«, sage ich.

Der Lift setzt sich wieder in Bewegung und unsere Sessel schweben nach oben.

Ich weiß so wenig von Ryan, er ist fast ein Fremder für

mich, aber in diesem Moment fühle ich mich ihm näher als all meinen Freunden.

Ich denke an die Mütze, die ich für ihn gestrickt habe und die immer noch unter meinem Bett liegt, und ich beschließe, sie morgen in die Schule mitzunehmen und Ryan zu geben, auch wenn am 1. April die Mützenzeit endet. Vielleicht kann er sie im nächsten Winter aufsetzen.

Es geht mir besser hier draußen, in der Kälte, unter dem unnatürlichen Neonlicht. In der Gesellschaft von jemandem, der ebenfalls enttäuscht ist und sich betrogen fühlt. Vielleicht nicht auf die gleiche Weise wie ich, aber doch ziemlich ähnlich.

52
Sonnenlicht

Jetzt

Es ist April.

Freudige Briefe von UCLA, Pepperdine, CSULB und dem örtlichen Drecksloch treffen ein – alle wollen mich haben. Es ist ein gutes Gefühl. Es ist schön, erwünscht zu sein und Alternativen zu haben. Daran ändert auch die Absage von UC Berkeley nichts, die mir bedauernd mitteilt, dass ich leider nicht gut genug für ihr College bin. Meine Zukunft nimmt langsam Formen an. Im Herbst werde ich hier raus sein und ganz neu anfangen. Ich werde andere Leute kennenlernen und die Gespräche werden so sein wie meine Unterhaltungen mit Ryan und Peggy. Skel darf nicht mitkommen. Ich habe es ihm verboten.

Bis dahin raubt mir jedoch sein lautes Klappern nächtlich den Schlaf. Er will, dass ich ständig an Luke denke. Egal, was ich tue – ob ich mit meinen Freunden unterwegs bin, über Schularbeiten brüte oder mit Mom oder Dad oder Peter ein normales Gespräch zu führen versuche – Skel ist immer dabei. Deshalb will er auch mit mir aufs College gehen.

Je mehr ich ihn ignoriere, desto hartnäckiger wird er. Jede

Nacht rückt er ein Stück näher an mein Bett heran. Ich verstecke mich unter der Decke, presse das Kissen auf mein Ohr, um das Klappern nicht zu hören. Bis ich eines Nachts Ende April aufwache und Skel neben mir im Bett liegt. Seine Knochenhand malt die Buchstaben W A H R H E I T in die Luft.

»Was willst du von mir?«, blaffe ich ihn an.

W A H R H E I T.

»Ich kenne die Wahrheit. Ich weiß alles, was ich über Luke wissen muss, okay?«, sage ich zu ihm. »Kann ich jetzt bitte weiterschlafen?«

Er pikst mich mit dem Zeigefinger.

»Was für eine Wahrheit soll das sein?«, frage ich. »Welche neue Erkenntnis kann es noch für mich geben?«

Plötzlich taucht ein erschreckender Gedanke auf: Megans Gesetz. Das Register für Sexualstraftäter. Ich bin nie auf die Idee gekommen, in dem Verzeichnis nachzuschauen. Ich habe nie daran gedacht, dort nach der Wahrheit zu suchen.

Zitternd und mit Angst im Bauch steige ich aus dem Bett und schalte auf dem Weg nach unten alle Lampen ein. Es ist mir egal, ob Mom oder Dad aufwachen. Es ist mir egal, ob sie mich anschreien, weil ich nachts durchs Haus geistere und die Stromrechnung unnötig in die Höhe treibe.

Der Computer brummt und rattert beim Hochfahren. Ich gebe die Passwörter ein, warte darauf, dass er lädt. Und dann bin ich online.

Das Register existiert schon seit Jahren. Ich habe nur nicht nachgesehen. Es ist mir nie in den Sinn gekommen. Warum sollte ich überprüfen, ob in unserer Gegend Sexualstraftäter wohnen?

Namensuche: Luke Tovin.

Ich drücke die Enter-Taste und da ist er auch schon.

Sein Name. Vorname. Zweiter Name. Nachname. Geburtsdatum.

Unter einem Foto von ihm steht: INHAFTIERT. Auf dem Bild sieht er ungewöhnlich ruhig aus. Es sind die Augen des guten Luke. Die Augen sagen, dass er ein guter Mensch ist und man ihm vertrauen kann.

Dann kommt die Auflistung:

Sexuelle Übergriffe.

Sexuelle Nötigung.

Versuchte Vergewaltigung. Sexuelle Tätlichkeiten mit dem Ziel, Sodomie und Oralsex zu erzwingen.

Es steht schwarz auf weiß direkt neben seinem Namen. Direkt neben seinem Geburtsdatum.

Ich stoße mich vom Schreibtisch weg. Weg von dem, was auf dem Bildschirm steht. Weg von dem unbarmherzig grellen Licht. Das muss ein Irrtum sein. Das ist völlig ausgeschlossen. Das kann er unmöglich alles getan haben. Ich betrachte das Foto. Name. Geburtsdatum. Meine Augen flackern zwischen der Liste und dem Bild meines Bruders hin und her, immer schneller, hin und her, hin und her. Das ist Luke. Das ist Luke.

Die Beweise sind alle vorhanden. Skel tippt auf den Bildschirm. Er stimmt mir zu. Das ist Luke. Skel tippt auf die Liste. Er hat recht. Die Schuldsprüche können unmöglich nur auf einen einzigen Vorfall zurückgehen. Alle Luft scheint aus meiner Lunge weichen zu wollen und ich kann sie nicht länger nach unten drücken. Mein Herz hämmert. Der Bildschirm verschwimmt vor meinen Augen. Ich schiebe den Schreibtischstuhl zurück, ich brauche mehr Platz.

»Was machst du da, Clare?«

Mom.

Ich drehe mich zu ihr um und stehe auf. Ich bin größer als sie, kräftiger als sie.

»Warum hast du mir nie etwas davon gesagt? Warum hast du mich angelogen? Du hast gesagt, er würde wegen Diebstahls im Gefängnis sitzen. Er sei kein schlechter Mensch, hast du gesagt. Er hätte die falschen Entscheidungen getroffen, aber gefährlich sei er nicht.« Ich will nicht losheulen. Aber ich kann nicht anders. Ich heule und spucke und koche vor Wut. Das Zimmer beginnt sich zu drehen. Skel wird wie von einem Sturm davongewirbelt, aber Moms Gesicht bleibt klar und deutlich vor mir. Ihre Ader pulsiert, sie ist tiefblau und kälter als das Licht in meinen Albträumen. Ihr Unterkiefer bebt.

»DU!« Moms Stimme ist dunkel und verzerrt. »Du verzogene Göre! Du musst deine Nase überall hineinstecken, was? Du meinst, du wüsstest alles. Du meinst, ich hätte gelogen. Was macht dich so sicher, dass die Leute, die ihn beschuldigen, die Wahrheit sagen? Woher willst du wissen, was Wahrheit ist und was nicht?«

»Sie können nicht alle lügen, Mom.« Die Wut schießt in meine Hände, sie ballen sich zu Fäusten, die Fingernägel bohren sich in meine Handfläche. »Und das weißt du auch. Du hast es schon immer gewusst. Du wusstest von Anfang an, warum er im Gefängnis saß. Trotzdem hast du ihn immer wieder mit offenen Armen bei uns aufgenommen.« Meine Stimme ist rau. Sie bebt, obwohl ich mich bemühe, betont langsam und gleichmäßig zu sprechen. »Komm doch rein. Klau heimlich unsere Sachen. Zerbrich ein paar Fenster. Knack unsere Schlösser. Zieh dir Kokain in unserem Badezimmer rein. Schlag deinen Vater zusammen. Ramm eine Gabel in den Arm deines Bruders.« Beim letzten Satz bricht meine Stimme und für einen Moment verdrängt die Traurigkeit meine Wut.

»Er ist dir immer ein guter Bruder gewesen«, faucht meine Mutter. »Denk an die Briefe. An die Ferien und Fahrradausflüge und das Schwimmen im See. Daran, wie er die größeren Kinder verjagt hat, um dich zu beschützen. Du verdankst ihm so viel. Denk auch mal daran, bevor du mich beschuldigst. Ich habe es schließlich ermöglicht, dass er dir ein guter Bruder sein konnte.«

»Nein, Mom. Du hörst mir nicht zu. Es spielt keine Rolle, dass er immer gut zu mir war. Nicht, wenn er anderen wehgetan hat. Du wusstest genau, was er ihnen angetan hat. Wie konntest du nur, Mom? Wie konntest du ihn in unser Haus lassen, obwohl du genau wusstest, wozu er fähig ist?« Ich deute auf den Computerbildschirm. »Hast du auch nur einen Augenblick an mich gedacht? An Peter? An die Menschen, an denen Luke sich vergangen hat – weil du immer wieder dafür gesorgt hast, dass er freikommt? Wer hat diese Menschen beschützt, während du damit beschäftigt warst, ihn zu beschützen?« Die Worte sprudeln aus mir heraus. Mein Gesicht ist verheult und hässlich, Augen und Mund sind geschwollen, die Haut ist fleckig rot. Dicke, heiße Tränen verschleiern meinen Blick.

Moms Antwort ist ein Kopfschütteln. Nein. Nein. Nein. Sie muss mir endlich zuhören. »Sag mir, wie viele Mädchen vergewaltigt worden sind, weil du deinen Sohn in deiner Nähe haben wolltest?«

Das ist der Moment, in dem sie zusammenbricht, langsam, wie in Zeitlupe.

Mit einem Satz bin ich bei ihr. Ich versuche, sie zu stützen, aber ich bin nicht schnell genug. Mom kracht auf den Boden, ihr roter Morgenmantel breitet sich wie Blut auf dem Teppich aus.

Sie schlägt die Hände – faltige, gealterte Hände – vors Gesicht und fängt an zu schluchzen.

Schlagartig wird mir klar: Ich habe meine Mutter noch nie weinen sehen. Weder auf Beerdigungen noch im Krankenhaus. Da macht es *Klick* in meinem Kopf.

Ich brauche ihr keine Vorwürfe zu machen. Ich wollte genauso wie sie, dass Luke zu uns nach Hause kommt. Aber das war, bevor ich über seine Verbrechen Bescheid wusste. Mom hingegen kannte von Anfang an die Wahrheit. Irgendwann muss selbst sie zu der Erkenntnis gelangt sein, dass er nicht unschuldig sein kann. Das war der Augenblick, an dem sie ihn uns allen vorgezogen hat. Skel stampft mit dem Fuß auf. Er deutet auf Mom und streckt die Hände aus. Tu was, hilf ihr. Lass sie nicht so weinen.

»Mom«, sage ich sanft. »Mom. Du kannst ihn nicht ändern, und wenn du dich noch so sehr bemühst. Du kannst ihn nicht ändern.«

Und ich kann es auch nicht.

Meine Fäuste lösen sich und streichen zart über Moms Rücken.

»Komm, Mom«, sage ich ruhig. »Komm. Ich bringe dich zurück in dein Bett. Es tut mir leid, hörst du?«

»Es sollte dir leidtun.« Sie nimmt die Hände vom Gesicht. Die Ader ist noch größer und kälter als zuvor, ihre Augen hinter den geschwollenen Lidern sind eingesunken. »Lass mich in Ruhe. Geh in dein Bett.«

Dad kommt aus dem Schlafzimmer gestolpert. Verwirrt und halb angezogen nimmt er Mom in den Arm und schützt sie vor meinen Blicken. Und vor Peters Blicken. Ich weiß nicht, wie lange er schon an der Tür steht. Vielleicht von Anfang an. Er kommt ein paar Schritte auf mich zu, seine Augen sind voller Mitgefühl und Sorge. Aber ich drehe mich um und renne weg. Er folgt mir nicht.

Ich verschließe meine Zimmertür und klemme den Schreibtischstuhl unter die Klinke. Dann lege ich mich rücklings aufs Bett und starre auf die Tür. Skel legt sich neben mich und will meine Hand halten.

»Lass mich in Ruhe.« Ich stoße ihn weg und ziehe die Decke über meinen Kopf.

Ich habe nach Beweisen gesucht und ich habe sie gefunden. Ein Zurück gibt es nicht. Nie mehr.

Ich werde vom Sonnenschein geweckt, der einen Augenblick lang auf dem Fenstersims tanzt, bevor er von den Auberginenwänden verschluckt wird. In Gedanken blättere ich in den Ereignissen und Gefühlen der vergangenen Nacht wie in einem Buch. Mom kann Luke nicht ändern. Mitgefühl kann ihn nicht retten. Ändern kann sich nur Luke selbst, indem er sein Verhalten ändert. Ein einzelner Sonnenstrahl fällt auf meinen rechten Arm. Die Wärme weckt auf, kitzelt auf meiner Haut. Luke ist für das, was er tut, verantwortlich. Das zu erkennen, ist Voraussetzung für jede Veränderung. Aber das gilt nicht nur für ihn, sondern auch für mich.

Schnell ziehe ich mich an. Setze meine Mütze auf. Verlasse ohne ein Wort das Haus.

Im Baumarkt besorge ich alles Nötige und kehre nach Hause zurück. Ich klemme den Stuhl wieder unter die Klinke und versperre auf diese Weise die Tür.

Nachdem ich die Kanten abgeklebt habe, tauche ich den Pinsel in den Eimer mit der Farbe für den Voranstrich. Zuerst streiche ich die Zimmerecken. Dann rolle ich die Farbe auf die großen Wandflächen. Weiß ist zu steril, zu sauber, zu kalt.

Ein zweiter Anstrich. Diesmal in Hellgrün, der Farbe frischer Äpfel. Das Sonnenlicht dringt durchs offene Fenster. Spiegelt sich, blitzt auf, belebt und erneuert.

Als ich mit der Arbeit fertig bin, fühle ich mich zittrig, aber nur ein bisschen. Zittrig deshalb, weil ich nicht genau weiß, was das hier bedeutet. Weil ich nicht weiß, wie Mom reagieren wird. Weil ich nicht weiß, was für eine Bestrafung es nach sich zieht. Weil ich über mich selbst überrascht bin. Aber auch zufrieden mit mir.

Ich werde nicht mehr zulassen, dass der Sonnenschein von meinem Leben verschluckt wird.

53
Klarheit

Jetzt

Ich schiebe meine Möbel durchs Zimmer und stelle sie so, dass es mir gefällt. Das weit geöffnete Fenster lässt eine erste Frühlingsbrise herein. Am liebsten würde ich den ganzen Tag in meinem neuen Zimmer verbringen. Aber die frische Farbe riecht beißend, außerdem zieht es mich ins Freie, solange es hell ist.

Auf meinem Weg nach draußen bleibe ich vor der Küchentheke stehen, wo ein noch unsortierter Stapel Post liegt. Ganz oben liegt ein an mich adressierter Brief.

Es ist ein vorgestempelter Umschlag. Lukes Häftlingsnummer steht klar und deutlich unter seinem Namen. Ich weiß noch nicht, ob ich den Brief lesen will, aber ich stecke ihn in die Tasche und gehe zur Tür.

Ich muss den Fußweg, den Luke mir gleich nach seiner Heimkehr im letzten Sommer gezeigt hat, nicht sehr lange suchen. Kaum zu glauben, aber es ist noch nicht einmal ein Jahr her.

Ich bleibe vor dem Busch stehen und hole das Einmachglas mit Wodka hervor.

Beim Öffnen verschlägt mir der scharfe Geruch fast den Atem. Ich kippe den Wodka aus und sehe zu, wie der letzte Tropfen herausrinnt.

Am Ende des Pfads angelangt, blicke ich über das Tal. Ich bestaune die allmählich schmelzenden Schneekuppen in der Ferne und lächle verwundert über die Wasserfälle, die im Sommer nur Rinnsale waren.

Ich könnte den Brief verbrennen, ihn ungeöffnet in Moms loderndes Kaminfeuer werfen.

Ich könnte ihn über die Klippe schleudern und zusehen, wie er durch die Luft segelt und immer kleiner und kleiner wird, bis er ganz verschwindet.

Skel deutet auf den Brief in meinen Händen. Er ist neugierig und will wissen, was Luke geschrieben hat. Auch ich bin neugierig.

Aber ich warte noch.

Ich lasse den Blick über das Tal schweifen und betrachte die Schneekuppen, die sich gegen den leuchtend blauen Himmel weiß abheben. Ich setze mich auf den Felsen und ahne, dass Frieden möglich ist.

Warum sollte ich den Brief lesen? Was verspreche ich mir davon? Eine Erklärung. Eine Entschuldigung. Einen Hoffnungsschimmer, dass Luke der Gute und nicht der Böse ist. Aber reicht eine Erklärung, eine Entschuldigung, ein kleiner Funken Hoffnung wirklich aus, wo doch seine Vergangenheit dafür spricht, dass er wieder stehlen und wieder gewalttätig sein wird?

Die Neugier gewinnt schließlich.

Skel und ich öffnen den Brief gemeinsam und lesen ihn Wort für Wort.

Lieber Piepmatz,

von Ma und Pop weiß ich, dass ständig neue Briefe mit Zusagen von den Colleges eintrudeln. Glückwunsch. Ich bin stolz auf Dich. Vielleicht bedeutet Dir das nichts, wenn es ausgerechnet von mir kommt, aber ich hoffe, Du kannst zwischen den Zeilen herauslesen, dass ich es aufrichtig meine. Meinen Glückwunsch, ganz ehrlich.

Clare, ich hoffe so sehr, dass Du mir ab und zu schreiben wirst. Es wäre wunderbar, etwas von Dir zu hören. Peter und meine Freunde melden sich nie. Nur Ma und Pop. Ich wüsste nicht, was ich ohne sie machen würde.

Gib mich nicht auf. Bitte. Was ich getan habe, war falsch. Ich habe schlimmen Mist gebaut, aber ich wünsche mir, dass Du weiter an mich glaubst. Manchmal denke ich sogar, dass es im Gefängnis einfacher für mich ist. Hier weiß ich wenigstens, wie alles läuft. Draußen tue ich Dinge, die ich selbst nicht erklären kann. In letzter Zeit denke ich viel nach. Wenn ich wieder rauskomme, mache ich alles anders.

Piepmatz, ich bin immer noch Dein Bruder. Ich brauche Deine Briefe. Bitte. Vielleicht kannst Du mir ja ein paar Fotos schicken von unserem Sommer bei Granny. Ich denke ganz oft an diese Zeit zurück. Es ist eine meiner besten Erinnerungen. Ich hab Dich lieb und vermisse Dich. Ich brauche Dich, Piepmatz. Vielleicht kannst Du mich mal besuchen. Es ist so einsam hier.

Alles Liebe!
Luke

Ich lasse den Brief sinken und schaue ins Tal. Wenn es ein Wolkentag wäre, könnte ich weder das kristallklare Wasser sehen, das über die schroffen Felsen hüpft, noch die grünen Baumspitzen, die sich kantig vor dem Himmel abzeichnen, oder die Schneezungen, die sich bis ins schattige Tal strecken. Aber es ist kein Wolkentag und so sehe ich jedes Detail.

Ich falte den Brief zusammen und schiebe ihn in meine Tasche, dann mache ich mich auf den Rückweg über den matschigen Pfad. Skel klappert dicht hinter mir her.

Ich betrete das Haus durch die Vordertür und werde von Mom mit eisigem Schweigen empfangen. Ich sage Hallo. Sie schüttelt den Kopf. Die Ader an ihrer Schläfe hört in letzter Zeit gar nicht mehr auf zu pulsieren.

Dad fängt mich im Flur ab. »Wie ich sehe, hast du dein Zimmer gestrichen.«

»Stimmt«, sage ich.

»Deine Mutter ist sehr wütend. Du hättest sie vorher um Erlaubnis fragen müssen. Immerhin gehört das Haus uns und nicht dir.«

»Dir gefällt die Farbe also nicht«, sage ich und will an ihm vorbei in mein neues Refugium gehen.

»Nein, das habe ich nicht gesagt. Es geht nur darum, dass du uns hättest fragen müssen.« Dad verstellt mir den Weg. »Entschuldige dich bei deiner Mutter. Sonst hast du Hausarrest.«

»Verlangst du nicht vom falschen Kind eine Entschuldigung?« Kapieren meine Eltern es denn nie? »Es ist doch nur Farbe. Ich habe nichts gestohlen und auch niemanden vergewaltigt.« Ich drücke entschlossen den Rücken durch. »Und das werde ich auch nicht. Niemals. Ein Zimmer zu streichen ist nicht der Anfang einer Verbrecherkarriere.«

Als er darauf keine Antwort weiß, drehe ich mich auf dem Absatz um und gehe zurück ins Wohnzimmer. Mom kann schmollen, solange sie will, aber ich habe ihr etwas zu sagen. »Ich bin nicht Luke, Mom. Du musst dir um mich keine Sorgen machen wie um ihn. Ich werde meine eigenen Entscheidungen treffen. Und ich hoffe, dass die meisten gute Entscheidungen sein werden.« Wie die apfelgrüne Farbe. »Also nimm mich einfach als Clare an und behandle mich auch so. Lass den Gedanken zu, dass Luke nicht die Mitte von allem ist.«

Sie blickt von mir zu ihrem Weihnachtsschmuck und einen Moment lang habe ich die Hoffnung, dass meine Worte sie irgendwie erreicht haben. Aber dann sagt sie: »Ich weiß immer, was das Beste ist, Clare. Immer.«

Ratlos werfe ich die Arme hoch. »Na schön. Ich habe es wenigstens versucht.«

Dad steht im Flur und versperrt mir erneut den Weg. Ich dränge mich an ihm vorbei, reiße meine Zimmertür auf und werde von einem schönen Anblick begrüßt. Mein Fenster ist wie ein Bilderrahmen für den Apfelbaum draußen. Kleine Blätter sprießen an den Zweigen und es zeigen sich bereits die ersten weißen Blüten.

Es ist Frühling. Plötzlich habe ich Gewissensbisse. Unter meinem Bett liegen vier Decken, die im Winter niemandem genützt haben. Ich beschließe, mich nicht mit Schuldgefühlen aufzuhalten. Peggy wird es nichts ausmachen. Sie wird sich freuen, mich zu sehen, und für die Decken hat sie immer Verwendung.

Ein aufgeregtes Kribbeln erfasst mich, als ich die Schachtel hervorhole. Ich liebe es, die Decken zu stricken. Und noch mehr liebe ich es, sie jemandem zu schenken. Am allerschönsten wäre es allerdings, dieses Gefühl mit einer Freundin teilen zu können. Ich schreibe Drea eine SMS und zehn Minuten später sitzt sie in meinem Auto.

Drea schaut zu, wie ich Peggy die Decken gebe, und da begreife ich, wie merkwürdig und lächerlich es war, diesen Teil meines Lebens vor allen geheim zu halten. Ich kann nicht erklären, warum ich das gemacht habe und warum es sich damals richtig angefühlt hat. Ich weiß nur, dass ich jetzt alles mit großer Klarheit sehe.

54
Frieden

Jetzt

An diesem Abend liege ich entspannt auf meinem Bett und schaue den Fischen im Aquarium zu, wie sie langsam durch den ausgehöhlten Baumstamm hindurchgleiten und unter und über der Burg hinwegschwimmen. Es ist so friedlich in meinem apfelgrünen Zimmer.

Ich ziehe den Brief aus dem Kuvert und lese ihn noch einmal. Luke sehnt sich nach jemandem, der zu ihm hält, ihn liebt und an ihn glaubt.

Aber will ich dieser Jemand sein?

Ich versuche, die Situation zu analysieren, als hätte ich das Schema einer Regierungsinstitution oder einen Auszug aus einem berühmten literarischen Werk vor mir.

Was will ich?

Ich will den See, aber ohne Sumpf, ohne Giftschlangen und dünnes Eis. Ich will Frieden.

Meine Gedanken wandern zu der Holzschatulle. Ich hole sie hervor, klappe den Deckel auf und betrachte die Briefe, die Fotos und mein Medaillon. Dann lege ich den neuen Brief dazu und gehe zum dritten Mal an diesem Tag aus dem Haus.

Ich laufe im Mondschein um den See zur tiefsten Stelle, wo die Stufen bis zum Sumpf hinabführen. Ich stehe barfuß da, die Zehen um die Betonkante gekrallt, und halte die Schatulle mit ausgestreckten Armen weit, weit von mir weg.

»Leb wohl«, sage ich, fest entschlossen, keinen Rückzieher mehr zu machen. Ich lasse die Schatulle mit meinen Schätzen los und mit ihr alle guten und alle schlechten Erinnerungen an Luke. Ich trenne mich von meinem Schatzkästchen. Sehe zu, wie es langsam in die Tiefe sinkt und schließlich verschwindet. Ich stelle mir vor, wie es auf dem Grund aufsetzt und vom Morast verschluckt wird.

Es ist die richtige Entscheidung. Ich bin traurig, aber gleichzeitig auch erleichtert. Meine Erinnerungen an Luke werden auf dem Grund dieses Sees ruhen, der unweigerlich Gutes wie Schlechtes in sich vereint.

Als ich mich umdrehe, steht Skel hinter mir und sieht mich aus großen, leeren Augen an. Er tippt an seinen Hut und nickt mir anerkennend zu. Aber er bleibt trotzdem noch bei mir.

55
Moms Familienskelett

Jetzt

Frühlingsferien. Mein Abschlussjahr. Es gäbe tausend Dinge, die ich lieber tun würde, aber Granny braucht Hilfe und sie hat sich bereit erklärt, mir für die Arbeit Geld zu bezahlen – was wirklich gut ist, denn zu Hause will mich immer noch niemand einstellen. Die Farm ist schon verkauft, Granny hat noch dreißig Tage Zeit, um ihren Besitz zu ordnen, ein paar Habseligkeiten zu packen und den Rest an die Familie zu verteilen oder für einen wohltätigen Zweck zu spenden.

Das Farmhaus ist inzwischen leer geräumt. Wir haben die ganze Woche geschuftet. Mein Koffer steht oben, fertig gepackt für den Rückflug.

Ich stehe am Fuß der Treppe, blicke auf die splitternden Bretter, das verbogene Holz, die hervortretenden Nägel. Ich stehe da und betrachte die Leere. Die Stufen sind leer. Niemand wandert mehr umher, nichts pocht oder knarrt. Außer mir ist niemand da. Trotzdem zieht sich meine Brust zusammen, meine Füße beginnen zu schwitzen und meine Nackenhaare stellen sich auf.

Ich schaue nach oben und gestehe mir ein, dass ich hier nie

ein Gespenst gesehen habe, nie erlebt habe, wie Türen sich von Geisterhand öffnen und schließen, Lichter ohne Zutun an- und ausgehen.

Hier stehe ich, mit achtzehn Jahren, im Abschlussjahr der Highschool, dem Gesetz nach eine Erwachsene, und ich bekomme Angst, weil ich mir die Reaktionen meines Körpers und die Befehle meines Gehirns nicht erklären kann. Mach dich bereit zum Kampf oder zur Flucht, scheint mir mein Körper sagen zu wollen. Irgendetwas ist hier faul.

Bewahrt auch ein Haus die Erinnerungen an schlimme Dinge, die sich hinter seinen Wänden abgespielt haben? Was, wenn die Beklemmung, die mich beim Anblick dieser Stufen befällt, etwas mit einem Familienskelett zu tun hat, das hier immer noch weggesperrt wird?

Die vage Ahnung ist zugleich ein vertrautes Gefühl: zerbrochene Fenster, Blutspuren im Wohnzimmer, Metallbesteck in einem Arm.

Wenn ich raten müsste, würde ich sagen, dass meiner Mutter hier auf dieser Treppe etwas Schreckliches zugestoßen ist. Ein kalter Schauer läuft mir über den Rücken, als ich verschwommene Bilder von Grandpa vor meinem inneren Auge sehe. Er ist betrunken, wütend und jähzornig. Und er steht auf der Treppe.

Moms Familienskelett späht aus dem Wäscheschrank im Obergeschoss, ich sehe nur seinen Schädel und die knochigen Fingerspitzen hervorlugen. Dann löst sich das Bild von Grandpa wieder auf.

Ich werde nie erfahren, was Mom hier erlebt hat. Was sie dazu treibt, Luke beschützen zu wollen, obwohl er schlimme Verbrechen begangen hat. Warum ihre Stimmung von einem Moment auf den anderen umschlagen kann, als hätte jemand einen Schalter umgelegt. Warum sie so besessen davon ist, ihren makellosen Weihnachtsschmuck zu polieren. Mom wird nie preisgeben, was sich in ihrer Kindheit in diesem Haus abgespielt hat und warum sie deshalb zwanghaft alles kontrollieren muss. Sie wird weiterhin das Märchen ihrer unbeschwerten Jugend in der Kleinstadt weiterspinnen, dem harmlosen Familienleben auf der Farm, wo es zum Frühstück frisch gelegte Eier gab und die Kuhmilch noch warm aus dem Stall kam. Sie wird ihre Geschichte weiterknüpfen, um mit dem gewebten Lügennetz ihr Familienskelett zu umspinnen und in Schach zu halten.

Aber Skelette lassen sich immer etwas Neues einfallen, das haben sie so an sich. Sie mögen es nicht, weggesperrt zu werden. Auch Moms Familienskelett wird aus dem Schrank lugen, mit den Knochen klappern und sie Tag und Nacht daran erinnern, dass es noch da ist.

Skel gesellt sich zu mir. Er tätschelt meine Schulter und blickt mich aus großen, traurigen Augenhöhlen an. Obwohl Mom unausstehlich sein kann, ertragen weder Skel noch ich den Gedanken daran, dass ihr hier etwas zugestoßen ist.

Gemeinsam erklimmen Skel und ich die ersten Stufen. Wir steigen langsam, aber entschlossen nach oben. Wir fliehen nicht, sondern gehen auf ihr Familienskelett zu. Wir schlagen ihm nicht die Tür vor der Nase zu und sperren es nicht ein.

Skel streckt mir seine Hand hin und zum ersten Mal ergreife ich sie. Es ist eigenartig, aber irgendwie bin ich ihm sogar dankbar. Er ist ein Teil von mir. Er besteht aus den Erfahrungen, die ich gemacht habe. Er hat mir ein besonderes Gespür verliehen. Von ihm habe ich gelernt, gleichzeitig Angst, Liebe, Hass und Traurigkeit zu empfinden. Er hat mir die Augen geöffnet und mir die Wahrheit über meine Familie gezeigt.

56
Schutz

Jetzt

Drea wirft Gummibärchen in meinen Schoß.

»Hör auf damit!«, quietscht sie. »Du sagst mir nicht die Wahrheit.«

»Oh doch.« Ich ignoriere die Gummibärchen und lenke den Wagen vorsichtig durch die S-Kurven. »Es war irre. Genau in dem Moment, als sie heimlich durch den Hintereingang davonschlich, hat Mom die Schlafzimmertür aufgemacht. Zwei Sekunden später und – Bang! – Mom hätte Peter und sie erwischt.«

»Höchste Zeit, dass er auszieht«, sagt Drea. »Der Typ ist fast zweiundzwanzig Jahre alt. Es ist nicht normal, dass er immer noch bei euch wohnt.«

»Apropos ausziehen. Ich habe die Zusage von UCLA –«

»Moment. Was hat deine Mom dazu gesagt?«, unterbricht mich Drea.

»Sie hat mir eine Predigt gehalten, dass die Zehn Gebote mich dazu verpflichten, Vater und Mutter zu ehren und ich deshalb zu Hause bleiben und zum Drecksloch-College pendeln muss. Dann hat sie noch hinzugefügt, dass ich keine Unterstützung zu erwarten habe, weder emotional noch finanziell, wenn ich mich gegen ihren Willen für die UCLA entscheide.«

»Ist das eine Drohung? Und wo ist der Unterschied zu den letzten achtzehn Jahren deines Lebens?« Ein Gummibärchen prallt am Armaturenbrett ab.

»Sie wird ihre Drohung nicht lange aufrechterhalten. Ich merke, wie es ihr gefällt, wenn andere Leute ihr gratulieren, weil ich an einem so guten College aufgenommen wurde.«

»Sie sollte stolz auf dich sein. Meine Mom ist es jedenfalls. Außerdem erreicht deine Uni auf meiner Partyskala eine Acht-Komma-Fünf, ich werde also von Long Beach State zu Besuch kommen müssen.«

»Wieso, damit du Freitagabends mit mir büffeln kannst?«, necke ich sie.

»Dann musst du wohl besser mich besuchen kommen. Was hat die UCLA dir zugeschickt?«

»Die Unterlagen für das Studentenwohnheim. Sie haben mir den Namen und die E-Mail-Adresse meiner Mitbewohnerin gegeben, damit wir uns schon mal kennenlernen können. Ich hoffe, sie ist einigermaßen normal.«

Obwohl ich die Strecke schon oft gefahren bin, schalte ich das Fernlicht ein, um in der mondlosen Nacht den kurvigen Straßenverlauf besser erkennen zu können.

»Ha. Was, wenn sie einen Putzfimmel hat und jeden Morgen das Zimmer schrubbt und dich zwingt, gleich nach dem Aufstehen dein Bett zu machen?«

»Oder noch schlimmer, was, wenn sie stinkt? Was, wenn sie sich nie duscht?«

Das Scheinwerferlicht erhellt rechts die Felsklippe und links die Metallplanken an der Abbruchkante.

»Vielleicht hält sie sich eine Ratte als Haustier unter dem Bett.« Drea prustet laut los.

»Und … Oh mein Gott!« Drea und mir stockt der Atem. Wir haben ihn beide gleichzeitig entdeckt.

Blutüberströmt dreht er sich zu uns und winkt mit den Armen über den Kopf. Stopp. Stopp.

»Halte nicht an«, sagt Drea. »Fahr einfach weiter.«

»Du hast recht.« Ich gebe Gas und nehme die nächste Kurve ein bisschen zu schnell. Dann verlangsame ich das Tempo, um nicht von der Straße abzukommen. Da war so viel Blut. Auf seinen Händen und Beinen und Armen. Er könnte ein Mörder sein, der gerade jemanden umgebracht hat. Am schlimmsten war das Blut an seinem Kopf. Die linke Hälfte seines Gesichts war ganz rot.

Er könnte jemand wie Luke sein, der per Anhalter unterwegs ist, vielleicht auf der Suche nach einem Opfer.

Er könnte aber auch jemand sein, der mit dem Auto aus der Kurve geschleudert wurde und einen Unfall gebaut hat.

»Drea, ich drehe um. Wir müssen zurückfahren.«

»Clare, bist du verrückt geworden? Er könnte gefährlich sein.«

»Vielleicht kommt heute außer uns niemand mehr die Straße entlang. Ich muss mich davon überzeugen, dass alles okay ist. Ich werde nur langsam vorbeifahren und ihm sagen, dass wir den Krankenwagen rufen.« Vorsichtig wende ich das Auto.

»Ich bin schon dabei anzurufen«, sagt Drea und tippt die Nummer in ihr Handy. »Kein Grund umzudrehen.«

Wir sind fast schon an der Stelle, wo wir ihn gesehen haben. Ich bremse. Nehme meinen Mut zusammen.

Bei seinem Anblick schnappe ich nach Luft. Überall ist Blut.

Während Drea mit der Notrufzentrale spricht, fahre ich an den gegenüberliegenden Straßenrand, kurble das Fenster einen Spalt weit herunter und frage: »Was ist passiert?«

»Ich bin mit dem Auto von der Straße abgekommen«, antwortet er.

»Wir holen Hilfe. Wir haben bereits den Krankenwagen gerufen.«

Er ist ungefähr in unserem Alter. Vielleicht etwas älter, aber nicht sehr viel.

»Was machen wir jetzt?«, flüstere ich Drea zu, als sie auflegt.

»Wir fahren heim«, sagt sie.

»Sollten wir nicht bei ihm warten, bis der Krankenwagen eintrifft?«

»Hör zu, du Verrückte. Ich sehe hier weit und breit kein Auto, du etwa?«

»Nein.« Es könnte den Abhang hinuntergestürzt sein. Oder auch nicht.

»Ich sehe nur einen blutüberströmten Typen auf einer einsamen Straße mitten im Nichts. So fangen Horrorfilme an«, sagt Drea. »Zwei naive Mädchen, die gerade von ihrer vielversprechenden Zukunft träumen, halten an, um jemandem zu helfen. Er zieht ein Messer, zerstückelt sie, verstaut sie im Kofferraum und fährt weg.«

»Was, wenn er nur ein junger Mann ist, der einen Autounfall hatte? Du würdest doch auch wollen, dass jemand dir hilft. Der Wald kann einem ganz schön Angst einjagen.«

»Ja. Im Wald kann man es mit der Angst zu tun kriegen. Besonders wenn dort ein blutender Mann herumläuft.«

»Ich muss einfach wissen, dass er versorgt wird. Sonst habe ich monatelang Albträume. Außerdem will ich nicht in jedem, der mir über den Weg läuft, einen Verbrecher sehen.«

Drea denkt über meine Worte nach.

»Okay«, sagt sie. »Aber wir sind vorsichtig. Wir bleiben in sicherer Entfernung.«

»Danke für den Notruf«, sagt der Typ. »Ich habe keine Ahnung, wo mein Handy gelandet ist. Mann, so ein verdammter Mist. Habt ihr eine Zigarette?«

Wir lachen zu dritt. Es ist ein verlegenes Lachen, aber immerhin.

»Nein, tut mir leid.«

»Und Taschentücher? Ich habe versucht, mich mit meinem T-Shirt abzuwischen …« Das Shirt ist voller Blut. Nur ein schmaler grauer Streifen in der Mitte ist bis auf ein paar Blutspritzer halbwegs sauber. Jedenfalls im Vergleich zum Rest. Dunkelrote Ärmel. Dunkelrote Seiten.

»Wir haben eine Flasche Wasser, falls das was hilft«, sagt Drea. Ich blicke sie entgeistert an.

»Ja. Danke.« Er kommt langsam auf unser Auto zu. Ich überprüfe schnell, ob die Türen verriegelt sind, lege den Gang ein, bereit, jederzeit loszufahren.

»Ich glaube, meine Nase ist gebrochen. Die Blutung lässt sich nicht stillen. Ich habe die Kurve zu spät bemerkt. Mein Auto ist den Abhang hinunter.« Er kommt näher und näher. Hör auf zu zittern!, befehle ich meinem Arm. Sonst verrätst du, wie viel Angst du hast. Jetzt ist er ganz nahe. Seine Nase sieht aus, als wäre sie gebrochen, sie ist schief und eingedrückt. Sein Gesicht ist dunkelrot verschmiert, weil er versucht hat, sich das Blut abzuwischen.

»Ich glaube, ich habe eine große Schnittwunde über dem Auge«, sagt er. Drea reicht mir die Flasche und ich schiebe sie durch den Spalt im Autofenster.

Er nimmt die Flasche und geht genauso langsam zurück,

wie er hergekommen ist. Ich glaube, er weiß, was für einen fürchterlichen Anblick er abgibt.

»Danke für das Wasser. Und dafür, dass ihr angehalten habt.«

Im Rückspiegel blinkt es rot. Als der Krankenwagen anhält, fällt das Scheinwerferlicht auf ein eingedelltes Auto. Der junge Mann ist kein Mörder. Er hat es nicht auf ein leichtes Opfer abgesehen. Er ist nicht wie Luke. Er ist jemand, der einen Unfall hatte und Hilfe braucht.

Als ich später auf dem Klappbett in Dreas Zimmer liege, versuche ich, zur Ruhe zu kommen. Ich sage mir, dass es keinen Grund dafür gibt, jedes Mal, wenn ich die Augen schließe, einen blutüberströmten Mann vor mir zu sehen, und dass ich deswegen keine Albträume haben muss.

***

Ich wache auf, verwirrt und überrascht. Das morgendliche Blassgrau erhellt den Fensterrahmen, allmählich dringt das erste Licht ins Zimmer. Ich habe die ganze Nacht über keinen Albtraum gehabt. Zufrieden kuschle ich mich unter die Decke und schlafe begleitet von dem Ticktack der Großvateruhr im Wohnzimmer wieder ein.

57
Distanz

Jetzt

Die Szene ist fast die gleiche wie vor einem Jahr. Das Lagerfeuer knistert und die Funken fliegen bis in den Himmel. Meine Klassenkameraden ziehen sich irgendeinen Stoff rein, Dreas Haut schimmert im Vollmondlicht fast blau. Und Peter ist auch diesmal mit einer neuen Blondine an der Getränkebox.

»Schwesterchen«, sagt er. »Du kommst spät für jemanden, der sich nicht davonschleichen muss, weil er Moms Erlaubnis hat.«

»Mom und ich sind uns einig, dass wir uns nicht einig sind«, erwidere ich. »Sie hat mich gehen lassen, aber nicht ohne mir einen Vortrag über Verantwortungsbewusstsein zu halten, der damit endete, dass ich vernünftig sein und zu Hause bleiben soll. Genug davon. Her mit dem Bier.«

Drea und ich reichen Peter jeweils fünf Dollar, aber er winkt ab. »Herzlichen Glückwunsch zum Abschluss«, sagt er und gibt Drea und mir eine Dose.

Aus dem Augenwinkel sehe ich Ryan. Seine Locken lugen unter der Mütze hervor, die ich ihm gestrickt habe.

»Ich bin gleich wieder da«, sage ich zu Drea.

»Und ich bin da drüben.« Sie deutet mit der Bierdose in Richtung Omar, Chase und Skye.

»Hey …« Ryan begrüßt mich mit einem breiten Lächeln. Bevor ich Hallo sagen kann, sagt er: »Also, ich, ähm … ich hab was für dich.«

Er öffnet seinen Rucksack und gibt mir ein Hardcover-Buch.

Zufluchten. Mandys Fotos.

»Mir ist aufgefallen, dass du immer in die Cafeteria gegangen bist und dir die Fotos angesehen hast. Mandy hat ein paar Fotobücher machen lassen und sie an ihre Freunde verteilt. Das hier war meines. Ich möchte es dir geben … wenn du es willst.«

»Danke.« Meine Stimme schafft nur ein leises Flüstern. Ich öffne das Buch und betrachte der Reihe nach die Bilder, bis ich bei dem Foto von Lukes Arm hängen bleibe.

»Wie geht es ihm denn?«

»Luke?«, frage ich.

Ryan nickt.

»Er ist einsam, nehme ich an. Ehrlich gesagt, habe ich keinen Kontakt mehr mit ihm. Es ist besser so für mich. Zumindest jetzt.« Zögernd füge ich hinzu: »Trotzdem vermisse ich ihn. Trotzdem liebe ich ihn. Selbst wenn ich nie wieder ein Wort mit ihm sprechen werde.« Ich schlage das Buch zu und drücke es an meine Brust.

»Das kann ich verstehen«, sagt Ryan, obwohl das gar nicht nötig ist. Ich weiß, dass er es versteht. Weil er mich versteht.

»Also noch mal vielen Dank«, sage ich, dann wechsle ich das Thema. »Hast du es inzwischen herausgefunden? Wie du das System austricksen und dein Leben mit Surfen und Reisen verbringen kannst?«

»Schon möglich.« Er lehnt sich gegen einen Baum. Das Licht des Lagerfeuers spiegelt sich in seinen haselnussbraunen Augen und lässt sie fast orange erscheinen. »Ich habe mich entschlossen, aufs College zu gehen. Ich möchte Nonprofit-Management studieren und vielleicht kann ich irgendwann für eine Organisation wie die Surfrider Foundation arbeiten. Etwas, was mit dem Meer zu tun hat.«

Ich hebe meine Bierdose, um mit ihm anzustoßen. »Glückwunsch.«

»Weißt du denn schon, auf welches College du gehst? Willst du immer noch Meeresbiologie studieren?« Er rutscht ein Stück näher.

»UCLA. Ich habe keine Ahnung, was ich mit meinem Leben anfangen soll, aber ich habe fest vor, es herauszufinden.«

»Ich bin sicher, du wirst das System austricksen. Mach etwas, bei dem du jeden Tag schwimmen kannst. Wo wir gerade davon sprechen … Kann ich darauf hoffen, dich im Sommer am See zu treffen?«

»Ich werde nicht mehr dort arbeiten, aber ich werde schwimmen gehen. Wahrscheinlich ganz früh am Morgen.«

»Deine liebste Zeit des Tages«, sagt Ryan und streicht mir eine Haarsträhne hinters Ohr. »Also haben wir ein Date?«

»Ja, das haben wir.«

Die Abschlussfeier. Die Scheinwerfer sind an, mein Name ist aufgerufen worden und ich gehe zum Podium.

Morgen ist der erste Tag meines letzten Sommers zu Hause. Ich werde ihn mit meinen Freunden verbringen, Chris heimlich Schwimmunterricht geben und den Müttern bei den Liebenden Herzen das Stricken beibringen. Und im August fängt das Studium an.

Nach den Feierlichkeiten treffe ich mich mit Drea, Omar, Lala, Chase und Skye. Wir umarmen uns und grinsen und legen uns die Arme um Schultern und Hüften, während Kamerablitze aufleuchten und Fotoapparate klicken. Ryan kommt zu uns herüber und stellt sich für das Gruppenfoto neben mich.

»Aufgepasst, Welt! Da kommen sie!« Heute Abend verzichtet Dad auf seine üblichen albernen Witze und legt eine etwas schräge Art der Ernsthaftigkeit an den Tag. Sogar Mom hat einen Großteil ihrer Regeln für diese Gelegenheit fallen gelassen. Meine Abschlussfeier ist ganz anders, als ich sie mir immer vorgestellt habe – alles ist gut, auch ohne Luke als Garant, dass alles so ist, wie es sein sollte.

Luke. Er ist nicht da. Der Gedanke schießt mir kurz durch den Kopf. Er ist nicht da. Aber für mich ist das in Ordnung.

»So, und jetzt das Familienfoto«, sagt Mom. Sie drückt Ms P ihren Fotoapparat in die Hand. Skel quetscht sich zwischen Peter und mich, die Knochenhand lässig auf meine Schulter gelegt.

Als Ms P mich in den Arm nimmt und sagt: »Ich bin so unglaublich stolz auf dich«, mischt sich ein Anflug von Traurigkeit in das Hochgefühl dieses Abends. Sie erwischt mich eiskalt. Von meinen Eltern wegzugehen und den Neuanfang am College zu wagen, bedeutet gleichzeitig auch, von Ms P Abschied zu nehmen … und von meinen Freunden … und von Peter. Ich erwidere ihre Umarmung, drücke sie extrafest und würde sie am liebsten gar nicht mehr loslassen.

Aber das Lagerfeuer wartet schon auf uns. Falls meine Freunde ebenfalls gemischte Gefühle haben, dann zeigen sie es nicht. Wir verlassen das Schulgelände, unsere Eltern, unsere Vergangenheit. Lachen und malen uns aus, was die Zukunft bringt. Ryan hat den Arm um mich gelegt und Peter und meine Freunde sind an meiner Seite. Meine Traurigkeit verfliegt. Ich blicke zurück zu meinen Eltern. Skel steht neben ihnen. Er hebt sein Brandyglas und prostet mir zu. Heute Abend ist ein besonderes Fest und er weiß, dass er nicht eingeladen ist. Aber es macht ihm nichts aus zurückzubleiben. Er wird warten, weil er weiß, dass ich ihn niemals wegsperren werde. So wie ich die Gewissheit habe, dass er mich frei sein lässt.

Danksagung

Allein wäre ich nicht in der Lage gewesen, Clares Geschichte zu dem zu machen, was sie jetzt ist. Und so möchte ich den vielen Menschen danken, die mich unterstützt und ermuntert haben.

Anfangen will ich mit meinem besten Freund und Ehemann Mike, der mich nicht nur unterstützt und mir den Rücken gestärkt hat, sondern auch ein hervorragender Brainstorming-Partner und wohlmeinender Kritiker ist.

Außerdem danke ich folgenden Mitstreitern:

Caitlyn Dlouhy, die nicht nur an mein Buch geglaubt hat, sondern auch an meine Fähigkeit, mich zu steigern. Sie hat mir das nötige Feedback gegeben, sodass dieses Buch besser werden konnte, als ich es je für möglich gehalten hätte.

Jennie Dunham, meine wunderbare Agentin, die den perfekten Verlag und den perfekten Herausgeber für mich gefunden hat.

Kim Turrisi, Lin Oliver und alle bei SCBWI.

Jean O'Neill und Vanessa Lasdon. Für Zuspruch. Unterstützung. Rat. Einen ruhigen Ort, um zu schreiben. Sie sind die beste Schreibgruppe, die man sich nur vorstellen kann. Ich kann euch gar nicht genug danken.

Keith Hunter. Du bist unersetzlich. Ich vermisse dich.

Alle meine Freunde und Familienmitglieder, die mich unterstützt und in Einzelfragen beraten oder ihre eigenen Geschichten mit mir geteilt haben. Insbesondere: Otis, Abba und Jojo, Tracy Nathan, Tony Cupstid, Mark Wakefield, Lisa Ling und Paul Song, Pam und Chris Zam, Jordan Berliant, Michael Green, Ryan Demarti, Jonathan Schwartz, Karen Ellison, Danny Hayes, Laura Elliot, Laura Villandre, Kymm Britton, Paul Crichton, Katy Hershberger, Dee Anderson, Bobby Kim, George Hundleby, Bruce Thompson, Jim Digby, Dave und Linsey, Brad und Elisa, Chester und Talinda, Joe und Heidi, Rob und Erika, Miriam, Megan, Laurel, Blanca, Donna, Muto, Jason, meine Eltern, Jeff, Bill, Tammy, Zita, George und alle anderen aus meiner Familie.

Mrs Smith, die mich alles gelehrt hat, was man übers Stricken wissen muss, und noch viel mehr über Mitgefühl und bedingungslose Liebe. Sie sind die beste Ersatz-Großmutter.

Meine zwei Lieblingslehrer im Kreativen Schreiben: Mike Buctha, der mich von der Mittelstufe bis zur Oberstufe dazu ermuntert hat, alles, was mir durch den Kopf ging, aufzuschreiben, und Joann Rocklin, die Lehrerin jener Klasse, die mich dazu gebracht hat, wieder das zu tun, was ich am meisten liebe.

Sue und Carolyn, die mir geholfen haben, meinem eigenen Skelett die Hand zu reichen.

Edwin Ushiro, der, inspiriert von Clare, die Schwimmerin gezeichnet hat.

Dank an alle diejenigen bei Atheneum, die dazu beigetragen haben, dass aus meinem Manuskript ein richtiges Buch geworden ist.

Und nicht zuletzt an dich. Danke, dass du mein Buch liest. Du bist wunderbar, und ich bin so froh, dass diese Geschichte uns beide miteinander verbindet.

FSC
www.fsc.org
MIX
Papier aus verantwortungsvollen Quellen
FSC® C083411

CPI
Mehr Bäume. Weniger CO_2.
www.cpibooks.de/klimaneutral

Natürlich magellan©

Säurefreies und chlorfrei gebleichtes FSC®-Papier
Klimaneutral produziert
Dispersionslack auf Wasserbasis
Klebstoff lösungsmittelfrei
Zellophanierfolie ohne Weichmacher
Hergestellt in Deutschland

1. Auflage 2015

Die Originalausgabe erschien 2014 unter dem Titel *Learning Not To Drown*.
Aus dem Englischen von Petra Koob-Pawis
Umschlaggestaltung: Christian Keller
unter Verwendung von Motiven von iStock / Melanie DeFazio
ISBN 978-7348-5604-4

www.magellanverlag.de